# RE
# SIS
# TÊN
# CIA

Affinity Konar

# RESISTÊNCIA

Tradução de Alyda Sauer

FÁBRICA231

Título original
MISCHLING
A Novel

Este livro é uma obra de ficção. Nomes, personagens, lugares e incidentes são produtos da imaginação da autora; se reais, foram usados ficcionalmente.



**FÁBRICA231**
O selo de entretenimento da Editora Rocco Ltda.

Direitos para a língua portuguesa reservados
com exclusividade para o Brasil à
EDITORA ROCCO LTDA.
Av. Presidente Wilson, 231 – 8º andar
20030-021 – Rio de Janeiro – RJ
Tel.: (21) 3525-2000 – Fax: (21) 3525-2001
rocco@rocco.com.br
www.rocco.com.br

*Printed in Brazil*/Impresso no Brasil

Preparação de originais
ANA LIMA CECILIO

CIP-Brasil. Catalogação na fonte.
Sindicato Nacional dos Editores de Livros, RJ.

K85r

Konar, Affinity
Resistência / Affinity Konar; tradução de Alyda Sauer. – 1ª ed. – Rio de Janeiro: Fábrica231, 2017.

Tradução de: Mischling: a novel
ISBN 978-85-9517-004-9 (brochura)
ISBN 978-85-9517-005-6 (e-book)

1. Romance americano. I. Sauer, Alyda. II. Título.

16-37855 CDD – 813
CDU – 821.111(73)-3

O texto deste livro obedece às normas do
Acordo Ortográfico da Língua Portuguesa.

*Para Philip e para minha família*

# PRIMEIRA PARTE

STASHA

# CAPÍTULO UM

## Mundo Após Mundo

Fomos feitas de uma vez só. Minha irmã gêmea Pearl e eu. Ou, para ser mais precisa, Pearl se formou e eu me inspirei nela. Pearl se esculpiu no útero e eu copiei sua assinatura. Flutuamos oito meses na brancura amniótica, feito um par de luvas rosadas, no ventre da nossa mãe. Eu não era capaz de imaginar qualquer coisa mais grandiosa do que aquele útero que compartilhávamos, mas depois que se formaram os andaimes dos nossos cérebros, e nossos baços ficaram prontos, Pearl quis ver o mundo além de nós. Assim, com a determinação do nascituro, ela se projetou para fora da nossa mãe.

Apesar de prematura, Pearl era dada a galhofas sofisticadas. Tive certeza de que não passava de uma de suas brincadeiras, que ela voltaria para zombar de mim. Mas quando Pearl não voltou, eu fiquei sem ar. Alguém aí já experimentou viver sem sua melhor parte, separada por uma distância desconhecida? Se já, posso garantir que conhecem os perigos dessa situação. Depois de ficar sem ar, foi a vez do meu coração, e meu cérebro padeceu de uma febre inimaginável. Em meu rosa fetal, tive de encarar essa verdade: sem ela eu seria apenas um pedaço, uma coisa sem valor algum, um ser humano incapaz de amar.

Por isso segui minha irmã e deixei o médico me puxar com as mãos, dar uma palmada e me erguer diante da luz. Devo observar que não chorei durante a ruptura da transição indesejada. Nem mesmo quando nossos pais ignoraram minha vontade de também ser chamada de Pearl.

Em vez disso me deram o nome de Stasha. E, concluída a função do nascimento, entramos no mundo da família, do piano e do livro, dos espantosos dias de pura beleza. Nós éramos muito parecidas – estávamos sempre jogando bolinhas de gude pela janela nas pedras do calçamento, para acompanhar com binóculos seu rolar ladeira abaixo e ver até onde iam suas minúsculas vidas.

E aquele mundo, vibrante de deslumbramento, acabou também. Quase todos os mundos acabam.

Mas devo dizer que nós conhecíamos outro mundo. Algumas pessoas dizem que era esse mundo que nos influenciava mais. Quero explicar que estão enganadas, mas por enquanto só vou contar que a entrada nesse mundo aconteceu no nosso décimo segundo ano de vida, quando estávamos encolhidas lado a lado no fundo de um vagão de gado.

Durante aquela viagem de quatro dias e quatro noites, desobedecemos às regras de sobrevivência. Para nos alimentar, passávamos uma cebola de uma para outra e lambíamos a casca amarela. Para nos divertir, usávamos um jogo que Zayde criou para nós, chamado de Classificação das Coisas Vivas. Na forma de adivinhações, tínhamos de retratar um ser vivo e os jogadores deviam dar o nome da espécie, o gênero, a família e assim por diante, até chegar ao brilho envolvente de um reino.

Nós quatro passamos por muitos seres vivos no vagão de gado, de urso até caracol e vice-versa – Zayde, com sua voz rouca de sede, enfatizava que era importante organizar o universo da melhor forma possível com nossa capacidade exageradamente humana – e quando o vagão finalmente parou, eu também interrompi minha descrição. Pelo que lembro, estava tentando convencer Pearl de que eu era uma ameba. É possível que eu estivesse retratando algum outro ser vivo, e que só esteja achando que era uma ameba agora porque naquele momento me senti muito pequena, transparente e frágil demais. Não tenho certeza.

Quando estava a ponto de admitir minha derrota, a porta de correr do vagão foi aberta.

E a luz foi tão ofuscante que deixamos cair nossa cebola no chão, ela rolou a rampa como uma meia-lua fedida que aterrissou aos pés de um guarda. Imaginei que a expressão dele fosse de muito nojo, porque não dava para ver – ele segurava um lenço sobre as narinas e espirrou várias vezes, só parou para levantar a bota sobre a nossa cebola e lançar uma sombra sobre aquele globo minúsculo. Vimos o pranto da cebola quando o guarda a esmagou, lágrimas de uma massa amarga. Ele então recomeçou a andar em nossa direção e corremos para nos esconder sob a proteção do volumoso casaco de Zayde. Já tínhamos crescido além do esconderijo de Zayde havia muito tempo, mas o medo nos fez menores. E nos contorcemos nas dobras do casaco em volta do seu corpo murcho, e transformamos nosso avô numa figura cheia de dobras, com muitas pernas. E naquele abrigo ficamos, atônitas. Então ouvimos um barulho – uma pancada, algo se arrastando –, as botas do guarda estavam bem na nossa frente.

– Que tipo de inseto você é? – perguntou ele para Zayde, batendo com uma bengala nas pernas de menina que despontavam do casaco.

Nossos joelhos arderam. Então o guarda bateu nas pernas de Zayde também.

– Seis pernas? Você é uma aranha?

Ficou claro que o guarda não sabia nada dos seres vivos. Já havia cometido dois erros. Mas Zayde não se deu ao trabalho de informar que as aranhas não são insetos. Zayde costumava gostar de corrigir cantarolando e brincando, assim como gostava de ver todos os fatos corretos. Mas naquele lugar era perigoso demais expressar conhecimento mais profundo de criaturas rastejantes ou consideradas inferiores, sob risco de ser acusado de ter muita coisa em comum com elas. Nós devíamos saber que era má ideia transformar nosso avô num inseto.

– Eu fiz uma pergunta – insistiu o guarda, batendo de novo a bengala nas nossas pernas. – De que tipo?

Zayde respondeu com os fatos, em alemão. O nome dele era Tadeusz Zamorski. Tinha sessenta e cinco anos. Era judeu polonês. E parou por aí, como se tivesse dito tudo.

Tivemos vontade de continuar por ele, de dar todos os detalhes. Zayde tinha sido professor de biologia. Ensinou a matéria durante décadas nas universidades, mas era especialista em muitas coisas. Se quiséssemos conhecer as profundezas de algum poema, devíamos perguntar a ele. Se quiséssemos saber como andar plantando bananeira, ou achar uma estrela, ele mostraria como. Um dia vimos com ele um arco-íris que era todo vermelho, sobre uma montanha e o mar, e ele muitas vezes brindou à lembrança desse arco.

*À beleza insuportável!*, exclamava ele, com os olhos marejados de lágrimas. Gostava demais de brindar, e fazia isso indiscriminadamente, em praticamente todas as ocasiões. *Ao mergulho matinal! Às tílias do portão!* E nos últimos anos, o brinde mais comum era: *Ao dia em que meu filho retornará vivo e íntegro!*

Mas, por mais que quiséssemos, não falamos nada disso para o guarda – os detalhes ficaram presos em nossas gargantas e nossos olhos cheios de lágrimas por causa da morte da cebola ali perto. As lágrimas eram culpa da cebola, dissemos para nós mesmas, só isso, e secamos os olhos para poder enxergar o que estava acontecendo através dos furos no casaco de Zayde.

Rodeadas pelas bordas desses furos, apareciam cinco figuras: três menininhos, a mãe deles e um homem de jaleco branco segurando uma caneta sobre um pequeno livro. Ficamos intrigadas com os meninos – nunca tínhamos visto trigêmeos antes. Em Lodz havia outro par de gêmeas, mas trio era coisa de livros. Mesmo impressionadas com aquele número, tivemos de admitir que éramos mais idênticas do que eles. Os três tinham o mesmo cabelo preto encaracolado e os olhos também pretos, o mesmo corpo magricela e comprido, mas cada um tinha uma expressão diferente – um apertava os olhos, incomodado com o sol, os outros dois franziam a testa – e só ficaram iguais quando o homem de jaleco branco botou doces na palma da mão de cada um deles.

A mãe dos trigêmeos era diferente de todas as outras mães do vagão de gado – a aflição dela estava bem disfarçada, estava imóvel como um relógio parado. Uma das mãos pairava sobre as cabeças dos filhos em perpétua hesitação, como se sentisse que não tinha mais o direito de tocar neles. O homem de jaleco branco não teve a mesma atitude.

O homem era uma figura ameaçadora, sapato preto e brilhante, cabelo preto e igualmente brilhante, mangas tão largas que quando levantava o braço o tecido enfunava e adejava embaixo, cobrindo uma parte desproporcional do céu. Era bonito como um astro de cinema e bem teatral. Expressões bondosas se espalhavam pelo rosto dele com definição óbvia, como se fizesse questão de mostrar para todos suas boas intenções.

A mãe e o homem de jaleco branco se falaram. Pareceu que trocaram palavras agradáveis, mas o homem falou mais do que ela. Queríamos ouvir o que estavam dizendo, mas bastou ver o que aconteceu depois: a mãe passou as mãos nos cabelos escuros dos trigêmeos, então deu meia-volta e deixou os meninos com o homem de jaleco branco.

Quando se afastou com passos inseguros, ela disse que ele era médico. Tranquilizou a todos dizendo que estariam a salvo e não olhou mais para trás.

Ao ouvir isso, minha mãe deu um grito agudo e estendeu a mão para puxar o braço do guarda. A ousadia dela foi chocante. Estávamos acostumadas com uma mãe trêmula, que sempre tremia ao fazer seus pedidos para o açougueiro e se escondia da faxineira. Sempre parecia fisicamente frágil, sempre fraca e derrotada, especialmente depois do desaparecimento de papai. No vagão de gado só conseguia se firmar desenhando papoulas nas paredes de madeira. Pistilo, pétala, estame – ela desenhava com uma concentração estranha e quando parava de desenhar desmoronava. Mas, na rampa, descobriu nova solidez – parecia mais forte do que qualquer um dos famintos e exaustos ali. Será que a música tinha provocado aquela alteração? Mamãe sempre amou a música e aquele lugar era cheio de lindas notas, que nos encontravam no vagão de gado e nos traziam para fora com uma alegria suspeita. Com o tempo íamos aprender aquele truque por dentro, íamos saber que tínhamos de nos proteger da música comemorativa, já que no fundo continha apenas sofrimento, que tinham incumbido à orquestra enganar a todos que ali entravam, que aqueles músicos tinham sido obrigados a usar seu talento para iludir os desavisados, para nos convencer de que naquele lugar onde estávamos o humano e o belo também eram apreciados. A música inspirava as multidões, fluía ao lado delas a caminho dos portões. Será que era por isso que mamãe conseguia ousar tanto? Eu jamais saberia. Mas admirei sua coragem quando falou.

– Aqui é bom para... gêmeas? – perguntou ela para o guarda.

Ele fez que sim com a cabeça e chamou o médico que estava de cócoras no chão de terra para poder ficar da altura dos meninos. Parecia que o grupo estava tendo uma boa conversa.

– *Zwillinge!* – chamou o guarda. – Gêmeas!

O médico deixou os trigêmeos com uma assistente e veio para perto de nós com passos largos, as botas brilhantes levantando poeira. Ele foi educado com a nossa mãe, segurou sua mão enquanto falava com ela.

– A senhora tem filhas especiais?

Pelo que pudemos ver, o olhar dele era gentil.

Mamãe passou a trocar o pé de apoio, parecia diminuída de repente. Tentou tirar a mão da mão dele, mas o médico apertou mais e começou a alisá-la com as pontas dos dedos, como se fosse uma coisa ferida que pudesse ser curada com facilidade.

– São apenas gêmeas, não trigêmeas – ela se desculpou. – Espero que bastem.

O médico deu uma risada intensa e exagerada que ecoou nas cavernas do casaco de Zayde. Foi um alívio quando terminou, porque assim pudemos ouvir mamãe desfiando nossas qualidades.

– Elas falam um pouco de alemão. Foi o pai delas que ensinou. Vão fazer treze anos em dezembro. As duas são ótimas leitoras. Pearl adora música, ela é rápida, prática e aprende dança. Stasha, a minha Stasha... – Mamãe fez uma pausa como se não soubesse me descrever e então declarou: – Ela tem muita imaginação.

O médico recebeu essa informação com interesse e pediu que nos juntássemos a ele na rampa.

Hesitamos. Estávamos melhor sufocadas embaixo do casaco. Fora dele havia um vento cinzento lambido por uma chama que nos alertava da nossa dor e um cheiro de queimado que dava sustentação, lá onde as armas faziam sombra e os cães latiam, babavam e rosnavam como só os cães criados para crueldades eram capazes de fazer. Mas antes de termos a chance de nos escondermos mais ainda, o médico abriu o casaco como cortinas. Piscamos ofuscadas pela luz do sol. Uma de nós rosnou. Podia ter sido Pearl. Mas provavelmente fui eu.

O médico pensou, maravilhado, como aqueles maxilares perfeitos podiam ser desperdiçados com expressões tão mal-humoradas. Ele nos tirou de baixo do casaco, nos fez virar para ele, costas com costas, para poder admirar a nossa exatidão.

– Sorriam! – comandou ele.

Por que obedecemos àquela ordem específica? Pela nossa mãe, penso eu. Por ela sorrimos de orelha a orelha, enquanto ela se agarrava ao braço de Zayde, rosto iluminado pelo pânico, duas gotas de suor escorrendo na testa. Desde o momento em que entramos naquele vagão de gado, eu tinha evitado olhar para a nossa mãe. Em vez disso, olhava para as papoulas que ela desenhava, me concentrava nos brotos frágeis de suas faces. Mas alguma coisa naquela expressão falsa fez com que eu reconhecesse no que mamãe tinha se transformado: uma semiviúva, bonita mas insone, com sua individualidade apagada. Tendo sido a mulher mais bem cuidada, estava agora maltratada, com marcas de poeira no rosto, a gola de renda amarrotada. Gemas opacas de sangue pendiam dos cantos dos lábios, que tinham sido mordidos de preocupação.

– Elas são *mischling*? – perguntou ele. – Esse cabelo louro!

Mamãe puxou os próprios cachos escuros como se sentisse vergonha da beleza deles e balançou a cabeça.

– Meu marido... ele era louro.

Foi tudo que conseguiu dizer. Era a única resposta que tinha quando perguntavam sobre o colorido que fazia com que algumas pessoas insistissem que nosso sangue era misturado. À medida que fomos crescendo, ouvíamos cada vez mais aquela palavra, *mischling*, "mestiço" ou "miscigenado", e o uso dela na nossa presença inspirou Zayde a nos dar A Classificação das Coisas Vivas. Deixem para lá essa bobagem de Nuremberg, recomendava ele. Zayde dizia que devíamos esquecer essa conversa de mistura de raças, genética cruzada, de judeus um quarto de sangue e de parentesco, desses testes absurdos e odiáveis que tentavam dividir nosso povo até a última gota de sangue, por casamento e local de veneração. Quando ouvirem essa palavra, ele dizia, recorram às variações de todos os seres vivos. E tirem sua força desse deslumbramento.

E então eu soube, parada ali diante do médico de jaleco branco, que seria difícil seguir esse conselho nos dias que tínhamos pela frente, que estávamos em um lugar que não reagia aos jogos de Zayde.

– Os genes são engraçados, não são? – o médico estava dizendo.

Mamãe nem sequer tentou envolvê-lo nessa linha de conversa.

– Se elas forem com o senhor – ela disse sem olhar para nós –, quando é que as veremos de novo?

– No seu Shabat – prometeu o médico.

Ele então virou para nós e exclamou sua reação aos nossos detalhes. Adorou saber que falávamos alemão, adorou sermos louras. Não gostou dos nossos olhos castanhos, mas isso, observou para o guarda, podia ser útil. Ele chegou mais perto para nos examinar, estendeu a mão enluvada para alisar o cabelo da minha irmã.

– Então você é a Pearl?

Ele enfiou a mão nos cachos dela com muita naturalidade, como se fizesse isso há anos.

– Ela não é a Pearl – falei e dei um passo à frente para cobrir minha irmã, mas mamãe me puxou e disse para o médico que ele tinha acertado o nome da menina.

– Ah, elas gostam de brincar? – Ele riu. – Conte-me o seu segredo, como sabe quem é quem?

– Pearl não é agitada – foi tudo que mamãe conseguiu dizer.

Ainda bem que ela não esmiuçou nossas diferenças de identificação. Pearl usava um prendedor de cabelo azul. O meu era vermelho. Pearl falava normalmente. Minha fala era apressada, interrompida às vezes, cheia de pausas. A pele de Pearl era branca como a neve. Eu tinha pele de sol, toda pintada. Pearl era toda feminina. Eu queria ser toda Pearl, mas por mais que me esforçasse, só conseguia ser eu.

O médico se abaixou para ficar cara a cara comigo.

– Por que você mentiria? – perguntou para mim.

E de novo aquela risada, com toque de familiaridade.

Se eu fosse sincera diria que Pearl era – para mim – a mais fraca de nós duas e que eu achava que podia protegê-la me fazendo passar por ela. Em vez disso, dei a ele uma meia verdade.

– Às vezes esqueço qual eu sou – foi minha resposta esfarrapada.

E essa é a hora que eu não lembro. É quando quero que minha mente volte e passe por baixo, por baixo do cheiro, das pancadas das botas e das malas, para o que tenha alguma semelhança com despedida. Porque nós devíamos ter visto nossos amores desaparecendo, devíamos ter sido capazes de vê-los nos deixando, devíamos ter sabido do momento exato da nossa perda. Se ao menos tivéssemos visto seus rostos virando para o outro lado, num lampejo de canto de olho, a curva do lado da face! Um rosto virando – eles jamais nos dariam isso. No entanto, por que não pudemos ter uma visão das costas deles para levar conosco, apenas as costas deles quando foram embora, apenas isso? Só uma parte de um ombro, a ponta de um casaco de lã? A visão da mão de Zayde, pendendo tão pesada ao lado do corpo... A trança de mamãe, balançando ao vento!

Mas no lugar em que nossos entes amados deviam estar, só fomos apresentados àquele homem de jaleco branco, Josef Mengele, o mesmo Mengele que se tornaria, em todos os muitos anos de clandestinidade, Helmut Gregor, G. Helmuth, Fritz Ulmann, Fritz Hollman, Jose Mengele, Peter Hochbicler, Ernst Sebastian Alves, Jose Aspiazi, Lars Balltroem, Friedrich Edler von Breitenbach, Fritz Fischer, Karl Geuske, Ludwig Gregor, Stanislaus Prosky, Fausto Rindon, Fausto Rondon, Gregor Schklastro, Heinz Stobert e dr. Henrique Wollman.

O homem que esconderia sua relação com a morte em todos esses nomes. Ele nos disse para chamá-lo de "Tio Médico". Ele nos fez chamá-lo por esse nome uma vez, depois outra, até que nós o reconhecêssemos, sem erro. Quando acabamos de repetir o nome e ele ficou satisfeito, nossa família já tinha desaparecido.

E quando vimos a ausência nos lugares em que mamãe e Zayde estavam, a consciência me derrubou pelos joelhos, porque vi que aquele mundo estava inventando uma ordem diferente de seres vivos. Naquele momento eu não sabia qual ser vivo eu me tornaria, mas o guarda nem me deu chance de pensar nisso, ele agarrou meu braço e me arrastou, até Pearl garantir para ele que ia me segurar, ela passou o braço na minha cintura e seguimos atrás dos trigêmeos, para longe da rampa, num caminho de terra, uma estradinha que passava pela sauna em direção aos crematórios, e enquanto marchávamos essa nova distância com a morte se elevando dos dois lados, vimos corpos numa carroça, empilhados e chamuscados, e um deles tinha a mão estendida, procurando no que se segurar, como se houvesse alguma teia invisível no ar, que só os moribundos pudessem ver. A boca do corpo se moveu. Vimos o rosa de uma língua batendo, se esforçando. As palavras a tinham abandonado.

Eu sabia como as palavras eram importantes para a vida. Se desse algumas das minhas para aquele corpo, ficaria curado.

Será que eu era burra, para pensar uma coisa dessas? Ou mentalmente incapaz? Será que teria pensado nisso se estivesse num lugar sem vento lambido por chamas e médicos de asas brancas?

Essas perguntas são válidas. Penso muito nelas, mas nunca tentei responder nenhuma. As respostas não me pertencem.

A única coisa que eu sei é que fiquei olhando para o corpo e as únicas palavras em que pude pensar não eram minhas. Eram de uma canção que tinha ouvido num toca-discos contrabandeado para o porão do nosso gueto. Sempre que ouvia aquela música eu melhorava. Por isso experimentei essas palavras.

– Gostaria de balançar numa estrela? – cantei para o corpo.

Nenhum som, nenhum movimento. Será que era a minha voz esganiçada? Tentei de novo.

– Levar o luar para casa em um vidro? – cantarolei.

Aquela tentativa era patética, eu sei, mas sempre acreditei na capacidade do mundo de se endireitar assim, com um simples ato de bondade. E quando não existe bondade, inventamos novas ordens e sistemas para acreditar e lá, naquele momento – fosse por burrice ou debilidade mental – eu acreditava na capacidade de um corpo se reanimar, com o sopro de uma palavra. Mas era óbvio que aquela letra de música não tinha as palavras certas. Nenhuma delas libertaria a vida do corpo, nem tinham poder suficiente para curá-lo. Busquei outra palavra, uma boa palavra para oferecer – tinha de haver uma palavra, estava certa disso – mas o guarda não me deixou terminar. Ele me puxou para longe e nos forçou a seguir, aflito para nos levar para o banho, para sermos registradas e numeradas, de forma que nosso tempo no zoológico de Mengele começasse.

Auschwitz foi construída para aprisionar judeus. Birkenau foi construído para matá-los com maior eficiência. Poucos quilômetros separavam suas perversidades conjuntas. Eu não sabia para que aquele zoológico tinha sido construído – só podia jurar que Pearl e eu jamais seríamos enjauladas.

---

Os barracões do zoológico tinham sido estábulos para cavalos, mas agora estavam lotados de gente como nós: gêmeos, trigêmeos, quíntuplos. Centenas e centenas de nós, todos enfiados em camas que não eram camas, eram caixas de fósforos, pequenos nichos onde enfiavam os corpos, empilhados do chão ao teto, obrigados a ficar naquelas minúsculas estruturas, três ou quatro corpos ao mesmo tempo, de forma que uma menina não sabia onde seu corpo terminava e começava o outro.

Para onde quer que olhássemos, havia um duplo, uma idêntica. Todas meninas. Meninas tristes, meninas pequenas, meninas de lugares distantes, meninas que podiam ser do nosso bairro. Algumas dessas meninas estavam quietas, pousavam feito passarinhos em seus colchões de palha e nos examinavam. Quando passamos por elas em seus poleiros, vi as escolhidas, as selecionadas para sofrer certas coisas enquanto suas duplas continuavam intocadas. De quase todos os pares, uma gêmea tinha a coluna defeituosa, uma perna quebrada, um tampão no olho, um ferimento, uma cicatriz, uma muleta.

Quando Stasha e eu sentamos nos nossos beliches, aquelas que podiam andar nos rodearam. Subiram nos currais que balançavam precariamente com seus colchões de palha e avaliaram nossas semelhanças. Pediram nossas identidades.

Contamos que vínhamos de Lodz. Primeiro de uma casa. Depois de um porão no gueto. Que tínhamos um avô, uma mãe. Que já tivemos um pai. E que Zayde tinha um velho cocker spaniel que se fingia de morto quando apontávamos o dedo para ele, mas que voltava à vida com facilidade. Já mencionamos que nosso pai era médico, que ajudava tanto as pessoas que acabou desaparecendo uma noite, saiu para atender a uma criança doente e nunca mais voltou? Sim, sentíamos tanta falta dele que nem conseguíamos dividir o peso dessa dor entre nós. Temíamos outras coisas também, bactérias, finais tristes e mamãe chorando. E havia ainda as coisas de que gostávamos, pianos, Judy Garland, mamãe chorando menos. Mas afinal, quem éramos nós, de verdade? Não havia muito para falar, a não ser que uma de nós dançava bem e a outra tentava ser boa, só que não era realmente boa em nada, exceto em ser curiosa. Essa aí era eu.

Satisfeitas com essas informações, as outras também se apresentaram, num clamor de completar frases.

– Aqui nós recebemos mais comida – começou a explicar Rachel, uma menina tão pálida que quase dava para ver através dela.

– Mas não é *kosher* e nos corrói por dentro – a gêmea igualmente transparente dela observou.

– Não raspam o nosso cabelo. – Sharon fez que sim com a cabeça e puxou a trança para mostrar.

– Até aparecerem os piolhos – acrescentou a irmã dela, de cabeça raspada.

– E ficamos com as nossas roupas também – contou uma das russas.

– Mas eles botam cruzes nas nossas costas – completou a gêmea, que virou de costas para eu poder ver a cruz que despontava em tinta vermelha no vestido dela, só que nem precisava de demonstração, porque eu também tinha uma cruz vermelha entre as omoplatas.

Então as vozes calaram subitamente e o silêncio indesejado pairou sobre nós todas – como uma nova nuvem se instalando entre as vigas do zoológico. As inúmeras gêmeas se entreolharam atônitas – tinha de haver alguma coisa, diziam suas expressões, algo além de comida, cabelo e roupas. Então soou uma voz do beliche embaixo de nós. Esticamos o pescoço para ver quem tinha falado, mas ela e a gêmea estavam juntas, encolhidas contra a parede de tijolos. Nunca chegamos a ver o rosto dela, mas suas palavras ficaram conosco para sempre.

– Eles cuidam das nossas famílias para nós – disse aquela desconhecida invisível.

Todas as meninas menearam as cabeças aprovando o que foi dito e Pearl e eu fomos atropeladas por um novo surto de conversa quando todas se parabenizaram por pertencerem a famílias que permaneceriam intactas, diferentemente das outras.

Eu não quis perguntar o óbvio. Por isso belisquei Pearl, para ela perguntar por nós.

– Por que somos mais importantes do que os outros? – A voz dela encolheu quando chegou ao fim da pergunta.

Vieram um monte de respostas, todas relacionadas a objetivo e grandeza, a pureza e beleza e ao fato de sermos úteis. Não ouvimos nenhuma resposta que fizesse sentido.

E antes de eu nem sequer tentar entender esse conceito, chegou a *blokova**, designada para cuidar de nós. Nós a chamávamos, pelas suas prodigiosas costas, de "Bovina". Tinha a aparência de um armário de peruca, era dada a pisar pesado e a dilatar as narinas quando dominada por uma de suas paixões, que nossa suposta desobediência inspirava com frequência. Mas quando Pearl e eu fomos apresentadas a ela, era apenas uma figura com a cabeça aparecendo na porta, meio escondida pela noite e ofendida com as nossas perguntas.

---

* Uma prisioneira responsável pelas demais. (N. da T.)

– Por que nos chamam de zoológico? – perguntei. – Quem deu esse nome?

Bovina deu de ombros.

– Não é óbvio para você?

Eu disse que não. Os zoológicos sobre os quais tínhamos lido com Zayde eram locais de preservação que exibiam a vastidão da vida. Esse lugar só cuidava do ato sinistro de colecionar.

– É um nome que agrada ao doutor Mengele – foi tudo que Bovina disse. – Vocês não encontrarão muitas respostas aqui. Mas durmam! Isso é uma coisa que podem ter. E agora deixem-me ter o que é meu!

Se ao menos pudéssemos dormir... Mas a escuridão era mais escura do que todas que conheci e o cheiro não saía das minhas narinas. Ouvi um gemido do beliche de baixo, o latido de cachorros lá fora e meu estômago não parava de rosnar para eles. Procurei me distrair com um dos nossos jogos de palavras, mas os berros dos guardas eram sempre mais fortes do que o meu alfabeto. Tentei convencer Pearl a jogar comigo, mas ela se ocupava passando as pontas dos dedos na teia prateada que bordava nosso canto de tijolos, para ignorar melhor minhas perguntas sussurradas.

– Você prefere ser um relógio que só marca os bons momentos – perguntei para ela –, ou prefere ser um relógio que canta?

– Eu não acredito mais em música.

– Nem eu. Não acredito mais. Mas você prefere ser um relógio...

– Por que eu tenho de ser um relógio, afinal de contas?

Eu queria argumentar que às vezes os seres vivos, nós, os humanos que supostamente ainda estávamos vivos, precisávamos nos considerar objetos para sobreviver, que tínhamos de nos esconder e procurar o conserto só quando fosse seguro procurar. Mas resolvi insistir e fazer outra pergunta.

– Você prefere ser a chave de um lugar que vai te salvar, ou a chave de um lugar que destruirá seus inimigos?

– Prefiro ser uma menina de verdade – disse Pearl desanimada. – Como eu costumava ser.

Eu quis rebater dizendo que esses jogos iam ajudá-la a se sentir como uma menina de verdade outra vez, mas nem eu tinha certeza disso. Os números que os nazistas tinham dado para nós tornavam a vida irreconhecível e, no escuro, eu só conseguia enxergar aqueles números. O pior era que não havia como fingir que fossem qualquer outra coisa menos duradoura, menos grave ou menos triste. Os meus estavam borrados e desbotados. Eu tinha esperneado e cuspido, tiveram de me imobilizar para pintar. Mas continuavam sendo números. Pearl também tinha números e eu odiava os dela ainda mais do que os meus, porque indicavam que éramos pessoas distintas, e quando se é distinta pode-se ser separada.

Falei para Pearl que ia nos tatuar assim que pudesse, para ficarmos iguais, mas ela só suspirou, aquele suspiro tradicional dos momentos de frustração fraterna.

– Chega de história. Você não sabe tatuar.

Disse para ela que sabia sim. Um marinheiro tinha me ensinado, em Gdansk. Eu tinha gravado uma âncora no bíceps dele.

Claro que era mentira. Ou uma meia mentira, já que eu tinha visto tatuarem uma âncora. Quando passávamos o verão na praia, eu passava o tempo espionando os fundos de uma loja de tatuagens, com as paredes cobertas de desenhos de gaivotas e navios, enquanto Pearl encontrava um menino que segurava a mão dela perto da proa de um barco cheia de craca.

Foi assim que minha irmã mergulhou nos segredos da carne sobre a carne, do sentimento de uma palma de mão dentro da nossa. Eu aprendi a intimidade das agulhas, o mergulho da ponta tão fina que só um sonho poderia pousar nela.

– Farei a mesma coisa um dia – insisti. – Só preciso de algumas agulhas e de tinta. Deve haver um jeito de conseguir isso, já que somos especiais aqui.

Pearl fez uma careta e fez uma grande cena de virar as costas para mim – o beliche gemeu e rangeu, o cotovelo dela me acertou bem nas costelas. Foi sem querer, Pearl jamais me machucaria de propósito, até porque doeria nela também. Essa era uma das coisas mais importantes da nossa condição de gêmeas: a dor nunca era de uma só. Não tínhamos escolha além de compartilhar nosso sofrimento e eu sabia que naquele lugar teríamos de encontrar um meio de dividir a dor antes de ela começar a se multiplicar.

Enquanto eu pensava nisso, uma menina do outro lado do barracão achou uma fonte de luz, uma preciosa caixa de fósforos, e resolveu que aqueles palitos precários seriam mais bem utilizados para produzir figuras de sombra para a plateia. E foi assim que adormecemos com uma série de imagens de sombra passando na parede, duas a duas, uma ao lado da outra, feito procissão rumo a alguma arca invisível que garantisse sua segurança.

Havia tantos mundos naquelas sombras... As figuras esvoaçavam, se esgueiravam e rastejavam para a arca. Nenhuma vida era pequena demais. A lesma se impôs, a centopeia foi pé ante pé, o grilo passou cantando. Representantes dos pântanos, das montanhas, dos desertos – todos se abaixavam, se contorciam e investiam nas sombras. Eu as classifiquei, duas a duas, e a precisão dessa minha habilidade serviu de consolo. Mas à medida que a viagem delas ia se alongando, e as chamas começaram a diminuir, as sombras foram atacadas por distorções. Surgiram corcundas nas suas costas, as pernas se espalharam e as espinhas dorsais se dissolveram. Viraram mutantes monstruosos. Não podiam mais se reconhecer.

Mesmo assim, enquanto viveram, as sombras resistiram. E isso já era alguma coisa, não era?

PEARL

# CAPÍTULO DOIS

## *Zugangen*, ou Novos Números

Stasha não sabia, mas desde o início nós sempre fomos mais do que nós. Eu era mais velha apenas dez minutos, e esse tempo bastou para saber como éramos diferentes.

Mas foi só no zoológico de Mengele que nos tornamos diferentes demais.

Por exemplo: naquela primeira noite a marcha das sombras serviu de consolo para Stasha, mas eu estava abalada demais pelo chocalho da morte para prestar atenção nelas. Stasha mencionou a menina moribunda?

Aquela noite não estávamos sozinhas no nosso beliche. Havia uma terceira criança conosco no colchão de palha, uma menina febril, com a língua preta, que se encolheu ao meu lado e apertou o rosto no meu ombro enquanto morria. Não foi um gesto de afeto – a nossa proximidade só existia porque não havia um centímetro de espaço livre nos caixotes das nossas camas –, mas nos dias que vieram depois me surpreendi muitas vezes esperando e torcendo para que aquela menina sem nome e sem gêmea tivesse se acalmado perto de mim. Eu precisava acreditar que não tinha sido apenas a falta de espaço que pusera seu rosto ao lado do meu.

Quando o chocalho parou de bater, as gêmeas Stepanov, Esfir e Nina, de onze anos, que dormiam na cama embaixo da nossa, subiram para o nosso colchão e tiraram a roupa da menina. Executaram essa tarefa com uma presteza irritante, como se tivessem passado a vida toda despindo corpos. Esfir jogou um suéter alegremente nos ombros. Nina vestiu uma saia de lã. A desaprovação no meu rosto deve ter sido muito nítida, porque Esfir me ofereceu as meias da menina, esticando o dedão desfiado e cinzento embaixo do meu nariz, num gesto de conciliação. Indiquei que não aceitava aquele presente e ela, uma veterana, ou "Número antigo", empregou o insulto que era usado para nós, os "Novos números".

– *Zugang!* – sibilou ela para mim.

Se eu não estivesse tão perdida com a morte ao meu lado, talvez tivesse me defendido, mas naquele momento pouca coisa tinha importância para mim. As Stepanov trocaram olhares maliciosos e depois Nina piscou para mim, como se reconhecesse o grande favor que estava prestes a me fazer. Sem nenhuma palavra de combinação entre as duas, elas levantaram o corpo da menina pela cabeça e pelos pés, e tiraram aquele fardo leve da nossa cama.

– Ela pode ficar. – Eu estiquei o braço e botei a mão no peito ainda quente.

– Ela está morta – as duas protestaram. – Está vendo a baba no canto da boca? Está morta!

– E daí? Ela ainda precisa de um lugar para descansar, não é?

– É contra nossa lei, *zugang.*

– E que lei é essa?

As duas estavam ocupadas demais descendo a escada dos beliches com o corpo para responder. Vi os olhos da menina se abrirem com os trancos dos degraus e do chão. Todas as crianças viraram nas camas para não testemunhar aquele êxodo, mas eu vi o cabelo da menina cair sobre o limiar da porta quando a arrastaram para fora e procurei, ao perdê-las de vista, me lembrar dos olhos dela.

Achava que eram castanhos, iguais aos meus, mas a remoção dela foi tão rápida que eu não tinha certeza.

A única coisa que eu podia confirmar era a animação das gêmeas. Quando reapareceram na porta, vi que esfregavam as mãos para tirar a sujeira. Nina rodopiou com a saia nova e Esfir tirou fiapos do suéter roubado. Elas estavam contentes com suas novas posses. Nina se aproximou e jogou na direção de Stasha o que tinha na mão.

– Fique com as meias – ela disse com raiva para minha irmã. – Não aja como se não estivessem à sua altura.

Stasha olhou para as meias no colo, onde tinham caído, inertes e tristes. Eu recomendei que as devolvesse, mas Stasha nunca foi de aceitar conselhos de ninguém, nem os meus. Ela enfiou as meias nas mãos como luvas, e Nina gostou disso.

– Você tem iniciativa – aprovou Nina antes de entrar no beliche de baixo com a irmã e as duas se acomodaram na palha como as rapineiras que eram, sem dúvida planejando a próxima aquisição de bens.

Todas sobreviviam planejando. Eu percebi isso. Entendi que Stasha e eu teríamos de dividir as responsabilidades da vida entre nós. Essas divisões sempre aconteceram naturalmente conosco, por isso ali naquele lugar, no escuro da madrugada, nós dividimos as necessidades.

Stasha assumiria o divertido, o futuro, o mau. Eu ficaria com a tristeza, o bom, o passado.

Havia sobreposições nessas categorias, mas já tínhamos enfrentado esses acavalamentos antes. Parecia justo para mim, mas quando terminamos de resolver a partilha dessas incumbências, Stasha ficou apreensiva.

– Você ficou com a pior parte – disse ela. – Eu troco com você. Fico com o passado e você com o futuro. O futuro é muito mais esperançoso.

– Estou satisfeita assim – eu disse.

– Fique com o futuro. Eu já tenho o que é divertido, por isso você devia ficar com o futuro. Vai equilibrar melhor as coisas entre nós.

Pensei em todos os anos que passamos tentando combinar cada gesto. Quando éramos pequenas, praticávamos dar o mesmo número de passos todos os dias, falar o mesmo número de palavras, sorrir os mesmos sorrisos. Eu fui me retirando para essas lembranças, mas logo que comecei a me acalmar, Bovina ressuscitou nosso medo. Fria e eficiente, uma figura sem graça enfiada numa capa cor de mingau de aveia, ela veio abrindo caminho no bloco com a menina morta nos braços, agora vestida de lama. Sem falar nada, ela levou a menina para o nosso beliche e a pôs deitada de costas ao meu lado, com as mãos frias sobre o peito côncavo e as pernas cruzadas nos tornozelos. Com a ponta da língua aparecendo entre os dentes, concentrada, ela fez isso como alguém que arruma flores no quarto de um hóspede querido.

– Quem fez isso? – perguntou Bovina depois de completar sua obra e a menina ficar olhando fixo para os caibros do telhado.

Ninguém respondeu, mas Bovina não se importava muito com respostas, preferia as oportunidades para intimidar.

– Recomendo que vocês, crianças, inventem uma maneira melhor de se divertir, que não seja jogar cadáveres nas latrinas. Todas vocês sabem que o doutor Mengele exige que todas as crianças do zoológico sejam contadas de manhã. Se ela sumir de novo…

Ela deixou as possibilidades pendendo no ar, para nos amedrontar ainda mais e então, com sua missão completa, deu meia-volta e foi embora, com uma batida teatral da ponta da capa cor de mingau de aveia, e só parou para confiscar a caixa de fósforos da menina que fazia os bonecos de sombra. Ficou tudo escuro outra vez, apenas não tão escuro a ponto de apagar a morte deitada ao nosso lado.

– Ela parece faminta até assim – observou Stasha, passando o dedo com a meia no rosto imóvel da menina. – Você acha que ela ainda sente alguma coisa?

– Ninguém sente nada depois que morre – respondi.

Mas eu mesma não estava muito convencida disso. Se existia um lugar em que os mortos continuavam sentindo suas torturas, era no zoológico.

Stasha tirou as meias das mãos e tentou calçar nos pés da menina. Primeiro o pé esquerdo, depois o direito. Uma meia ficou na metade da canela e a outra subiu facilmente até acima do joelho. Frustrada com essa diferença, Stasha ficou remexendo nas meias de lã para nivelar os pés e eu precisei observar que não formavam um par, que não havia como deixá-las na mesma altura. Não dava para consertar nada, nós tínhamos de nos conformar.

– Por favor – sussurrei para Stasha quando seus esforços criaram mais um furo em uma meia –, deixe-me ficar com o passado, e fico com o presente também. Só não quero o futuro.

Foi assim que me incumbi do papel de guardiã do tempo e da memória. A partir desse momento, o registro dos dias passou a ser minha responsabilidade exclusiva.

*3 de setembro de 1944*

Na nossa vida anterior, eu me acostumara a falar por nós duas. Eu era a extrovertida, a que tinha métodos comprovados para escapar de encrencas e negociar trocas com colegas e pessoas com autoridade. Esse papel combinava comigo. Eu era amiga de todo mundo e representava bem nós duas.

Logo descobrimos que Stasha era mais capaz de socialização no nosso novo mundo. Tinha adquirido um destemor. Exibia bem os dentes quando sorria e tinha um jeito de andar com insolência infantil, feito vaqueiro de cinema, ou herói de revista em quadrinhos.

Na nossa primeira manhã, ela não parava de falar. Fazia perguntas sobre tudo, para tentar facilitar nossa adaptação. O primeiro alvo do interrogatório dela foi um homem que se apresentou como *Zwillingesvater*, ou "Pai dos Gêmeos". Ele viu que reagimos à estranheza daquele nome com expressão curiosa, mas não se deu ao trabalho de explicar, só disse que todas as crianças o chamavam assim. Nós descobrimos que o zoológico tinha o hábito de atribuir novos nomes e identidades às pessoas e que nem os adultos escapavam a essa regra.

– Quando vamos ver nossas famílias? – Stasha perguntou para o Pai dos Gêmeos quando ele sentou em um caixote, registrando todos os nossos dados úteis para Mengele. Conversávamos com ele atrás do barracão dos meninos e havia um globo terrestre irrelevante, aos pés dele. As viagens daquele globo, relíquia que costumava ficar no depósito, eram muito invejadas por todas nós, já que o objeto podia ir de campo em campo, enquanto nós permanecíamos presas no zoológico. Um dos meninos, Peter Abraham, que Mengele havia apelidado de "membro da inteligência", era um dos mensageiros do médico e, nessa posição, podia roubar o pequeno globo, botar embaixo do casaco e andar de um bloco para outro como se sofresse de uma estranha gravidez. Peter pegava o globo de manhã e à noite um dos guardas pegava de volta. Dessa forma o mundo era possuído e repossuído e, com o tempo, foi ficando gasto em suas viagens. Apareceram buracos, os contornos indefinidos, países inteiros desapareciam. Mesmo assim era um globo e uma coisa útil para ter por perto, porque durante as entrevistas iguais àquela podíamos nos concentrar nele em vez de olhar para o rosto do Pai dos Gêmeos, apesar de eu achar que ambos eram muito gastos e feios.

– Nós vemos nossas famílias nos feriados – Pai dos Gêmeos disse para ela com seu jeito paciente. – Pelo menos é o que Mengele diz.

Pai dos Gêmeos tinha vinte e nove anos de idade e era veterano do Exército tcheco. Ainda tinha a postura de um soldado, mas também um cansaço que devia piorar com suas responsabilidades. Impressionado com seu *pedigree* militar e alemão fluente, Mengele tinha encarregado Pai dos Gêmeos de supervisionar o bloco dos meninos e cuidar da papelada de todos os gêmeos que chegavam, papelada que mais tarde era enviada para o departamento de genética no Instituto Kaiser-Wilhelm em Berlim.

Se fosse possível dizer que Mengele tinha feito uma coisa boa, essa coisa boa tinha sido indicar Pai dos Gêmeos para aquela função. Os meninos gostavam muito dele, não o largavam quando ele dava suas aulas, em geral de alemão e geografia, e quando chutava uma bola de trapos no campo de futebol com eles em jogos eventuais. Algumas mães de gêmeos recém-nascidos, que deixavam morar no zoológico para ajudar a cuidar dos seus bebês, costumavam elogiar Pai dos Gêmeos, dizendo que ele daria um excelente pai de família um dia, mas o homem fazia uma careta quando ouvia isso e prosseguia do seu jeito gentil e criativo. Nós, meninas, sentíamos inveja dos meninos por terem aquele aliado, já que só tínhamos Bovina ao nosso dispor. Não aprendíamos nada sobre o lugar de onde vínhamos com ela. Com as outras meninas do barracão aprendemos que o zoológico de Mengele tinha mudado de seu local de origem para os antigos barracões do campo dos ciganos algumas semanas antes. Os ciganos estavam mortos, todos foram executados. A erradicação deles era considerada necessária pelas autoridades do campo, atônitas com as doenças e a fome entre eles. Não havia problema com as rações de alimentos – os adultos escondiam comida das crianças. Os ciganos preferiam cantar e dançar o dia todo a limpar sua sujeira. A única coisa que podiam fazer com aquele povo era exterminá-lo.

Corriam boatos de que Mengele tinha tentado intervir. Ninguém sabia se isso era verdade. Só sabíamos que os ciganos tinham morrido nas câmaras de gás e que nós, os gêmeos de Auschwitz, chegamos e ocupamos o lugar deles. Bem na frente do nosso barracão havia um terreno baldio onde os alemães botavam os mortos e os quase mortos. Enchiam e esvaziavam esse terreno numa repetição terrível. Essa era a nossa vista mais próxima.

Víamos também os vidoeiros nos campos além das cercas eletrificadas de quatro metros de altura. E dava para avistar as prisioneiras no campo vizinho e quando víamos nossas mães lá, jogávamos nosso pão para elas, torcendo para que não devolvessem, já que nossa ração era maior do que a de todos os outros do campo de concentração. Podíamos ver os laboratórios para onde nos levavam às terças e quintas, os prédios de dois andares feitos de tijolos, mas o resto da nossa vista era limitada. Se alguém resolvesse nos tirar dali para algum outro lugar, aprenderíamos mais sobre Auschwitz, mas não avistávamos a parte do campo que chamavam de Canadá, o depósito sobrecarregado de tesouros que os prisioneiros apelidaram com o nome de um país que significava saúde e luxo para eles. Nas dependências de Canadá estavam os nossos pertences empilhados, nossos óculos, nossos casacos, nossos instrumentos, nossas malas, tudo, até nossos dentes, nosso cabelo, qualquer coisa que pudesse ser considerada necessária para a tarefa de ser humano. Nós não avistávamos a sauna onde colegas eram despidos, nem, mais para o oeste, a pequena casa branca de fazenda, cujos cômodos diziam ser chuveiros. Nós não víamos o luxuoso quartel-general da SS, onde aconteciam festas, festas para as quais levavam as mulheres da casa Puff para dançar e sentar no colo dos nazistas. Nós não víamos, por isso achávamos que já conhecíamos o pior. Não poderíamos imaginar a enormidade do sofrimento, como podia ser imaginativo e calculista, como extraía membros de uma família, um por um, ou mostravam para uma aldeia inteira a cara da morte, de uma tacada só.

No dia seguinte à nossa chegada, Pai dos Gêmeos continuava eficiente e estoico cuidando dos nossos papéis, mas havia dias em que a insegurança dele aflorava, quando avaliava a importância de cada resposta e o efeito que poderia ter nas nossas vidas. Eu observava a mão dele tremular entre um quadradinho e outro antes de imprimir um visto hesitante.

– Agora me diga – pediu ele –, quem nasceu primeiro?

– Isso importa? – Stasha jamais gostou dessa pergunta.

– Para ele tudo importa. Minha irmã Magda e eu, nós não sabíamos quem tinha nascido primeiro. Mas dissemos que fui eu, só para agradá-lo. Então diga, Pearl, por favor: quem nasceu primeiro?

– Fui eu – admiti.

Pai dos Gêmeos continuou registrando detalhes e Stasha dirigiu suas perguntas à dra. Miri, que aguardava para pegar a papelada pronta e levar para o laboratório. A dra. Miri era uma bela médica – as pessoas diziam que parecia um lírio – uma flor solene e pensativa. Ela lembrava um pouco a nossa mãe, com seu cabelo preto, olhos grandes demais e a boca enviesada, mas parecia mais uma boneca e muitas vezes eu achava estranhas as expressões que passavam pelo semblante dela, porque eram muito distantes, iam para longe. Não eram diferentes do olhar de alguém submerso, observando as turbulências das ondas lá em cima.

Mais notável ainda do que a beleza da dra. Miri era o fato de que Mengele permitia que permanecesse intocada. A maioria das mulheres belas que passavam pelas vistas de Mengele acabava muito mudada, porque ele não suportava admirá-las. Ele punha essas mulheres em um de dois caminhos: o caminho Ibi ou o Orli. Se você fosse para o Orli podia ser bela no dia que chegava, mas no dia seguinte já teria um disfarce – Mengele fazia sua barriga inchar e suas pernas parecerem salsichas, tornava sua pele emaciada e cheia de feridas. Se fosse pelo caminho Ibi podia trabalhar na casa Puff, podia ficar à janela e adejar feito um belo pássaro, colorido e raro, e ouvir a madame negociando o seu preço com os homens que batiam à porta. O caminho da dra. Miri, caminho de uma médica judia respeitada por Mengele, era o mais raro de todos.

Orli e Ibi eram irmãs da dra. Miri. Ela não as via muito. Se alguém quisesse ver a dra. Miri chorar, bastava mencionar Ibi e Orli. Mengele fazia isso de vez em quando, sempre que ficava insatisfeito com o trabalho dela no laboratório, ou quando queria obrigá-la a fazer coisas que ela não queria fazer. E eu testemunharia essas trocas frequentemente, nos dias por vir, mas naquele primeiro dia era só a dra. Miri ali parada, à espera da nossa ficha.

– Quando vamos sair daqui? – Stasha perguntou a ela.

A pausa ficou pairando no ar.

– Existem planos para isso – finalmente a dra. Miri respondeu, depois de trocar olhares com Pai dos Gêmeos, o tipo de olhar que os adultos usam quando abordam um assunto delicado que já trataram muitas vezes antes e ainda não resolveram. – Já iniciamos os planos, mas não sabemos...

Ela foi salva e não precisou responder já que uma mulher entrou correndo com seus bebês nos braços, dois embrulhos de tecido cinza com os rostinhos escondidos.

Às vezes, quando os gêmeos eram ainda bebês, deixavam as mães ficarem no zoológico para amamentar os filhos. Clotilde era uma dessas mães. Todos sabiam quem era Clotilde porque o marido dela tinha conseguido matar um guarda antes de ser enforcado. Tinha escondido uma lâmina na boca e cortou o guarda antes de o pegarem. Os filhos iam ter sempre esse legado, Clotilde gostava de afirmar, mas o legado parecia não servir de grande consolo para os bebês, cujo choro constante denotava que já estavam bem conscientes da história recente.

Stasha chegou perto de Clotilde e tentou examinar os embrulhinhos. Tive medo de que ela pedisse para segurá-los – Stasha costumava se considerar mais capaz do que realmente era –, mas felizmente ela continuou interessada apenas nas perguntas.

– O que comemos? – ela perguntou para Clotilde, que passou um dos bebês para a dra. Miri admirar.

Vi a dra. Miri ficar tensa ao olhar para o rosto do bebê, mas Clotilde não percebeu essa reação, mais preocupada com a resposta que ia dar para Stasha, em tom professoral e amargo.

– Sopa que não é sopa! – proclamou ela com misto de alegria e ironia.

– Nunca ouvi falar dessa sopa. O que se põe numa sopa assim?

– Hoje? Raízes cozidas. Amanhã? Raízes cozidas. Depois? Raízes cozidas e uma pitada de nada. Está bom para você?

– Já vi coisas melhores. – Stasha moveu a cabeça indicando os bebês. – Seus gêmeos têm sorte de não precisar tomar essa sopa.

– Reze por coisas melhores então – Clotilde aconselhou. – E se suas orações não forem atendidas, coma as orações. Só as preces são capazes de manter um corpo satisfeito.

Os bebês perceberam o absurdo do que ela dizia e começaram a chorar.

– Nós não rezamos – disse Stasha para ela, elevando a voz para ser ouvida sobre os gritos dos gêmeos.

Tínhamos parado de rezar no outono de 1939. No dia 12 de novembro. Como muitos que pararam de rezar, foi um acontecimento familiar, movido a desaparecimento. Só que, para ser mais exata, devo dizer que as orações resistiram uma semana, depois duas e foi só quando a neve começou a derreter que acabou por completo. Quando os jacintos despontaram no quintal, a oração já estava enterrada.

Eu não ia explicar nada disso para Clotilde, cujas sobrancelhas já estavam subindo com desdém por nós. Ela olhou para as cabeças dos bebês e cobriu com um lenço, como se quisesse protegê-los da nossa falta de fé.

– Você sentirá tanta fome que vai acabar mudando de ideia quanto a isso – resmungou ela.

Clotilde então falou em tcheco com o Pai dos Gêmeos e nós não entendemos, mas a impressão que tive pelos finais ásperos das palavras e pela cadência da fala foi que os dois diziam um para o outro "ponha-se no seu lugar". A discussão foi esquentando e a expressão da dra. Miri ficou dividida e temerosa – bem parecida com a expressão de uma criança quando vê os pais brigando –, e ela entrou no meio dos dois para dar uma sugestão.

– Mas talvez – ela disse para nós com uma voz doce apesar de ter de gritar para ser ouvida –, talvez, em vez de rezar, vocês possam desejar alguma coisa. Vocês costumam desejar coisas, não é? Aqui vocês podem desejar tudo que quiserem.

A postura dela era tão equilibrada, tão experiente, que percebi que grande parte do trabalho da dra. Miri no zoológico devia envolver a mediação de conflitos como aquele. E nesse caso ela teve sucesso. Clotilde cuspiu no chão para sinalizar sua rendição na discussão e Pai dos Gêmeos sorriu um pouco da originalidade da solução proposta, para logo depois voltar à nossa entrevista.

– Onde vocês moravam? – ele nos perguntou. – Vocês têm mais irmãos? Seus pais... ambos são judeus poloneses, não são? O parto de vocês foi natural? Cesárea? Houve alguma complicação?

Deu para ouvir o passeio da caneta dele no papel enquanto registrava todos os detalhes que dávamos, e quando estávamos quase acabando, passou uma tropa de guardas levantando poeira, com cães latindo, e Pai dos Gêmeos jogou a caneta no chão com tanta força que nos fez pular de susto. Os gritos dos bebês aumentaram. O homem botou a cabeça entre as mãos e pensamos que ia dormir para sempre, que tinha decidido, naquele exato momento, parar de viver, sem mais nem menos. Tínhamos ouvido dizer que esse tipo de fenômeno costumava acontecer naquele lugar. Mas depois de observarmos um pouco o topo da cabeça prematuramente grisalha, ele olhou de novo para nós, bem vivo.

– Perdoem-me – disse ele, com um sorriso sem graça. – A tinta acabou. Foi só isso, fico sempre sem tinta. Fico sempre... – Por um segundo achei que ele ia afundar de novo, mas logo endireitou as costas, assim de repente como antes, e deu um largo sorriso, abanando a mão. – Vão agora, para a chamada.

Já íamos nos afastando, obedientes, mas ele acenou para esperarmos um pouco. Fez questão de olhar bem nos nossos olhos. Era óbvio que o que disse para nós naquele momento era uma coisa que repetia sempre, para todas as crianças que prestassem atenção.

– Sua primeira tarefa na aula é aprender os nomes das outras crianças. Recitem os nomes uma para a outra. Quando chegar uma nova criança, aprendam o nome dela também. Quando uma criança nos deixar, lembrem-se do nome dela também.

Eu jurei que ia lembrar. Stasha jurou também. E aí ela perguntou qual era o verdadeiro nome dele.

Pai dos Gêmeos olhou fixo para os papéis um minuto inteiro, talvez até dois. Parecia perdido nas respostas que havia registrado com muito cuidado, como se todos os vistos e quadradinhos que havia pintado de preto o tivessem pintado também, e, quando nos resignamos e achamos que teríamos de ir embora sem a resposta, ele levantou a cabeça e olhou para nós.

– Era Zvi Singer – disse ele. – Mas agora não tem importância.

---

Fomos para a chamada à luz das seis horas da manhã, coçando os narizes na tentativa de afastar o fedor das cinzas e das pessoas sem banho. O calor de setembro pairava no ar. Quicava em ondas em nós, criava círculos de poeira. Naquela chamada foi a primeira vez que vi todos os pacientes de Mengele reunidos: os gêmeos, os gigantes, os anões, os sem braços ou pernas, os judeus que ele chamava curiosamente de arianos, pela aparência. Alguns olhavam inocentemente para nós, mas outros pareciam desconfiados e tive de imaginar por quanto tempo seríamos consideradas *zugangi*. Fazíamos o máximo possível para ignorar esses olhares enquanto serrávamos o pão duro e o falso café lamacento do desjejum. Dei quase todo o meu pão para Stasha. Mas tomei todo o café falsificado, que estava muito amargo, como se tivessem coado num sapato velho no fundo do rio, segundo minha irmã. Quando Stasha bebeu o café, sua garganta reagiu à agressão e ela teve de cuspir. Infelizmente, os Rabinowitz estavam dentro do raio da cusparada, em fila para receber seu café da manhã e o cuspe de Stasha insultou o filho mais velho da família, aterrissando na lapela do terno dele.

Os Rabinowitz eram anões. A família inteira, completa, com um patriarca segurando um bastão e tudo, todos ainda trajando seus veludos e sedas do figurino das performances, roupas coloridas com bordas douradas e rendas com franjas balouçantes. O cabelo das mulheres era preso em coque bem alto e as barbas crespas dos homens fumegavam atrás delas feito bandeiras numa parada. Eram uma visão ostentosa e, apesar de eu não compartilhar esse sentimento, dava para ver por que os outros tinham preconceito em relação a eles. Para começar, onde mais em Auschwitz podíamos encontrar uma família assim, inteira e intacta? Em segundo lugar, eles estavam entre os maiores beneficiários das atenções de Mengele. O fato de ele se maravilhar com a família fazia com que os anões se sentissem superiores e, além disso, os beneficiava com um quarto espaçoso só para eles na enfermaria, e os aposentos deles tinham um conforto extraordinário. Mesas com toalhas de renda e uma janela com cortina de voile rosa. Um conjunto de chá completo, com desenho de salgueiro. Uma poltrona miniatura de couro na qual cabia um carneirinho. Mengele tinha dado até um rádio para eles, que Mirko, o filho adolescente mais velho, estava encarregado de manusear. Mirko sempre cantava junto com aquele rádio, mesmo quando a música não tinha letra. Ele inventava palavras, só para ter alguma coisa para cantar. Foi ele que Stasha teve a infelicidade de atingir com o cuspe.

– Cuidado em quem você cospe, *zugang* – Mirko disse a ela, através de dentes cerrados.

Eu pedi desculpas e tentei limpar o cuspe do casaco dele, mas ele se afastou, como se meu esforço redobrasse a ofensa, e passou a borda do chapéu no tecido cuspido. Stasha ficou olhando para ele hipnotizada, arregalando cada vez mais os olhos, mais do que eu achava que podíamos. Ficaram enormes para ter mais espaço para inspecionar aquela curiosidade diante dela e o escrutínio era óbvio, beirava a falta de educação.

– Nunca viu gente do meu tipo, não é? – desafiou Mirko.

– Você não é o primeiro para nós – mentiu Stasha. – Nós vimos espetáculos, muitos espetáculos. Costumávamos ir ao teatro o tempo todo. Vimos uma trupe inteira de gente como vocês uma vez.

Muitas vezes eu ficava imaginando de onde ela tirava essas mentiras. Vinham fácil para ela, como se tivesse outra natureza exclusivamente dedicada a essas invenções. Não posso dizer que a falsidade dela não me irritou, mas Stasha sabia convencer pessoas como Mirko, que de repente abaixou a guarda. Relaxou os punhos antes cerrados ao lado do corpo e logo que a raiva abandonou o rosto dele, vi como era bonito. Ele tinha as feições que uma menina lendo um livro projetaria no herói imaginário e tive certeza de que conhecia muito bem seu poder, porque virou para Stasha como um cavalheiro e me fez ruborizar com certa discrição.

– Eu dificilmente imaginaria que vocês eram assim sofisticadas – ele disse para ela. – Mas suponho que o teatro tem utilidade até para jovens como vocês. Alguma tem talento?

– Minha irmã é dançarina – disse Stasha.

Ela cometeu seu erro habitual de apontar para ela mesma quando disse isso. Agarrei o dedo dela apontado e virei na minha direção.

– Ah, é? – O olhar de Mirko se fixou apenas em mim. – Onde você já dançou? Posso dar uma colaboração? Exibições deixam o doutor muito feliz. Nós fazemos shows particulares para ele de tempos em tempos, entretemos os amigos dele. Como Verschuer. Vocês conheceram Verschuer? Ele é o mentor do doutor. É, até Mengele tem um mentor. Se você for uma boa dançarina, quem sabe eu posso ser seu mentor?

Ele deu uns passos de improviso e concluiu com uma bela mesura.

– Venho de uma longa linhagem de dançarinos e minha avó era uma mulher alta, como vocês. Dançávamos por toda parte, para reis e rainhas. Contávamos piadas também. Vocês querem ouvir uma? Querem? Que tipo de piada preferem?

Antes de termos chance de responder, a mulher mais pálida que vi na vida, com o cabelo branco cobrindo as costas feito um manto invernal avançou sobre aquela pessoa pequena em toda a sua glória incolor e incandescente. Ela se abaixou e o atacou, pisou nos pezinhos minúsculos e ele berrou de dor. Ela perguntou quem ele pensava que era para se achar melhor do que as outras pessoas, pessoas humanas como nós, mesmo sendo apenas uma dupla de *zugangi*. Stasha tentou intervir, disse que ele não estava incomodando nem um pouco, mas o anjo vingador se preocupava demais com a tortura que infligia para nos dar ouvidos. Ela espantou Mirko para longe, pisou nos calcanhares dele quando ele correu e jogou nele duas pedras para garantir.

– Seu fantasma feio! É melhor tomar cuidado quando dormir – ameaçou Mirko e entrou no barracão dos meninos.

– Experimente, girino! – gritou a torturadora dele. – Quero ver você fazer com que eu deteste a minha vida. Se eles não conseguem, como é que você vai conseguir? Todos os dias eu acordo pronta para explodir, porque estou cheia de veneno e de vigor, e de planos de vingança. Experimente tentar completar o meu sofrimento! Experimente só!

Terminado o desabafo, o anjo sorriu triunfante e começou a espanar a roupa suja com largos movimentos das mãos. Usava pijama de seda bem gasta que já tinha sido branco e era tão magra e alta que parecia um pilar de sal. Os olhos naquele rosto pálido estavam rodeados de manchas roxas que lhe davam a aparência de um urso panda. Isso já era bem curioso, mas tinha mais. Os próprios olhos dela eram cor-de-rosa como as flores.

O nome dela era Bruna. Pelo menos esse era o nome que ela usava aqueles dias. Dado pelos guardas, para zombar dela – era um nome alemão que significava "morena". Mas ela invertia a maldade das intenções deles em proveito próprio e usava o nome para se vangloriar como toda a sua palidez.

– Bu para os anões – disse Bruna. – Dê-me um dos aleijados, ou até um dos gigantes. Vocês concordam comigo?

Eu já ia argumentar contra aquela ideia, mas Stasha interrompeu:

– Como conseguiu estas manchas roxas?

Bruna apontou para os olhos roxos com orgulho.

– Foi a Bovina. Porque eu a xinguei. Mas ela me xingou primeiro. Se aqui fosse a minha cidade natal, a minha gangue ia se vingar dela. Eu só teria de pedir. Aqui eu não tenho gangue. Sinto muita falta. Eu não era nenhuma líder. Mas era uma boa ladra. Trabalhadora, pode-se dizer. Comecei batendo carteiras e fui subindo até as casas. Até lojas! Adivinhem qual foi o meu maior roubo.

– Uma casa?

– Como é que se rouba uma casa? Não se podem roubar casas!

– Roubaram a nossa – minha irmã observou.

– A minha também – cedeu Bruna. – Vocês são inteligentes de um jeito diferente, não são? Mas não foi uma casa. Foi maior do que uma casa, porque uma casa não morre. Adivinhem! Vocês nunca vão adivinhar... Bem, eu vou contar: foi um cisne! Roubei um cisne do jardim zoológico em Odessa. Fui até o lago e escondi embaixo do meu casaco. Naquele tempo eu usava um casaco bem espaçoso, só para roubar coisas. Claro que o casaco não era bastante grande para esconder um cisne completamente. Era um cisne jovem, menor do que a média e ele me bicou um pouco, aqui e ali, mas depois que o levei para casa ficou encantado com a nossa vida e tenho certeza de que teria vivido comigo para sempre se pudesse.

Perguntamos qual era a vantagem de roubar um cisne. Parecia uma transgressão curiosa, mas nada lucrativa.

– Eles estavam invadindo a nossa cidade. Atirando em todos os nossos animais, qualquer um que encontrassem. Os soldados gostavam de chutar nossos cachorros, arremessá-los no ar. Alguns dos nossos animais, os cavalos, eles levaram para usar. Vocês não vão querer que eu conte o que fizeram com os nossos gatos. Bem, eu não ia deixar que a maior beleza de Odessa morresse nas mãos deles. Por isso, quando invadiram minha casa, torci o pescoço dele.

Ela ilustrou o ato selvagem torcendo as mãos grandes. Foi bem fácil imaginá-la extinguindo aquela vida. Quase ouvimos o estalo dos ossos, quase vimos o pescoço emplumado e comprido ficar inerte. E sem dúvida Bruna ouviu o estalo e viu o pescoço cair. Seus olhos cor-de-rosa ficaram enevoados e reflexivos, ela rapidamente enfiou as mãos nos bolsos, ansiosa para desfazer a lembrança daquela violência tão útil. Secou um olho no ombro do pijama e deu um sorriso forçado.

– Mas a minha gangue... estávamos falando da minha gangue. Podíamos não ser grande coisa, mas cuidávamos uns dos outros. Como acabei de cuidar de vocês.

– Nós retribuiremos o favor – prometeu Stasha.

– Claro que sim – disse o nosso anjo. – Vocês farão o que eu mandar.

Provavelmente fizemos cara de alarme ao pensar que seríamos as serviçais de Bruna para o crime, porque ela abaixou bastante a voz, passou os braços nas nossas costas e nos puxou para perto com aquele abraço.

– Ah, não se preocupem – disse ela em tom de calma. – Não vou pedir nada muito mau, nem muito complexo. Não pensem que quero que matem alguém. Mas posso pedir para vocês organizarem umas coisas para mim de vez em quando. Só porque vocês têm certas regalias aqui. Já que são gêmeas e tudo. Vocês poderiam roubar um pão inteiro sem punição! Até um caldeirão cheio de sopa! Eu vi os trigêmeos Stern fazerem isso, com um tablete de margarina de lambuja! Eles sempre dividiam tudo comigo, já que eu ensinei como deviam se organizar. Aqui *organizar* é roubar, vocês sabem, não é?

A gente se organiza para viver, para trocar e para se divertir. Sem organização eu enlouqueceria de tanto tédio.

Stasha pensou em voz alta como alguém podia sentir tédio naquele lugar, porque parecia que para isso teríamos de contar só com as piores possibilidades. Bruna fez pouco disso.

– Você não vai mais pensar assim depois de viver anos aqui, espetada por agulhas todos os dias. Não vai mais pensar assim depois que eles ficarem tirando fotos de vocês, desenhando o seu rosto, enquanto à sua volta todos estão perdendo seus rostos e seus corpos também.

Ela suspirou e curvou as costas, como se tivesse sido subitamente puxada para baixo, para a terra, depois se endireitou e jogou os ombros para trás fazendo um esforço para ficar ereta.

– Agora que já eduquei vocês, em troca vocês têm de me entreter. Um truque talvez. Todos os gêmeos sabem truques.

– Você não é gêmea? – Stasha parecia surpresa, mas a estupidez daquela pergunta foi confirmada pelo deboche de Bruna.

– Você é cega? Não falaria nada sobre isso se fosse você. Senão vai levar gás.

– O que é o gás? – Stasha quis saber.

Nossa explicadora das coisas calou de repente e ficou muito abatida.

– Deixe isso pra lá – Bruna finalmente respondeu. – Só não brinque com a cegueira por aqui. Entendeu?

Ela se empertigou toda, muito digna e passou a mão do rosto à cintura, para indicar a extensão de sua palidez.

– Nunca viu uma albina antes? – perguntou ela. – Porque é isso que eu sou. Uma mutação genética.

– Então você é como ele. – Stasha apontou na direção que Mirko tinha tomado e viu quando a cabeça dele despontou de trás do barracão dos meninos, de onde devia estar espionando a conversa. Ele mostrou a língua e desapareceu de novo.

– Mutante! Praga! Verme! – ela berrou para ele e depois explicou para nós. – Não, não sou nada parecida com ele! Eu sou melhor do que ele! Mas não tão boa quanto vocês. Vocês... se uma de vocês morre por acidente, Mengele grita e bate o pé. Vocês ainda são objetos para ele, apenas coisas. Mas são objetos preciosos. Vocês são o piano de cauda desse lugar, os casacos de mink, o caviar. Vocês são valiosas! O resto de nós... apenas apitos, telas, feijão em lata.

Quando ela terminou essa pequena aula, que evidentemente adorava ministrar, encantada com o belo resumo dos nossos problemas, uma mosca zumbiu perto de seu nariz e provocou um novo jorro de insultos.

– Vadia! – berrou ela para o inseto. – Parasita! Porcaria! Está pensando que pode me fazer detestar a vida também?

Bruna pulou para cima da mosca, perseguiu para um lado e para outro, até perder o equilíbrio e cair num amontoado branco, levantando poeira em volta. Eu me abaixei para ajudá-la, ofereci minha mão, mas ela dispensou como se estivesse possuída, virou o rosto sujo de terra e os olhos furiosos para o céu, que não tinha o azul de um céu normal, mas era um manto cinza tocado por uma chama.

– Conte-me – disse ela, observando a mosca escapar por cima da cerca e ir para o campo –, qual é a sensação de ter algum valor?

Eu disse que não sabia. Claro que era mentira. Eu conhecia a sensação de ter valor muito bem, senti-a até mamãe e Zayde serem levados embora, e ela continuava, só que de outra forma, com Stasha, que me dava mais valor do que a ela mesma. Mas eu não ia me vangloriar disso para Bruna, cuja histeria tinha crescido de tal maneira que ela tremia toda. O dedo da mão direita tremia mais. Ela balançou apontando para um prédio ao longe, uma construção que mais tarde eu viria a saber que era um dos laboratórios de Mengele.

– Faça o favor de me contar quando você souber – pediu ela. – Eu gostaria de saber.

*7 de setembro de 1944*

O pão fazia todos esquecerem. Essa foi uma das primeiras coisas que Bruna me ensinou. Era cheio de brometo e bastava a ração de um dia no estômago para fazer nosso cérebro se enevoar. Como eu era a metade encarregada do tempo e da lembrança, sempre dava a maior parte das minhas porções para Stasha. Resolvi que uma de nós devia ser estimulada a esquecer tanto quanto possível e encontrava outras maneiras de me alimentar, com a ajuda de Bruna.

Bruna me chamava de Pitada Um e Stasha era Pitada Dois. Era o jeito dela de ser dona de nós, mas eu não me importava muito porque era melhor ser propriedade de Bruna do que de qualquer outra pessoa. Ela me ensinou coisas úteis de todos os tipos. Ensinou como fazer sopa da grama do campo de futebol, como cozinhar discretamente numa panela e, antes disso, como obter a panela. Ela mostrou como cair nas graças do cozinheiro e como carregar os mantimentos para a cozinha para poder roubar algumas coisas para nós. Uma batata aqui, uma cebola ali, algumas pedras de carvão, uma caixa de fósforos, uma colher. Ela costurou um pequeno saco de aniagem para eu prender na cintura da minha saia e me tornar uma ladra melhor. Em pouco tempo, eu guardava todo o nosso mundo naquele pequeno saco.

Eu ficava imaginando o que mamãe e Zayde diriam da nossa associação com Bruna. Lá fora teríamos medo dela, mas num lugar cheio de traições ela era família, e fazíamos o melhor que podíamos para pagá-la com afeto. Ela adorava os nossos jogos – eram mais sofisticados do que a brincadeira padrão de cavar covas que muitas das outras crianças preferiam –, e Bruna estava sempre disposta a brincar de adivinhações, ou de Mate Hitler, ou da Classificação das Coisas Vivas, na qual ela era péssima, porque tinha opiniões esquisitas sobre o que tornava um ser vivo superior, ou funcional, ou digno de viver.

Bruna tinha apenas dezessete anos de idade, mas estava em Auschwitz há anos e tinha passado de um campo de concentração para outro no ano anterior, por isso sabia, dizia ela, do que estava falando. Ela disse que onde nós morávamos era muito melhor do que outros lugares não asfaltados, onde o único cimento que havia era posto nas torres, cuja única decoração eram as armas contra o céu.

– Aqui é mais civilizado – ela gostava de dizer. – Mas isso não é uma coisa boa.

Bruna se mantinha ocupada, e não só conosco. Estava sempre ajudando alguém, ou torturando alguém, ela era muito ativa e mandava em todo mundo. Ficava o dia inteiro em cima de um barril do lado de fora do barracão das meninas, protegendo os olhos do sol com uma das mãos. Nada escapava de sua atenção. Se uma enfermeira precisava de alguma coisa organizada para a enfermaria, Bruna encontrava. Se uma gêmea implicasse com outra, Bruna implicava de volta, com prazer. Se Pai dos Gêmeos precisasse de um livro,

Bruna arrumava. Se alguém não era apaixonado pelo comunismo, Bruna ajudava a encontrar esse amor.

Mesmo assim, até essas atividades às vezes não bastavam para satisfazer sua natureza inquieta.

– Estou entediada – declarou ela no nosso terceiro dia de zoológico. – Vocês deviam me entreter. Já mostrei meus talentos para vocês, meninas. – Ela virou os olhos cor-de-rosa para mim. – Pitada Dois vive se gabando do seu sapateado.

– Stasha exagera – eu disse.

– Mostre-me – comandou Bruna, descendo do barril com um salto espalhafatoso. – Sou uma grande apreciadora de arte. A minha vida é prova disso. Uma vez roubei um pincel. Roubava ingressos para o balé. Roubei uma dúzia de bonequinhos de louça de uma boa loja de departamentos. Nessa eles me pegaram, mas roubei os bonequinhos do mesmo jeito. Fui presa, paguei com castigo. Eu sofri pela arte, por isso vocês não podem recusar essa exibição para mim.

Ela ficou esperando, olhando para mim, e tirou algumas pedras do chão na nossa frente para preparar o palco. Fiquei chocada ao ver que ela não jogou as pedras na direção de ninguém por perto, já que era conhecida por nunca desperdiçar uma arma em potencial, mas parecia que estava ocupada com uma forma diferente de antecipação.

– Venha, Pearl. Mostre a sua dança. Deixe-me esquecer um pouco.

– Eu não vou dançar aqui – insisti. – Não tenho por quê.

– Como exercício para quando sairmos daqui – disse Stasha, se abaixando para afastar outra pedra. – Para o futuro. Eu estou encarregada do futuro, lembra?

– Não vou.

Bruna cruzou os braços e ficou observando nossa discussão. Parecia se divertir bastante com aquilo, mas Stasha insistia que eu tinha de praticar, que eu precisava me preparar para a vida que teríamos quando a guerra terminasse, porque talvez não tivéssemos outra maneira de sustentar nossa família depois que as cidades fossem destruídas e todos os mortos fossem contados, se os pais nunca mais voltassem e as casas não fossem reconstruídas.

Eu não aceitei esse argumento e ela dobrou as apostas. Era isso que Judy Garland faria, afirmou ela. Judy continuaria praticando com todo o sofrimento, por mais que seus pés sangrassem ou seu estômago roncasse, por mais que sua cabeça rodasse e os piolhos infestassem seu cabelo.

– Eu não sou como a Judy Garland – protestei.

Mas minha irmã não se convenceu. Então dancei na terra e Stasha se encarregou da música, assobiando. O assobio dela era fraquíssimo, parando e recomeçando toda hora, mas admito que me surpreendeu e por um instante eu realmente gostei de dançar, gostei mais do que acharia possível naquele lugar, e poderia ter dançado feliz por horas se minha plateia não tivesse ganhado mais um membro, um espectador indesejado que sentou despreocupado num toco de árvore perto.

Era Taube, um guarda jovem famoso por sua capacidade de se esgueirar por trás de uma mulher, virar o pescoço dela e arrancar as batidas do coração do corpo antes de ela ter a chance de gritar. Os olhos e o cabelo dele eram amarelos, as bochechas vermelhas que se moviam quando ele falava enquanto o resto do rosto ficava imóvel feito pedra. Assim que o vi parei de dançar, mas Taube fez sinal para eu continuar e cruzou as pernas na altura dos tornozelos, como se estivesse se acomodando num cinema para assistir a um show muito esperado. Tirou uma barra de chocolate do bolso e a atacou com mordidinhas estranhamente delicadas. Até daquela distância dava para eu ver a curvatura das mordidas e era fácil imaginar a doçura que ele apreciava.

– Continue o treino – Taube ordenou entre mordidas, com os dentes escuros de chocolate.

Então eu continuei. Procurei imaginar uma plateia sem Taube.

– Mais rápido – instruiu ele.

Bati na terra com calcanhares e pontas dos pés. Pensei que se dançasse bem rápido, com muita energia, ele permitiria que eu parasse. E então, para alívio meu...

– Pare! – comandou Taube.

Parei. Mas ele agitou as irritantes maçãs do rosto. Como se eu tivesse entendido errado a ordem dele.

– Você não! Continue dançando. É ela! – Ele apontou para Stasha. – Pare de assobiar!

Stasha fechou a boca com um estalo e cobriu as orelhas com as mãos. Percebi que o barulho dos meus pés batendo na terra a incomodava. Ela sentia o que eu sentia, toda a dor, toda a fadiga. Com a voz trêmula de medo, ela implorou a Taube permissão para eu descansar.

– Mas Pearl é muito talentosa. Não concorda?

– É sim – Stasha balbuciou.

Ela não conseguia levantar a cabeça, só olhava para os próprios pés e eu sabia que os dela latejavam como os meus.

Eu poderia ter continuado se não tivesse visto isso, mas a angústia de Stasha me fez tropeçar e caí. Bruna estendeu a mão para mim, mas Taube a empurrou para longe e me ergueu pela cintura da saia. Então me arrastou na terra até o toco de árvore, recuou alguns passos como se quisesse a distância perfeita para me observar sobre o toco, um brinquedo numa prateleira, e começou a aplaudir. Foi como se nossos corações estivessem suspensos entre as mãos dele.

– Meninas, vocês conhecem Zarah Leander? Estrela de *A vida e os amores de Tchaikovsky*? A melhor atriz de todo o cinema alemão? – perguntou ele ao fim das palmas zombeteiras.

Nós não conhecíamos, mas parecia arriscado admitir isso. Então falamos da beleza e do talento dela e Taube deu um sorriso de orelha a orelha todo satisfeito, como se fosse ele o alvo dos elogios e não uma estrela de cinema.

– Zarah é amiga da minha família e está sempre à procura de afilhados. Estou impressionado. – Ele espetou o dedo no meu rosto. – Você tem bons pés e eu soube que ela vai participar de um novo filme musical em breve. Quem sabe, se você praticar bastante, sua dança melhore a ponto de eu poder recomendá-la para ela? Isso não seria um acontecimento bom na sua vida?

– Acho que sim – respondi.

– Tivemos muita sorte de nos encontrar aqui – disse ele e sua expressão assumiu um ar que imitava animação e bondade. – Vou ligar para a senhorita Leander imediatamente. Tenho certeza de que ela não pensará duas vezes... talvez até pegue um avião e venha pegar você hoje mesmo!

Ele esperou uma resposta.

– Talvez – eu disse.

– Talvez? Que reação fraca... onde está sua convicção, sua determinação? Você devia arrumar suas coisas! Por que hesita? Não sabe a vida que está à sua espera?

Só então notei que outros três guardas tinham se reunido ali perto para assistir ao espetáculo. Eles riram tanto que seus cigarros caíram da boca. Essas gargalhadas, misturadas com o esforço da minha dança, me deixaram enjoada e sem ar. Engasguei. Um daqueles guardas que estavam assistindo correu para o meu lado preocupado – todos sabiam que Mengele punia guardas que deixavam algo de ruim acontecer com seus gêmeos – e deu um tapa suave nas minhas costas.

– Torçam para que o doutor não saiba disso – disse ele para os colegas guardas.

– Foi só uma piada. – Taube deu de ombros. – Os judeus adoram piadas, especialmente sobre eles mesmos. Você nunca observou isso?

Ele pôs a mão no meu ombro com jeito de posse e me chacoalhou até os dentes e a língua baterem.

– Você adora rir, não é? Ria um pouco para mim agora.

Eu queria agradá-lo, mas antes de conseguir rir um pouco Bruna começou a gargalhar ao meu lado. Ela rugia e se contorcia com força de deboche.

– Você não! – Pela primeira vez o rosto inteiro de Taube se animou de nojo. – Comunistas não têm o direito de rir.

Ele mordia iscas com muita facilidade, esse Taube. A inteligente Bruna ampliou a gargalhada e deu meia-volta para sair correndo, com Taube no seu encalço, feito cachorro subitamente distraído pela promessa de presa nova e mais desafiadora. Com um fiapo de riso ela o atraiu para longe.

Foi a coisa mais doce que ela fez em Auschwitz, mas fez com que eu nunca mais quisesse rir.

Depois que os guardas saíram do pátio, Stasha sentou ao meu lado. Ela calçou meus sapatos e secou meus olhos com a manga da blusa. E viu que nada disso serviu para grande coisa. Resolveu que só um dos nossos jogos antigos podia me animar, posicionou-se de modo que ficássemos costas com costas, coluna com coluna, quadril com quadril. Era a brincadeira de quando éramos menores. O jogo era escolher o que passava pela cabeça no mesmo instante e depois verificar se tínhamos desenhado a mesma imagem.

Pegamos gravetos e desenhamos as imagens na terra. Primeiro desenhamos pássaros. Confirmamos. Eram os mesmos. Depois luas e estrelas pairando acima dos pássaros. Perfeitamente iguais. Desenhamos navios. Desenhamos cidades. Cidades grandes, cidades pequenas, cidades intocadas, cidades sem guetos. Desenhamos estradas que saíam dessas cidades. Todas as nossas estradas iam na mesma direção.

Então, de repente, eu não tinha mais ideia de onde ir, ou do que desenhar. Minha cabeça ficou vazia, mas pude ouvir minha irmã raspando o graveto, sem parar. Não pude evitar dar uma espiada por cima do ombro dela. Infelizmente o movimento da minha coluna na dela dedurou a minha intenção.

– Por que você precisa trapacear? – ela reclamou.

– Quem disse que estou trapaceando?

– Senti você se mexer. Você espionou.

Não procurei me defender contra aquela acusação.

– É porque você está diferente aqui, não é? Eles já nos modificaram.

Ela estava certa, mas eu não queria admitir isso.

– Não é verdade – eu disse. – Ainda somos as mesmas. Vamos tentar de novo.

Teríamos tentado de novo, ficaríamos tentando para sempre, mas, quando íamos recomeçar, chegou um caminhão branco com uma cruz vermelha na lateral. A enfermeira Elma saltou do caminhão, delicada e empertigada, como se descesse do convés de um navio de cruzeiro. Tínhamos ouvido falar dessa Elma, as outras crianças do zoológico contaram, mas aquele ia ser nosso primeiro encontro.

Depois de observar Elma, Stasha desenhou uma bala de munição na terra. Eu desenhei balas também, muito rápido. A cada passo que Elma dava para perto de nós as balas se multiplicavam.

Tentei não levantar a cabeça e olhar para ela, procurei me concentrar apenas na sombra que ela formou sobre nossos desenhos, mas Elma não me deu escolha. Ela se acocorou ao nosso lado, projetou seu rosto empoado no meu e puxou a pontinha do meu nariz, como se fosse uma coisa insensível de borracha. Elma tinha o rosto em forma de coração que depois Stasha chamaria de desenho evolutivo que permitia acompanhar a presa no escuro, mas naquele momento, quando a enfermeira estava tão perto que poderia enfiar os dentes em mim, só observei a natureza calculada da beleza dela, o cabelo descolorido até ficar quase branco de tão louro, a boca com exagero de vermelho. Era como se ela fizesse o possível para parecer uma gota de sangue na neve.

– Vocês não estão grandinhas demais para brincar na terra? – perguntou Elma, e deu mais um beliscão no meu nariz.

Nós não sabíamos como responder, mas Elma não queria saber de resposta. Ela se satisfazia apenas admirando a elegância da própria sombra sobre os nossos desenhos. Rodopiou para ver melhor, depois se abaixou e examinou as imagens na terra.

– O que é isso? – Ela apontou para as balas.

– Lágrimas – respondeu Stasha.

A enfermeira Elma inclinou a cabeça para um lado e sorriu. Acho que ela sabia que as ditas lágrimas eram balas. Mas deve ter achado graça no nosso recurso, porque não nos manuseou com muita brutalidade ao nos içar pelo colarinho das blusas e nos empurrar para o caminhão com a cruz vermelha, apertando nossas nucas como se fôssemos gatinhos que quisesse afundar num balde com água, mas ainda sem permissão de afogar.

STASHA

# CAPÍTULO TRÊS

## Pequena Imortal

Quero que saibam dos olhos. Das centenas de olhos, sempre fixos. Capazes de olhar para nós sem ver, e quando olhávamos para eles era como se o céu batesse nas suas costas alertando.

Foi no dia em que os olhos me viram que me mudaram, que fiquei diferente de Pearl.

Mas antes de falar dos olhos, tenho de contar como eram os laboratórios dele. Havia laboratórios para tirar sangue, laboratórios para fazer radiografias. Um laboratório nós nunca vimos, porque ficava embaixo de um dos crematórios e guardava os mortos. Mirko dizia que tinha visto esse laboratório por dentro uma vez, depois de um desmaio. Contou que acordou sob as mãos do Tio, que o ressuscitaram e salvaram, mas outros discordavam da legitimidade desse relato. Vão lá ver! Mirko sempre respondia, mas os que negavam rezavam para que isso nunca acontecesse.

Os laboratórios não eram lugares nos quais entrássemos, e sim lugares para onde éramos levados às terças e quintas e onde ficávamos seis horas de cada vez. Eram cheios de médicos e enfermeiras, mas também de fotógrafos e técnicos radiologistas, e artistas com pincéis, todos determinados a capturar nossos detalhes para avaliação médica do Tio. Nas mãos desses técnicos nós nos transformávamos em imagens e mais imagens, arquivos e mais arquivos. As amostras que eram extraídas de nós eram pintadas com corantes e postas entre pratos de vidro que giravam e cintilavam e viviam sob as lentes de um microscópio.

Tarde da noite, quando Pearl dormia profundamente, com a consciência a uma distância segura da minha, eu pensava naqueles minúsculos pedaços de nós e imaginava se nossos sentimentos permaneciam neles, apesar de serem meras partículas. Imaginava se os pedaços se detestavam por participarem daquelas experiências. Achava que sim. E desejava dizer para eles que não tinham culpa, que não era uma colaboração voluntária, que tinham sido sequestrados, coagidos, que tinham sofrido isso. Mas então entendi que tinha pouca influência sobre esses pedaços – depois de serem tirados, só atendiam à natureza e à ciência, e ao homem que dizia ser nosso Tio. Não podia fazer nada pelo bem desses numerosos e minúsculos pedaços.

Na primeira vez que tiraram essas amostras dos nossos corpos, a enfermeira Elma levou-nos pelo corredor do laboratório com as pontas dos dedos nas nossas costas. Sentimos a fisgada das unhas na coluna e o bafo da respiração dela vindo do alto. Quase engasgamos com o perfume que a tornava mais doce do que realmente era. Ela nos fez passar por muitas portas, então pisou no meu calcanhar, eu tropecei, fui projetada para frente e caí. Quando olhei para cima caída no chão, vi a dra. Miri.

– Levante-se, levante-se – disse ela.

Uma urgência pontuou a voz dela quando estendeu a mão para mim. Ela estava de luvas, mas pude sentir seu calor mesmo assim e gostei daquele contato, só que logo vi que ela se arrependeu do gesto. A doutora recuou e botou a mão no bolso. Naquele dia achei que tinha se arrependido de encostar em mim porque uma demonstração de bondade poderia comprometer sua autoridade diante de colegas como Elma. Anos mais tarde eu entendi que aquela ferida era fruto de ter de cuidar das crianças que o Tio dizia serem dele. Deve ter sido como dedilhar uma harpa para alguém que tocava o instrumento com uma faca, ou encapar um livro para alguém que achava que ler era jogar as páginas no fogo.

Mas eu não tinha essa capacidade de entender na época, era praticamente uma criança que me escondia embaixo dos casacos, que fingia ser adulta. Lá no laboratório eu só sabia que estávamos com duas mulheres que se encaixavam numa posição interessante da classificação de seres vivos. Pareciam totalmente privadas de sensibilidade, suas formas suaves muradas por camadas de proteção. Na enfermeira Elma parecia normal. Ela era uma criatura com exoesqueleto, todos os ossos e espinhas por fora – um espécime perfeito e brilhante de caranguejo. Imaginei que tivesse nascido assim, insensível a todos à sua volta. A dra. Miri tinha armadura diferente. Tinha placas bem duras, mas elas não protegiam muito bem, não evitavam todas as feridas, e, como as estrelas do mar, ela possuía o dom de se regenerar. Quando uma parte dela se deparava com uma tragédia, crescia de novo triplicada e os tecidos se reproduziam em um tipo avançado de carne, com inteligência própria para sobreviver.

E pensei quanto tempo levaria para ficar igual a ela.

Não pretendi pensar em voz alta, mas foi exatamente o que fiz, porque Elma apertou meu ombro e me sacudiu.

– Está falando de mim? – repreendeu a enfermeira.

– Dela. – Apontei para a dra. Miri, que enrubesceu.

Mas a médica costumava defender as crianças e ela sabia manobrar o humor de Elma.

– Ela quis dizer que deseja ser médica um dia – disse ela, e a expressão do rosto, junto com o olhar, telegrafou que eu devia seguir essa deixa. – Não é?

Fiz que sim com a cabeça e balancei nos calcanhares para frente e para trás ali na frente das duas, me fiz menor, mais menina. As pessoas em geral achavam esse gesto encantador, por algum motivo. E funcionava para Pearl e Shirley Temple, e funcionou também para mim, porque a enfermeira me soltou.

– Tudo bem, então – disse ela com seu vozeirão, batendo na minha cabeça com os nós dos dedos. – Quem sabe, se você se esforçar bastante, talvez possa ser uma grande médica um dia. Tudo é possível, não é?

Vocês acreditariam se eu dissesse que o clima me salvou de ter de responder àquela pergunta absurda? Ouvimos um barulho nas janelas do laboratório, de milhares de punhos minúsculos socando o vidro. Um bando de enfermeiras e médicos começou a correr para fechar as janelas por completo, enquanto pedras de granizo se espalhavam pelo chão. Foi como se um mar inteirinho de ostras despencasse do céu e libertasse as pérolas xarás da minha irmã pelos corredores do laboratório.

Naquele tumulto branco de granizo, Pearl e eu nos descobrimos ignoradas e tivemos nossa atenção atraída para uma sala próxima, cuja porta estava entreaberta. Eu me adiantei para dar uma espiada lá dentro. Pela fresta da porta vi paredes cheias de livros e meus dedos formigaram de vontade de roubar um deles. Certamente um livro do laboratório poderia me ensinar como fazer meu corpo resistir a um lugar como aquele, de que modo torná-lo forte, acabar com a dor, ou como queimá-lo antes que alguém mais o fizesse. Livros nunca me levaram na direção errada. Parecia tolice tentar sobreviver sem os conselhos deles ao meu lado.

Pé ante pé, aproximei-me da sala e empurrei a maçaneta com todo cuidado, mas o suor na palma da mão deixou a maçaneta escorregadia demais, a porta abriu, as dobradiças rangeram e me entregaram. A enfermeira Elma, com o chapéu torto, avançou para cima de mim, me arrancou de lá, e, quando ela fez isso, a porta abriu mais ainda. Foi aí que conheci os olhos, ou foi então que os olhos me conheceram.

Não sei ao certo como classificar a troca de olhares que ocorreu.

Tudo que sei é que olhos enfileirados presidiam a mesa encostada à parede do fundo. Estavam presos pelas íris, perfurados com alfinetes, cada um arrumado como crianças numa fila de chamada. Tinham as cores de uma bela estação: verde, castanho-claro, castanho-escuro e mel. Havia um azul solitário a postos na periferia. Todos esses olhos eram desbotados como só as coisas vivas que não vivem mais podem ser, as íris enevoadas com cascas de tecido que se moviam quando uma brisa entrava pela janela. No centro deles o faiscar prateado dos alfinetes garantia seu cativeiro.

Apesar de ser apenas uma menina, eu tinha algumas ideias sobre a violência. A violência tinha um horizonte, um cheiro, uma cor, eu tinha visto em livros e noticiários filmados, mas só fui realmente conhecê-la quando vi seus efeitos em Zayde, quando o vi descer para o nosso lar no porão do gueto com um trapo vermelho cobrindo o rosto, quando vi mamãe fazer em silêncio o curativo no nariz dele com um pedaço de pano rasgado da bainha da camisola dela. Pearl segurava o lampião para mamãe poder enxergar, mas eu tremia tanto que nem pude ajudar. Devo dizer que vi a violência sendo cometida contra mamãe, quando um guarda veio à nossa porta com a notícia do desaparecimento, mas fiquei de olhos bem fechados o tempo todo, fechei-os enquanto Pearl olhava para frente, e porque minha irmã viu tudo, eu senti as imagens de segunda mão, senti queimarem dentro das minhas pálpebras – vi a bota do guarda brilhar e afundar no lado do corpo da minha mãe quando ela estava caída no chão. Pearl se zangou de eu não ser uma testemunha ativa, por isso ela me obrigou a ouvir tudo, e quando implorei para ela parar de me sujeitar a tais visões, ela disse que não cabia a mim escolher, porque ela jamais fecharia os olhos como eu, jamais, por mais que doesse em mim, porque ao desviar o olhar, disse ela, podíamos nos perder tão profundamente que a nossa perda teria de adotar um outro nome.

Então, eu conheci a violência. Ou a conhecia o bastante para saber que tinha acontecido com os olhos. Eu sabia que tinham sido arrancados de corpos que pertenciam a pessoas que mereciam visões muito melhores do que as últimas que tiveram. E mesmo sem saber qual seria a visão mais linda do mundo, quis dá-la para eles. Desejei viajar o mundo inteiro, do mar para a montanha e de volta, para trazer-lhes um objeto, um animal, uma vista, um instrumento, uma pessoa... qualquer coisa que servisse de consolo, que significasse que quando a violência nos arrebentava, a beleza permanecia e ainda se lembrava de nós. Entendi a impossibilidade disso, então dei para os olhos a única coisa que podia: uma lágrima que cresceu em volta da minha córnea.

– Por que você está chorando? – perguntou a enfermeira Elma.

Ela fechou a porta dos olhos, mas antes eles viram a minha lágrima.

– Não estamos chorando – reclamei.

– Sua irmã não está chorando. – Ela jogou a cabeça branca na direção de Pearl e se abaixou para me encarar. – Mas você está. O que você viu lá dentro?

A verdade era que eu não seria capaz de descrever o que tinha visto. Mas sabia que jamais deixaria de ver aqueles olhos, que eles iam me seguir todos os dias da minha vida, arregalados, sem piscar, esperando outro destino. Eu sabia que ia sentir o olhar fixo deles mais ainda sempre que soubesse que alguém tinha nascido, casado, ou sido encontrado. Sabia que ia tentar fechar os meus, só para ter um pouco de paz, mas que jamais conseguiria fechá-los completamente. Tinha certeza de que todos nós seríamos privados da possibilidade de fechá-los de verdade.

– Eu não vi nada – insisti.

Gotas de granizo derretido caíram do rosto da enfermeira Elma no chão, uma por uma, enquanto ela recomeçava sua tática padrão.

– Eu sei que você viu alguma coisa – ela insistiu e me sacudiu. – Só quero ter certeza de que nós vimos a mesma coisa. E quero saber isso porque não quero que as outras crianças se assustem com qualquer uma das suas histórias. Conheço bem crianças como você. Adoram uma ficção! Conheci uma menina uma vez que contou uma história sobre o que tinha visto e essa história não era verdade, e sabe o que aconteceu com ela?

Eu disse para a enfermeira Elma que certamente não sabia nada sobre o destino daquela menina.

– Eu também não sei, não especificamente. Como podem esperar que eu me lembre? Temos de tomar conta de tantas... Mas sei de uma coisa. O que resultou das histórias que ela inventou não foi nada bom. Está entendendo o que eu quero dizer?

Fiz que sim com a cabeça. Esse gesto teve duplo propósito. Garantiu a aprovação de Elma e também fez uma segunda lágrima escorrer no meu rosto sem que ela notasse.

– Agora me diga. O que você viu naquela sala?

Em busca de uma resposta adequada pensei nas prateleiras na parede – mesmo naquela visão, os olhos adejavam suas belas cores com movimento e a poeira que os cobria parecia pólen. Muitos certamente tinham migrado de lugares longínquos. Todos receberam o tratamento das pestes. Foram atraídos, presos, passaram fome, foram quebrados e obrigados à submissão e depois, quando já tinham sugado praticamente toda a vida deles, prenderam-nos com alfinetes, montados como curiosidades para estudo.

– Borboletas – balbuciei. – Eu vi borboletas. Só borboletas. Não eram olhos. Eram só borboletas.

– Borboletas?

– Sim, filas e mais filas de borboletas. É uma classe de insetos. Da ordem lepidóptera das mariposas.

Elma encostou o dedo embaixo do meu queixo e levantou meu maxilar para o teto. Imaginei se seria capaz de me rasgar ao meio e justamente quando percebi que seria sim, ela me soltou e assumiu o tom de uma revisionista frustrada e dominadora.

– Mas não são borboletas – ela informou. – São besouros. O médico os coleciona há anos. Entendeu?

Eu disse que entendi.

– Diga que são besouros, Stasha, eu quero ouvir. Você cometeu um erro ao descrever o que viu. Corrija-se para Pearl entender também.

– Eu vi besouros – eu disse para Pearl.

Mas não olhei para minha irmã quando falei.

– Não me convenceu.

– Eu vi besouros, apenas isso. Não eram borboletas. Eram besouros. Da classe coleóptera. Dois pares de asas.

Satisfeita, ela virou e saiu com passos revigorados pelo interrogatório e quando chegamos ao fim do corredor ela abriu a porta de uma sala que nos mudaria para sempre. É fácil pensar que há muitas salas assim nas nossas vidas. *Essa sala*, podemos dizer, *foi onde eu me apaixonei.* Ou, *foi nessa sala que aprendi que eu era mais do que a minha tristeza, o meu orgulho, a minha força.*

Mas, em Auschwitz, achei que a sala que realmente nos modifica era aquela que fazia com que não sentíssemos nada. A sala que diz: *Venha sentar aqui dentro e não sentirá dor nenhuma, o seu sofrimento não é real. E os seus conflitos? São apenas um pouco mais reais do que você, não muito. Salve-se,* diz a sala, *tornando-se insensível, e se tiver de sentir alguma coisa, não se condene exibindo esse sentimento.*

Elma nos despiu depois que entramos na sala. Ela segurou as roupas que mamãe tinha costurado. Elma olhou para a estampa de morangos com desdém. Nem as frutas conseguiam evitar ofendê-la.

– Tão infantis... – observou ela, esfaqueando um dos morangos com uma unha pintada de vermelho. – Vocês gostam de ser crianças?

– Gostamos – nós respondemos.

Seria a última palavra que diríamos em uníssono. Queria saber disso naquela hora, mas estava sobrecarregada demais com a tarefa de agradar à enfermeira Elma, e o rosto dela, coberto de pó, se iluminou com descrença.

– Engraçado. Nem imagino por quê.

– Eu nunca quis crescer – eu disse.

Era verdade. Crescer representava um risco muito grande de me afastar de Pearl.

A enfermeira Elma deu aquele seu sorriso perfeito demais.

– Então vocês estão no lugar certo – disse ela.

Sim, eu devia ter deduzido a verdade no que ela insinuava sobre o nosso futuro. Mas alguma coisa na enfermeira Elma me anulava e eu não conseguia raciocinar na presença dela. Elma nos fez sentar em cadeiras que tinham o encosto de aço tão gelado que começamos a tremer. A sala estava um gelo, depois esquentou. Um nevoeiro atrapalhou minha visão. Eu conhecia bem essa névoa. Ela me acometia quando eu via crueldade. Tentei imaginar Elma uma pessoa menos cruel quando ela separou nossas roupas e arrumou uma bandeja com instrumentos de medição, mas a imagem da mulher tinha uma solidez peculiar que desafiava as melhorias que minha imaginação procurava impor a ela. Nada na enfermeira Elma era vago ou negociável. Algumas pessoas podiam chamar isso de personalidade forte. Eu queria chamá-la assim, só para ser humana e generosa. Mas era óbvio que o que ela tinha de fato era um vazio tão imenso que chegava a se aproximar de poder.

Pensei que se a bajulássemos talvez ela agisse com bondade.

– Diga que ela é bonita – cochichei para Pearl.

– Diga você, se acha que ela é bonita.

Foi como se a enfermeira Elma detectasse nossos esforços psíquicos para gostar dela, porque nesse momento ela foi para o outro canto da sala e se ocupou lá de polir uma tesoura prateada, cujas pontas brilhavam à luz que entrava pela janela de cima. Apesar de pequena, a janela deixava entrar luz demais para meninas que acabavam de ser despidas. Cruzamos as pernas com força, cobrimos os botões do peito com as mãos e os seguramos como se torcêssemos para que eles se sentissem tão indesejados que desaparecessem sozinhos.

– Eles têm mais medo de você do que você deles – sussurrei para minha irmã, porque parecia que fazer graça era a única coisa que nos restava.

Pearl deu uma risadinha e eu ri também. Naturalmente nosso riso deixou Elma mais amargurada. Ela jogou a tesoura na mesa de cirurgia com estrondo.

– Vocês viram alguma das outras crianças rindo?

Não. Na verdade não tínhamos visto as outras crianças, porque a estranheza daquele lugar reduzia nossa percepção. Mas, orientadas por Elma, vimos que não estávamos sozinhas.

Havia mais cinco crianças na sala.

Lino e Artur Ammerling tinham dez anos e vinham da Galícia. Como nós, eram recém-chegados, e tinham sofrido o mesmo desprezo dos números antigos. Hedvah, uma menina que dormia três beliches acima do nosso e tinha a honra de ser a menina mais respeitada do zoológico, por estar lá há mais tempo e por ter certa habilidade de se impor com Bovina, iniciou um boato de que os Ammerling não eram gêmeos, que estavam ali apenas para receber os benefícios dos que eram. Pai dos Gêmeos era conhecido por conseguir esse tipo de coisas, dizia ela, modificando a papelada de modo que meninos jovens podiam gozar a salvação do status de gêmeos. Hedvah citou a cor de cabelo diferente, Lino era ruivo e Artur tinha cabelo castanho, como prova de que eram impostores. Mas eles tinham de ser gêmeos. Eu sabia pela postura dos dois sentados em suas cadeiras. Eles apresentavam o mesmo choque, os mesmos tremores, quando as enfermeiras contavam e mediam tudo neles. Nem um único gesto de identidade foi ignorado, os cílios para cima, os pelos das sobrancelhas, as manchas nos olhos, as covinhas nos joelhos e nas bochechas. Eles eram somados, subtraídos e comparados, duas equações humanas que só se contorciam em seus assentos.

E lá estavam Margit e Lenci Klein, da Hungria. Seis anos de idade. Sempre que Pearl e eu estávamos imensamente tristes, nós as procurávamos, porque elas nos faziam lembrar de como éramos quando tínhamos aquela idade – mãos dadas, cheias de segredos e a cotovelada irritada de vez em quando. Elas estavam sempre penteando o cabelo uma da outra com os dedos, até as mechas brilharem, e fazendo apitos de lâminas de grama. A mãe delas as tinha deixado com instruções para sempre usar fitas roxas no cabelo para ficar mais fácil avistar uma à outra no meio de muita gente, por isso prendiam as fitas no topo da cabeça todos os dias, assim que acordavam, e os laços pareciam orelhas de veludo. Vimos as enfermeiras marcando os corpos arrepiados das meninas com tinta vermelha, fazendo um círculo aqui, outro ali, até que seus corpos inteiros tivessem as marcas vermelhas. A quinta criança estava sozinha, chupando o polegar. Ele podia ter treze, trinta e cinco ou sessenta anos, era todo gasto, além de qualquer idade. A enfermeira com ele folheava arquivos e tinha um ar de tédio, como se não restasse mais nada a fazer com ele. Diante dela na mesa havia duas pastas, dois conjuntos de fotografias, dois conjuntos de diagramas, dois conjuntos de raios X. Mas havia apenas um menino.

E era um menino franzino de ossatura frágil e dentuço, tinha dentes espalhados sobre os lábios como uma cerca torta. Tufos de cabelo mechado de branco caíam sobre os olhos que pareciam incapazes de focalizar qualquer coisa além do teto. Suas veias ficavam tão próximas da superfície do corpo que, à luz fraca do hospital, os meandros davam uma tonalidade à pele dele de doença grave. Morrendo de frio e sofrendo, ele estava quase azul.

Olhei fixamente para ele, esperando que ele sentisse e olhasse para mim, do jeito que gêmeos costumam fazer, mas o menino só tossiu e não fez esforço nenhum para disfarçar sua doença. A enfermeira franziu o cenho para ele, desaprovando, e guardou numa caixa a metade dos arquivos. Isso parece que perturbou o menino. Vi quando ele balançou e dobrou os joelhos. Tive quase certeza de que ia cair, mas ele simplesmente olhou para a caixa com toda a reverência que merecia um túmulo, então estendeu o braço para ela, tentou passar um dedo na tampa, mas a enfermeira o afastou com um tapa, ele recuou como se estivesse ferido e botou o polegar na boca. A enfermeira disse que tinha terminado e gesticulou para ele se vestir, mas o menino recusou as roupas mesmo quando ela o empurrou com elas na altura do peito cavado. Como se ele resolvesse que não tinha mais nada para se agarrar, que nada mais tinha sentido, a não ser botar o polegar na boca. Agitada, a enfermeira jogou a roupa aos pés dele e se afastou. Ainda assim ele ficou lá parado, nu e azul, recusou obedecer. Ele virou para tossir na direção dela e foi então que nossos olhos finalmente se encontraram. Desviei os meus o mais rápido possível, mas não o suficiente para evitar ver que ele meneou a cabeça com simpatia e rápido demais para retribuir. Eu não podia encarar o que ele tinha sofrido, os horrores tornados óbvios demais pela cadeira vazia ao lado dele.

– Entendo o que você está dizendo – ele falou para a cadeira ao lado. – Mas o nosso pai, se estivesse aqui, diria que as maldições amaldiçoam quem maldiz. E nossa mãe, se estivesse aqui, diria...

Ele começou a tossir novamente.

Foram o menino e a cadeira vazia que me fizeram decidir: eu seria mais do que uma experiência nesse mundo. Não era tão inteligente como o Tio Doutor, mas podia estudar seus movimentos sem que ele notasse, aprender medicina e usá-los em meu benefício. Pearl tinha sua dança para se empenhar. Eu precisava ter uma ambição minha. Afinal de contas, quando a guerra acabasse, alguém ia ter de cuidar das pessoas. Alguém ia ter de encontrar os perdidos e juntar todas as metades. Não via motivo para esse alguém não ser eu.

Planejei começar minha prática com o menino. Sem saber o nome dele, resolvi chamá-lo de Paciente Número Azul. Eu o analisei bem e assimilei tudo o que podia ver de longe, mas antes de poder pensar mais nos aspectos particulares, fui interrompida por um som agudo e trinado.

Tio Doutor entrou assobiando com passos lépidos, cheirando a hortelã e gordura, as abas compridas do jaleco branco arrastando em cada superfície pela qual ele passava e cobrindo tudo no caminho. Eu tinha sabido que ele se achava especialista em assobio, assim como se considerava especialista em higiene, cultura geral, arte e escrita. Mas, apesar de não cometer erros, o assobio dele era nitidamente automático. Mesmo saltitando pela escala, no fundo era monótono, uma coisa oca que não transmitia nenhum sentimento.

Tentei imitar aquele assobio oco, mas não consegui copiar o trinado do doutor... quando juntei os lábios para soprar, só consegui cuspir.

O Tio viu esse acidente e sorriu. A expressão divertida podia parecer inofensiva para alguém de fora, mas a curva da boca me fez estremecer. Porque estávamos no laboratório dele para nos submetermos a experiências e algumas certamente eram destinadas a descobrir nossas inferioridades e determinar quanto tempo poderíamos viver. Não parecia impossível que um desses testes fosse sobre a capacidade de assobiar. Esses nazistas tinham ideias muito burras e maldosas do que constituía uma pessoa. Eu sabia muito bem que não devia jamais subestimar os caprichos deles.

– Eu sei assobiar – garanti para o Tio. – Eu juro. Estava assobiando poucas horas atrás.

Mas ele não prestou atenção em mim, apenas virou de costas e consultou um de seus assistentes.

Vi Pearl empalidecer de medo e fiz a mesma coisa. Tinha certeza de que meu fracasso tinha nos condenado. Em nossa defesa, levei em conta fazer uma lista para o médico de todos os nossos outros muitos talentos, mas resolvi que não seria bom nos vangloriar da dança de Pearl e dos recitais de poesia de Pearl e da habilidade de Pearl ao piano. Escolhi outro método para provar o meu valor.

– "Danúbio Azul" – anunciei na sala com voz exageradamente alta.

E isso funcionou. O Tio virou para mim, curioso.

– O que você disse?

– O que o senhor estava assobiando quando entrou. A valsa. É "Danúbio Azul".

O rosto do Tio se enrugou todo de prazer. Ele pegou a ponta de uma das minhas tranças e puxou, como faria um colega de turma.

– Você conhece música?

Eu me remexi no banco, nada à vontade com aquela atenção toda. Era como se eu fosse a única paciente.

– Pearl é dançarina – contei para ele.

– E você... – isso acompanhado de um dedo apontando – ... é pianista?

– Quero ser médica um dia.

– Como eu? – Ele sorriu.

– Como nosso papai – eu disse.

Foi a primeira vez que usei a palavra desde que papai desapareceu. Aquelas cinco letras, duas sílabas, aquele som que começava forte e ficava suave, como um passo que começa num degrau e termina na areia. Procurei atribuir novos significados à palavra para apagar o antigo, para transformar um pai numa vala, numa época, numa porta falsa de uma biblioteca que seria um esconderijo perfeito. Depois de falar a palavra afundei em mim mesma, mas o Tio estava encantado demais e nem notou, porque acho que quando disse *nosso pai* ele entendeu que eu falava *o senhor, só o senhor, Tio*, já que abriu um sorriso com orgulho paternal.

– Médica! Estou impressionado – declarou ele para a equipe. – Essa menina é inteligente.

A enfermeira Elma desconfiou dessa afirmação mas fez cara de quem concordava, depois recomeçou a limpar os instrumentos.

O Tio foi até a pia para lavar as mãos. Ao se ver refletido na superfície de aço do armário ele fez uma careta e quando viu uma mecha de cabelo despenteada tratou de se pentear com concentração excessiva, como se alinhar os fios pudesse trazer uma simetria agradável ao mundo dele. Atingida a perfeição, ele guardou o pente, recomeçou a assobiar e meneou a cabeça na direção de um assistente que botou uma cadeira na nossa frente para ele sentar. Limpou o assento com um lenço, esfregou com desprezo uma pequena mancha na madeira e sentou todo tenso diante de nós. A postura dele parecia de alguém que está numa reunião de família depois de anos afastado, querendo saber da vida dos outros, mas preocupado em esconder a própria identidade. Senti que era nossa responsabilidade deixá-lo à vontade e dei um sorriso. Tenho certeza de que não foi um sorriso bonito, mas ele viu minha tentativa de conquistá-lo e acho que viu também a minha fraqueza.

Botou as mãos nos nossos joelhos e escondeu os machucados do vagão de gado que havia neles.

– Andei pensando em organizar um concerto aqui. Vocês gostariam disso, meninas?

Nós fizemos que sim com a cabeça juntas.

– Então está feito! Farei com que toquem cada uma das suas músicas preferidas. Ou talvez, para não terem tanto trabalho, farei com que toquem a mesma música duas vezes!

Ele riu da própria piada. Eu ri também, para esconder o medo e Pearl acompanhou com uma risadinha. Já tínhamos aprendido a coordenar nossos corações naquele lugar para nos proteger. Mas o meu coração devia estar uma batida atrasado, como sempre, porque um segundo depois comecei a falar uma bobagem, inevitável e habitual em mim.

– Ouvi dizer que o senhor cuida bem das famílias dos gêmeos – eu disse, com a cabeça baixa.

Assim que cometi esse erro, Pearl chutou a perna da minha cadeira para incentivar meu pedido de desculpas.

– Não se desculpe – disse o Tio, passando suavemente as costas da mão no meu rosto.

Fiquei imaginando quantas vezes ele havia dito isso para pessoas como nós, porque a frase parecia incômoda na boca dele. O canto tremeu um pouco e ele mastigou a ponta do bigode. Era um tique estranho para um homem tão composto, um tanto bovino e vulgar, mas mais tarde entendi que normalmente fazia isso quando escolhia as palavras que ia dizer. Depois de pensar um pouco, soltou o bigode e falou muito sério:

– Eu cuido, sim, das famílias. Tem alguma coisa que queira que eu faça pela sua?

Explicamos que o nosso *zayde* podia parecer um velho, mas que tinha o espírito muito jovem, a cabeça muito ativa, sempre procurando coisas novas para examinar e estudar. No vagão de gado ele nos fez prometer duas coisas: que um dia aprenderíamos a nadar e que quando sobrevivêssemos compraríamos uma enorme garrafa do melhor vinho e faríamos um brinde a ele. Nesse brinde devíamos pedir o fim dos assassinos e desejar para eles um milhão de mansões cheias de milhares de quartos e em cada um desses quartos uma centena de camas e embaixo de cada cama uma cobra venenosa para morder seus tornozelos infernais e ao lado de cada cama um médico com o antídoto, para serem curados e viverem para serem mordidos de novo, sofrer tudo outra vez, repetidamente, até as cobras enjoarem do gosto dos nazistas, o que nunca aconteceria, porque todos sabem que uma cobra nunca enjoa do gosto do mal.

Concluída essa torrente de palavras, Pearl ficou furiosa e se remexeu na cadeira nada à vontade, mas o Tio pareceu despreocupado. Na verdade, ele agiu como se não tivesse ouvido nada. Simplesmente voltou a mastigar seu bigode e prosseguiu com o questionário.

– O seu avô gosta de nadar?

Ah, sim, respondemos. Zayde nada e boia e mergulha feito um peixe.

– Então isso está resolvido. Nós temos uma piscina aqui, vocês sabem. Vou providenciar uma escolta e informar para o supervisor do bloco dele.

Observei que Zayde ia precisar de calção de banho.

– Claro! Como pude esquecer? Tenho certeza de que ele não deve ter trazido o dele. Não vamos querer aquele bumbum velho espantando os outros banhistas, não é?

Não achei graça na ideia do meu *zayde* nu, mas ele achou, então ri com ele de novo, e Pearl não gostou. Só podia esperar que ela entendesse a estratégia na minha risada, porque quando finalmente parei de rir fiz um outro pedido.

– Tem outra pessoa – eu disse. – A nossa mãe.

– Sim?

– Ela é nossa mãe – foi tudo que consegui dizer porque pensar nela me deixava oca.

– E...?

– Ela desenha e pinta. Principalmente animais e plantas. Ela faz história dos seres vivos e de coisas que não vivem mais. Isso a deixa contente.

Era um jeito educado de descrever. Não tinha tanta certeza de que aquilo a deixava contente, mas sim que reduzia as lágrimas. Pensei na papoula na parede do vagão de gado, como a fragilidade das pétalas sustentava minha mãe. Mas achei que não era hora de explicar esses detalhes para o Tio. Uma expressão de tédio já ameaçava se apossar do rosto dele e eu sabia que não teria muito tempo para negociar com ele.

– Pincéis, então – resolveu ele. – E um cavalete. E claro, algumas tintas.

Nós agradecemos, dissemos que mamãe e Zayde ficariam muito gratos. Que aquilo era mais do que suficiente. Ou melhor, não mais do que suficiente, mas...

– Eu sei o que vocês estão querendo dizer. – A voz dele assumiu um tom solene. – É bom pensar nos outros, mas a sua família devia ter direito a vantagens por terem posto vocês no mundo. Porque vocês, gêmeas, são especiais.

– Tento dizer isso para a Pearl há anos – eu disse.

– Talvez ela acabe acreditando em você – ele disse, sério. – Agora você acredita, Pearl?

– Eu acredito – disse ela.

Mas eu sabia que aquilo não era tudo que ela sentia.

Satisfeito, o Tio deu uns tapinhas nas nossas cabeças, então mexeu num vidro do armário e me deu um cubo de açúcar. Um raro iglu de doçura... eu não podia desperdiçar tudo comigo. Então dei para Pearl. Ele franziu o cenho e me deu outro cubo. Dei esse outro para ela também.

– Esse é para você – ele disse, e botou um terceiro cubo de açúcar na palma da minha mão, dobrando os meus dedos sobre ele. – Tem utilidade medicinal.

– Nesse caso... posso dar para o Paciente Número Azul?

Ele ficou confuso e logo manifestou irritação. Então desisti do que tinha dito e botei o cubo de açúcar na boca. Eu estava descobrindo que era muito trabalhoso agradá-lo.

O Tio então se lançou numa linha extensa de perguntas que invadiu meus territórios mais desconfortáveis. Ele disse que só queria conhecer o básico. Quem nós éramos através de quem tínhamos vindo. Ou, mais especificamente, por que não tínhamos pai? Pearl conseguiu de algum jeito dar essa informação. Enquanto ela falava, eu cantarolava em silêncio, na minha cabeça, para não ter de ouvir o que ela estava dizendo. Cantei o "Danúbio Azul" até esse azul começar a cobrir meus pensamentos, mas mesmo esse azul todo não bastou para abafar a história completa.

Pearl contou para o Tio que uma noite papai não voltou da missão que tinha dito para mamãe que ia cumprir. Ela tentou fazê-lo ficar, já passava da hora de recolher, ela argumentou, e por que outro médico não podia atender às necessidades do filho doente do nosso vizinho? Stasha e Pearl não tinham importância para ele?, mamãe perguntou. Papai não discutiu, mas esqueceu seu guarda-chuva na pressa de sair. Ficamos lá segurando o guarda-chuva, esperando que ele voltasse para pegar. Mas ele não voltou naquela noite. E depois papai não voltou dias a fio, meses a fio. Mamãe perguntou para as autoridades, que no início não deram explicação nenhuma, mas mais tarde disseram que um homem que parecia com a descrição de papai tinha sido encontrado boiando no rio Vístula. Mamãe insistiu que não podia ser ele, que devia ter ocorrido alguma outra violação e que ela não ia acreditar nisso sem documentação.

Mas o Tio não era dado a confusões de papéis. Tendo prova ou não, ele acreditava nessa explicação. Suicídio era uma epidemia entre os judeus, afirmou ele.

– Vocês alguma vez se sentem dominadas pela tristeza? – ele perguntou, iluminando primeiro a boca de Pearl com uma lanterna, depois a minha.

– Nunca – eu disse.

– E você? – Ele deu mais um cubo de açúcar para Pearl, que ela pôs na boca para evitar conversa.

– Pearl é boa demais para se sentir triste – eu disse.

– Entendo.

– Pearl é tão boa... que nem sente dor. Está vendo?

Para demonstrar, belisquei o braço da minha irmã. Mas em vez de mostrar a ausência de dor, nós duas gritamos ao mesmo tempo. O Tio anotou isso com grande interesse, mas acho que não entendeu o que tinha realmente acontecido. Pearl não gritou por causa do beliscão que eu dei. Foi pura coincidência. Aconteceu que bem na hora que meus dedos beliscaram a pele de Pearl, sentimos o sofrimento de mamãe, que sentia tanto a nossa falta que achava a vida pesada demais para levar. Ela não tinha ideia das bênçãos que iam chegar para ela por causa do nosso valor como cobaias. Mamãe era muito frágil. Só podíamos esperar que suas rações extras, as tintas e pincéis, chegariam para ela antes de ser tarde demais.

Eu já ia falar da urgência disso para o Tio, mas ele agarrou meu ombro e não tive chance. O toque dele era firme, disciplinador. Tentei me encolher para esconder minha nudez, mas ele me fez levantar e andar pela sala.

– Pearl vai ficar esperando você aqui – ele disse quando passamos pelas outras crianças e enfermeiras e fomos para trás de um biombo que nos separava do resto da sala. Ele me fez deitar numa mesa de aço e acendeu uma luz diretamente em cima dessa mesa. Estávamos sozinhos, éramos só ele e eu e as abas brancas do jaleco e o facho brilhante da luz. Mas senti uma outra presença.

Senti aqueles olhos vidrados em mim, mesmo sabendo que nenhum tinha escapado dos alfinetes. Sabia que aqueles olhos viam o que eu via. Com eles, observei o Tio fazendo a mágica que é encher uma seringa com um líquido luminoso. Era âmbar igual às pedras de âmbar que pegamos uma vez numa praia do Mar Báltico e a cor me levou de volta para aqueles dias, logo depois do desaparecimento do papai, quando pegamos um barco e remamos na direção das ondas. Fiz força para parar de lembrar porque Pearl era a guardiã do tempo e das lembranças, e eu corria o risco de invadir uma história que não sabia ao certo se ainda me pertencia. Mas fiquei feliz de não ser mais minha. Porque ali deitada naquela mesa, sob o facho de luz, eu sabia que estava num lugar em que o tempo e a lembrança só provocariam dor. Senti uma gratidão enorme pela minha irmã, minha amiga mais querida no mundo flutuante, por me poupar dessa aflição.

– Eu sei o que você está pensando – disse o Tio quando se aproximou de mim com a agulha.

Eu disse que isso era muito engraçado, porque no passado só Pearl tinha essa habilidade.

Ele deu seu sorriso de laboratório, mas percebi que já estava cansando das minhas piadas. Então fiz cara séria, de intelectual, e espiei a agulha com interesse, como se estivesse na primeira fila da classe com um professor que eu quisesse muito impressionar.

Ele testou a ponta da agulha na ponta do dedo.

– Você está pensando que isso vai doer. Eu juro que não. Bem, pode doer um pouquinho. Mas muito pouco! E esse será um preço pequeno a pagar pela recompensa que você vai ganhar.

Que recompensa?, pensei.

Ele sussurrou no meu ouvido e implorou a minha permissão. Pelo menos é assim que eu lembro. Ou como lembrei por algum tempo, antes de recuperar minha capacidade de raciocínio. Mas claro que é mais provável que ele não tenha pedido permissão nenhuma.

Mesmo assim, o desespero pode penetrar um coração com consentimento. O meu estava pesado de tanto desespero. Esse consentimento deve parecer estranho, mas num lugar em que podemos terminar de forma tão abrupta, sem ter chance de salvar nossos mais queridos... como é que eu podia hesitar se ele estava oferecendo o conteúdo de uma seringa que me tornaria imortal?

Sim, respondi. Eu gostaria de ser imortal, mesmo que só por algum tempo.

E o Tio convenceu uma das minhas veias a cooperar, e a agulha se insinuou, e quando se insinuou senti minhas células se dividindo e conquistando outras células, e fiquei gelada.

Tenho certeza, enquanto minha memória continua lá, naquela mesa de aço, coberta com seus muitos instrumentos e confusão, de que você perguntaria: *Stasha, e essa imortalidade que acredita que recebeu, ela mergulhou em você como flecha, ou afundou feito faca? Quicou em você como uma pedra? Derramou sal no seu coração e o fez encolher como um caracol?*

Eu gostaria de falar com as sensações físicas da imortalidade, mas na verdade não posso. Depois que ele enfiou a agulha não senti mais meu corpo. E continuaria sem sentir meu corpo grande parte do tempo, durante anos. Quando foi a primeira vez que uma mera partícula dessa dormência passou? Eu estava descendo os degraus de um orfanato em Varsóvia, em 1945. Estava fraca e cansada, tinha uma drágea de veneno na minha meia três-quartos e um lamento profundo atrás de mim, e quando me aproximei do portão vi as lágrimas de alguém quase desconhecido se misturando com a chuva.

Mas voltaremos a esse episódio mais tarde. Por enquanto fiquemos com a agulha. Um simples pináculo dos objetivos do Tio, com sua picada fina e entrada firme nas minhas veias. Eu podia ter me perdido vendo a agulha executar seu trabalho, mas em vez disso observei o Tio. O rosto dele estava mais imóvel do que qualquer outro rosto que eu já tinha visto. Imaginei quais sentimentos poderiam saltar de trás daquela expressão forçada e plácida, então me esforcei para parar de imaginar porque sabia que não me faria bem nenhum conhecer esses sentimentos.

Esgotado o líquido da seringa, a agulha foi retirada. O Tio botou um pequeno chumaço de algodão no ponto de entrada, por onde vazava uma gota solar de sangue.

– Seu rosto está pálido demais. Como se sente?

*Culpada.* Era o que eu queria dizer. Como se tivesse abandonado tudo que era bom e valioso. Como se tivesse escapado da morte dando as costas para a vida. Todas as células do meu corpo choravam e eu sabia que elas não choravam por mim, mas por todos que se perderam e os que viriam a se perder, e lá estava eu, alguém que não deveria existir no mundo do médico, no entanto... o Tio interrompeu meus pensamentos, estalando os dedos embaixo do meu nariz.

– Stasha? Eu fiz uma pergunta. Como se sente?

– Sinto que sou uma pessoa de verdade agora – menti e escondi minha culpa atrás dos tremores. – Não apenas uma gêmea. Eu mesma, Stasha. Só Stasha.

– Que interessante! – ele comentou inspirado, satisfeito com esse progresso.

Imaginei que ele se sentisse poderoso assim, desfazendo o milagre do nosso nascimento duplo, cortando o laço que a própria natureza nos deu. Tenho certeza também de que ele acreditava que seria mais fácil me controlar na ausência da minha característica de gêmea. Pensava que eu ficava mais simples e mais desinibida, a cobaia perfeita. Por mais blasfemas que fossem minhas palavras, percebi que manter aquela mentira seria muito benéfico.

– Eu mesma – gaguejei. – Nunca sonhei que era isso que eu queria ser... mas agora sei. Um indivíduo, é isso que eu sou. Não parte de uma dupla, não apenas irmã da Pearl. Só uma menina normal, sozinha, por minha conta, sem necessidade de amar ou ter sempre alguém ao lado.

Extrapolei a renúncia a tudo que me era mais querido. Vocês têm ideia do que isso provocou em mim? O meu coração sentiu uma raiva tremulante e meus pulmões me ignoraram, fingiram que não me conheciam. Só pude esperar que tudo em mim, eu inteira, logo reconheceria meu objetivo, entendesse que aquilo era uma farsa levada adiante para conseguir que nós duas sobrevivêssemos. Essa encenação era por Pearl e por mim. Minha irmã passou tanto tempo me mantendo de pé, me dando segurança, me fazendo decente, amável, significante, que agora era a minha vez de protegê-la.

E Mengele caiu na minha conversa. Gostou tanto da minha declaração que até acariciou meus cachos com as pontas dos dedos.

– Pequena Stasha imortal. – Ele deu risada. – Você sobreviverá a todos nós.

Quando ele pôs a agulha na bandeja, eu compreendi que tinha me complicado, imposto divisões no que eu compartilhava com Pearl e em toda a nossa colaboração mútua em nosso pequeno mundo flutuante. Aquela agulha me fez *mischling*, mas assumiu um significado diferente do termo que os nazistas impunham a nós, todas aquelas equações frias e abjetas de sangue, adoração e herança. Não, eu era *mischling* de um tipo diferente, uma *mischling* poderosa, forjada no meu sofrimento. Agora era formada por duas partes.

Uma parte era perda e desespero. Tal escuridão tornaria a vida impossível, eu sei. Mas e minha outra parte? Era uma esperança louca. E ninguém seria capaz de extrair, cortar ou sugar essa parte de mim. Ninguém poderia queimá-la na minha pele, nem furá-la com uma agulha.

Essa parte esperançosa me distorcia, me dava nova forma. A menina que tinha lambido uma cebola no vagão de gado estava morta, e a *mischling* em que havia me transformado era uma esquisitice, uma pessoa deformada, uma criatura... Mas uma criatura capaz de enganar seus inimigos e salvar seus entes queridos.

– Você é a primeira, sabe? – disse o Tio, e tagarelou que eu era uma invenção de última geração, portadora de um futuro espantoso em forma de menina. Ele pegou uma lente de aumento e examinou meus olhos. Mas mesmo que espiasse bem de perto, não suspeitaria dos meus planos. Eu já estava treinada em farsas.

– Já que eu fiz isso... e a Pearl? Ela será a próxima? – Num mundo de perguntas, essa era a única que me interessava. – Vai torná-la imortal também?

O Tio demorou um pouco para arrumar os instrumentos na bandeja. Percebi que estava ganhando tempo, procurando resolver a melhor maneira de lidar com uma judia como eu, potencialmente duas caras, provavelmente espiã. Ele disse que se eu provasse ser boa paciente, Pearl receberia o mesmo tratamento, como devia qualquer gêmeo idêntico.

Prometi que ia provar. Disse que faria qualquer coisa pela Pearl e ele meneou a cabeça distraído, observou que estava contente de ouvir isso, porque não era nada bom criar uma raça de crianças que viveriam para sempre se essas crianças não fossem capazes de superar as origens inferiores do seu sangue.

Enquanto ele falava, eu sentia o que a agulha tinha feito. Dentro de mim havia uma fisgada, uma febre. Como se minhas células reconhecessem o som da voz dele. Sentia que elas se ramificavam e desenrolavam em sua imortalidade, como folhas que reconheciam uma fonte de luz suspeita… E eu jurei, por Pearl e sua iminente imortalidade, que nenhuma criança teria de ouvir aquele médico bestial por muito mais tempo. Ela se juntaria a mim como *mischling*, seríamos duas *mischlinge* juntas, duas meninas mutantes além das leis da vida e da morte, vitória e sofrimento… Com nossos dons sofisticados íamos conspirar para derrubá-lo, esperaríamos o tempo que fosse necessário e então, num momento vulnerável, íamos pegá-lo desprevenido e teríamos os meios de fazer com que parasse de se esconder atrás de nós. Talvez usássemos as facas de pão que davam para os prisioneiros para cortar nosso desjejum, talvez virássemos essas lâminas cegas para longe das rações, na direção da carne… e no minuto abençoado da morte dele, o Tio nem saberia quem era quem, qual era qual, não identificaríamos a gêmea que estava livrando o mundo dele. Todas as tarefas que tínhamos dividido entre nós pela nossa sobrevivência se desdobrariam e se misturariam. Nesse ato, nós duas assumiríamos a responsabilidade por tudo que era engraçado, futuro, mau, bom e triste.

E não saberíamos mais de nenhum sofrimento.

PEARL

# CAPÍTULO QUATRO

## Material de Guerra, Urgente

Em outubro de 1944, nosso segundo mês da vida de prisioneiras, não éramos mais *zugangen*, tínhamos visto crianças chegando e partindo como os minutos.

Apesar de ser a guardiã do tempo e da memória eu não podia saber o que estava errado com a minha irmã, mas acho que aconteceu depois do nosso primeiro encontro com Mengele. Depois daquele dia ela ficou letárgica e resmungava o tempo todo, andava com o nariz sempre enfiado em algum livro de anatomia, ou no seu pequeno diário médico, um pequeno caderno com estampa azul que usava para anotar listas de órgãos e suas características. Ela fazia excursões por todos os sistemas e seus órgãos, desenhava um diagrama de cada um e escrevia a descrição. Esse caderno azul não era diferente dos que ela guardava quando observava pássaros sob a tutela de Zayde. Mas em vez de cotovias e pardais, ela anotava as particularidades e funções dos pulmões e dos rins.

De todos os órgãos que ela listava, Stasha parecia mais preocupada com os que eram pares.

Por mais mórbidas que fossem essas anotações, esse interesse era um consolo para mim, porque apesar de ela se interessar demais pela manutenção da nossa semelhança, como todos os gêmeos com os quais convivíamos, eu tinha começado a sentir que uma parte dela tinha se rompido, e aquele distanciamento dela me fazia lembrar de uma ponta de gelo que se liberta de um iceberg e sai flutuando à deriva.

Por fora, ela disfarçava bem. Estavam lá toda a animação, as perguntas educadas, a obediência à rotina. Mas longe dos olhos de Mengele e Elma, Stasha ia para dentro dela mesma. Ela se encolhia diante de qualquer interação e desviava os olhos quando falavam com ela. Prestava atenção só no seu livro de anatomia, com todos os seus rabiscos furiosos nas margens. E sempre que ela dava uma pausa nos estudos, ficava parada com o polegar enfiado no umbigo, como se fosse potencialmente a fonte de algum vazamento e ela fizesse o melhor possível para se manter inteira, para evitar o colapso. Eu enfiava meu polegar no meu *umbigo* também, só para imitá-la, mas isso não provocava nada em mim. As sensações que ela buscava ficaram de repente fora do meu alcance. Ela estava perdida ou mudada. Eu sabia pouca coisa, eu não sabia de nada, tanto de mim já tinha sido arrancado que muitas vezes sentia que a única coisa que restava era a capacidade de ver a minha irmã gêmea se tornando uma desconhecida.

Mengele deve ter pregado algumas ilusões na imaginação fértil dela. Foi a essa conclusão que cheguei. Desde aquela visita, a voz dela ficou alta demais e os olhos estavam sempre semicerrados, seu humor nunca estava do jeito que eu achava que devia estar.

– Como está se sentindo? – perguntei uma vez para ela depois que saímos de horas de testes no laboratório. – Você sente o que eu sinto?

– Só me permito sentir quando o sol se põe. – Foi a resposta.

– E o que sente quando o sol se põe, então?

– Eu me sinto culpada porque vou viver para sempre.

– O que quer dizer com isso? – Dei risada.

Não se podia levar a sério uma coisa dessas vinda da Stasha. Tinha ouvido minha irmã contar tantas histórias ao longo dos anos que mais uma não me perturbava.

Ela evitou olhar para mim desde aquela primeira visita. Disso eu tinha certeza. Mas nunca, antes daquele momento, essa distância foi tão pronunciada. Eu via os cílios dela – todos os 156, segundo a contagem da dra. Miri – encostando-se ao rosto e via também as veias azuis nas pálpebras mapeando sua angústia.

– Eu não devia ter dito nada. Jurei que não ia falar nada.

Procurei não insistir naquilo, mas tarde da noite, quando estávamos deitadas no beliche, cobertas pelo calor do corpo de uma terceira menina – costumava ser uma desconhecida que desaparecia de manhã, transportada para outro canto –, fiquei tentando adivinhar como aquela ideia estranha tinha ido parar na cabeça dela.

A cabeça da minha irmã sempre foi um mistério para mim, mesmo durante aqueles breves momentos de conexão nos quais me via chapinhando nos pensamentos e sensações dela, mas isso era novo. Em geral eu não me assustava com essas invasões, a cabeça dela era doce, um lugar agradável para visitar, uma ilha cheia de animais mansos, diversos tons de azul, árvores boas para subir, os livros que ela queria ler, as plantas que queria conhecer.

Mas quando olhava para os pensamentos da minha irmã naqueles dias, eu os achava bem alterados. Onde antes havia aquela ilha pacífica, havia um território novo, inexplorado, um reino em que o cromossomo era sedutor, as células se dividiam sonhando acordadas e a perspectiva de mutação era consolo, salvação, uma forma de vingança.

Era um lugar em que acreditava que ela podia ser o carrasco de Mengele. Ela se convencia de que, se fosse bem esperta, se passasse a ser a mais dissimulada dos bajuladores, uma falsa protegida, uma menina infantil demais para atrair suspeitas, ela conseguiria recuperar o que ele tinha tirado de nós e libertar o zoológico.

Eu achava essa crença, esse território estranho na cabeça dela, nada menos do que apavorante.

---

Ela o chamava de cobaia, mas eu sabia que o menino nomeado Paciente Número Azul era mais do que isso. Eu sabia que ela o considerava um irmão, um trigêmeo, outro membro da família que ela não podia perder. Avisei para ela não se apegar. E ela me acusava de ser insensível. Não estava errada, mas eu não podia evitar ficar insensível com o Paciente porque estava muito cansada de ser sensível por nós duas. Meu corpo estava sobrecarregado de sofrimento, não precisava acrescentar o sofrimento do Paciente.

Mas eu era impotente para fazê-la parar de investigar. Só podia assistir à minha irmã fazendo esses questionários do lado de fora do barracão dos meninos, com seu interrogado sentado num toco de árvore, com o crematório atrás dele, se avolumando ao longe. Esses questionários eram redundantes, tratavam sempre dos mesmos assuntos, das mesmas explicações.

Lembro claramente a primeira vez. Eu estava sentada de pernas cruzadas ao lado de Stasha, tricotando um cobertor para disfarçar meu verdadeiro interesse ali. As outras meninas do zoológico tinham me ensinado a tricotar. Elas achavam útil para passar o tempo entre a chamada e o laboratório, ou para aquelas horas inevitáveis em que éramos separadas das nossas gêmeas. As tricoteiras usavam pedaços de arame arrancados da cerca que enrolávamos para um lado e para outro com as pontas dos dedos até se tornarem mais flexíveis e parecidos com uma agulha. Tínhamos apenas um material desse e nos revezávamos passando adiante para tricotar um suéter ou cobertor que servissem para uma boneca pequena. Quando terminávamos o suéter ou cobertor, eles nunca eram usados. Nós os desfazíamos e dávamos para a próxima na fila.

Terminar o meu cobertor era sempre um bom disfarce para espionar minha irmã. Sempre que meus dedos teciam com aquele arame, Stasha não desconfiava que eu estava ouvindo. Naquele dia eu lembro que ela iniciou o exame perguntando sobre o cabelo dele, sem cor.

– Não foi sempre assim – ele respondeu. – Ficou branco da noite pro dia. O do meu irmão também.

– Da noite pro dia?

– Ou algumas noites. Não sei dizer quando, exatamente. Aconteceu a caminho daqui. Nós não tínhamos espelho no vagão de gado.

Stasha perguntou sobre a história dele. O menino pensou bastante e enrugou o rosto tentando lembrar, antes de dar os detalhes relevantes.

– Ganhei cinco lutas na minha vida. Três com os punhos e duas com os dentes. Não me pergunte quantas eu perdi. Se perguntar quantas eu perdi, vai dar início a uma briga.

Não, ela insistiu, queria o *histórico* dele.

– Meu pai era rabino. Minha mãe era mulher de rabino. Meu pai, o rabino, ainda deve estar vivo. Ele sempre dizia que no escuro todos os gatos são pardos. Ele sabia muitas frases boas assim.

Stasha esclareceu: estava interessada no histórico médico dele. Então eles falaram do que Mengele tinha tirado, furado e estragado. Ele falou de instrumentos que tilintavam, serras que giravam e quando terminou disse para nós rezarmos para nunca sofrermos essas invasões na barriga.

– Você parece a Clotilde – disse Stasha. – Nós não rezamos. Nosso *zayde* rezava de vez em quando, só que rezava para a ciência.

Paciente achou graça no empenho de Stasha naquele protesto. Flexionou o bíceps para ilustrar, um bíceps que parecia um montinho de ervilhas.

– Não deixo a oração me botar de joelhos – ele disse. – Mas não há nada de errado em pedir para ser um tigre, um leão, um gato-do-mato, especialmente porque vou completar treze anos em breve. Rezo para que o instinto assassino dentro de mim supere os danos que provoca e eu possa sair daqui um dia e satisfazer uma mulher russa. Mesmo se ela não for... bem, é possível que ela me dê outra chance, porque eu serei charmoso e carismático, um verdadeiro cavalheiro. Eu não fui sempre assim, tão determinado. Mas meu irmão gêmeo... preciso levar o legado dele. Você não o conheceu, Stasha. Mas pode ter certeza de que ele não desperdiçava o tempo dele reclamando da falta de consciência de Mengele. Mesmo na morte, o meu duplo, o que sempre foi tão pacífico em vida, tão querido, tão afetuoso... agora que ele se foi acho que ele sonha em pendurar os nazistas e livrar suas entranhas de seus corpos. E agora os sonhos dele de vingança vivem em mim. Você pode bancar a enfermeira quanto quiser, Stasha, mas eu só posso ser matador.

– Eu não estou bancando a enfermeira. Estou fazendo outra coisa – Stasha retrucou fazendo bico.

Ela botou o caderno nos joelhos, olhou em volta para ver se alguém podia ter ouvido essa confissão.

– Você consegue imaginar que eu talvez tenha esses mesmos interesses?

– Diga, o que você está tentando fazer? Que coisa é essa, esse seu grande plano? Você vai fugir? Você viu o que aconteceu com Rozamund e Luca.

– Não vi.

– Fuziladas! – Ele levantou os braços e cambaleou para trás, imitando a queda das mártires. – Mortas por nada. Não conseguiram nada.

– Ora, então é bom que meu plano seja diferente, não é?

Stasha foi para onde ele estava caído na terra e observou a configuração da ossatura do menino.

– Só há dois tipos de planos aqui – afirmou Paciente. – Costumavam ser três, mas aquele terceiro plano, o plano de obter comida suficiente, esse ficou impossível.

Stasha parou para absorver essa afirmação e rabiscou alguma coisa no seu caderno. Então declarou que o exame tinha acabado. Ela disse isso com voz alta demais, torcendo para que Mengele passasse pelo pátio a caminho de suas torturas e tropeçasse naquela confirmação da genialidade nascente dela. Para Paciente ela não disse nada, não mencionou suas observações sobre a saúde dele, a não ser que ele não devia se abster de comer ratos, dado o seu estado.

– Eles não são *kosher* – fungou o menino.

– Nem o pão é – Stasha retrucou.

Eu estava começando a achar que o caderno era uma maneira de Stasha evitar contato visual. Enfiava a cara nele imediatamente, como se tivesse vergonha das próprias palavras.

O protegido apenas olhou para ela, com simpatia. E foi nesse momento que aquilo se tornou evidente para mim: Paciente estava sendo paciente de Stasha para poder mantê-la viva.

E o próprio Paciente precisava de salvação.

O problema era esse: o irmão de Paciente tinha morrido, então ele não era mais gêmeo. Os que não eram gêmeos eram descartáveis. Quando ficávamos sem nossos gêmeos tínhamos dias, talvez semanas, até sermos postos junto aos nossos gêmeos no necrotério para sermos estudados. Essas reuniões nunca eram anunciadas, mas nós todos reconhecíamos o padrão. Soubemos que Mischa tinha morrido e vimos Augustus desaparecer logo depois. Soubemos que Herman não existia mais e acenamos adeus para Ari, com o nariz grudado no vidro da janela da ambulância. Desaparecimentos eram inevitáveis, marcados com cruzes vermelhas.

Como guardiã do tempo e da memória, achei apropriado pôr marcas no braço de madeira do nosso beliche para gravar cada dia que Paciente continuava conosco.

– Para que são essas marcas? – Stasha tinha perguntado, passando a ponta do dedo nas primeiras quatro marcas.

– Os membros da nossa família – eu tinha respondido.

E quando passaram a ser cinco traços?

– Os membros da nossa família inclusive nossos mortos – eu disse para ela.

Satisfeita, Stasha passou os dedos nos sulcos para indicar aprovação. À medida que iam aumentando, eu inventava novas explicações. Disse que eram para as coisas que me faziam falta, os favores que eu devia à Bruna, a bondade que Stasha tinha demonstrado comigo.

Por sorte, a miséria tornava as mentiras mais fáceis. Cada nova explicação soava verdadeira para ela enquanto a fome continuasse aplacando seu estômago.

Quando os sulcos no beliche marcaram mais de trinta dias, não entendi por que ele estava sendo poupado tanto tempo. Achei que Mengele estava muito atarefado com os outros tantos corpos que havia e por isso esqueceu o menino momentaneamente. Ou talvez ele realmente tivesse algum respeito por Stasha e deixava que ela se divertisse com aquela experiência. Afinal, Mengele era famoso por quebrar regras para criar divertimentos próprios e parecia que ninguém o divertia mais do que Stasha.

*14 de outubro de 1944*

O caminhão branco veio para nos levar, bufando na terra como algum animal importante com seu falso símbolo da Cruz Vermelha de um lado. E sob a supervisão daquela falsa cruz nos uniformes de enfermeiras e médicos, exibida nas paredes do laboratório, o sangue de Stasha foi tirado e posto em mim, o meu sangue foi tirado e posto num balde, enfiaram agulhas na espinha de Stasha enquanto a minha gritava com empatia, fomos fotografadas e desenhadas, ouvimos os gritos dos outros no corredor, vimos o flash da câmera e, quando a luz ficou forte demais, Mengele tirou Stasha de mim com seu sorriso habitual que demorava para desaparecer e com um assobio longo também. Ela olhou para mim por cima do ombro quando os dois entraram numa sala particular.

O médico ia cuidar especialmente de Stasha, disse a enfermeira Elma.

Não sei ao certo se passaram horas ou minutos. Só sei que quando Stasha saiu daquela sala estava com a cabeça inclinada para o lado, como uma marionete com um fio arrebentado, e cobria a orelha esquerda com a mão, como se quisesse evitar ouvir qualquer som.

Mas antes mesmo de ver o ferimento de Stasha eu já sabia o que tinha provocado aquilo.

Já sabia porque, quando estava lá sentada esperando, senti alguma coisa entrar e borbulhar no canal do meu ouvido, senti aquilo correr e encher de um jeito que desafiava a minha compreensão, e gritei ao reconhecer essa dor compartilhada. Isso foi muito ruim, porque chamou a atenção da enfermeira Elma. Ela se virou da superfície espelhada do armário de remédios no qual passava o tempo cutucando as gengivas com um palito e alisando seus cachos.

– O que foi, menina? – Ela se aproximou de mim rebolando e cutucou a covinha que tínhamos nas bochechas. – Estou impressionada de ver que ainda tem força para tremer.

Disse que não era nada, enquanto continuava sentindo. Sabia que estavam derramando água fervente no ouvido de Stasha, estavam afogando a audição dela para sempre. E eu sabia, mesmo sem ela gritar.

Procurei escapar dos nossos pensamentos, espiei pela janela e vi guardas empurrando um piano pelo pátio. Tinha quase certeza de que era o nosso piano, o que tínhamos perdido quando tivemos de nos amontoar no gueto. Nós crescemos juntos, aquele piano, Stasha e eu. Aprendemos a engatinhar embaixo dele, nossas primeiras incursões estavam gravadas nas suas pernas. Podia ser o piano de qualquer pessoa, mas eu achei que era o nosso e logo que vi pela janela os guardas o empurraram para fora da moldura da minha visão e só ouvi um estrondo, uma pancada, barulho das teclas e uma enxurrada de impropérios.

Fiquei pensando para onde o estavam levando. E se eu o veria de novo um dia.

Minha visão do velho piano foi então substituída pela de Mengele. Ele entrou assobiando como de hábito. No meio de um trinado, ele parou e apontou para mim, feito um professor de música quando quer uma resposta.

– *Nona* de Beethoven? – arrisquei.

– Ah, não, você errou feio. – Foi uma afirmação triunfante.

Pedi desculpas pelo meu erro. Teria dito que minha audição estava um pouco comprometida no momento, mas resolvi que era melhor não os deixar saberem daquele mistério.

– Tenho uma segunda chance?

Estou certa de que ele costumava ouvir muitas vezes exatamente essas palavras. Ele começou a rir e Elma virou para ele com um olhar zombeteiro de reprovação.

– Não seja tão cruel com a menina! – Então ela me disse: – Você está certa, é claro. Às vezes o nosso doutor aqui gosta de se divertir um pouco.

– Para deixar vocês mais à vontade. – Ele fez que sim com a cabeça.

– Acho que teve o efeito contrário – disse a enfermeira Elma. – Olhe só para essas pupilas!

– Funciona com a Stasha – disse Mengele. – Aquela menina adora brincadeiras, não é? E você... você é um pouco mais reservada, não é?

Ele tirou as luvas e calçou um par novo. Enfiou os dedos com o zelo de um menino se paramentando para algum esporte, depois ergueu as mãos para ver se estava tudo em ordem. Não encontrou nada de errado e botou a mão no meu ombro.

– Sua irmã precisa descansar um pouco – ele disse. – Quem sabe podemos fazer outra coisa para passar o tempo?

Ele sempre usava esse tipo de frases, como se estivesse apenas dando uma sugestão jovial.

Então, ele e a enfermeira Elma conversaram alguns minutos, até concordarem com um plano. Fiz o melhor que pude para parecer desinteressada, mas consegui ouvir partes daquela conversa dos dois. Ouvi falarem de qual era a mais forte, quem era a líder, a paciente superior, e então eles voltaram para onde eu estava, morrendo de frio naquele banco.

– Uma coisa nova dessa vez – ele disse, sorrindo. – Ou nova para você, pelo menos. Sua irmã já conhece.

Ele procurou uma veia. Não teve de procurar muito. Xinguei minhas veias por serem tão disponíveis.

Não sei o que tinha naquela agulha. Um germe, um vírus, um veneno. Mas tive certeza quando estremeci e um calor fez meu corpo tremer mais, junto com gelo e choque, que ia acabar me dominando. Uma pessoa mais forte talvez fosse capaz de lutar contra o que aquela agulha continha, mas eu não era mais tão forte como antes de sermos exilados no vagão de gado.

Satisfeito, Mengele recuou e me examinou. Inclinou a cabeça para o lado como um papagaio maldoso que um dia me xingou na loja de animais.

Torci para ele ficar longe, mas ele puxou uma cadeira e alisou a minha testa para observar a febre que estava aumentando rapidamente, depois pegou um martelo pequeno e bateu nas minhas articulações. Minhas pernas e braços pularam com as batidas daquele martelo e o rosto de Mengele era um misto estranho de riso e determinação. Ele me examinou rapidamente ali sentada no banco, com as mangas brancas do jaleco caindo sobre a minha nudez.

– Está sentindo alguma dor? – ele perguntava enquanto batia com o martelo. – E aqui? E agora?

"Sim", eu disse. "Não", eu disse. E então "não" e "não". Porque eu queria comprometer as experiências dele. Queria torná-las tão sem sentido quanto eu.

Mengele não suspeitou de nada. Acendeu uma luz mirando nos meus olhos e agradeci aquela cegueira momentânea, porque o rosto dele estava muito perto do meu e o cheiro dele no meu nariz. Era de ovos mexidos e de crueldade e meu estômago roncou contra a minha vontade. Ele falava enquanto minha barriga roncava, parecia querer disfarçar aquela prova de que ele também era refém de um corpo que reagia à rotina normal da digestão.

– Como foi o seu dia, Pearl? – ele perguntou isso alegremente, como qualquer pessoa que encontrássemos no caminho da escola para casa, o carteiro, o açougueiro, a florista, o vizinho... uma pergunta muito inocente e casual.

– Dói.

– O seu dia dói? Que coisa engraçada para dizer! E eu que pensei que Stasha era a única comediante.

A enfermeira Elma bufou de desprezo do outro lado da sala.

– A dor tem seus motivos – disse Mengele.

Ele então me deu um doce e ordenou que eu aproveitasse. Levei embrulhado mesmo embaixo da língua por segurança. Não sem algum esforço, porque minha língua parecia ter terra, minha cabeça rodava e sentia a boca cheia de cinza. Mesmo assim consegui guardar o doce até chegar ao zoológico. No pátio, cuspi a bala embrulhada com papel na terra e fiquei vendo os trigêmeos Herschorn brigarem por ela.

Eu não sabia mais por quem torcer.

O ferimento de Stasha facilitou a minha espionagem. Ela usava um curativo de gaze sobre a orelha agora surda e ficava tão zonza de sono que eu podia ler seu caderno azul bem na frente dela, quando estávamos deitadas no nosso beliche.

*20 de outubro de 1944*

*O doutor guarda os vidros numa caixa. Eles têm marcado "Material de Guerra – Urgente". Eu sei que há vidros com o meu nome, com o nome de Pearl. Ele cuida para não misturá-los. Ele tem cuidados especiais em muitas coisas que dizem respeito à organização, mas estou começando a duvidar de sua capacidade como médico.*

Então ela acordou e me pegou lendo. Bufou um pouco mas estava fraca demais para se importar muito com a minha invasão. Indiferente, ela simplesmente arrumou as pétalas brancas do curativo da orelha.

– Você sabe que não pode fazer nada com o Mengele – sussurrei.

– Zayde não concordaria com você. Ele achava que eu podia fazer qualquer coisa que resolvesse fazer. Pergunte para Zayde, ele vai dizer para você.

– Como vou fazer isso? – perguntei.

Dessa vez não procurei disfarçar o meu deboche das ilusões dela, de todas as crenças estranhas às quais ela se agarrava com tanto desespero que acabavam impregnando que nem remédio.

– Estou escrevendo uma carta para mamãe – ela disse. – Posso acrescentar essa parte.

Ela tirou o caderno de mim e vasculhou o bolso à procura de um lápis.

– Por que estamos fingindo isso, Stasha?

– Fingindo? – Ela abaixou a voz. – Você quer dizer sobre o Paciente? É claro que estou fingindo que ele está bem. Qualquer médico sabe que não se deve dizer para as pessoas doentes que elas estão doentes. Isso só piora o estado delas. Elas perdem a esperança. Seus ossos começam a se curvar para dentro e em pouco tempo seus pulmões...

– Quis dizer fingindo sobre mamãe. Sobre Zayde.

– Por que eles não estariam bem? Nós estamos fazendo tudo que o Tio pede.

Então ela desembestou nos seus absurdos de sempre, dizendo que sempre que enfiavam uma agulha em nós, mamãe recebia mais pão. Sempre que tiravam uma amostra de tecido nosso, deixavam Zayde nadar na piscina com os guardas. Ela insistia que tinha negociado isso muito bem com o Tio. Agora que tinha sacrificado um ouvido, não havia como o Tio voltar atrás e resolver não cuidar deles.

Resolvi não contar nada do piano que tinha visto no pátio. A prova da nossa perda e de tudo que tinham tirado. Aquilo não foi meramente caridade. Era porque eu mesma não estava conseguindo acreditar.

– Por que não uma visita, então? – desafiei. – Esse não seria o maior privilégio? Ver os dois?

– Eu não pedi visita.

– Você não pede visita porque sabe que estão mortos.

– Não é verdade – ela disse, com a expressão petrificada. – Eu sei que não é verdade. Tenho provas. Eles estão longe de nós, mas ainda estão vivos.

– Quais provas?

Ela sentou no nosso beliche e virou de frente para mim, ficamos cara a cara. Gentil de repente, ela estendeu a mão e fechou meus olhos.

– Está vendo isso?

– Não.

– Faça um esforço. Eu estou pensando.

Ela alisou minhas pálpebras com as pontas dos dedos até que uma escuridão suave cobriu minha visão. E então apareceu.

– Você está vendo, não está?

Eu via, sim. Exatamente como mamãe tinha desenhado. Mas...

– Não – eu disse. – Não estou vendo absolutamente nada.

– Sei que você está mentindo, Pearl. Você está vendo sim. Você vê exatamente como eu.

Continuei a negar isso.

– É uma papoula – ela murmurou. – Você se lembra do desenho que mamãe estava fazendo? Ela estava começando a desenhar um campo cheio de papoulas quando tudo mudou, lá em Lodz. E quando nos puseram no vagão de gado, ela recomeçou a desenhar, na parede. Só terminou uma. Sempre que fico triste demais eu vejo uma papoula. Sei que se mamãe estivesse morta, não veria mais. Mas não preciso explicar isso para você. Você sabe do que estou falando, Pearl.

Apesar de ser verdade, eu não ia admitir.

– Não me importo de vê-la porque me faz lembrar da mamãe. Mas não gosto muito dessa sensação. Às vezes, quando tudo fica insuportável demais, a papoula ameaça se multiplicar. Se você não estivesse aqui, Pearl, eu veria um campo cheio delas. Espero nunca ter motivo para ver um campo assim, cheio de papoulas.

Eu não pude ver a expressão dela naquele momento, porque ela se enfiou embaixo do trapo fino que era nosso cobertor e cobriu a cabeça com ele. Ouvi seus resmungos de desconforto quando se mexia e se ocupava de desamarrar meus sapatos. Desde quando éramos pequenas ela sempre gostou de tirar os meus sapatos, para ter certeza de que eu não iria embora. Senti os sapatos caírem dos meus pés. Achei bom Stasha não poder enxergar no escuro formado pelo cobertor. Não queria que ela visse que os sapatos dela estavam em melhor estado, na verdade como novos, porque ela raramente ia além do hospital e do pátio, enquanto os meus tinham as solas gastas com minhas idas para organizar as batatas.

Debaixo do cobertor, Stasha fez uma pergunta, a mesma que fazia dia após dia, num interrogatório que logo se tornara rotina e ao qual eu já respondia até dormindo.

– Você praticou dança hoje? – perguntou ela.

Eu não ia contar a verdade, que eu tinha começado a treinar, mas assim que fiz a primeira posição uma gota de sangue saltou da minha garganta e ficou suspensa no ar como se quisesse me alertar do efeito dos danos dentro de mim. Em toda a sua vermelhidão, a pequena gota deixou isso claro: que os planos de Mengele, de me abrir, tinham começado, e que para eu sobreviver aos danos infligidos por ele precisaria de um milagre duplicado e duplicado de novo, multiplicado a uma potência impossível.

– Que motivo eu teria para não dançar?

STASHA

# CAPÍTULO CINCO

## As Nuvens Vermelhas

Depois que o Tio feriu meu ouvido, tudo que eu ouvia tinha eco. Isso era bom quando alguém falava alguma coisa agradável. E era terrível quando alguém rosnava uma ordem maldosa.

Acho que nem preciso dizer o que acontecia com mais frequência, levando em conta que Bovina tinha sido encarregada de cuidar de mim. Aquela mulher nunca se satisfazia.

Um segundo efeito colateral: um carrilhão de ausência. Uma certa ardência, uma pancada seca.

O terceiro efeito colateral desse estrago era mais bem-vindo. O furo que ele devia ter deixado no meu ouvido garantia uma passagem mais fácil para os sonhos permearem meu cérebro. Tive todo tipo de sonhos naqueles dias depois que minha audição acabou. Eram tão lindos que quase perdoei o Tio pela perversão do que tinha feito com meu tímpano. Porque eu não podia perder a oportunidade, mesmo em fantasia, de confrontá-lo com todas as maldades que ele tinha feito.

– Você teve o sonho também? – perguntei para Pearl uma manhã, depois de um episódio de vingança especialmente gratificante.

Admito que estava testando, queria ver como estávamos sintonizadas aquele dia.

– Claro que tive – ela disse, se espreguiçou no beliche e bocejou um pouco, só para me distrair daquele tom nada convincente.

– Como foi? – desafiei.

Sabendo que seu rosto revelaria a mentira, Pearl virou de costas e ficou de frente para os tijolos da parede.

– Família – ela disse. – O que mais seria?

Senti uma culpa enorme de não ter sonhado com a minha família... Nenhuma visão de papai ou mamãe, nem mesmo um fiapo de lembrança de Zayde. Por isso entrei na mentira dela.

– Um dos bons, sim. Mas seria bom se mudasse um pouco de vez em quando – eu disse. – Aquela parte em que Zayde transforma o repolho em uma borboleta foi bem bonita, mas a parte em que papai reaparecia toda vez que mamãe chorava foi terrível.

– Na verdade foi triste – disse Pearl. – Não sei por que não podemos sonhar melhor.

– E imagino que esses defeitos sejam minha culpa. Afinal de contas, você nasceu primeiro – eu disse. – Você sempre liderou nessas coisas. Até no laboratório eles acham que você é a líder.

– Isso só prova como eles são burros – disse Pearl. – Qualquer um que não seja cego pode ver que é você que cuida de nós.

Sentei com as pernas para fora do beliche. Podia ser um bom dia se estivéssemos em qualquer outro lugar. O sol já ia alto e, para variar, os passarinhos estavam determinados a espalhar seu canto junto com os uivos dos cães dos guardas.

– Fora da cama! – rugiu Bovina.

Ela caminhou entre as grades de madeira, batendo em cada uma com uma colher e esticando o braço para dar um puxão de orelha sempre que dava vontade.

Cobri as orelhas com as mãos.

– Não dar ouvidos ao diabo, é? – disse Bovina.

Fiz que sim com a cabeça. Continuei tapando as orelhas.

– Você também não vai ver o diabo. Hoje não. Haverá uma partida de futebol no campo. Bom, não é?

Abaixei as mãos ressabiada e respondi que sim, que estava animada para assistir à partida. Minha irmã também se animou com essa notícia. Ela andava muito lerda ultimamente, mas nesse dia pulou para a escada e se vestiu apressada. Mas Bovina a agarrou pela gola e puxou minha irmã para o lado.

– Nada de jogo para você, Pearl – disse Bovina.

Foi então que vi o clarão da ambulância passando pela porta.

Quando vi a enfermeira Elma pegar Pearl, quando as vi desaparecendo na boca daquela ambulância falsa e partir, comecei a desejar que ele destruísse meus olhos também, para não poder mais testemunhar a constante tortura imposta à minha irmã. Mas eu não seria poupada do fardo da visão, ainda não.

---

Nós nos reunimos no pátio, Bovina à frente. Parecia que ela era uma grande fã do esporte. Ela tentou nos animar, conversou com cada criança sobre várias jogadas, contou qual guarda jogava melhor. A dra. Miri e o Pai dos Gêmeos estavam menos entusiasmados com o evento. Eles andavam no meio de nós, fazendo a contagem.

Paciente correu para o meu lado com suas pernas em X. Seus olhos estavam mais erráticos do que de costume.

– Tenho um presente para você – ele disse.

Estava com os braços para trás.

– A única coisa que eu quero é que você fique bom, Paciente.

Ele respondeu tossindo.

– E você não está nada bem.

– É uma daquelas coisas – Paciente disse sorrindo – que ficam piores antes de piorar e que depois nunca melhoram, mas quem tem tempo de se importar, já que estamos ocupados demais brigando por uma lata cheia de urtiga, não é?

Na época isso tinha virado um dito popular. Não dei muita atenção. Virei para o outro lado para evitar que aquela conversa continuasse. Senti um puxão na saia, depois um tapinha no ombro. Risonho, Paciente mostrou uma trombeta auditiva.

– É para você – ele disse. – Do Canadá. Eles guardaram porque é de marfim… eu acho.

Essa trombeta auditiva antiquada devia ter pertencido a alguma mulher rica. Tinha acabamento fino, com empunhadura de cabeça de cavalo. O cavalo era desafiador, tinha a boca projetada, a crina penteada para trás, como se encarasse uma ventania. Fiquei preocupada com o que o Tio ia dizer se me visse com ela atravessando o pátio.

– Experimente – ele pediu. – Ponha no seu ouvido ruim para eu dizer qualquer coisa.

Não experimentei. Alisei a crina do cavalo incrédula.

– É bom que goste... – ele disse. – Negociei com o Peter. Ele roubou do depósito para mim. É mais fácil conseguir as coisas com o Peter sendo menina, porque elas podem pagar com uma apalpadela. Eu tive de pagar com um cigarro.

– Eu preferia o cigarro – debochei.

– Cigarros não melhoram a audição – ele disse, com a voz da lógica. – Algum dia poderei falar alguma coisa importante no seu ouvido esquerdo, uma coisa que você não vai querer perder.

Nisso ele tinha razão. Eu estava gostando cada vez mais das nossas conversas. Com ele, eu podia falar de coisas que não diria para Pearl. Coisas como acabar com o Tio. Onde ou como acabar com ele e o tipo de ferramenta que daria cabo dele mais rápido.

Na partida de futebol, nós nos espalhamos no lado esquerdo do campo e procuramos não olhar para o lado direito, ocupado pelas guardas femininas e algumas famílias dos guardas, em visita de fim de semana, todos felizes e brincando em cobertores coloridos, com salada de batata, pãezinhos e salsichas. As mães perseguiam seus bebês querubins pelo gramado, liam livros ilustrados para as filhas e tiravam fotos de todas as curiosidades de Auschwitz com suas câmeras. Vi uma câmera apontada na minha direção e fechei os olhos de propósito. Paciente me imitou. Observei satisfeita que estávamos ficando cada dia mais parecidos.

Quando abrimos os olhos, o jogo começou.

Vimos a bola voar de um lado para outro entre os guardas com seus belos uniformes atléticos e os prisioneiros com suas listras desbotadas. Paciente estava muito animado e tive de lembrar várias vezes para não torcer muito alto, até pela precariedade do estado de suas entranhas. Um grito exagerado, avisei, certamente romperia a fragilidade dentro dele.

– E também não espere a nossa vitória – eu disse.

– Mas nós vamos ganhar – disse ele ao meu ouvido bom, completamente eletrizado. – E quando ganharmos, os trens voltarão aos trilhos, através das florestas, das montanhas. Se ganharmos, o gueto nunca terá existido e a batida na porta nunca terá acontecido.

Ele parou de falar, à espera da minha aprovação, mas só um segundo. Estava gostando daqueles sonhos, do poder da sua imaginação. Nós éramos iguais nisso também.

– Se nós vencermos – continuou –, meu irmão será meu irmão, em vez de um menino morto. Ele jamais terá sofrido. Ele jamais terá imaginado onde eu estava enquanto morria.

Eu quis dizer para ele que não sabia se esse milagre ia acontecer. Eu conhecia alguns segredos daquele lugar e sabia que era estranho, mas ressurreição? Isso parecia impossível. Então compreendi que não podia dizer que tal bênção era improvável, porque também nunca achei que a crueldade de Auschwitz fosse possível.

Mas guardei esses pensamentos só para mim e se Paciente estava realmente preocupado com o que ia na minha cabeça, ele disfarçou muito bem, concentrado no jogo.

Vimos os prisioneiros se arrastando no campo. Mas esse arrastar deles foi determinado no primeiro tempo e valente no segundo. Alguns eram sonâmbulos despedaçados, enquanto outros, animados com a possibilidade da vitória, invocavam uma força que certamente se dissiparia. A bola não ligava se os chutes eram fracos, se os jogadores estavam sonolentos. Ela voava entre prisioneiro e chefe da guarda como se tentasse negociar um tratado impossível. Na prorrogação, um guarda risonho chutou a bola para fora do campo e a substituiu por um pão de polvilho que provocou uma chuva de farelos quando foi chutado no meio de campo. Até os corvos empoleirados nas árvores sabiam que não deviam comer esses farelos. Viraram as cabeças pretas para o sol e ignoraram. Entendi que era uma decisão sábia e segui o exemplo das aves. Paciente fez o mesmo que eu.

Olhamos para o céu em vez do jogo e vimos as nuvens sendo nuvens do seu jeito próprio. Juntos traduzimos as formas, feito crianças mais inocentes do que nós.

Um relógio, eu disse, apontando para uma nuvem.

– Um nazista! – disse Paciente.

Apontei para outra nuvem.

– Um coelho – falei.

– Um nazista! – exclamou Paciente.

E essa rotina continuou. Quando eu via uma noiva, um fantasma, um dente, uma colher, Paciente só via um nazista. Às vezes os nazistas dele estavam dormindo, palitando os dentes, mas em geral eram apenas nazistas morrendo. Os nazistas moribundos morriam de muitas doenças, e de confrontos com animais selvagens, confrontos com a avó de Paciente e confrontos com a ponta de uma faca de pão na mão do próprio Paciente.

Procurei ver o que ele via, tentei seguir o olhar dele a partir de onde tinha deitado, com o rosto sujo de terra. Ele tossia, mas virava educadamente a cabeça para orientar o fluído perigoso para a terra.

– Explique por que aquilo parece um nazista para você – pedi, e apontei para a última formação, que ele tinha declarado ser de um nazista morrendo com uma flecha envenenada.

A resposta dele foi tirar sua faca de pão do bolso da calça e passar a mão na lâmina. Todos no zoológico recebiam essas facas para cortar nossas rações. A maior parte era cega e precariamente presa ao cabo. Mas a faca de pão de Paciente tinha era bem afiada, tinha um gume que ele havia cultivado raspando nas pedras.

– Um dia eu vou matar um nazista – ele cochichou.

Então ele sentou de um pulo e esfaqueou a terra em volta de nós.

– Eu quero matar um deles também – sussurrei. – Mas um bem específico. Você sabe quem é.

Paciente continuou golpeando a terra em volta dele com a faca.

– São todos iguais – disse ele. – Fico com todos que puder.

Quando ele disse isso, senti uma dor repentina. Uma dor invasora, desconhecida para mim. Tentei descrevê-la como um calor, só que o que ela carregava era uma pontada tão forte que me admirei de não ter desmaiado. Lá em cima, as nuvens passavam despreocupadas. Nuvens idiotas. Estava começando a cansar delas. Além de não serem solidárias à nossa causa, nenhuma delas tinha talento suficiente para imitar minha irmã. Porque quando senti essa dor pensei em Pearl no laboratório. Mas eu não podia pensar em Pearl no laboratório. Não assim.

Ela era mais forte do que eu, pensei, ela ia suportar.

Concentrei-me para ver o lado melhor das coisas.

– Um dia – disse para o meu amigo –, matar não será mais necessário. Porque isso acabará.

– O mundo? – Paciente franziu o cenho.

– Não, a guerra – eu disse. – A guerra vai acabar.

Paciente deu de ombros. Não sei ao certo se ele deu de ombros para o sentimento, ou se reagia ao fato de que os guardas tinham marcado mais um gol.

– Mundo, guerra... Também são a mesma coisa – ele disse.

Foi então, num ataque de raiva alimentada pela vitória dos guardas, que ele ergueu a faca de pão para as nuvens nazistas e seu corpo despedaçado não deve ter suportado nem mesmo esse pequeno gesto, porque ele cambaleou para trás, caiu com um barulho surdo e bateu a cabeça numa pedra. O corpo dele estremeceu, teve uma convulsão. Bovina não fez nada, eu fiz menos. Tive medo. Chamei o Pai dos Gêmeos, a dra. Miri. Paciente continuava a tremer todo, revirava os olhos nas órbitas. O goleiro dos prisioneiros soltou um grito e correu para perto, tentou acalentar Paciente, tentou enfiar um toco de pau na boca do menino que convulsionava, para salvar sua língua. Vendo esse socorro, um dos guardas sacou a pistola. Tiros foram disparados. Dois para o alto e um para carne humana. Alvejado, o goleiro dos prisioneiros caiu ao lado do corpo convulso.

O Tio abriu caminho na multidão, empurrando uma maca e berrando furioso com todos por quem passava, pisou em cima do corpo do goleiro caído para pegar Paciente.

Uma premonição ficou passando na minha cabeça quando levaram o menino embora na maca: aquela era a última vez que eu via o meu amigo. Abaixei a cabeça, olhei para os meus braços que tremiam abraçados ao presente que Paciente tinha me dado. Não precisei da trombeta auditiva para ouvir os gritos do Tio para o rosto imóvel de Paciente, numa tentativa inútil de fazê-lo reviver.

E no meio desses gritos e berros havia a dor da minha irmã que eu tinha tentado desprezar, porque ela era mais forte, porque ela ia querer que fosse assim, porque eu não poderia viver com nenhuma outra. A dor de Pearl insistia dentro de mim, corria, encolhia para dar o bote e falava: *Faça o que quiser com a sua parte, mas eu não serei ignorada, reformada, nem suportada.*

Ouvindo isso, deixei cair a trombeta auditiva.

A trombeta caiu a pouca distância do prisioneiro goleiro ferido no chão, com uma das mãos no peito. Como era possível continuar assim tão curioso até o fim, tão empenhado em saber e experimentar até na hora da nossa morte? Porque, quando o prisioneiro goleiro viu aquele objeto precioso, tão estranho e alheio ao campo de futebol, ele se arrastou para frente em seu delírio de moribundo, como se quisesse ver se aquele chifre de marfim continha alguma última coisa para ele, uma mensagem, um ruído, um grito... Mas o guarda, ao ver o interesse dele, o derrubou com uma bala nas costas, no momento em que o homem agarrava o objeto. Só então ele se aquietou. Nuvens vermelhas brotaram entre as listras do uniforme dele. Eu vi quando escorreram e viajaram pelo horizonte dos seus ombros.

PEARL

# CAPÍTULO SEIS

## Mensageiros

Quando Paciente foi levado para longe de nós, tão sem vida, minha irmã se calou. Se disse qualquer palavra lamentando, eu não ouvi. Mas talvez eu tivesse perdido isso, porque afinal, lamentações são difíceis de distinguir dos outros ruídos de Auschwitz. Estávamos no final de outubro, 1944, aviões aravam o céu sobre nós, abafavam os latidos dos cães e os disparos das torres de cimento.

– Russos – observou Taube, amargamente para ninguém, de rosto inclinado para ver tudo. – Se eu fosse ao menos covarde o bastante para desertar desse inferno agora, antes de toda a Polônia ser destruída...

– Que pena! – zombou Bruna. – Você estar tão sobrecarregado de bravura!

Prendi a respiração e esperei a retaliação ao insulto. Mas não veio. Taube se ocupava demais com suas divagações.

– Devíamos bombardear esse lugar agora – continuou ele. – Deixar todos vocês aqui se contorcendo nas ruínas. Deixar os russos terem o trabalho de tentar libertar seus corpos.

– O que te impede? – Bruna provocou. – Seu miserável deformado!

Taube estava tão distraído com os aviões que nem perseguiu Bruna. Ou talvez o barulho dos motores tivesse tornado os insultos de Bruna inaudíveis. Em todo caso, ela se aproveitou dessa oportunidade. Covarde nojento!, gritou ela. Verme medíocre! Imprestável!

Ela estava se divertindo muito com isso e nos deu mais esperança de que os aviões conseguissem seguir seu caminho. Mas apesar da chegada dos russos ser útil para a esperança de muitos, isso não significava nada para a minha irmã.

Sem o amigo para cuidar, Stasha sentiu-se soterrada por cortes abertos no tempo. Todos tinham suas sugestões de como Stasha podia ser útil, mas ela descartou os pedidos de Bruna para que organizasse uma equipe, e os convites da matriarca dos anões para um chá. Conhecendo o amor que minha irmã tinha por bebês, Clotilde lhe concedeu a honra de catar os piolhos das cabeças dos gêmeos, mas mesmo essa invejável demonstração de confiança fracassou, não demoveu minha irmã.

Ela não tinha mais tempo para distração de espécie alguma, dizia Stasha, e era verdade, não podia ser tentada por nenhuma distração nossa, dos horríveis Faça Cócegas no Cadáver, ou da peça Mate Hitler. Houve um tempo em que as pantomimas de Stasha tinham ameaçado destronar Mirko – ela quase superou a imitação dele de Hitler com um ato menos dependente do bigodinho do que a maioria, contando apenas com uma paródia do discurso dele e um belo fiapo de baba. Eu sabia que ela gostava mais de fazer os outros rirem do que qualquer outra coisa, mas não havia como convencê-la a participar depois do desaparecimento do Paciente. Quando tentei persuadi-la dizendo que os jogos eram bons porque envolviam amigos, ela disse que também não tinha mais tempo para amigos, e fez essa declaração o mais alto possível, obviamente torcendo para que Moishe Langer, que recentemente havia oferecido um doce para ela e matado uma barata antes que passasse por cima do seu pé, finalmente parasse com aquelas atenções indesejadas e a deixasse em paz.

Ela só queria ficar sentada nos degraus da enfermaria, com sua faca de pão nos joelhos. Aqueles degraus viam os pés de muitos doentes, enfermeiros, os mortos sendo carregados. A dra. Miri passou a entrar e sair da enfermaria com muito cuidado, evitando minha irmã a qualquer custo. A expressão dela dizia que não podia arriscar uma discussão sobre o destino de Paciente. Mas por mais rápido que subisse aqueles degraus, era sempre confrontada por Stasha, cujas feições imóveis procuravam se exprimir quando a médica se aproximava. Stasha fazia o melhor possível para manifestar um ponto de interrogação no rosto, um confronto suave, mas a dra. Miri só franzia o cenho incomodada e depois desfranzia prontamente, como se atendesse aos gritos dos que morriam lá dentro.

Eu não sei como Stasha conseguia ouvir os gritos. Sei que ela prestava atenção neles à procura da voz de Paciente, mas isso era demais para a minha resistência. Acredito que ela estava se testando para tempos futuros. Porque quando os aviões russos foram embora, Stasha finalmente voltou a conversar comigo. Só que sua voz tinha um novo tom de amargura. Parecia mais velha do que nós duas.

– Tenho visto aquela tulipa na minha cabeça ultimamente. Vejo o tempo todo. Você também vê, Pearl?

Eu via.

– Não posso mais vê-la – ela disse para mim. – Não me faça ver um campo delas.

Foi esse aviso que me fez planejar sua futura dor.

Fui conversar com Peter em segredo. Stasha detestava Peter, o valorizado menino mensageiro que tinha arrumado a trombeta auditiva para Paciente. Ele conhecia pintura e livros muito melhor do que nós, e isso impressionava muito o médico. O que era pior e mais confuso ainda era que ele não tinha gêmeo, nem nenhuma das anormalidades habituais, nem desvios genéticos que em geral significavam salvação. Na verdade era sua boa aparência ariana – que Mengele elogiava como nariz heroico e queixo forte – o aval para sua permanência no zoológico.

Desde o início, Mengele o tinha ungido como alguém especial e dera ao menino de quatorze anos vantagens muito acima e além das nossas. Se Peter tinha consciência ou se envergonhava disso, eu não sabia. Ele adotava uma postura diferente. Eu o observei desde o primeiro dia, espiava quando ele passava pelas cercas feito um gato caçando sorrateiro e muito concentrado, traindo sua intenção de subverter todos os benefícios do seu posto. Peter tinha o dom da adaptação, mas era mais civilizado do que Bruna, abordava as questões com muita diplomacia e era fácil esquecer que era tão jovem, dadas essas habilidades. Dessa forma ele sobressaía, e mais. Talvez o mais notável, naquele lugar de constante imundície, era que estava sempre limpo. Nunca apresentava unhas encardidas, diferentemente do resto de nós. Muitas vezes o vi alisando as roupas com as mãos, consertando as casas dos botões, e apesar de esquelético como qualquer um de nós, era visto se exercitando nos campos, executando séries infinitas de flexões e erguendo pedras acima da cabeça. Ele era capitão do time de futebol e presidente da sociedade secreta dos meninos do zoológico, "The Panthers", que nem era muito secreta e parecia se limitar a reuniões que acabavam em disputas de queda de braço.

Mais do que qualquer outra coisa, ele era um dos poucos que ainda tinha algum orgulho e ousava tê-lo mesmo na presença de Mengele, o que parecia ser o maior truque de todos.

Mas o principal motivo de Stasha invejá-lo era o seguinte: Peter era o garoto de recados de Mengele, o mensageiro, e por isso ele via tudo e passava por todas as fronteiras da nossa estranha cidade. De pavilhão em pavilhão, do barracão dos homens para o das mulheres, pelo cobiçado campo das flores silvestres ao luxo do quartel-general dos nazistas ele vagava, levando recados de um lugar para outro. Nossos movimentos eram infinitamente mais limitados nessas fronteiras. Conhecíamos o barracão dos meninos e o das meninas, conhecíamos a cerca toda, os fundos da enfermaria, a estrada para os laboratórios e o interior horrível desses laboratórios. Quanto ao resto, só em sonhos. Peter via tudo.

Ele via Canadá, os depósitos cheios de coisas valiosas. Montanhas de ouro, pirâmides de prata. Florestas de relógios de pé bem altos. Pilhas de porcelana suficientes para milhares de comemorações. Montes macios de pele e couro. E falava sempre nisso.

Ele via os segredos da enfermaria, testemunhava os sistemas de trocas dos *kapos*. Ele via pessoas deixando códigos nas laterais das latrinas, enterrando mensagens inúteis na terra. Ele falava sobre isso, mas só aos cochichos.

Ele via outras pilhas também, as pilhas preciosas e não mencionáveis de dentes, cabelo e carne. Sobre isso ele não queria falar.

As viagens dele também tinham seus riscos. A maioria dos guardas sabia do status dele como um dos animais de estimação de Mengele, e que deviam deixá-lo em paz, mas houve ocasiões em que Peter foi confundido com um invasor. Um desses incidentes terminou numa cicatriz. Um golpe de chicote cortou uma lua crescente da orelha dele. Mengele tentou consertar, mas sua incompetência só aumentou a ferida. Peter não se importava com esse defeito. Dizia que o castigo que o guarda levou pelas mãos do próprio Mengele era sua recompensa e que ele não rejeitava novas oportunidades de repetir esse incidente, porque de qual outra maneira ele poderia exercitar qualquer tipo de vingança?

Aquela orelha cortada só servia para recomendar Peter ainda mais para mim, porque me fazia lembrar de um gato vadio que amávamos quando éramos pequenas, um animal que treinamos para correr para nós quando tocávamos um sinete. Tenho de admitir que muitas vezes me peguei imaginando como seria passar a mão naquela orelha ferida, segurar a cicatriz entre os dedos, saber, antes que fosse tarde demais, como era tocar em Peter, conhecer a exclusiva temperatura da pele dele.

Torci para encontrá-lo sozinho, apesar de não ter ideia do que eu ia dizer.

Mas quando encontrei Peter, ele estava com os trigêmeos Yagudah, todos encostados na parede do barracão dos meninos, treinando truques de prestidigitação. Os trigêmeos tentavam fazer lenços brancos parecerem leite jorrando de uma das mãos para outra. Era um truque que os tornava muito populares entre os outros, porque criava uma proximidade com alimento. Stasha não tinha se impressionado com a mágica deles. Não tinha utilidade nenhuma, reclamava ela, era objeto de sonhadores, num mundo que não reconhecia mais sonhos. Ela foi bem enfática sobre essa opinião e eu torci desesperadamente para os Yagudah não me confundirem com a minha irmã falastrona. Mas a julgar pelos olhares deles, fizeram exatamente isso.

– O que está fazendo aqui, Stasha? – dois deles perguntaram em uníssono.

– Não é a Stasha – disse Peter, sem sequer levantar a cabeça. – Stasha está surda agora. Essa é a não surda.

– Ela não está surda – comecei a protestar –, está só meio surda. E a saúde dela está melhorando.

Os meninos se acotovelaram com prazer.

– Tenho certeza de que ela vai dançar para Taube qualquer dia desses – comentou um dos Yagudah.

– Contem para mim – falei, com o rosto esfogueado – qual é a utilidade desse lenço-leite dividido entre vocês quatro? Vocês são mais fortes do que o resto de nós porque bebem isso?

Eles amassaram os lenços nas mãos e fizeram caretas, mas eu não me intimidei com aquela mesquinharia. Juntei-me a eles encostando na parede. E ficaram em silêncio um tempo. Os meninos e as meninas do zoológico não se misturavam muito. Antes do vagão de gado, tinha ouvido outras meninas conversando sobre a estranheza dos bailes. Percebi que aquilo era o mais próximo que eu ficaria desses fenômenos. O silêncio era tanto que deu para ouvir a minha dor atravessando novos caminhos dentro de mim. Assobiava e se enrolava em mim, queimava e afundava como uma pedra. Por isso agradeci quando Adam Yagudah se inclinou para falar comigo, mesmo que fosse apenas para me distrair.

– Você sabe que aquela história de Taube conhecer Zarah Leander não é verdade, não sabe?

– Não sou idiota – eu disse.

– Bem, parece que sua irmã acredita.

– Ela também não é idiota – eu disse. – E você não conhece truques melhores? Se eu fosse você, eu desapareceria antes dos nazistas fazerem isso comigo.

Isso provocou gargalhadas nos irmãos de Adam. O próprio Adam não achou graça.

– Eu não estava tentando ser engraçada – eu disse.

– Não pode culpar ninguém por dar risada – disse Peter, abaixando o rosto para olhar para mim, de modo que nossos olhos não tiveram escolha senão se encontrar. – Mas ser engraçada não é função da Stasha?

Ele disse isso suavemente, sem debochar, como se estivéssemos sozinhos e não cercados por uma plateia, só duas pessoas numa sala de verdade, não na vizinhança poeirenta dos blocos. Então, constrangido com o próprio interesse, ele enrolou um dos meus cachos no dedo e puxou. Toque... tinha se tornado muito complicado e estranho. Aquele puxão de cabelo era um gesto que eu conheci bem toda a minha vida, pelo menos nas partes da minha vida que tive meninos sentados atrás de mim na escola, mas aquela provocação era diferente. Continha uma emoção agradável e eu sabia que era o mais parecido que eu ia ter com um toque afetuoso de um menino. O fato de poder ser minha última emoção me desmontou. E a orelha mutilada de Peter... Não conseguia tirar os olhos dela, desejei ter bolsos na saia do vestido, para poder aplacar o nervosismo nas mãos que desejavam tocar naquela ferida mal cicatrizada.

– Estou só implicando – disse Peter. – Não se preocupe, não vou contar para ninguém.

Pensei que tínhamos mantido nossa combinação em segredo. Não podia imaginar como Peter sabia. Os trigêmeos fizeram silêncio absoluto, como se eles mesmos conhecessem aquele tipo de tática de sobrevivência nas próprias vidas. Peter deve ter percebido meu desconforto, porque estalou os dedos e os outros meninos foram embora. Admito que fiquei impressionada com aquele poder. É estranho ver um sentido de comando expressado com tanta discrição, num lugar em que uma bota no pescoço era o contato mais comum.

– Quer caminhar comigo? – perguntou Peter.

E ele quis me dar seu suéter, tirou pela cabeça e tentou botar sobre os meus ombros. Eu me esquivei instintivamente, não quis, apenas a reação típica de uma menina sem jeito. Não seria bom aceitar muita coisa dele e além disso eu já estava bem contente com aquele passeio juntos.

Enquanto andávamos, vi que o inverno chegaria logo. Ao longe, depois do crematório e dos campos de futebol, dava para ver os vidoeiros se desfazendo do âmbar luminoso de suas folhas, se aprontando para a neve. E, além daquelas árvores de galhos brancos, eu sabia que havia um rio, montanhas, uma rota de fuga. Como todos ali, eu tinha ouvido histórias de amantes rebeldes, Rozamund e Luca, que foram alvejados quando tentaram escapar, que morreram juntos, abraçados na lama perto da cerca, com sangue manchando suas costas na rendição, depois de um mês de bilhetes de amor e flerte escondido. Mas ali com Peter procurei não pensar nisso, quis me concentrar apenas nos tocos que margeavam a cerca. Eu andava na frente dele, pulando de toco em toco, para não encostar no chão. Era mais fácil conversar com ele assim, e durante esse exercício esqueci bem demais a minha dor, só lembrei dela quando tropecei.

Peter me levantou do chão e tirou uma pedrinha que estava presa ao meu joelho, com a mão dentro de uma luva de lã. Depois de todas as cutucadas das enfermeiras e dos médicos, estremeci com a sensação de uma mão que jamais ia querer me machucar.

– Ouvi histórias sobre você – eu disse. – E sobre você organizar todo tipo de coisas, de ter ensinado o cachorro do Taube a rosnar quando ouve o nome do Hitler. De ter posto um sapo na mesa da enfermeira Elma e um ovo no chinelo de Mengele.

O cabelo de Peter tinha o hábito de cair sobre os olhos. Ele usou isso para olhar para mim naquele momento.

– Eu tive algumas aventuras – admitiu. – Mas os chinelos? Quem dera! Eu não sei de onde tiram essas histórias. Parecem algumas das invenções da sua irmã.

– Já ouvi histórias menos saudáveis também.

– Ah, é? Bem, talvez você possa convencer Stasha a criar ficção mais lisonjeira sobre mim.

– Não da Stasha. Da Bruna. Foi ela que me contou da sua visita.

Ele parou de andar de repente, perturbado.

– Então garanto a você que essa história foi mal contada. Bruna não tem ideia do que foi aquilo. Você não acredita em mim?

Fiquei calada, constrangida demais para mencionar os detalhes do que tinha ouvido.

– Só estive no Puff para levar recados. Mas numa ocasião é verdade que fiquei um tempo lá, porque vi um velho amigo. Você conheceu Alex? – Ele parou e ficou pensativo. – Não, nem poderia… ele não estava aqui quando vocês chegaram. Ele era dois anos mais velho do que eu, mas nós fomos criados juntos, no mesmo bairro. Eu não o via há pelo menos um ano. Todos os homens no bloco dele juntaram dinheiro para levá-lo até o Puff. Fiquei chocado, mas Alex gostou muito do presente e até me fez prometer que se um dia eu visse o pai dele de novo, contaria que ele teve aquela noite lá.

– E você viu o pai dele?

A voz dele soou distante:

– Vi.

– E contou para ele?

A distância aumentou:

– Não.

– Então quebrou a promessa.

Peter hesitou. Deu para ver que aquela não era uma história que ele queria contar. Mas…

– Não exatamente. Porque quando vi o pai dele, ele estava morto, jazia ao lado de outros corpos. Não acredito em conversar com os mortos. Se você conversa com os mortos aqui, em pouco tempo para de falar a sua verdadeira língua, seja qual for. Por isso escrevi uma nota para ele. Escrevi que Alex teve uma noite que o deixaria feliz de saber e botei no bolso dele. Foi estranho escrever aquilo.

Peter fez uma pausa. Eu nunca imaginaria que ele era dado a ruborizar, mas foi o que aconteceu.

– Você acha que fiz a coisa certa? – ele quis saber. – Isso me incomoda, penso nisso o tempo todo.

Eu sabia o que me assombrava. Será que era terrível me sentir consolada de saber o que assombrava Peter? Com ar reflexivo, ele raspou a ponta do sapato gasto na terra, como se quisesse fazer com que os pensamentos que o perseguiam se juntassem a ela.

– Quem sabe, agora que contei para você, eu possa parar de pensar nisso. Posso pensar em você agora.

Nunca soube que uma voz podia ser tão terna assim. E também não sabia que um dia um menino ia chegar perto, tirar um cílio do meu rosto e eu ia torcer desesperadamente para Stasha não perceber o que eu sentia naquele momento.

Observei Peter esfregar o cílio entre o polegar e o indicador.

– A enfermeira Elma vai ter de contá-los todos de novo amanhã – ele disse, tentando fazer graça.

Eu não tinha ido encontrar Peter com a intenção de beijá-lo. Mas foi isso que eu fiz. Quero dizer que só apertei os lábios contra os dele como forma de manipulação, um meio de chegar a um fim. Quero dizer que mantive essa posição mesmo quando ele retribuiu o beijo, segurando o lado do meu rosto como ninguém tinha feito antes, que aquilo não era o começo de nada, nem de intimidade, de afeto, de amor, do mesmo enlevo que tinha florescido nos amantes condenados como Rozamund e Luca e provocado seu fim.

Porque era errado, eu disse para mim mesma, tornar-me humana demais para qualquer pessoa naquele lugar, tentar imprimir uma marca nas lembranças deles e, mais do que isso, me conceder uma primeira vez que poderia, em breve, ser a última.

Quando compreendi essa última ideia, recuei. Ele deve ter ficado imaginando por que parei, mas deu um passo para trás, como um cavalheiro. É claro que essa súbita reversão fez com que me arrependesse do meu ato. Mas havia outras questões que me preocupavam e fiz força para me concentrar nelas, apesar da minha carência.

– Tem uma coisa que eu preciso – eu disse.

– Ah, entendo – ele disse conformado e suspirou. – Então é isso.

– Você já passou por isso antes? Com outras meninas?

Ele sacudiu os ombros educadamente. Então vi que tinha tido o cuidado de guardar meu cílio na palma da mão. O vento pegou aquele cílio e levou embora.

Eu estava na parte inferior da cerca para poder alcançar a orelha dele, deixei meus sentimentos de lado e falei o que eu queria. Eu precisava disso para manter minha irmã viva quando eu desaparecesse. E com esse assunto encerrado, toquei na cicatriz da orelha dele, naquele ponto em que a pele tinha feito o esforço de se remendar sozinha.

Um pouco de música pairou no ar, subindo e crescendo, vinda da orquestra que ensaiava no porão. Já tínhamos ouvido música naquele lugar antes. Estava lá para receber nosso vagão de gado na rampa, e agora que o transporte tinha acabado e nenhum prisioneiro novo precisava daquela iniciação, ela acompanhava o trabalho deles quando erguiam barracões, arrumavam a mercadoria nos depósitos e empurravam carroças cheias de corpos, ou cavavam covas e mais covas. Junto com todo o trabalho a música crescia, insistia e cantava, *venham por aqui, para isso, para a última versão do seu extermínio, ao qual podem sobreviver se provarem que são úteis.*

Em toda a pequenez da nossa vida nunca imaginei que um dia pudesse odiar a música. Aquele lugar tinha mudado isso, eu me arrepiava com cada nota, temia cada crescendo e cada abertura, porque quando ouvia só conseguia pensar no sofrimento do esforço fatal que acompanhava cada melodia.

Mas não odiei a música naquele momento com Peter. Com ele ao meu lado, com seu suéter rasgado, olhando fixo para o campo do outro lado da nossa cerca e os vidoeiros que se alinhavam no limite, ela era bem-vinda, porque era o som do que tínhamos perdido. A angústia daqueles anos que deviam ter acontecido e que agora nunca mais existiriam. Eu queria a proximidade de um pedaço daqueles anos. Eu queria entender o que a música significava quando duas pessoas se abraçavam e se moviam com afeto naqueles minutos.

Como a maioria dos meninos, Peter não sabia dançar. Mesmo assim eu iniciei uma valsa, fora do ritmo das melodias rangentes. Alguém naquela orquestra precisava afinar nosso velho piano, percebi isso. Peter passou o braço ossudo nas minhas costas, tropeçou nos meus pés, mas atendeu ao meu pedido com ar meio sério, meio brincalhão, como se fôssemos dois adultos no mundo lá fora, conversando sobre algum problema no nosso dia a dia, em vez dos prisioneiros desesperados que éramos.

– Você deve saber que o que está pedindo é muito difícil de conseguir – ele disse. – Bovina deu para me seguir onde quer que eu vá. E tem também o novo cão de guarda do Taube. Aquela besta ronca quando está de guarda. Mas quando tento passar, ele acorda.

Eu respondi que parecia um desafio que ele ia gostar de enfrentar.

– Só por você, para ninguém mais – ele disse.

A pegada dele na minha mão era desajeitada e quente. A mão dele tremia. Através do suéter fino senti uma costela dele. Eu via ossos todos os dias, expostos sob a pele de crianças que morriam lentamente. Mas nunca senti antes esses ossos em um menino tão perto de mim. E culpo esses ossos pelo que falei em seguida.

– Eu te amo – disse com a boca no ombro dele.

Peter parou de pisar nos meus pés, inclinou a cabeça e semicerrou os olhos para mim, desconfiado.

– Não ama não. Poderia, eu acho, depois de um tempo. Mas você só está dizendo isso para mim porque acha que não terá chance de falar isso sinceramente um dia, não é?

– É – confessei. – Estou.

– Então eu também te amo – ele disse e sei que nós dois desejamos que fosse sincero.

Mesmo assim, repeti a declaração na escada ossuda do peito de Peter. Fiz isso em silêncio, só formei as palavras com a boca. Tenho certeza de que ele sentiu, de alguma forma. Porque foi com muita relutância que, quando a música acabou, ele deu meia-volta e foi para o horizonte violeta da noite, garantindo que ia conseguir o que eu precisava tanto e que não precisava de mais beijos para isso.

Eu disse que faria o que eu quisesse em termos de beijos.

Ele disse que jamais tentaria me impedir de fazer isso.

A noite tinha esquecido que não devia ser bela em Auschwitz. Nada mudaria seu afago de veludo nas costas do mensageiro.

*27 de outubro de 1944*

De dia, minha dor piorou. Algumas manhãs eu acordava e sentia ardência nos dedos dos pés, em outras era um aperto nas entranhas. Todo dia, um novo lugar, pontadas maiores. Procurei não ficar pensando na identidade da minha doença. De que adiantaria? Mas minha mente queria um nome para ela. Com o tempo acabei me conformando de chamar minha doença de fraqueza, achando que com aquela etiqueta talvez me motivasse a me tornar mais forte. Tinha ouvido a dra. Miri falando que resistência e força eram o centro daquela experiência, que o doutor estava testando para ver quais gêmeos eram capazes de desafiar as viagens dos intrusos que entravam nos nossos corpos através das agulhas dele.

Eu podia ter alojado tifo ou varíola, ou então aquilo era obra de alguma bactéria anônima, mas não sabia como ia esconder minha fraqueza por mais tempo. Ouvia as outras crianças, tentava prestar atenção nas suas recomendações para curar meu mal, porque eu não podia estar com Stasha. Todas elas tinham seus truques, minhas colegas de experiências. Todas aquelas crianças sabiam como escapar das perguntas que podiam provocar a ida para a enfermaria. Elas sabiam transformar tosse em risada. Quando Bovina pedia a temperatura da minha testa suspeita, cheia de gotas de suor, outra menina enfiava o termômetro na boca enquanto a sua gêmea distraía a *blokowa*. E assim minha temperatura ficava sem leitura.

Batatas eram muito usadas como remédio em todo o zoológico. Eu ficava curiosa de saber se era o processo complicado de obtê-las que curava de verdade, já que me distraía da minha dor. Bruna, claro, ajudava muito nisso. Invadíamos juntas a cozinha dos prisioneiros, sob o disfarce de ajudar o cozinheiro a carregar um panelão de sopa. Assim que o cozinheiro virava de costas, as batatas iam para dentro da cintura da minha saia.

De volta ao nosso bloco, eu mordia a casca marrom crua mesmo e sentia os dentes balançarem para frente e para trás nas gengivas, adernando feito passarinhos num fio, prestes a serem derrubados pelo vento.

Dia após dia, batata depois de batata, eu fui ficando mais fraca. E todo dia ia encontrar Peter depois da chamada e ele me mostrava seus bolsos vazios. Depois contava histórias. De como tinham pedido para ele recitar um poema em uma das festas da SS, e que ele declamou Whitman como se fosse dele, sem que ninguém se desse conta. Contou que as mulheres do Puff disseram que Taube era chorão e bêbado, um bebezão que pedia as judias em casamento quando ninguém estava olhando. Falou do livro oco que ganhou de um membro da clandestinidade que tinha um espaço secreto para guardar pólvora. Ele contava histórias para diminuir a angústia da espera, mas acho que ele percebia, por mais que eu me esforçasse para ouvir, que eu era prisioneira de algum ferimento invisível, algum desastre que matava o tempo dentro de mim.

Uma semana depois de iniciar sua missão, Peter me procurou e tinha na mão o que eu queria.

– Fico imaginando se terei alguma utilidade para você depois disso – disse ele.

Ele pôs o objeto na palma da minha mão com muita cerimônia. Eu nem acreditava que tinha conseguido passar com aquilo pelos nossos carcereiros. Enfiei na cintura da saia por precaução, agradeci ao Peter e me despedi. Ele não queria dizer adeus. Queria uma nova missão, queria ter de procurar alguma coisa, afirmou que era melhor para ele ter um objetivo.

– Peça qualquer coisa – disse ele. – Preciso ter alguma coisa para procurar aqui. Alguma coisa melhor para fazer. Trarei qualquer coisa que você quiser. Consigo qualquer coisa que você precisar.

A voz dele implorava. Eu queria pedir qualquer coisa. Mas não conseguia pensar em nada. A dor dentro de mim anulava todos os meus desejos.

– Peça como se houvesse um futuro – ele disse. – Ou pelo menos mais um mês, uma semana!

O menino que eu conhecia, ou que tinha começado a conhecer, estava perdido de repente, não parecia mais o líder que as crianças diziam que era.

Irritado com o meu silêncio, Peter transformou isso num desafio.

– Eu roubo a orquestra inteira para você – ele disse, e tentou disfarçar a falha da voz com um tom de brincadeira. – Vou começar com os instrumentos de madeira e avançar para os metais. Você duvida?

Eu disse que não duvidava. Mas isso não foi consolo nenhum. Vi quando ele olhou para o que tinha me dado e foi como se desejasse pegá-lo de volta... e mais. Ele queria pegar de volta tudo que tínhamos compartilhado, aquela emoção, aquele momento, para podermos reviver tudo. Pelo menos foi isso que suspeitei. Porque era assim que eu me sentia também.

Mas nenhum grau de sentimento por outra pessoa podia competir com a necessidade que temos de ficar sozinhos com a nossa dor.

Zayde sempre nos falava dos animais que se afastavam para morrer, dos feridos e fracos que se separavam do grupo para não comprometer a sobrevivência do bando. E eu sabia que teria de fazer isso um dia, que precisava treinar para esse momento inevitável quando precisasse virar a cabeça e partir, para o bem daqueles mais aptos para sobreviver, pessoas como Peter e Bruna e Stasha, que não tinham sido escolhidos por Josef Mengele para deteriorar e serem destruídos. Esse era o meu papel, o meu quinhão. E estava satisfeita com isso. Significava que não precisava ver minha irmã sofrer como eu estava sofrendo.

Mas não queria treinar esse abandono com Peter, ainda não. Queria uma semana com ele. Eu me conformava com alguns dias.

– Você pode roubar a orquestra toda para mim – eu disse.

– Só isso? – Ele deu risada e me puxou para perto.

---

O objeto parecia bom demais para ser verdade. Examinei e virei nas mãos. Tinha pensado que queria aquilo para Stasha. Mas agora que era meu, soube que quis para mim também. Fiquei lá sentada com ele um minuto. E dois. Finalmente, fui procurar Stasha.

Ela estava sentada sozinha, atrás do barracão dos meninos, rabiscando no seu pequeno caderno azul, transferindo diagramas de anatomia para ele. Estava tudo estranhamente quieto, pelo menos era o que passava por quietude atrás do barracão, porque só dava para ouvir os cães dos guardas e depois, fazendo um esforço para dissociar os latidos, havia o barulho do crematório fervendo, cuspindo fogo e neve com uma eficiência apavorante.

Os olhos de Stasha estavam concentrados no estudo, a boca apertada numa linha tensa enquanto escrevia seus pensamentos com um lápis. A profundidade daquela concentração chamou minha atenção e vi como estávamos diferentes. A mudança não tinha sido só em mim, é claro. Eu não tinha opção, só podia arcar com a destruição da doença, mas ela também havia sido alterada, talvez de forma mais sutil. Nossa juventude tinha nos abandonado mas não tinha se dado ao trabalho de se subtrair em medidas iguais. Não falei nada sobre isso, mas ela ouviu assim mesmo.

– É verdade. Nós estamos diferentes – ela disse, lendo meus pensamentos.

– A culpa é minha. Reparti o cabelo do outro lado – expliquei.

– Por quê? Repartir seu cabelo de um jeito diferente não vai trazer ninguém de volta – ela disse com tristeza.

Então começou com aquela conversa habitual, que não tinha feito a coisa certa com Paciente e que tinha fracassado até o momento por não ter acabado com Mengele.

Disse para ela que Paciente ia entender. Mas não havia nada que eu pudesse fazer para salvá-la das próprias convicções. Em vez disso, fiz tranças no cabelo dela. Ela sentou aos meus pés e tentei trançar as mechas, mas minhas mãos não paravam de tremer e o cabelo dela ficava escorregando entre os dedos.

– Não sei por que não estou conseguindo – eu disse depois da terceira tentativa.

– Faz você lembrar demais da mamãe.

– Pode ser.

Ela largou o caderno. O fato de conseguir fazer isso me espantou. Supunha que tinha se transformado no meu substituto, algo que ela podia amar sem correr o risco de perder.

– Podemos brincar daquele jogo em que os meus braços são os seus braços? – ela sugeriu.

– Não.

– Você já esqueceu como é? Mas é muito fácil. Ponha seus braços para trás e eu ponho os meus na posição dos seus. Então faço coisas engraçadas com as mãos, aceno, faço uma xícara de chá e perco no jogo de cartas.

– Não.

Não me esforcei para ser gentil.

– Está bem, eu faço você ganhar o jogo de cartas. Agora você brinca?

– Nunca. – Estremeci.

Eu tinha um bom motivo para recusar: o jogo não me atraía mais. Porque, apesar do zoológico ter mudado muitas coisas para nós, a alteração mais séria talvez fosse o próprio dano que causou nas nossas ideias sobre o que significava ser íntimo de outro ser vivo.

As histórias desse lugar, bastavam elas para mudar nosso desejo de apego. Eis uma história: na primavera antes da nossa chegada, Mengele prendeu dois meninos ciganos juntos, costurou costas com costas. Primeiro eles desapareceram do acampamento deles. Depois ouviram gritos no laboratório, gritos diferentes dos outros gritos. O volume da agonia deles deixava as outras cobaias muito nervosas, então Mengele mudou os meninos unidos para outro lugar. Peter tinha me contado essa história. Ele tinha visto os meninos carregados numa única maca e seguiu o caminhão que os transportou a uma distância segura por todo o acampamento, até ele parar. No chão de pedra de uma adega, os meninos ciganos viveram três dias como entidade única, cada um olhando para a direção oposta, unidos por uma costura na coluna e por uma infecção.

O fato de não poderem ver o sofrimento do outro foi a única coisa boa que resultou daquilo.

Eu não queria falar disso, então mudei de assunto. Precisava dizer adeus para ela de algum jeito, tinha de usar aquilo sem perturbá-la, tinha de adoçar para ela não sentir a pontada de dor.

Imaginei que um tom alegre seria apropriado para aquela farsa. Aprendi isso com a nossa mãe, depois do desaparecimento de papai, e praticava comigo mesma no nosso porão do gueto, sempre que ficava sozinha e cheia de dúvidas sobre o nosso futuro.

– Se você está tão boa lendo a minha mente esses dias – eu disse com voz animada –, então o que eu tenho no bolso?

Os olhos dela ganharam vida.

– Tem uma carta da mamãe? De Zayde?

– Tente de novo.

– Uma faca? Um revólver? O que é? Espere, não diga... quero tentar adivinhar.

Mas era tarde demais. Eu já tinha tirado o objeto do bolso e mostrado na palma da mão.

– Uma tecla de piano?

– Mais do que isso – expliquei para ela.

Ela virou e revirou a brancura e examinou a tecla. Eu sabia como a mente dela funcionava, então sem dúvida ela já procurava outra, lamentando a solidão da tecla única. E certamente estava confusa pela falta de uma gêmea.

– Para que serve isso?

O tom de voz dela indicava que não estava impressionada e também tinha a farpa da convicção de que nada que eu desse para ela nesses tempos podia ter utilidade alguma.

Expliquei que era mais do que apenas uma tecla, que era uma tecla do nosso antigo piano, uma lembrança do nosso passado, lembrança de algo importante e que quem a tivesse estaria comigo para sempre.

Ela jogou a tecla do piano para cima e para baixo na palma da mão como se segurasse uma moeda que ia apostar. Sempre que a tecla estava no ar parecia alegre, pensativa, à espera... mas assim que caía na mão dela ficava triste, como se a simples existência da gravidade bastasse para apagar qualquer esperança.

– Então, se um dia eu tiver de deixá-la – continuei –, nunca vou deixá-la. Porque você terá isso.

– Essa tecla, você quer dizer. Isso vai me consolar?

Não tinha resposta para isso. Ela afundou o rosto no meu ombro e a manga da minha blusa ficou logo molhada. Ela estremeceu um pouco. O bastante para soltar as mãos. A tecla caiu e deu uma volta completa no ar antes de bater ruidosamente no chão. Vendo aquilo, fiquei imaginando se os gêmeos ciganos tinham morrido ao mesmo tempo, ou se a vida, quando os deixou, tinha permitido que um facilitasse o caminho para o outro.

Minha irmã encostou os lábios na minha orelha e deu um meio beijo, meio suspiro de desespero, mas não conseguiu pronunciar nada inteligível. O som que produziu foi mutilado e atormentado, uma tentativa abortada. Eu só podia imaginar as palavras que ela queria dizer. E não podia imaginar o que os gêmeos ciganos tinham falado um para o outro.

Será que foi possível um adeus?

Ou será que o sofrimento da união dos dois tornou isso desnecessário?

Pensando naqueles meninos, ardi e gelei. Minha dor se apresentou e tentei empurrar minha irmã para longe. Um daqueles gestos involuntários, do tipo que fazem com que a pessoa pareça cruel, mesmo sem ter consciência do que está fazendo. Simples como um ato reflexo. Claro que minha irmã cambaleou de volta para mim. Ela jogou os braços em volta do meu pescoço. Meu fôlego quis me abandonar. Empurrei-a de novo, com mais força. E a dor disso... iluminou o rosto dela. Ela deve ter achado que eu estava repelindo a urgência daquele abraço, suas ilusões desprezíveis. E talvez eu estivesse mesmo, em certa medida, apesar de nós duas termos tornado possível o subterfúgio da tecla de piano, mas o fato era que, naquele momento, eu precisava que minha irmã provasse que conseguiria sobreviver sem me ter ao seu lado. Na última vez que a empurrei, fiquei surpresa com a minha força. Ela caiu no chão e ficou lá sentada, piscando os olhos, incrédula, enquanto caía a primeira neve da estação.

– Levante-se – ordenei.

Fui muito cruel. Achei que era necessário. Pensava que era a única maneira de enfrentar aquele lugar. Ela precisava viver por ela mesma. Era isso que aquele sofrimento todo me dizia. Eu não sabia se ela era a mais forte ou a mais bem-aventurada de nós duas. Só sabia que ela precisava viver.

Mas a minha irmã deitou na neve. Primeiro pensei que ia fazer um anjo de neve, mas depois vi que era uma postura completamente diferente. Era de rendição, apesar de ter seus anjos desafiadores.

– Não vou levantar – ela sussurrou.

– Levanta daí, Stasha – comandei.

Ela rolou na neve como um bebê bobo.

– Vou levantar daqui quando você jurar que nunca vai me deixar – ela insistiu, com a voz abafada pela neve do chão.

Eu me senti péssima ali parada, de pé, ao lado dela, para dar uma impressão de força enquanto ela desmoronava!

– Juro que uma parte de mim estará sempre com você. Isso não basta?

Ela levantou a cabeça, mas se recusou a olhar para mim. Seus lábios e o nariz estavam inchados por causa dos soluços e vi seus dedos agarrando a terra. Estavam tão desesperados... aqueles dedos... para se agarrar em qualquer coisa, que até terra e neve serviam.

– Qual parte? – Ela fungou.

Sua antiga fantasia... e eu aproveitei a deixa. Será que algum dia acreditei nela? Se não tinha acreditado antes, certamente acreditei nessa hora, com minha irmã caída aos meus pés, tão diminuída.

– A parte – eu disse – que sabia quem nós éramos antes de termos nomes ou rostos. Lá no mundo flutuante. Você se lembra do mundo flutuante? Éramos apenas menos do que bebês então, e mesmo assim sabíamos como amar uma à outra. Sabíamos que esse tempo viria, só não sabíamos como, menos ainda por quê. Tivemos muito que viver antes de virem nos buscar. Por isso resolvemos sair da mamãe mais cedo e começar a ver o mundo assim que pudemos.

– Não lembro de jeito nenhum de ter tomado essa decisão – ela disse.

Stasha olhava fixo para a tecla do piano, muito séria, como se fosse uma coisa detestável.

– Não basta – disse ela.

Mas ela levantou. E no desafio da minha dor, eu me abaixei, dobrei o corpo na altura da cintura para pegar a tecla do piano no chão. Uma fratura minúscula se ramificava de um canto no marfim. Mostrei esse novo ferimento para ela.

– Tome mais cuidado com ela – avisei.

STASHA

# CAPÍTULO SETE

## Venha Me Fazer Feliz

Dizia para mim mesma que a dor que eu sentia não era a de Pearl. E então compreendi que estava errada. Devia ser a dor dela sim. Era bonita demais para ter nascido dentro de mim. E se lançava com muita delicadeza no meu corpo todo, provocava piruetas de mal-estar em cada um dos meus nervos. Sim, concluí. Essa dor pertencia a Pearl – mas, antes de entender a totalidade dessa descoberta, recebi um golpe muito real. Bruna deu um tapa na minha orelha.

– Você trapaceou, Stasha!

Bruna tremia de frio e de raiva. Estávamos jogando cartas atrás do nosso barracão. Eu achei que o jogo tinha sido bom. Mas agora ela estava debruçada sobre o meu rosto, de modo que não dava para ignorar aquela fúria toda. As nuvens brancas formadas pela respiração dela tinham cheiro de inverno e de inanição, com uma pitada de café em caneca de lata.

– Não negue – ela rosnou entre os flocos de neve. – Você sabia exatamente o que estava fazendo. Você roubou!

Corei e tremi. Ultimamente Bruna estava parecendo mais agressiva e perigosa. Numa tentativa de não ser mais albina, tinha inventado de colorir o cabelo branco com carvão, de modo que caía pelas costas dela como glorioso negrume. Essa providência, além de não arrefecer o interesse que o Tio tinha por ela como cobaia, ainda resultou em riscos brutos atravessando o rosto. Isso fez com que ela parecesse um guaxinim, aliás, um guaxinim hidrófobo.

Eu a amava muito, mas também tinha medo dela.

Porque era verdade – eu trapaceava. Minha sobrevivência no zoológico era um privilégio muito escorregadio. Não exigiam de mim nenhum tipo de trabalho, dissimulação, nenhum desejo – eu estava condenada a viver para sempre sem mover um dedo. O fundo de uma agulha tinha selado a minha imortalidade, acabando com qualquer chance de libertação.

Isso tudo só passou a me incomodar quando entendi que não tinham dado para Pearl a mesma oportunidade. Por que ele não deu para ela? Não foi nada disso que achei que tínhamos planejado. Nós devíamos nos tornar imortais juntas, lado a lado, assim como fomos bebês e meninas juntas. Será que ele suspeitou do meu plano? Será que estava contra-atacando com outro plano, algum complô que negaria a agulha para Pearl e a mim para minha irmã?

E agora lá estava Bruna, minha amiga e protetora, amante da violência. Foi ela que me descobriu, ela sabia que havia uma fraude em mim, um crime que fazia com que eu desabrochasse. Eu não sei como me defender dessas acusações.

Você diria que não era minha culpa, a introdução dessa mentira. Você poderia dizer que a culpa era exclusivamente do Tio, porque ele inundou meu sangue com isso. E eu diria que você tem razão, mas enquanto o corpo de outra criança talvez rejeitasse essa fraude, reconhecesse como um vírus, um veneno, algo destrutivo, o meu tinha aceitado. Eu fiquei muito satisfeita de imaginar que nós íamos sobreviver, ficar sempre juntas, por isso não questionei o que podia significar sobreviver aos outros que mereciam mais a vida. E agora eu estava ali, ainda a única portadora daquela cura, amaldiçoada e condenada a partir daquele instante a passar a eternidade sozinha, a não ser que conseguisse desfazer o que ele tinha feito.

Através da minha irresponsabilidade, eu havia traído a minha irmã, e pior. Eu era o que havia de mais baixo em Auschwitz. Eu não tinha o direito de me proteger do desprezo, no entanto…

– Foi ideia do Tio – gritei. – Não devia ter deixado que ele fizesse isso, eu sei!

Bruna ficou confusa e semicerrou os olhos como um ponto de interrogação. Com a mão livre, apontou para as cartas espalhadas na neve.

– Não sei o que Mengele tem a ver com isso. Só sei que você acabou de espiar as minhas cartas. Eu vi você fazer isso! Admita! Ou não admita e vai encontrar um rei dentro da sua boca!

Ela amassou a carta e tentou abrir minha boca à força. Só quando conseguiu arreganhar meus lábios e enfiar a carta na minha garganta foi que entendi que a raiva dela era de um jogo diferente, não daquele que estávamos jogando com o Tio. Revigorada com essa epifania, cuspi o rei e com ele uma farpa de confissão, mera fração do meu malfeito.

– Você não erra nunca, Bruna. Eu sou uma trapaceira sim.

– Isso é verdade. E trate de não esquecer.

– Não vou, eu juro. Você é a verdadeira vencedora aqui.

Bruna olhou para a carta amassada na neve e uma expressão raríssima de arrependimento cobriu seu rosto.

– Sinto muito ter enfiado o rei na sua boca.

– Devia ter sido o valete. – Eu dei risada, mas foi um riso desconhecido para mim, desesperado, meio esgarçado nas pontas, mais um bufo cacarejado. – Mas até um valete é bom demais para mim! Você teria de inventar uma carta que combinasse com os do meu tipo. O podre. A fraude. O verme. A doença...

Bruna inclinou a cabeça, pensativa. Não pude saber se estava desarmada ou satisfeita com a minha humilhação. Aquele tipo de ódio interno não era comum no zoológico. A maioria dos outros não tinha o privilégio de desgostar deles mesmos porque eles estavam concentrados demais na sobrevivência. Esse não era um dos meus problemas.

– O verme, talvez – concluiu Bruna. – Mas o resto não. Você leva as coisas longe demais, como sempre.

Posso imaginar o meu jeito de abaixar a cabeça, só que não senti. Estava entorpecida e supus que fosse um efeito colateral da imortalidade, nada além disso, porque depois que o médico fez aquilo na minha orelha, ele parou de me manusear. Tirava fotografias de mim para pôr ao lado das fotos da Pearl, e não investigava nada além disso. De vez em quando eu desejava que esse torpor me dominasse de modo que eu pudesse me concentrar para descobrir um novo jeito de preservar Pearl, para fazer uma troca nos laboratórios e assumir o lugar dela como a escolhida.

Eu não contei esse sofrimento para a minha amiga, mas meu rosto certamente indicou isso, porque de repente Bruna me puxou para perto, compadecida. Ela me abraçou, acariciou meu rosto com o dela, como se eu fosse um outro cisne que precisasse ser salvo.

– Não me faça sentir pena de você agora, pequenina. Você me deixa furiosa!

Pedi desculpas.

– E pare de se desculpar! Você vai pedir todas as desculpas no crematório.

Eu disse para Bruna que ela estava certa.

– E pare de dizer que eu estou certa! E se eu não estiver?

Ela afundou de novo no toco e bateu as botas na terra, inquieta. Reparei que seus olhos estavam afundados no rosto. Vi que os pequenos ossos das suas mãos estavam quase furando a pele.

– Eu vou te dizer uma coisa... Eu simplesmente não sei mais. Tenho ficado sem ter o que dizer, sem ter o que esperar. Roubar não me dá mais a mesma satisfação porque estou roubando migalhas. Bater nas pessoas não significa grande coisa quando essas pessoas já foram surradas.

Eu não tinha certeza do que devia dizer, por isso só falei uma coisa.

– Sinto saudade do Paciente.

Bruna desfez o abraço e voltou para as cartas, embaralhando furiosa.

– Não vou dizer que sinto falta dele. Mas deixo você falar isso sem cuspir na sua cara. Isso é praticamente a mesma coisa, não é?

Concordei que era. Bruna guardou o baralho e olhou em volta para ver se havia alguém espionando. Esperou Bovina passar lenta e pesada e então confidenciou em voz baixa:

– Não conte para ninguém que sinto falta dele. As pessoas aqui precisam me ver de uma certa maneira. Elas precisam ver meu novo suéter e saber como consegui. Sabe como eu consegui, Stasha?

– Você roubou.

– Ora, é claro que sim! Mas não sei se é mesmo um roubo, porque roubei para você. Mas não conte para ninguém. Nem mesmo para a Pearl.

– Não temos segredos, Pearl e eu.

Isso, claro, era eu negando o fato de que tinha quase certeza de que Pearl estava escondendo o segredo mais terrível de todos.

– Todo mundo tem segredo aqui – retrucou Bruna.

Então ela botou o suéter nas minhas costas e fez sinal para irmos caminhar juntas. Eu recusei e ela partiu sozinha na neve, aflita para manter sua programação diária de provocar os anões.

O suéter era o melhor que eu tinha visto entre os prisioneiros, e além disso era grande. Tão grande para mim que tinha certeza de que Pearl e eu caberíamos nele para dormir uma noite com bastante conforto. Devia ter ficado mais contente com aquela aquisição. Era prova de que Bruna gostava de mim. Mas o contentamento não me conquistou, não naquele momento. Nem qualquer movimento. E é claro que havia aquele gemido surdo no meu ouvido que me dava vontade de berrar.

Fiquei assistindo à neve cair, vi a neve me apagando. Certamente meus captores invejavam esse talento da neve. Andava pensando mais neles ultimamente. No início, eu era capaz de bloqueá-los na minha cabeça com minha esperança louca de *mischling*, mas à medida que a dor de Pearl crescia e implorava dentro de mim, quando ela mancava febril em cada canto de mim, em busca de outra solução e zombando da minha incapacidade de salvá-la, achei impossível continuar sem encarar o que nossos captores tinham feito conosco, e de tal maneira organizados que fizeram com que virássemos uma contra a outra. Jurei que jamais ficaria contra ninguém a não ser o Tio, e concretizei esse juramento beijando a tecla de piano da Pearl.

---

Uma das promessas do Tio foi cumprida. Nós íamos poder gozar de entretenimento de gente de verdade. Uma noite não teríamos de nos divertir com mais uma rodada de Cócegas no Morto, nem ficar horas e horas tecendo um cobertor inútil feito de arame farpado. Não. Naquela noite do final de outubro, logo antes de a orquestra de mulheres ser dispensada, íamos poder ouvir a música, não do nosso dormitório ao longe, mas na própria sala onde era criada. Eu sabia que não merecia tal prazer, mas esperava poder ouvir com tanta concentração que um dia seria capaz de descrever a música para mamãe e Zayde.

– Fique quieta – Pearl disse para Sophia quando a menininha se esquivou.

Minha irmã segurava uma caneca de lata cheia de neve. Ela enfiava os dedos na caneca para lavar a sujeira no rosto das crianças. Tinham formado uma fila diante do nosso beliche para serem limpos.

Pearl duvidava desse concerto.

– É um chamariz – disse ela. – Talvez seja uma seleção disfarçada. Se estiverem apresentáveis – ela inclinou a cabeça para as outras crianças na fila atrás de Sophia –, suas chances serão melhores.

Nessas últimas horas minha irmã tinha se dedicado à higiene de qualquer menina pequena que permitisse essa faina. Esfregava as bochechas e os queixos delas, limpava a sujeira das unhas com a ponta de um alfinete. Vendo aquela preocupação dela com a beleza, lembrei-me de mamãe, que adorava nos enfeitar, até quando descuidava dela mesma.

Fiquei imaginando o que mamãe ia pensar da nossa aparência, das distinções que tinham se espalhado pelos nossos rostos.

Pearl tinha ficado cinzenta, luas de prata sob os olhos e quando pude ver a língua dela, percebi que estava peluda. A língua de Pearl sempre foi muito mais ferina do que a minha. Eu achava que tinha adquirido aquela feia pelagem como medida de proteção, para evitar que ela dissesse coisas feias, e que seria bom para a minha língua ter aquela prevenção. Mas não consegui me enganar a ponto de pensar que língua peluda era uma boa coisa.

Eu torcia para parecer tão doente quanto ela.

Naturalmente Pearl detectou essa minha esperança.

– Mas é bom que você não pareça doente – ela disse para mim quando despachou Sophia e começou a trabalhar em outras bochechas.

Alize, a minúscula beneficiada pela atenção de Pearl, olhava para ela com cara de pena, como se até ela duvidasse que Pearl tinha força suficiente para completar aquela simples operação.

Perguntei para Pearl se havia alguma coisa que eu não soubesse e avisei que não queria que ela mentisse. Eu sabia que ela escondia um sofrimento muito maior de mim. Minhas entranhas diziam isso.

– Você está brincando de médico de novo? – Ela deu risada.

Eu disse que tinha posto aquela missão – ou melhor, aquela estratégia – de lado depois que matei o Paciente.

– Você não o matou – ela retrucou.

Então ela recorreu à mesma ladainha que nos fez adormecer semanas a fio, aquela que dizia que alguns vivem e morrem, alguns se sacrificam e morrem, alguns enganam e morrem e alguns simplesmente escapam e nunca mais ouvimos falar deles e, sim, que eles devem ter morrido também.

Eu estava cansada dessas explicações. E de novo insisti, o que era esse sofrimento que ela estava escondendo de mim?

– Eu não poderia esconder nada de você, nem se eu quisesse – ela protestou, então fechou meus olhos com o calor das pontas dos dedos nas minhas pálpebras. – Diga o que eu estou pensando nesse momento.

Minha mente estava tão ocupada com a previsão do concerto que precisei me esforçar um pouco, me concentrar e vi constelações de sofrimento, como fagulhas de luz num fundo de torpor. As pequenas luzes pareciam brilhar num labirinto que impedia a navegação dos meus pensamentos. Virava uma esquina e outra e encontrava sofrimento, mas o sofrimento não era específico e não conseguia reconhecer. Resumindo, eu não tinha ideia do que ela estava pensando.

– Eu não entendo – admiti.

O princípio de uma lágrima cintilou no olho dela. Ela jogou a cabeça para trás, para a lágrima não cair. E então eu compreendi.

– Você está preocupada com o meu ouvido, não está? Acha que estou mesmo ficando surda?

Ela fez que sim com a cabeça e mordeu o lábio inferior como se estivesse se concentrando no cabelo de Alize. Enquanto ela desembaraçava com o pente, vi motivo para alarme. Não sabia bem como aquilo tinha escapado de mim antes, mas não ia deixar passar nem mais um minuto sem falar.

– Dê-me o seu braço – ordenei.

– Estou trabalhando – ela retrucou, mas a menina aproveitou aquele momento de distração para levantar de um pulo e correr para a porta.

Nós a vimos voar lá para fora, sua forma ficando menor e menor à medida que ia se distanciando.

– Espero que ela não se arrependa disso. – Pearl suspirou. – Mas pelo menos ela ainda consegue correr.

– Seu braço, por favor.

Pearl estendeu o braço. Estava frio e pegajoso ao toque, machucado aqui e ali. O que mais chamou minha atenção foi o fato de ter mais furos de agulha do que eu jamais tive, mesmo quando era sempre cobaia no laboratório. Eu nunca tive tantas marcas. Pearl tinha dúzias. Cascas rosadas subiam e desciam na pele dela, como formigas em procissão. Quando questionei essa curiosa correição, ela puxou o braço cheio de cascas assustada e tentou disfarçar com um sorriso.

– Você sabe como Elma é desajeitada – ela disse. – Está sempre errando minhas veias.

Ela fez um gesto para eu me afastar e abaixou o queixo. Os ombros também. Ela ficou toda mole, largada. Como se os ossos estivessem se quebrando, desmoronando por dentro. Mas assim que outra menininha se apresentou para a limpeza de beleza, ela reassumiu a postura normal.

– Você anda ocupada – ela disse, com a voz tão alegre que desviou minha atenção para a palidez da pele dela.

A tez de Pearl não estava muito diferente da que eu tinha visto em crianças um dia e que desapareciam no dia seguinte. Com todos os preparativos para garantir a segurança das outras crianças, ela havia falhado em disfarçar o próprio bem-estar. Eu tinha de fazer isso por ela. Usei um truque que tinha aprendido com as mulheres que viajaram conosco no vagão de gado, mulheres sábias que conheciam o valor de um rosto rosado.

Com a ponta da minha faca de pão abri um pequeno furo no meu braço. Esse furo me ofereceu duas gotas de sangue. Só precisava de uma, mas não rejeitei a segunda. Até gotas de sangue, eu sabia, gostavam de andar em pares. Com esse vermelho pintei uma saúde falsa em suas maçãs do rosto.

Disse para Pearl que ela precisava parecer bem aquela noite, que haveria muita gente do teatro no concerto, que poderiam descobri-la, libertá-la e levá-la para os filmes americanos. Apesar de não ter vontade nenhuma de viver na América, eu a seguiria para lá, pelo bem de sua carreira e todos nós viveríamos juntos. Pearl e mamãe e Zayde e eu, em algum lugar que tivesse um beija-flor, e um jardim, um cachorro, e um clima que não nos fizesse mal. Podia ser uma boa vida. Zayde teria o Pacífico para nadar e mamãe teria mais do que papoulas para pintar. Um novo conjunto de mares, de flora, de exotismo, era disso que precisávamos.

Mas antes de eu ter a chance de contar isso tudo para Pearl, Bovina apareceu na porta. Marchamos em fila na neve da manhã em direção a uma estação desconhecida, que prometia música feita para os vivos.

---

Lá dentro, nós nos acomodamos ao longo da parede de tijolos do fundo e vimos os membros da orquestra se ajeitando e afinando os instrumentos, esvaziando as válvulas e ajustando seus instrumentos de sopro. Era um grupo de mulheres com cabelo muito curto, todas envelhecidas para a idade, e aquela velhice prematura era enfatizada pelas roupas de menina, uniformes de saias azuis pregueadas, blusas com golas arredondadas. O pescoço era sinuoso e todos os braços que seguravam os instrumentos eram longos, como se seus corpos tivessem decidido compensar no comprimento o que faltava em volume. Enquanto as mãos das musicistas se moviam como se estivesse tudo bem no mundo, seus rostos não esqueciam onde estavam, e elas também não nos deixavam esquecer isso. Olhares baixos, lábios apertados, essas artistas eram as figuras mais tristes no salão. Mais tristes do que os anões, que pranteavam a perda recente do seu patriarca com suas melhores roupas. Mais melancólicas do que as mulheres do Puff, mulheres desbotadas com roupas pastel, cabeças baixas como flores pesadas demais sobre talos cansados, todas elas povoando as mesas preparadas para a diversão dos SS, mesas com montanhas de queijo, sardinhas, tortas e carnes. Até a expressão sofrida do porco defumado, o grunhido sufocado na boca por uma maçã vermelha, era derrotada pela tristeza frenética das musicistas.

As mulheres estavam tocando desde cedo aquela manhã. Mesmo tendo cessado o transporte para o campo, elas recebiam ordem de tocar enquanto os prisioneiros trabalhavam, acompanhando o esforço deles com música alegre que dava a impressão de que aquele era um lugar de força e animação que nenhum dc nós conhecia. Não era música que prometia o gás ou a cova. Não mencionava o pão do esquecimento, os números, nem os ossos. Eu não sei promessa de que era aquela música.

Teria perguntado para a pianista holandesa, Anika, a opinião dela sobre essa questão, se tivesse chance. A expressão dela era de quem sabia tudo, os olhos se moviam reconhecendo o insuportável. Muitos à minha volta tinham esses olhos, mas os de Anika ardiam e brilhavam um pouco mais naquele momento, aquela luminescência era remanescente do que ela havia tentado fazer na cerca eletrificada dias antes.

As outras a seguraram. Disseram que não importava se o menino dela ainda estava vivo ou não. Ela precisava resistir por ele, para poder dizer para alguém, algum dia, o que tinham feito com ele. Ela perguntou por que não podia contar para o diabo. A mim pareceu uma boa pergunta, mas pensando melhor compreendi que se o diabo realmente existisse, ele já devia saber. E apesar de não ter medo das invenções nas quais católicos como Anika acreditavam, eu admirei a disposição dela de encarar aquele monstro e exigir respostas, simplesmente porque seu sofrimento era tão imenso que fazia com que o suicídio fosse seu único amigo.

E era de se imaginar – já que foi isso que as autoridades disseram que meu pai fez – que eu teria entendido o suicídio muito tempo atrás, que eu já conhecia sua cor, seu grito, seu cheiro. E é verdade que nasci com a ideia dele dentro de mim. Era a única coisa que eu tinha diferente de Pearl, e meu maior instinto, até o Tio acabar com essa possibilidade. Mas foi só quando vi os olhos de Anika que realmente entendi o sufoco que era a amizade dessa ideia, que se esgueirava e se enrolava dentro de nós, aquele jeito de dizer: *Olha, eis um novo caminho, deixe-me salvá-la.*

Anos depois, o mundo saberia que o suicídio era muito comum entre aquelas musicistas. Poucas resistiram a ele depois de libertadas. Mas juro que naquele dia eu já suspeitava disso, do impulso que talvez as perseguisse. Ouvia em cada nota que elas tocavam. A flautista guinchava, a que tocava oboé mugia, a percussionista rosnava e nesses sons estava escrita mais uma coisa, tinham um significado oculto, uma mensagem dupla sobre a beleza e seu oposto.

Ao meu lado, encostados na parede, Pearl e Peter cochichavam. Estavam braço com braço, perna com perna. Conseguiram se dar as mãos discretamente. Pearl usava o suéter que Bruna tinha roubado para nós, e os morangos do vestido dela tinham desbotado como círculos pálidos, planetas claros demais para sustentar a vida. Peter estava com o cabelo lambido para trás, querendo parecer um cavalheiro. Eu tinha ouvido dizer que ele fazia mil flexões por dia, mas não via nenhuma prova disso. Achei que ele parecia fraco, era apenas mais um menino triste e não consegui deixar de me preocupar com ele. Peter era muito ligado à Pearl e nada de bom podia resultar disso, porque enquanto ele era um garoto de recados, ela iria a lugares logo que a guerra terminasse, talvez até antes disso. Talvez aquela noite mesmo, pensei, alguém a descobrisse e a levasse embora para a nova vida que ela merecia, uma vida de estrela ou, no mínimo, uma vida de alguém que tinha futuro.

Peter notou que eu olhava fixo para ele – acho que meu olhar era menos amistoso do que eu imaginava –, largou a mão de Pearl e sorriu para mim, tentando criar um laço afetivo de família.

– A orquestra melhorou desde que prenderam mais poloneses – disse ele alto demais, olhando para mim.

Quando não segui a deixa dele de assunto para conversa, ele ruborizou um pouco e resmungou pedindo licença para alguma coisa. Pearl tentou persuadi-lo a ficar mais um pouco, mas…

– Haverá outros concertos – disse ele.

Se eu soubesse o que ia acontecer, teria implorado para ele ficar. Anos depois, eu ainda imaginava se Peter teria condições de mudar o que eu não fui capaz, se ele teria poupado minha irmã de uma parte do sofrimento dela, por menor que fosse.

Mas eu era uma pessoa burra e possessiva, apegada demais para conhecer o verdadeiro amor, por isso não tentei impedi-lo quando ele passou pelos membros infantis da orquestra e pelo bando de guardas com as mulheres do Puff sentadas sobre suas pernas.

– Aonde pensa que vai? – Taube debochou de Peter ao passar por eles. – O Puff está vazio esta noite!

Ele enfatizou essa afirmação jogando uma garrafa nas costas de Peter que se afastava. Ouvimos a garrafa se espatifar no beiral da porta e então vimos o Tio entrar, resplandecente num terno branco, com a sedosa enfermeira Elma ao lado, o pescoço protegido por uma coleção de peles de marta, todas observando com desconfiança aquela celebração, os olhinhos de contas pretas telegrafando a danação para os alvos do seu faiscar a esmo.

– Que festa extraordinária – observou o Tio.

Ele olhou feio para os guardas – a vulgaridade deles na presença das crianças o incomodava, mas parecia decidido a não permitir que isso abalasse seu espírito festivo. Estendeu a mão para o menininho que carregava nos ombros e apertou o nariz dele afetuosamente.

Era um menino italiano, um não gêmeo cuja beleza atraiu a predileção de Mengele. Tinha três anos de idade e os outros brincavam que ele podia ser filho do médico. De fato, a semelhança daquele menino com ele superava a do seu próprio filho, Rolf Mengele. Vendo o garoto balançando na garupa do Tio, tentando pronunciar o nome do médico, não pude evitar ficar imaginando quantos outros podiam ser considerados protegidos em potencial. Torci para que não se intrometessem entre mim e o doutor. Não ia ser bom ter a minha missão atrapalhada por um bebê. Jurei me aplicar ao meu trabalho com renovada disposição.

Fui interrompida nesse juramento por uma agitação repentina num canto, um grito assustado. Anika apontava para o piano, que era grande e preto, como um besouro com uma asa aberta. Taube foi com passos lentos até lá, batendo as botas no chão e ela informou para ele a deformidade do instrumento. Taube olhou fixo para ela, intrigado, depois se debruçou sobre o piano para verificar a ausência de uma das teclas.

Pearl enrubesceu – o rosto dela adquiriu o brilho mais rosado de culpa que eu já tinha visto. Compreendi que aquele era o piano que tinha confundido com o nosso – um erro tão sério que tive de me preocupar com o estado mental dela. O nosso tinha um acabamento cor de carvão e arranhões de gato em todas as pernas. Não era aquele luxo de conservação. Mas não mencionei nada disso. Ela já se sentia bem mal quanto ao que tinha feito. Escondeu o rosto no meu ombro para que a culpa daquela pilhagem ao piano não fosse percebida.

– Você é responsável por esse instrumento – Taube berrou para Anika. – E você vai tocá-lo no estado em que está. Vai tocá-lo de modo que ninguém note o que está faltando. Entendeu?

Anika fez que sim com a cabeça e desmoronou no banco. Ficou com os dedos pairando sobre o teclado, hesitante. Então começou a tocar, forçando os dedos a encontrarem alguma solução para a ausência. A orquestra tocou foxtrotes, marchas militares, canções liberadas pelas autoridades. Olhei para a fila de meninas e vi Bruna acompanhando o ritmo com os pés, vi os anões balançando com a música, vi o Pai dos Gêmeos levantar no colo uma menina aleijada de modo que ela tivesse uma visão melhor do que qualquer uma de nós.

Parecia que todos caminhávamos juntos para o esquecimento. Não sabíamos mais da fome que sentíamos, das nossas mutilações e do quanto estávamos deslocados. Nossas impurezas não significavam nada, nossos corpos não eram diferentes dos outros corpos que valiam alguma coisa no mundo, e nenhum desejo de morte podia ser encontrado entre nós. A única pessoa que evitava esse enlevo era o Tio.

Ele balançava o menino nos joelhos, mas era mais um gesto de irritação e inquietude do que qualquer outra coisa. Vi os olhos do menino rolando nas órbitas quando ele era chacoalhado. O medo do Tio tinha chegado neles, talvez pela primeira vez.

– Agora toque a minha favorita – disse ele.

O rosto da regente ficou inexpressivo, exceto pelo falso rubor nas bochechas.

– Não me diga que não sabe qual é a minha predileta? – perguntou o Tio.

– Marcha fúnebre de Chopin? – perguntou a regente com a voz trêmula, puxando a saia, nervosa.

– Uma marcha fúnebre? – Ele explodiu numa gargalhada. – É isso que pensa de mim? Que sou um tipo fúnebre?

A regente tentou gaguejar uma explicação, mas só conseguiu emitir um guincho.

– Estou só brincando, Marcelle – disse o Tio, rindo. – Vamos, venha me fazer feliz.

A regente ficou paralisada, de boca aberta. A violinista teve de cutucar Marcelle com o arco para fazer a regente voltar à vida.

– Ele está se referindo à música – sibilou a violinista.

– Ah, é claro – disse a abalada regente, então a orquestra começou a tocar "Venha me fazer feliz".

Os erros eram frequentes porque Anika não conseguia fazer seu instrumento obedecer, apesar de toda a sua habilidade. O piano escorregava e tropeçava. Senti pena do piano. Queria que ele soubesse que eu entendia seu sofrimento, que nada seria pior do que arrancarem um pedaço essencial de mim.

Sem a habitual atenção para a precisão, o Tio parecia não notar essas falhas e estava apenas animado com a música. Talvez porque estivesse encharcado de vodca. Talvez fosse apenas bom humor. Em todo caso, ele botou o menino no chão e agarrou a enfermeira Elma para dançar com ele. Todos assistiram constrangidos e com medo, já que nenhum dos dois era bom de dança – o Tio era definitivamente desajeitado e a enfermeira Elma sempre tentava conduzir – e a falta de graça do casal era enfatizada pela música mal tocada. Ali estava o par perfeito, a dupla fotogênica, espécimes genéticos estelares, que não eram capazes de acompanhar o ritmo. A oboísta abafou o riso no instrumento, que berrou feio com esse reforço. O som assustou o Tio, ele inclinou a enfermeira Elma precariamente e a deixou cair sentada no chão. Tentou fazer disso uma piada, mas ninguém ali podia ignorar sua completa falta de coordenação.

Para distraí-lo desse fracasso, o Tio desfilou na nossa frente e nos orientou para cantar junto, virou um maestro improvisado com um coro incompetente de crianças em andrajos. Nem sei ao certo quantas de nós conhecia a letra de "Venha me fazer feliz". E tenho certeza de que muitos, como eu mesma, inventaram na hora.

Mas, quando cantamos, esquecemos nossa fome e nossa imundície, esquecemos que estávamos separados, apagados, sem brilho. Por um momento eu até esqueci que era *mischling*. No final, cantamos aquela nota mais alta com a força dos que costumam ser impotentes para atacar e eu soube que tivemos essa capacidade pelos números, por quantos nós éramos, todos os antigos e os novos, e a força dos nossos múltiplos passados, por menores que fossem. Eles conspiravam para que soássemos lindamente. Até o Tio. Deu para ver que ele também tinha achado isso. E seria possível? Será que a beleza da nossa canção faria com que ele reconsiderasse o destino que havia traçado para nós? Juro que vi um pouco de incerteza passar pelo rosto dele enquanto acenava com um bastão invisível para o nosso coro.

O trabalho jamais nos libertaria, por mais que tivessem prometido isso. Mas e a beleza? Sim, pensei, a beleza talvez nos fizesse passar pelos portões.

E então a música parou de repente quando Anika perdeu o controle e desafinou. Houve vaias, e Taube, com o rosto mais duro e vermelho do que de costume, jogou sua garrafa na pianista perturbada. Espatifou-se aos pés dela.

Anika levantou do banco do piano, amassando o vidro com seu sapato de sola fina, um pé com salto alto, o outro um aleijão, rasteiro, do jeito descombinado dos calçados que a maioria das mulheres recebia. Mas mesmo com esse desequilíbrio forçado, ela conseguiu ficar empertigada e levantou as mãos como se estivesse indo presa. Seus lábios separaram, parecia que ela queria falar, mas a língua só saía e enrolava, sem dizer palavra. Ela parecia uma velha boneca que um dia eu deixei ao relento, na chuva, um brinquedo que perde a vida de tanto uso e pelas circunstâncias.

Taube mandou Anika apoiar as mãos na asa do piano. Elas tremiam como dois camundongos na laca preta enquanto ele tirava o próprio cinto lentamente. O couro sibilou feito cobra na grama, ricocheteou na cintura na hora que ele empunhou como açoite.

Ficou tudo muito quieto. Eu vi o cinto. Vi as mãos dela. Jamais tinha visto uma sala tão silenciosa.

Observando aquele confronto, apalpei a tecla do piano dentro do meu bolso. E quando encostei os dedos na superfície dela... tentei evitar mas não pude. Dei um berro.

Anika respirou fundo. Taube franziu a testa, Pearl se agitou perto de mim. Então o Tio, mais uma vez balançando aquele menino nas pernas, falou comigo do outro lado da sala.

– O que foi, Stasha? Por que está gritando?

Mas as palavras me abandonaram. Só conseguia mexer na tecla escondida no bolso enquanto ele se aproximava de mim.

– Conte para mim – insistiu o Tio.

Ele veio para perto, passou a mão na minha testa, não teve confirmação de febre e abaixou para examinar meus olhos. Finalmente se afastou e suspirou.

– Você não deve interromper – aconselhou. – Especialmente em assuntos que não entende.

Prometi que ia ficar quieta dali em diante. Ele fez cara de quem não estava acreditando, mas deu uns tapinhas na minha cabeça e foi até o piano, onde as mãos de Anika continuavam tremendo.

– Deixe a mulher ir – instruiu ao guarda.

– É bondoso demais, doutor.

Taube não fez esforço nenhum para esconder sua surpresa. O espanto fez todo o rosto vermelho esticar.

O Tio chegou tão perto de Taube que o bigode devia ter encostado no guarda. Era uma proximidade perturbadora. Tirou o lenço do bolso e secou o canto dos lábios de Taube, um pouco de saliva de raiva que tinha acumulado ali. Taube ficou branco como o lenço.

– Você está deixando as crianças aflitas – disse o Tio.

A voz dele soou lenta e muito clara de raiva. Repreendido, Taube enfiou o cinto nos passadores da calça com dedos desajeitados, mas seu rosto traiu o fato de que carregaria esse insulto até bem tarde da noite. O Tio dobrou o lenço, mas, quando ia guardar de novo no bolso, bufou de nojo para explicitar o quanto detestava qualquer contato com Taube. Pegou o lenço sujo com as pontas dos dedos e rodeou Taube como uma presa, enquanto dava aquele meio sorriso que tantos de nós já conhecíamos quando éramos examinados por ele e considerados incapazes. Por fim, quando completou aquele ato de intimidação, debruçou sobre o rosto de Taube e sibilou, tão alto e claro que pudemos ouvir do outro lado da sala.

– De qualquer modo, eu jamais gostei daquela música – disse ele.

Foi só aí que notei que a tecla do piano estava úmida dentro da minha mão. Fiquei um segundo encantada com isso, pensando que tinha chorado, mas logo entendi que era efeito do suor de culpa da palma da minha mão.

O Tio voltou para sua cadeira. Deu para ouvir a precisão de cada passo dele.

– Pensei que estávamos aqui para ouvir música – ele disse alegremente para a regente, e ela abaixou a cabeça e obedeceu, deu o sinal para as musicistas recomeçarem a tocar, e aí a famosa cantora entrou na sala, provocando alvoroço imediato. Tinha chegado em transporte recente, por isso os guardas ainda não tinham tido tempo de se acostumar com o brilho de sua presença, e até eles abriram caminho para ela passar.

– A preferida da mamãe – sussurrou Pearl.

– É – eu disse. – Pena que mamãe não foi convidada.

Ela adoraria estar ali, eu sabia que sim. Essas músicas... eram as amigas dela depois que papai foi embora. Ele não pretendia ir embora para sempre, disso eu tinha certeza. Ele só saiu porque havia uma criança doente na nossa rua, um menino acometido de febre, e papai era um bom médico, não negaria ajuda para ninguém. Passei muito tempo desejando que tivesse negado. Porque ele nunca chegou à casa do menino. O menino morreu e meu pai morreu também. Quando ele saiu, já estava quase na hora do toque de recolher e a Gestapo o prendeu com suas algemas – era isso que eu pensava que tinha acontecido. Mas as autoridades contaram outra história. Eles tinham histórias para todos os desaparecimentos. Não perguntamos para mamãe em que ela acreditava. Ela se isolou no porão do gueto e se recusou a comer e a trocar de roupa. Deixávamos comida para ela e pela manhã recolhíamos os pratos intocados. Tocar a música daquela cantora era a única coisa que ela fazia e apesar de ser uma melodia triste, parecia que a deixava mais animada. Eu sei que ela sentia a solidão, mais do que qualquer um de nós. Ela era uma mulher que jamais teve uma irmã gêmea e diante dos nossos olhos, aos poucos, ela foi se tornando menos maternal, depois menos feminina, até se reduzir a uma menina, mais jovem do que nós. Ela só voltou a ser ela mesma quando Zayde, o pai do nosso pai, chegou com seu abraço apertado e voz retumbante, um manto para o lamento da morte do filho, e deu ordem para aquela música cessar.

Eu nunca quis me lembrar dessas coisas. Essas imagens eram responsabilidade de Pearl. Mas imagino que não era culpa dela minha memória ser tão insistente. Olhei para ela e vi que ela estava relembrando as mesmas coisas.

– Ela adormecia ouvindo aquela música, ainda de botas – lembrou Pearl.

– E mal tinha tocado na sopa – eu disse.

– Nós sempre púnhamos um espelho na frente da boca da mamãe – disse Pearl.

– Para ver se ela ainda estava respirando – completei.

Fazia algum tempo que não completávamos as frases uma da outra. Encostei na parede de tijolos com certo contentamento. Nem me importei com o fato de Peter estar ao lado de Pearl, segurando a mão dela furtivamente. A única coisa que importava era a música.

Uma música que eu nunca ouvi antes, uma peça original que a regente tinha criado. Ao som daquela música fiquei pensando se a compositora tinha acesso a alguma janela que nós não tínhamos. Ela devia ser mais bem alimentada, devia dormir melhor, devia poder receber cartas de casa, sem marcas dos censores, cheias de boas notícias. A música me reanimou. Deu uma sensação de formigamento e a imagem do futuro que um dia eu teria.

Esse futuro estava nos filmes, tinha entradas para matinê e uma tela prateada, um rolo de filme cheio de confete e liberdade. O futuro era Zayde e mamãe e eu, nós três sentados em poltronas de veludo azul à espera do show começar. Eu sentada entre os dois, com o cheiro do perfume de livros antigos de mamãe de um lado e o de Zayde do outro. O cheiro de violetas ajudava a criar a própria natureza deles. A mão de mamãe estava cheia de curativos, mas ela acariciou meu joelho e vi seu anel de opala faiscar no meio da gaze. Tentávamos agir como pessoas normais agem, mas mesmo assim eu guardava a minha entrada ao lado da língua como medida de segurança. Eu tinha todo tipo de coisas guardadas ali, dentro da boca, e minha mãe não gostava, achava que não era mais necessário que a filha andasse com lâminas de barbear na boca. Mas Zayde me defendia. Ele sempre dizia para ela que o médico havia me alterado de tal forma que eu talvez nunca mais fosse a mesma, que meus impulsos eram diferentes dos de uma menina que não tivesse olhado fixo para as luzes fortes de uma mesa de cirurgia. Mamãe argumentava que sim, que isso era terrível, o que tinham feito comigo, o que tinham feito com todos nós, mas que não era bom andar por aí sempre prevendo o próximo desastre.

Então o lanterninha pediu silêncio para todos porque o filme estava começando. Minha irmã estava na tela com todos os grandes.

Era um musical e Pearl fazia o meu papel, além do dela mesma. Era previsível que desempenhasse bem os dois papéis, só que achei que ela podia ser um pouco mais triste quando envenenava Mengele, porque por mais que eu quisesse vingança, não era um monstro. O único elemento que me incomodou mais do que esse foi o fato de que os roteiristas nos fizeram órfãs. Esse distanciamento da realidade era um verdadeiro insulto. Mas eu não podia negar que Pearl se superou desempenhando seu papel, já que chegamos muito perto de ficar órfãs mesmo e as lágrimas dela eram farpas perfeitas de dor que manifestavam uma vitória real.

O que eu gostei mais? Da sequência final. Depois de Mengele ser morto, Pearl usou um casaco de pele branco e segurava um filhote de gato listrado sapateando sobre a tampa de um piano lustroso como o nome dela e a câmera gostou tanto que deu vários closes.

Essa cena imaginada... eu sabia que bastaria para me fazer suportar, para me ajudar a sobreviver ao zoológico. Eu queria que ela durasse para sempre. Mas terminou assim que a cantora parou de cantar.

Virei para Pearl. Queria saber se tinha visto o que eu vi, se ela imaginou aquilo tudo também. Mas quando eu já ia bater no ombro dela, meus pensamentos ficaram cinzentos e meu coração apertado. Seria um ataque?, pensei. Será que era um efeito colateral da minha imortalidade, algum fenômeno que me fizesse vítima de inconsciência parcial? Quando despertei desse estado estava no chão, com vários rostos flutuando em cima de mim, todos com ar de preocupação.

Pearl não estava entre eles.

Fiz força para levantar e afastei os rostos sem saber de quem eram, perguntei onde estava minha irmã. E então eu vi... a ausência completa dela.

Onde ela estava... agora era só um tijolo projetado da parede, como um dente mole de criança. Gritei o nome da minha irmã. Chamei todos os nomes que sabia e inventei novos nomes para ela. Chamei até pelo meu nome, para garantir. Ela não respondeu a nenhum deles. A música estava alta demais. Ela não podia me ouvir. Foi isso que disse para mim mesma quando gritei.

Então vi as pegadas enlameadas dela no chão. Havia pontos de interrogação de sujeira nos saltos, pontos de lama que indicavam que a partida de Pearl não tinha sido tão repentina para que saísse sem deixar uma mancha arrastada. O desenho eram marcas de uma pessoa sequestrada. Aquelas impressões testemunhavam que Pearl não deixou de me amar, nem quando nossos torturadores a tiraram dessa vida. E imaginei… onde quer que ela estivesse… se tinha aquela visão também, a visão que eu tanto temia, em todas as suas reproduções.

# CAPÍTULO OITO

## Ela Disse Que Nunca Me Deixaria, Mas…

STASHA

# CAPÍTULO NOVE

## Milhões e Milhões

Auschwitz nunca se esqueceu de mim. Implorei para que esquecesse. Mas mesmo quando eu chorei e pedi e murchei ele cuidou de saber o meu número e de contar cada alma como sua propriedade. Nós éramos tão inumeráveis que devíamos ter dominado aquela terra em que pisávamos, transformando-a em nada. Mas aquele pedaço de terra não podia ser dominado. Alguns afirmavam que poderíamos vencê-la se entendêssemos sua perversidade por completo. Mas sempre que começávamos a entender o mal, o próprio mal aumentava. Outros acreditavam que a esperança ia vencer. Mas sempre que surgiam esperanças, vinham junto as torturas. Era nisso que eu acreditava. Auschwitz ia acabar quando Pearl voltasse. Eu não sabia para onde ela tinha ido. Só sabia que não estava comigo.

E eu também sabia que passava a maior parte do tempo num velho barril de conserva de repolho, que era um lugar vantajoso para a minha vigília, apesar do fedor de repolho que logo se entranhou em mim. Um círculo perfeito de isolamento que permitia ficar vigiando para avistar minha irmã. Nada de *blokowa*, nada de companheiros do zoológico, nada de Pai dos Gêmeos. Apenas eu, meus piolhos e um buraco no barril que era minha visão do mundo.

– Você está aí dentro? – Peter socou a madeira do meu lar.

Devo observar que eu acreditava que tinham passado três dias desde o desaparecimento de Pearl, só que nós duas sabíamos que tempo não era o meu forte e sim da minha irmã.

No início, não fiquei sozinha. Logo depois que a música da orquestra levou Pearl embora, os piolhos chegaram para me fazer companhia. Piolhos brancos, cada um do tamanho da ponta de um dedo, com cruzes pretas nas costas. Não me importava muito com eles porque eles me picavam e suas picadas me mantinham acordada, e precisava ficar acordada para encontrar minha irmã. Fizemos um trato, aqueles piolhos e eu: eu lhes dava minha carne em troca da vigília, e, pela graça de suas picadas, mantinha o olho bem aberto no buraco do meu barril. Tenho certeza de que poderíamos viver juntos com benefícios para todos por algum tempo, se não fosse a intervenção da enfermeira Elma.

Porque aqueles piolhos caíram de amores pela enfermeira Elma. Estavam sempre andando na minha cabeça, morrendo de saudade dela. Adoravam os quadris dela, suas luvas de couro, o cabelo cascateando sobre os olhos. Os piolhos e eu debatíamos bastante a beleza dela. Eles a comparavam com a perfeição e eu a uma parasita, coisa que eles consideravam comparação lisonjeira. Em dado momento um pivete daqueles, bem gordinho, cometeu a temeridade de dar uma pirueta pro alto e sair do barril para manifestar seu desejo. Um senhor salto para um bicho tão pequeno. Assim que esse piolho disse para a enfermeira Elma que a amava, ela me arrancou do barril, arrastou-me para o laboratório e pegou o barbeador. Tenho certeza de que ele não foi o primeiro cara a provocar tal reação, mas fiquei com pena dele mesmo assim. Sob as mãos dela os cachos que nos pertenciam brilharam no ar e depois caíram e, quando já estava careca, vi meu reflexo no armário de aço. Não nos reconheci ali. Isso me amedrontou, porque talvez Pearl também não conseguisse me reconhecer. Enfiei-me novamente no meu covil fedorento e dormi. Os guardas sabiam da minha presença naquelas profundezas do barril, mas me deixavam em paz. Eu ficava imaginando se o Tio tinha dito para eles me conferirem essa leniência, ou se eles se sentiam intimidados pelos barulhos que saíam do barril, porque eu passava todo o tempo naquela escuridão afiando as unhas com minha faca de pão e praticando meu rosnado. Quanto mais eu rosnava, mais rápido minhas unhas cresciam. Quanto mais rápido minhas unhas cresciam, mais os guardas tremiam. Eles não podiam imaginar a verdade, que eu afiava as unhas pelas palavras, não como arma. Eu estava escrevendo cartas para Pearl nas placas de madeira do meu lar, gravando tudo contra o veio. Escrevia para ela uma, de vez em quando duas vezes por dia.

*7 de novembro de 1944*

*Querida Pearl,*
*Tem música aí onde você está?*

*Querida Pearl,*
*Eu sei o que você está pensando. Pare de pensar nisso. Não há possibilidade de você estar morta.*

Com poucos dias da minha prisão epistolar, eu já estava ficando sem espaço no barril, mesmo tendo o cuidado de nunca assinar meu nome. E sim, eu sabia que não havia como enviar cartas escritas nessa plataforma. Eu só esperava que, onde quer que Pearl estivesse, ela pudesse sentir cada arranhão de cada palavra e de toda a saudade.

---

Um dia caíram migalhas de pão pelo buraco do barril. Eu as recolhi feito moscas e joguei de volta.

– Você me incomoda – eu disse para o visitante.

Na época esse era meu cumprimento padrão.

Porque eu tinha muitos visitantes. As outras crianças visitavam o meu barril para fazer perguntas. Parecia que minha reputação de garota inteligente tinha duplicado no rastro do desaparecimento da minha irmã, como se eu tivesse herdado toda a genialidade dela. As crianças faziam muitas perguntas, mas nenhuma delas tinha importância, era apenas conversa para ocupar espaço e tempo. Elas perguntavam de que eram feitas as cataplasmas, como educar um cachorro para ele não ganir, qual o significado de sonhar com um enxame de abelhas. Para tudo eu respondia: "Pearl!" Com isso me deixavam em paz. Não queriam falar sobre minha irmã porque todos achavam que ela estava morta.

No meu bolso, fora de vista, meus dedos agarravam a tecla do piano. Eu não tinha ideia de em que eu devia acreditar. Ressentia a presença daquilo no bolso, porque era triste ter só uma tecla de piano como único vestígio da minha irmã. Detestava o fato de ser tão imóvel, tão muda, tão inanimada. Mas eu estava ficando assim também. E como eu, a tecla não tinha utilidade para migalhas ou visitantes. Mesmo assim, as migalhas continuavam insistindo em entrar no meu barril.

– Guarde suas migalhas – eu disse para o visitante.

– Stasha! – sibilou o visitante. – Você precisa comer. Você sabe o que acontece se não comer!

Era a voz de Peter. Tinha ouvido Bruna dizer que ele também estava sofrendo desde o desaparecimento de Pearl, que seu jeito de andar tinha mudado, que ele não sentia mais prazer com sua liberdade de movimentos pelo campo e que ficava sentado na sala de aula o dia inteiro, olhando fixo para os mapas.

Eu disse para ele que ia comer se Pearl voltasse.

– Isso pode demorar. Tempo suficiente para você morrer de fome, mais do que já está. Não quer estar saudável quando ela chegar?

Ele jogou mais uma migalha. Peguei na palma da mão e botei no bolso. Disse para ele que sabia que Pearl ia adorar aquela migalha quando voltasse e agradeci por ela.

– Está bem. Então se lave. Você precisa se lavar. Você sabe o que vai acontecer se não se lavar.

– Você está dizendo que Pearl vai morrer se eu não me lavar?

– Claro que não.

– Ah, bom – disse eu.

Podia acrescentar que não havia nada capaz de limpar certas imundícies que tinham sido impostas a mim através das experiências, mas não falei nada.

– Você quer ser *kaputt*? – Peter perguntou.

Eu não ia falar do centro das minhas preocupações: eu jamais seria *kaputt*. Através do fundo da agulha dele, o Tio tinha impedido isso. Eu nunca morreria. Naquela mesa gelada dele pensei que estava fazendo o que tinha de fazer para garantir a sobrevivência de Pearl e a minha. Mas Pearl havia desaparecido. Eu não sabia se ela estava morta ou não morta, mas sabia que ele jamais lhe deu aquela agulha e sabia também que ela teria vergonha do que eu havia feito. Porque depois de todo aquele tempo no barril, eu estava começando a suspeitar de algumas coisas. Suspeitava que minha sobrevivência era possível com a morte dos outros. Meu sangue estava grosso da sobrevivência destruída das massas, transportava as palavras que nunca disseram, os amores que nunca conheceram, os poemas que nunca escreveram. Tinha as cores dos quadros que jamais pintariam, do riso dos filhos que jamais teriam. Esse sangue tornava a vida tão dura que eu às vezes imaginava se não era melhor Pearl ter sido poupada da imortalidade. Conhecendo a totalidade do que eu havia escolhido, não poderia desejar esse destino para ela – o de viver sozinha, uma metade sem sua gêmea, carregando eternamente o fardo dos futuros tirados dos outros.

– Stasha? Você está chorando aí dentro? – Peter bateu com mais força no barril.

Era apenas o meu barril rangendo, eu disse. Aquele barril insistiu com os rangidos semanas a fio.

*20 de novembro de 1944*

*Querida Pearl,*

*A guerra acabou. O zoológico acabou. Mamãe e Zayde estão morando comigo agora. Estamos planejando uma festa para quando você voltar e vamos instalar um carrossel para a ocasião. Os guardas estão construindo porque agora eles fazem o que nós mandamos. Tem um cavalo branco para você. Uma sereia para mim. Quando você voltar, vamos rodar juntas e quando rodarmos de marcha a ré, será como se você jamais tivesse desaparecido.*

Eu saía do meu barril por um número limitado de motivos: para a chamada, para comer pão, para me lavar, e para me recolher ao beliche sob as ordens da Bovina. A única vez que saí do meu barril sem ser por essas tarefas foi para ver o Tio. Eu ainda me referia a ele por esse nome porque ainda não tinha desistido do meu plano. Ainda alimentava esperança de poder exterminá-lo, até o último segundo. Não foi estranho o alívio que senti quando voltei à esterilidade gelada do laboratório dele? Até eu fiquei alarmada com o fato de ser uma espécie de consolo, e depois compreendi que tinha se tornado familiar na minha vida, assim como o pátio de uma escola pode ser para outra vida. Onde minha irmã devia sentar havia apenas uma cadeira vazia, mas era bem fácil fingir que havia uma pessoa naquela cadeira. Paciente tinha me ensinado a fazer isso, muito tempo antes.

Como eu fingi, cheguei a ouvir minha irmã tremendo, seus arrepios fizeram as pernas de aço da cadeira balançar. Mas na hora em que eu já ia visualizar uma miragem dela, o Tio Doutor tornou sua presença evidente demais. Ele se inclinou sobre o meu ombro para aplicar o estetoscópio nas minhas costas, respirou com liberdade demais no meu rosto e o cheiro do hálito dele – era doce mas tinha um quê de acidez – me fez pensar no que tinha almoçado e logo me vi à deriva, com pensamentos sobre comida, e só despertei dessas divagações com a intrusão de um instrumento. Ele então testou os reflexos dos meus joelhos. Esquerdo, direito, esquerdo, direito. E quando terminou, perguntou como eu estava.

Eu disse para o Tio que não sabia se ele havia notado, mas Pearl estava desaparecida.

– Não diga! – ele comentou distraído. – Agora, vista-se.

Eu esperava que ele virasse para mim e desse alguma sugestão de onde eu devia procurar minha irmã, mas ele só foi até a pia, lavou as mãos, penteou o cabelo e botou uma bala de menta na boca. Eu obedeci às ordens dele e me vesti. A saia estava obviamente larga para mim, de modo que quando botei a tecla do piano de volta no seu esconderijo no cós da saia, ela caiu no chão. Mengele pegou a tecla e ficou olhando para ela, com um sorriso curioso.

– Explique isso para mim, Stasha.

Eu só disse que sentia muito.

– Crianças como você costumam sentir. Mas o que está fazendo com isso?

Eu disse que queria uma lembrança, porque tinha medo de um dia esquecer aquele lugar. Já que eu ia viver para sempre, aquilo parecia um risco razoável. Aliás, até que ponto um imortal é capaz de lembrar? Por isso tirei a tecla do piano antes do concerto. Ele apertou os lábios e fez uma careta forçada como se analisasse retratos de pais e mães com ares de desaprovação e escolhesse alguns para copiar. Não havia nada de humano nessa careta, mas eu reagi de acordo e abaixei a cabeça de vergonha.

– Você percebeu que Anika quase levou uma surra por causa do seu furto, não percebeu?

Fiz que sim com a cabeça.

– E não se sentiu culpada por isso?

– Minha irmã – foi tudo que consegui falar.

Então minha voz falhou, ou melhor, ela se afastou de mim como se fosse puxada por uma corda comprida e na ponta dessa corda estivesse, evidentemente, o Tio.

– Pronto, pronto – disse ele numa agitação de simpatia debochada, contorcendo o rosto. – Não precisa ter medo de nada.

Eu só olhei para os sapatos dele, torcendo para que o brilho deles revelasse o paradeiro de Pearl. Mas o brilho habitual estava coberto de lama e um tufo de pelo de cachorro tinha colado comicamente na ponta de um pé, como o pompom de um palhaço. Aquele foi o primeiro sinal de que havia alguma coisa errada. O segundo foi o copo dele cheio de gelo e de uísque. O próprio copo não era incomum, mas o número de vezes que esvaziou e que foi enchido de novo era alarmante.

Ele me deixou sentada na mesa, balançando as pernas e passando o lenço no olho. Tinha o monograma dele num canto e tomei cuidado para não encostá-lo na minha pele. Enquanto secava o olho, me permiti espiar pelos lados do lenço e verificar o caos que nos rodeava. Nunca tinha visto o laboratório tão desarrumado. Havia montes de pastas enfiadas em caixas, e essas caixas tinham sido postas dentro de caixas maiores. Parecia que ele planejava alguma grande migração com todos os pedaços de nós que havia colecionado.

É difícil ver que uma parte nossa pode viajar uma vida inteira com alguém que odiamos, totalmente contra a nossa vontade. Você talvez saiba do que estou falando – pode ser que alguém se lembre de você quando você prefere ser esquecida; alguém pode ter um pedaço de você que seja impossível recuperar. Só posso falar por mim mesma, porque foi naquele momento que soube que estávamos ligados para sempre, o médico e eu, e desmaiei antes de poder perguntar quais eram os seus planos futuros de fuga.

---

A parte de dentro do meu barril ficou praticamente indecifrável, de tão cheia de cartas para Pearl. Eu sabia que se ela não voltasse logo – o fato é que eu não sabia de nada além de que minhas cartas estavam ficando raivosas e a falta de assinatura me apagava. Ninguém mais estava contando pedaços de mim no laboratório. Não sabia se era porque o doutor tinha dito para as pessoas não fazerem, ou porque a melhor parte de mim não existia mais. Uma vez Bruna me perguntou, com seu jeito brutal e amistoso, por que ele se daria ao trabalho de me manter viva, e como eu não podia contar que o médico não podia me matar nunca, nem se quisesse, falei que esperava que ele acabasse comigo qualquer dia desses. Então Bruna me abraçou bem junto ao peito e jurou matá-lo assim que tivesse uma chance.

Não sabia se ela teria chance algum dia. A presença dele estava diminuindo ultimamente. Aqui e ali, atrás de uma cortina, eu via lampejos dele. Ele acenava os dedos para mim educadamente, assobiava. Eu tinha de descobrir um modo de não me encolher com o assobio. Para isso pensava nas minhas entranhas, em todos os afluentes do meu sangue, todas as entradas dos meus nervos e ficava imaginando como a esperança ia combinar com um corpo assim. Porque eu continuava tendo, ainda, aquela esperança louca. Era firme como uma coluna e tão pronunciada que me espantava saber que as enfermeiras e técnicos não se davam conta dessa projeção dentro de mim e não marcavam em seus gráficos.

Havia só mais uma pessoa além de Peter e da equipe do médico que me fazia lembrar que eu era real, que estava viva, que era uma menina, irmã de Pearl.

– Pitada Dois – sussurrou Bruna no buraco do barril. – Estamos em pleno inverno agora, sabia? Não sente frio aí dentro? Nosso mundo inteiro é uma tempestade de neve!

– Não neva aqui dentro.

– Você não pode mais viver num barril. Percevejinho querido e burro, saia daí!

– Preciso ficar de olho nela.

– Fique de olho de uma janela.

– Não confio nas janelas daqui.

– Então vigie de uma porta.

– Confio menos ainda nas portas.

Fez-se uma pausa e...

– Talvez deva parar de vigiar, Stasha.

Eu nunca tinha ouvido a voz dela tão doce.

Perguntei para Bruna:

– Devo parar de vigiar porque você recebeu notícia da Pearl, sabe que ela está bem, sabe que ela está só ganhando tempo, esperando até ser seguro? Diga que ela está em alguma casa, em algum lugar. Diga que ela está escondida num toco de árvore. Que está embaixo da cama de alguém e que não é mais quem era antes, mas que está viva. Eu aguento se você disser todas essas coisas para mim. Desde que...

– Eu não soube nada da Pearl – confessou Bruna. – Minha Pitada Um. Ela era minha amiga, aquela garota, minha preferida...

– Claro que você não soube da Pearl – interrompi rosnando. – Por que saberia? Você nem era importante para ela.

– Saiba de uma coisa – disse Bruna. – Enquanto você fica aí no seu barril esperando a morte, os aviões russos voltaram e estão vindo mais e mais a cada dia.

– Claro que estão – eu disse. – Vieram para nos bombardear.

– Meu povo jamais faria uma coisa dessas. – Bruna ficou indignada. – Acho que você deve pensar, Pitada Dois, como vai provar que vale a liberdade que eles logo darão para você. Resolva agora se é um repolho ou uma menina. Boba! Moradora de barril! Como sinto sua falta! Sua covarde imprestável!

Dei as costas para os insultos afetuosos que entravam pelo buraco do barril e voltei para minhas cartas.

*1 de dezembro de 1944*

*Querida Pearl,*

*Confesso que nada daquela última carta era verdade. Não há carrossel nenhum. A guerra não acabou. Mas, mesmo assim, por que não volta?*

---

Na manhã seguinte, eu estava observando a neve do buraco do meu barril e vi Peter se aproximar. O andar dele era curvado, lento, e empurrava um carrinho de mão.

– Stasha! Saia daí! Você precisa ver isso!

Tirei a tampa-telhado do meu barril e espiei da borda.

O carrinho de mão de Peter tinha uma carga. Por cima dela um cobertor, mas as pontas de pés apareciam por baixo da lã desgastada. Um dedão se remexia ao vento.

Saí do meu barril com tanta pressa que o derrubei no chão. Essa saída foi tão errada e desajeitada quanto aqueles últimos dias de sofrimento. Um sofrimento que agora estava parecendo desnecessário. Passei a mão no cobertor como tinha visto um mágico fazer numa apresentação uma vez. A trouxa não se animou prontamente, mas Pearl era assim mesmo... ela preferia uma entrada sutil.

– Como? – perguntei maravilhada.

– Da enfermaria... acabaram de liberar.

– Há quanto tempo você sabia?

– Dois dias. Não quis contar para você porque sabia que você não ia acreditar em mim. Vá em frente, levante o cobertor.

Era para qualquer um imaginar que depois de tanta sensação de perda eu estaria louca para revê-la. Mas senti que alguma coisa lá dentro, uma das poucas sensações que Pearl não tinha levado embora com ela, me fazia hesitar para tirar o cobertor. E se Pearl tinha mudado sem mim? E se ela não fosse mais ela, então quem eu ia ser? Mas essa hesitação foi atropelada pela aflição do reencontro e puxei o cobertor.

A boca que sorria de orelha a orelha para mim agora não tinha mais dentes. Era o rosto de um bebê que nunca deixaram viver a adolescência, que tinha pulado direto para a idade adulta e depois para a velhice. A carne dele era jovem, mas muito antiga. Os olhos eram jovens, como olhos são, mas tinham visto coisas demais. Não sei bem como o reconheci, porque a pele não era mais azul, cheia de veias e sem ar, era de um branco doentio. Mesmo assim, não havia como confundir aquele sorriso.

Era Paciente. O meu Paciente. Eu sabia que ele seria Pearl para mim se pudesse. Com sensibilidade para o meu desapontamento, ele agarrou minha mão, coisa que foi bem desconfortável porque meu coração se ocupou de afundar nas profundezas mais escuras dentro de mim, um local desconhecido até para o Tio, onde se desfez da pele, rolou em bile, assumiu uma nova capa e criou espinhos. Assim armado, o órgão polivalente subiu os degraus das minhas costelas e voltou para o seu lugar. E fiz o que Pearl ia querer que eu fizesse.

– Isso é uma bênção – eu disse sorrindo e uma nova dor competiu com os meus batimentos –, sermos família outra vez.

Era como se Paciente estivesse renovado, de alguma forma. Alguma coisa lhe fez bem naqueles mais de trinta dias que esteve longe de nós. Ou será que era só a luz? Em todo caso, parecia que a tosse dele estava intermitente. Ele se agarrou a mim e descartou qualquer separação, qualquer distância.

No pátio, os outros se reuniram para ver nosso menino de volta. Olhos cheios de lágrimas, todos brincaram sobre onde Paciente tinha passado aquele tempo. Será que estava velejando, passeando, tomando sol?

Paciente balançou a cabeça muito sério. Ele queria devolver a brincadeira, mas não pôde.

Pai dos Gêmeos bateu nas costas do menino e se inclinou para cochichar alguma coisa.

– Na próxima vez que você sair – ele disse baixinho –, será porque fomos libertados e eu vou levar você e todos os outros meninos para casa. É uma promessa. E vou precisar de ajuda com os pequenos, por isso você será meu segundo em comando.

Paciente fez uma pequena saudação para ele e Pai dos Gêmeos se afastou de nós para cumprir seus afazeres, não sem antes olhar para trás algumas vezes enquanto andava, como se ainda não pudesse acreditar que tal ressurreição tivesse acontecido.

Bruna começou a beliscar o braço de Paciente, com um brilho no rosto de pensar em todos os prazeres de atormentá-lo que tinha perdido.

– Fantasmas ficam roxos? – ela perguntou, beliscão após beliscão.

– Não tenho certeza, Bruna – disse Paciente, estufando o peito. – Só sei que suas manchas roxas estão constrangidas demais de serem vistas com você. Mas senti falta do seu cabelo branco. Você devia usá-lo como antigamente. Esse preto só diminui a sua beleza.

Parecia que Paciente tinha aprendido suavidade e crueldade nos confins da enfermaria. Bruna se sentiu lisonjeada e ficou impressionada.

– Assim está bom, pulga – disse ela, e prestou-lhe respeito com uma mesura.

Os outros deram risada e caíram em cima dele com perguntas. Que tal era ser o primeiro a voltar? Ele tinha comido alguma coisa interessante? Tinha visto algum dos outros? Mais especificamente, tinha visto algum dos outros que se chamava Pearl Zamorski?

Essa última pergunta foi minha.

Foi uma grande honra ter sido o primeiro, disse ele. Não tinha sido apresentado a nenhum bolo lá, mas no pior momento da sua doença teve a sorte grande de alucinar o cheiro de bife de peito. Pearl? Ela não estava lá, mas todas as pessoas tendiam a parecer iguais na enfermaria, apesar de...

Eu me afastei com a desculpa de que precisava escrever uma carta.

Ele me alcançou rapidamente, suas pernas se moveram mais rápido do que ele era capaz antes e aquela curiosa força da passada dele me fez pensar se eu estava caminhando junto com o verdadeiro Paciente. Talvez o Tio tivesse enviado um impostor de volta. E, de fato, ele se apresentou com um novo nome.

– Você não precisa mais me chamar de Paciente – ele disse. – Pode me chamar de Feliks.

– Ah, é? Esse é o seu nome?

– Não. Era o nome do meu irmão. Mas acho que agora eu devo usar por ele.

Isso tinha sentido para mim. Outras coisas não tinham. Perguntei para aquele Feliks por que estava vivo.

– É cruel dizer isso.

Por direito, argumentei, não era para estar. Afinal de contas, não tinha mais gêmeo.

– Você também não tem e continua viva. Mas parece morta.

Eu nem tentei discutir aquilo.

– Aposto que quer saber o que me salvou, já que tem curiosidade sobre medicina e tudo – disse ele.

Então, como se quisesse testar meus interesses, ele revelou o método exclusivo da sobrevivência dele. Pulou na minha frente enquanto eu caminhava, abaixou a cintura solta da calça e virou de costas para mim. Um toco de rabo ocupava o espaço logo acima das nádegas dele. O abano daquela deformidade... Pude imaginar a fascinação do Tio.

– Belo truque.

– Pode tocar nele.

Feliks estendeu a mão para segurar a minha.

– Eu não quero tocar nele.

Recolhi minha mão.

– Se encostar nele, talvez ele te traga sorte também.

Sorte não era confiável no zoológico, por isso continuei recusando. Ele deu de ombros e vestiu a calça de novo, felizmente escondeu o toco de rabo.

– Eu sempre tive. Meu irmão também. A ambulância nunca virá me pegar. Sou valioso demais.

– Quer me contar mais sobre a enfermaria, Paciente... quero dizer, Feliks? Como era lá? Eu preciso saber.

Ele ficou muito satisfeito de poder contar. Falou de filas e mais filas de leitos, das sopas ralas, do corvo que nunca viu mas que o acordava toda manhã. Ouvi tudo sem perguntar nada. E um mapa já estava se formando na minha cabeça.

– Eu sei o que você está pensando, Stasha. – Ele balançou a cabeça. – Ela não está lá.

– Só Pearl sabe o que eu estou pensando – eu disse.

Mas era verdade. Quando estava me afastando dele, fantasiei na minha cabeça que as pessoas tinham transformado minha irmã, lhe deram um outro nome. Deviam ter dado alguma coisa para ela esquecer quem era, porque sabiam que a nossa separação era um grande risco para sua saúde. Mas quando fosse seguro, iam dar o antídoto.

Nós ainda íamos nos encontrar. Esse Feliks tinha provado isso. A volta era possível.

---

*8 de dezembro de 1944*

*Querida Pearl,*

*É nosso aniversário. Mas não tenho certeza da nossa idade. Não podemos ter treze anos, não aqui. Mas posso estar confusa. Eu sei que você guardou o tempo para nós. Não sou boa nisso. Não tenho sido boa em nenhuma das nossas tarefas esses dias. Menos ainda do que é divertido e do futuro. E fico contente de não termos assumido a tarefa de encontrar o que é belo. Não há nada de belo aqui, Pearl. Só conheço a feiura.*

*Mas tem uma coisa: os russos nos mandaram um presente. Hoje os aviões chegaram em maior número. Você pode vê-los?*

Na manhã seguinte ao nosso aniversário, acordei e vi uma fumaça cercando o meu barril. Verifiquei minhas mangas, meus sapatos. Parecia que nada estava pegando fogo. Levantei a blusa e cutuquei meu umbigo. Tinha certeza de que o que o Tio Doutor tinha posto dentro de mim agora estava me incendiando por dentro.

*Verme!*, disse a fumaça.

Concordei com essa avaliação.

*Saia daí!*, disse a fumaça. Era estranho, mas parecia a enfermeira Elma. Eu obedeci e levantei tossindo. Assim que saí, vi cinza caindo. A enfermeira Elma estava de pé na minha frente, com um cigarro pendurado nos lábios.

– Estão precisando de você! – declarou ela. – No laboratório!

Gostava mais de você quando era fumaça, eu falei.

– O que foi que você disse? Fale mais alto!

– O que posso fazer pela senhora hoje, enfermeira Elma?

– Hora de tirar retrato! – ela respondeu.

Eu já tinha sentado e me contorcido para muitos retratos, nua em todos eles, todos na captura fria do olho da câmera, mas todas as vezes fiz isso com a minha irmã. Nunca imaginei que seria fotografada sem ela. Não sabia se ia conseguir ficar de pé diante do fotógrafo. Mas quando a enfermeira Elma me levou para uma sala no laboratório, não vi o equipamento de costume e nem outros modelos para as fotos.

Havia apenas uma mulher atrás de um cavalete, com o rosto escondido atrás da tela. Ao lado da borda, pude avistar a dobra de uma orelha e uma parte do couro cabeludo com alguns tufos de cabelo grisalho. Ela usava o uniforme de prisioneira e um xale cinza. Calçava sapatos com saltos diferentes. Embora magra, os tornozelos acima desses sapatos descombinados me pareceram bonitos, do jeito que eu achava bonitas as coisas do meu passado: pulseiras de berloques e violetas nas jardineiras das janelas, o fogo com que eu acendia a lareira, a toalha de mesa da mamãe para o Sabbath.

A enfermeira Elma disse para a mulher começar e sentou no fundo da sala folheando o que costumava ler, uma revista cheia de atrizes. Pensei ter visto o rosto de Pearl na capa, achei que ela piscava para mim. *Sinto sua falta, Stasha*, dizia a boca na capa. *As coisas estão diferentes. Mas estou melhor aqui.* Eu já ia perguntar para Pearl se o lugar ao qual se referia era a outra vida ou a Califórnia, mas então a boca abriu mais e a menina da capa começou a cantar. Foi aí que percebi que não era Pearl, era uma estrela do cinema, porque a voz de Pearl cantando era muito melhor do que isso. *Você sabe onde Pearl está?*, perguntei para a estrela do cinema, lá no fundo da minha mente, onde ninguém, nem mesmo a enfermeira Elma podia ouvir. Mas acho que perguntei baixo demais, porque a estrela do cinema não deve ter ouvido, ela só continuou cantando. Então a enfermeira Elma percebeu que eu olhava fixo para a menina da capa, confundiu meu olhar com um de prazer e não de investigação e dobrou a revista escondendo a capa, com um gesto exagerado de irritação.

Ouvi a artista parar de pintar, distraída com aquilo, depois retomar os movimentos com o pincel. Prestei atenção enquanto descrevia minhas feições. Parecia bom, mas o movimento era lento, como se tivesse dificuldade de decidir o que fazer com o meu rosto. Eu queria me desculpar com a artista por estar tão destruída e feia. Queria dar-lhe alguma coisa que compensasse isso para ela se concentrar.

Porque a beleza redime o mundo, era isso que papai sempre dizia. Ele disse isso numa época em que eu não podia imaginar por que o mundo precisaria de redenção, uma época em que eu não tinha nem certeza do que redenção significava. Tinha certeza de que Pearl sentia a mesma coisa que papai sobre os poderes redentores da beleza e, pela primeira vez, percebi que queria saber se finalmente eles estavam juntos, no mesmo lugar. Felizmente, a enfermeira Elma me salvou de chegar à conclusão sobre essa ideia triste quando levantou da cadeira e atravessou a sala para bater na minha cabeça com a revista.

– Não faça essa cara, Stasha.

– Que cara?

– Como se estivesse quase chorando. Isso modifica demais as feições.

– Eu devo sorrir?

Ela levantou a revista de novo, pronta para me bater, mas mudou de ideia. Vi quando ela olhou para cima, com medo de que o Tio pudesse ter entrado na sala sem ser visto, como ele costumava fazer.

– Você fica como você é quando sorri? – ela zombou.

Eu fico como eu era no passado, tive vontade de dizer, mas permaneci calada. A enfermeira Elma me deu um tapa corretivo no rosto. Imaginei se deixaria marca. Se deixasse, tinha certeza de que não permitiriam que a artista pusesse no quadro.

– É claro que você não deve sorrir! – crocitou Elma. – Sorrisos também mudam a expressão. O que o médico quer aqui é precisão. Olhe diretamente para frente, mantenha os olhos abertos, a boca parada. É tão simples que qualquer bebê saberia fazer!

Ela voltou para a cadeira e se distraiu com a revista. Senti pena da menina da capa. Não tinha culpa de ser uma imagem numa revista, forçada a participar dos abusos da enfermeira Elma.

Fiz como Elma tinha instruído, olhei diretamente para frente. Focalizei a janela com bordas de tijolos que ficava acima da artista, torcendo para que algum passarinho pousasse no parapeito e cantasse ou piasse para dar para a pintora alguma coisa para ouvir enquanto trabalhava. Desde o desaparecimento de Pearl, comecei a notar que a vida animal tinha se tornado cada vez mais rara em Auschwitz. A esperança era pouca de aparecer algum só porque eu queria e quando não apareceu nenhum passarinho, pus um lá mentalmente. No bico talvez tivesse um ramo de oliveira. Mas o passarinho sempre o deixava cair. Parecia que até minha imaginação havia me abandonado.

Quem me despertou dessa fantasia foi a enfermeira Elma. Ela se levantou ainda com a revista e, latindo a ordem para eu me comportar, saiu batendo a porta.

Na ausência dela, o ruído do pincel acelerou. Vi a artista espiar pela lateral da tela e expor um único olho. O olho era fundo e escuro, aflito, mas a inanição não tinha sugado a humanidade dele.

– Gostaria de vê-la sorrir – disse a artista com uma voz que combinava com a suavidade do olhar.

Havia algo de familiar naquela voz, mas eu me convenci de que era apenas a rouquidão, aquela aspereza da fome que todos os prisioneiros acabavam adquirindo. Mesmo assim, havia alguma coisa de diferente na fala da artista... Até a tosse que finalizou a frase tinha um charme raro.

– Mas Elma...

– O que Elma sabe de arte? Ela é apenas uma macaca, falsa, uma mulher boba. Vamos lá, sorria para mim.

Eu tentei.

– Mais largo, mostre os dentes. Vou ter de contar uma piada? Como posso fazê-la rir?

Eu disse para ela que, por mais que eu me esforçasse para sorrir, não estava conseguindo ultimamente. Piadas eram só mais sofrimento.

– Uma história, então – disse ela. – Vou contar uma história sobre duas meninas. Gostaria de ouvir?

Fiz que sim com a cabeça.

– Bem – disse a pintora –, não sou muito boa para contar histórias. Mas vou tentar. Havia duas meninas em Lodz. Gêmeas. Perfeitamente idênticas em tudo. Quando a parteira foi embora depois do parto, os pais delas não conseguiam distinguir uma da outra. Então o pai marcou as iniciais de seus nomes nos pezinhos delas. No dia seguinte, quando deu banho nelas, as letras sumiram. O pai ficou desconsolado. Como ia saber quem era quem? Ele tentou se convencer de que não fazia mal. Afinal, as meninas só tiveram nome por um dia. Até que ponto podiam ter se apegado? Marcou as letras de novo na sola dos pés e não disse nada para a mãe. Aquela noite ele confessou seu erro. A mãe apenas riu. Ela assobiou na frente dos bebês. A que se agitar com o assobio terá a letra S. Ela assobiou, mas nenhuma das duas se mexeu. Então o pai se juntou à mãe, *zayde* e *bubbe* também. Todos assobiaram juntos, mas os assobios não funcionaram, por isso bateram panelas sobre o berço. Pegaram o clarinete de Zayde e tocaram, mesmo sem saberem tocar direito. Acordaram a vizinhança toda com aquele esforço para saber o nome das meninas. E, mesmo assim, nenhuma das duas reagiu. As meninas já estavam vivendo em seu próprio mundo. Era como se gostassem de ver todo mundo se atrapalhando para distingui-las.

– Essa não foi uma história engraçada – eu disse.

Pelo menos achei que tinha dito isso. Posso ter dito outra coisa, porque eu estava muito abalada com a voz da artista e com a história dela.

– E você devia ter me contado isso anos atrás, mamãe. Porque esse tempo todo eu achei que era Stasha, só que agora eu posso ser Pearl? É isso?

A artista deu a risada que eu conhecia tão bem, então ela se tornou mamãe, a minha mamãe, só que uma mamãe bem diferente até da mamãe do vagão de gado.

– Esse é o seu jeito de dizer que não vai sorrir? – ela disse.

Ou eu acho que foi o que ela disse. Não tenho certeza porque sua boca estava encostada no topo da minha cabeça, já que tinha levantado do banco para me abraçar. Então percebeu o perigo que era aquilo e recuou.

Nós curtimos o enlevo de ver, ouvir e amar uma à outra por alguns breves minutos, então...

– Onde está sua irmã? – ela sussurrou.

Eu disse que não sabia. Contei a história da música "Venha me fazer feliz". Contei das pegadas de Pearl e do campo de tulipas.

Mamãe largou o pincel. A ponta tinha tinta branca e fez um risco branco de correção no chão.

– Isso não é possível – disse ela. – Eu só pintei retratos em duplas. Em todos apenas pares intactos.

E quando a voz dela começou a ficar aguda de desespero, ela levantou e veio até mim, e me abraçou com o que restava de força, e chorou com o que restava de lágrimas.

– Estou muito feliz de ver você, Stasha. Não podia estar mais feliz.

Afundei o rosto na estrela sobre o peito dela. Era tanta coisa que eu queria saber... Por que nós nunca nos vimos através da cerca como tantas outras mães de gêmeos? Eu vi que o Tio estava cumprindo sua promessa quanto à pintura – de um jeito meio estranho, dando voltas –, mas será que ela estava recebendo bastante pão? Zayde estava aproveitando a natação na piscina?

A cada pergunta que eu fazia, ela dava um beijo na minha testa, mas nessa última ela desmoronou e me implorou para não olhar para ela. Só um momento, ela disse, não olhe, não vamos fazer isso assim, vamos fazer de outro jeito, quando estivermos num mundo diferente desse, um mundo que saiba como impedir que essas coisas aconteçam. Não olhe, disse ela.

Eu desejei não ter desobedecido.

Porque quando vi o rosto dela, vi Zayde. E ele não estava descansando no barracão dele. Não estava jogando dados, nem falando sobre política, nem trocando receitas ou brindando à lembrança de um estorninho. Nem estava mergulhando numa piscina. Não havia nenhuma solidez, nenhum centro, nada distinto no que eu vi. O que tinham feito com ele era o mesmo que tinham feito com tantos, e ainda continuavam a fazer.

Ao me ver horrorizada, a única coisa que mamãe conseguiu fazer foi falar o meu nome. Ela repetiu e repetiu até não poder mais, então começou a dizer o nome de Pearl. E também não parava, como se fosse um encantamento.

– Não deixe que ouçam – sussurrei.

E o último lamento do nome da filha desaparecida virou uma tosse, e ouvimos passos perto da porta, e mamãe deu um pulo para trás se afastando de mim, tropeçando nos sapatos que não eram seu número. Tivemos sorte de ela ter sido rápida, porque a enfermeira Elma entrou logo na sala, com sua cara horrível. Não gostou de ver minha mãe longe do cavalete e tão perto de mim.

– Tive de olhar mais de perto – ela explicou para a enfermeira Elma antes de correr para o seu banco. – Meus olhos não são mais como eram. Eu não estava acertando a boca.

– Que ótimo... uma pintora que enxerga mal! – debochou Elma. – Acha que agora vai acertar?

Mamãe abaixou a voz.

– Juro que vou – disse ela. – Vou fazer tudo certo.

Se a enfermeira Elma prestasse atenção, teria a curiosidade provocada pelo leve tremor na voz da minha mãe, pelo jeito com que ela olhou para mim quando retomou seu trabalho. Ela até conseguiu disfarçar um movimento de cabeça fazendo que sim, uma piscadela e um largo sorriso para mim enquanto Elma andava por lá à procura de coisas para criticar. Ela andou pela sala e parou de repente.

– Por que tem tinta aqui no chão? Que desajeitada! Que desperdício!

Ela fez uma grande exibição do seu sapato de verniz quando botou a ponta de um pé no ofensivo risco branco.

– Limpe isso – Elma deu a ordem para mamãe. – Você que fez essa sujeira.

Ela jogou um trapo sobre minha mãe que obedeceu, abaixou-se para pegar o pano mas teve outra crise de tosse. Eu peguei o pano antes que ela alcançasse e esfreguei a mancha de tinta até o trapo ficar todo manchado.

A artista – porque era assim que eu tinha de pensar na minha mãe enquanto ela era chutada por Elma – pediu desculpas e jurou ser mais cuidadosa. Ela era muito grata à oportunidade de pintar em vez de trabalhar na fábrica, ou no Canadá, ou no Puff.

A enfermeira Elma examinou o quadro.

– Acho que está adequado aos nossos objetivos.

– Ainda não terminei – disse mamãe.

Mas a cara da enfermeira Elma dizia o contrário.

– Mamãe – sussurrei. – Não se assuste quando vir Pearl. Porque você vai vê-la, ela vai voltar. E nós ainda somos as mesmas, todas nós...

– Pode sair, Stasha – disse a enfermeira Elma.

Ela me agarrou pela gola da blusa com seu estilo habitual e me levou porta afora, tão irritada com a minha emoção e as lágrimas da artista que não tinha notado que eu pude esconder o pano abençoado pelo toque de minha mãe na cintura da saia.

Naquela noite dormi com o trapo encostado no rosto. Podem achar isso estranho, mas fiz porque minha mãe tinha acabado de me contar em que acreditava. Ela acreditava que nós éramos as únicas sobreviventes da nossa família. Não tinha dito isso com palavras, mas sim no jeito de pintar o meu rosto. Ela pintou um retrato irreal, com quase nenhuma semelhança. Um belo gesto como subterfúgio, que eu valorizei, mas havia também um elemento inconfundível de luto nele, o grito lancinante do lamento de uma mãe.

*18 de dezembro de 1944*

*Querida Pearl,*
*Mamãe está viva. Você também está?*

Era verdade, mamãe ainda estava conosco. Ela pintou nosso rosto e por um ou dois segundos ela e eu recuperamos nossas antigas identidades, sentadas naquelas cadeiras como se fossem as poltronas da nossa antiga casa, nos entreolhamos e escondemos nosso sofrimento.

Depois que acabei de escrever, me concentrei no estudo essencial do meu livro de anatomia. Isso me manteria no meu caminho de vingança. Mas antes de encontrar a página em que estava, um rosto velho mas juvenil apareceu no alto do barril.

– Ele cortou sua língua? – perguntou Feliks.

Eu disse que estava calada porque tinha visto minha mãe e não meu avô, mas tinha sabido dele.

Feliks respondeu com o silêncio dele, um silêncio tão imóvel que me incomodou.

– Você acha que sou burra? – perguntei sinceramente. – Por ter achado que eu podia enganá-lo, fazê-lo mudar, transformá-lo em quem ele devia ter sido?

Vi que Feliks não tinha a intenção de responder, por isso saí do barril para encará-lo diretamente.

– Acho que você gosta de ver o lado bom das pessoas porque existe tanta perversidade que precisa acreditar na bondade – ele argumentou.

– Você também faz isso?

– Não. Eu vejo o que é bom nas facas, e não nas pessoas. Mesmo que não haja faca ruim ou faca boa, desde que corte.

– Você fala como a Bruna.

– Com o tempo acabei chegando à minha maldade.

– Acho que também estou chegando.

Feliks ficou animado.

– Podemos nos divertir muito assim – disse ele.

– Não sei se será divertido – retruquei. – Mas será necessário.

Ele me deu um dos preciosos jornais de Bruna, contrabando que circulava entre os comunistas até cair nas mãos de algum guarda.

– Posso te ensinar a odiar – disse Feliks. – Primeiro passo: leia isso. Diz que eles vêm nos salvar, os russos. Aqueles aviões que nós vimos são deles. Também avisa que os responsáveis por Auschwitz vão fugir daqui a qualquer minuto, que eles vão tentar destruir tudo e todos nós. Significa que temos pouco tempo para cuidar do Mengele.

Ele balançou a folha para mim, insistindo para que eu lesse.

– Eu não sei russo.

– Posso te ensinar isso também. É uma boa língua para odiar nazistas. Talvez melhor do que o polonês. Podemos deixar o polonês para outras coisas. Isso deixaria nossos pais contentes, não acha?

– Não preciso de suas aulas. Eu odeio todos eles. Sempre odiei. É só que odeio Mengele mais ainda.

Jurei que nunca mais ia chamá-lo de Tio, nem mesmo para parecer inocente.

Percebi que Feliks adotou um novo respeito por mim quando falei abertamente dos meus ódios, sem esconder ou disfarçar nada. Ele se agarrava a cada palavra que eu dizia e queria mais.

– Você deve fazer alguma coisa com esse ódio enquanto ele ainda confia em você – sugeriu.

– Essa sempre foi a minha intenção. Só estava esperando o meu momento.

– Faça isso agora. Você tem um acesso a ele que eu invejo. Sabe quem mais inveja isso? O Exército russo inteiro. O americano também. Devíamos explorar isso.

Ele me deu duas facas de pão.

– Agora você tem três armas – ele disse orgulhoso. – Isso deve bastar, eu acho. Recomendo que enfie a primeira na coxa dele, a segunda no pescoço e a terceira no coração. E quando chegar ao coração, torça a faca e pise nela. Pise com força nela até o coração emitir um esguicho, aí saberá que ele está morto.

Eu estava muito abalada com a presença das facas para pensar nos ruídos que um coração podia emitir. Anotei mentalmente para escrever isso no meu livro de anatomia antes de voltar aos nossos planos e admirar aquele novo trio de armamentos.

– Por que você tinha duas facas de pão, Feliks?

– Uma era do meu irmão. Ele se sentiria honrado de você ficar com ela. Não tem sido fácil escondê-la. Mas Bruna cuidou das minhas armas quando eu estava na enfermaria. Ela sabia que essas facas de pão significavam muito para mim e conhecia a nossa causa. Pena que Bruna não é próxima do Mengele. Ela certamente cumpriria essa missão. Hesitação não é com ela.

Feliks ficou remoendo a frase com admiração, como se o simples fato de falar dela o levasse mais perto da conquista do anjo mais branco.

– Posso ser tão ameaçadora quanto Bruna – eu disse.

Não acreditava nisso, mas esperava poder tornar realidade.

Armamos um plano. O plano era o seguinte: eu daria um jeito de ficar sozinha com Mengele, de preferência numa área fechada. Feliks observou que isso era importante, porque apesar do médico ser burro...

– Ele não é burro.

– Está bem. Ele não é burro. Mas a perversidade não é uma forma de burrice?

– Quem te disse isso?

– Eu cheguei a essa conclusão. Pensei muito na enfermaria. Mais do que você pode imaginar. Pensei na bondade, pensei nas pessoas e pensei na maldade. A maldade foi a mais fácil de pensar, já que estamos cercados por ela o tempo todo. Eu conheço a maldade. Ela vem e entra em mim sempre que estou no laboratório. A ideia de que a maldade torna uma pessoa mais forte do que as pessoas boas é um equívoco muito comum. Mas mesmo se Mengele não tem certas características de força que você tem, ele é mais forte do que você, mais capaz, por isso é melhor encurralá-lo. Ou derrubá-lo no chão. Você precisa ter o comando dessas situações, senão alguém corta sua mão fora e o resto de você vai junto. Entendeu?

Foi então que compreendi que minha educação nesse lugar tinha sido mal aplicada. Meu tempo tinha sido de Mengele, de tão concentrada que eu estava de aprender a curar e fundir, a estancar hemorragias e fazer o coração recomeçar a bater e, o mais importante, como fazer uma coisa combinar com outra, como impor simetria onde não havia, tudo isso tendo como objetivo impressioná-lo e poder me aproximar para destruí-lo. Mas na verdade Feliks era o verdadeiro especialista, a quem eu devia ter consultado. Porque ele era autodidata, tinha aprendido com a exposição à violência que sofremos todos nós, com a literatura das facções rebeldes, com os cenários que criava mentalmente, de como um corpo podia ser triturado. Ele sabia onde enfiar a faca para que a vítima sangrasse mais rápido, o ponto usado para atordoar. Ele só não tinha um esquema para levar isso a cabo.

E ele acreditava que tinha em mim a verdadeira oportunidade de se vingar.

---

Mas Mengele não estava mais à disposição como antes. Quando a frequência dos sobrevoos dos aviões aumentou, também aumentou o tempo que ele passava enfiado na sala dele, isolado dos tão amados pacientes. Segundo a dra. Miri, ele negligenciava novos trabalhos, só organizava os arquivos e as fotos, escrevia rascunhos de cartas frenéticas para seus mentores. Caixas foram se acumulando diante das janelas do laboratório. Paravam carros na frente das portas do laboratório e assistentes entravam e saíam apressados, carregando essas caixas e botando no banco de trás.

Fiquei quase trinta e seis dias depois que mamãe pintou meu retrato à espera dele. Repassava o plano de Feliks para matar Mengele na cabeça, analisava cada movimento e cada passo. Afiava as facas de pão nos degraus. *Nunca seremos bastante afiadas*, cantarolavam elas. *Nunca cortaremos suficientemente fundo para chegar à raiz de todo esse sofrimento!* Mas eu disse que elas iam ter de fazer isso.

Juntas esperamos, as facas de pão e eu. Esperamos em todos os lugares onde o médico podia estar. Examinamos com interesse todas as pegadas que falavam de seu paradeiro. Mas as pegadas do médico eram mais reticentes do que as outras pegadas. Quando eu olhava para aquelas marcas, só sentia o peso de uma bota no meu pescoço.

No trigésimo sétimo dia da minha espera, no dia 15 de janeiro de 1945, estava sentada nos degraus do hospital com minhas três facas dentro da meia e a tecla de piano da Pearl dentro do sapato. Já esperava há seis horas, talvez oito, possivelmente duas. Notei que agora o tempo passava diferente. Não sabia se um dia ia recuperar o tempo real, ou se a ausência de Pearl ia modificar permanentemente a função dos minutos, como eles tremiam e rodavam no relógio. Estava sempre discutindo comigo mesma se era melhor avançar ou ficar imóvel e foi só quando me decidi pela primeira opção que o carro do médico chegou.

Ele desceu do carro inusitadamente estressado. O repartido do cabelo tinha gel e as pernas da calça estavam sujas de terra. Todas as feições do rosto estavam contraídas. Subiu a escada correndo, pegou uma caixa e quase tropeçou quando me viu.

– Pequena Imortal? O que está fazendo aqui?

– Lembra de mim com esse nome?

– Claro que lembro – ele retrucou. – Não há como esquecê-la. Mesmo se as coisas aqui não estão como eram antes.

– Não estão como eram antes – ecoou o motorista do carro, um homem corado com cara e bigodes de bagre. Tinha os lábios muito pronunciados e moles, ocupados no consumo de um sanduíche. Notei isso quando ele cuspiu pela janela do carro, manifestando nojo de alguma carne de segunda. Meu estômago roncou com a visão da comida rejeitada.

– Bolek deve saber. – Mengele inclinou a cabeça para o motorista. – Está aqui desde o início. Ele ajudou a construir esse lugar. Conte para ela, Bolek.

– Foi em 1939 – falou Bolek, de boca cheia. – Naquela época isso tudo aqui era pântano. Olhe só como ficou!

Ele levantou a mão e apontou para toda a extensão do para-brisa. Depois cuspiu novamente, dessa vez do alto de sua autoridade.

– Estradas, jardins, salas de música, piscinas, salas de música – cantarolou ele com carinho.

– Você disse *salas de música* duas vezes – observou Mengele.

– Por que não diria? Está pensando que eles têm isso em Buchenwald? Em Dachau? Algumas coisas merecem repetição. Quem pode dizer que Auschwitz não é um lugar civilizado?

Bolek olhou para mim desconfiado, como se fosse eu que fizesse aquela acusação.

Mengele ficou remexendo nas caixas no porta-malas e botou o que devia ser a carga mais preciosa no banco de trás. Vi uma maleta lá. Com um uniforme de oficial da Wehrmacht por cima. Ele me pegou olhando para aquela fantasia estranha e logo cobriu com seu casaco, mas fora isso agiu como um pai arrumando o carro da família para um piquenique.

– É só uma viagem rápida. Voltarei logo. Mas preciso fazer umas rondas primeiro. Você quer vir comigo? Quem sabe podemos procurar a Pearl?

– Pearl está morta – eu disse.

Foi a primeira vez que disse isso. As nuvens sumiram quando falei? O horizonte mergulhou no mar e as camadas da terra se desmancharam, recuaram para revelar um lago? As cinzas cumprimentaram a terra enquanto corvos presidiam a trégua? Tais acontecimentos deviam ser ativados por aquelas palavras – *Pearl está morta, se foi, acabou, Pearl não existe mais* –, eu nem sei se foram pronunciadas porque o simples ato de falar aquelas palavras roubava todos os meus outros sentidos. Fiquei lá movendo a língua, surda e cega para tudo, menos para a visão de Josef Mengele.

– Ah, está? Engraçado... – Ele olhou para mim como se soubesse. – Eu nunca assinei o atestado de óbito.

– Mas o senhor assina tantos... – eu disse.

Não falei que ele não podia ignorar, que isso não era possível. E se ele suspeitou de qualquer insinuação de esquecimento, não deu o braço a torcer.

– É, assino mesmo – ele suspirou. – Eu assino muitos. Mesmo assim não faria mal procurar. Você ficaria espantada, Stasha, de ver o que as pessoas inventam para se esconder aqui. Elas se encolhem a um ponto que você nem imagina. Encontrei muitas crianças dobradas ao meio e enfiadas em valises! E essas eram crianças burras, não eram inteligentes como a sua Pearl. Ela é tão esperta que seria capaz de caber num bule de chá!

Esse elogio à minha melhor metade fez com que ela revivesse na minha mente e essa ressurreição – eu admito, era burra, tola, desesperada – apagou o que eu sabia que ele era, só um instante.

– O senhor tem razão – eu disse.

– Vamos encontrá-la, então – ele disse, abriu a porta da frente e apontou para eu entrar.

Entrei. O carro fedia a fumaça, cinza e um óleo de couro. Bolek jogou o sanduíche fora pela janela resmungando e observou os trigêmeos Yagudah brigando pelos restos na terra. Mengele sentou ao meu lado e acendeu um cigarro. O carro saiu dos limites do zoológico.

Fez-se um silêncio prolongado. A sensação era de perigo. O médico moveu a mão na minha direção de repente, para perto do meu pescoço. Eu me encolhi. Tenho certeza de que ele notou, porque seus modos afetuosos comigo aumentaram.

– Stasha é minha aluna de medicina – ele disse para o motorista. – Ela já teve um cabelo lindo e louro, mas os piolhos... você sabe. Mas os olhos são castanhos, infelizmente.

– Ela parece muito saudável – respondeu Bolek.

O tom de voz dele era simpático e de aprovação, mas os olhos no espelho retrovisor contavam outra história, que não desejava nada de bom para mim.

Engoli em seco e mexi na tecla dentro do bolso. Não saberia explicar a lógica dos meus nervos. Afinal de contas, não tinha motivo para temer a morte, mas a proximidade voluntária com tal criador de mortes me deixava nervosa. Estávamos coxa com coxa. Ele apontou para que eu encostasse a cabeça no seu ombro. E eu obedeci? Claro que sim. Pelo objetivo de acabar com ele, obedeci.

– O que você andou fazendo esta manhã? – perguntou ele.

– Estudei – menti.

– Com o Pai dos Gêmeos? – ele falou em tom de desprezo.

– Estou estudando sozinha.

– Bom. Zvi é um bom homem, mas não sei se é o melhor professor. Você teria uma educação imprópria. O que está estudando?

– A dra. Miri me deu um livro. Sobre cirurgias. Estou aprendendo incisões. Hoje de manhã aprendi as cesáreas.

– Assunto interessante – ele disse sem ânimo, evidentemente nada interessado. – Você assistiu quando eu fiz esse procedimento uma vez, não foi? É uma sujeira danada.

A voz dele continha uma piscadela de olho. Porque ele sabia, mesmo descrevendo desse jeito, que o que eu tinha visto não era uma cesárea e sim uma vivissecção. A mulher queria que o filho nascesse, sim, mas ele abriu a barriga dela e despachou o recém-nascido para um balde cheio de água, afogou o bebê na frente da mãe, só que o sofrimento dela não parou por aí. Ele o prolongou até onde pôde e a lembrança que eu tinha disso eu não queria, não queria nem que Pearl lembrasse para mim.

Mas, em Auschwitz, se Mengele resolveu lembrar desse assassinato como uma cesárea, então era.

– Normalmente eu mando direto para a câmara de gás – ele acrescentou, ao que parece, para Bolek. – Mas cuidar disso antes de ter uma chance única de respirar? Isso também pode ser humano, em condições como aquelas. Em todo caso, Stasha, você devia ser recomendada pelo seu interesse nesses procedimentos.

Ele parou de falar, ficou pensativo, tirou uma garrafa da valise, tomou um trago e apertou meu pescoço enquanto bebia.

– Mas as artes... parecem ser sua verdadeira vocação. Dança, não é?

– Essa é a Pearl – refresquei a memória dele. – Eu sou uma cientista.

Ele começou a levantar as mãos, esquecendo que segurava uma garrafa. A bebida espirrou no meu rosto.

– É claro! – ele disse. – Mas isso não importa. Dançarina, cientista... basta se manter ocupada. Cuide dos seus interesses. Mantenha sua curiosidade sobre o mundo. Com a curiosidade eu fui longe. Se você perde a curiosidade – ele balançou um dedo grosso na frente dos meus olhos – a vida te abandona.

– Estou tentando não perder.

– Mas a sua voz indica que seus esforços não são da sua natureza. Eu imagino que achou muito difícil prosseguir sem a sua irmã. Vi muitos gêmeos sentirem a mesma coisa. Estou muito interessado nesse fenômeno especificamente: como um sobrevive sem o outro depois de anos inseparáveis. É fascinante.

Dei a resposta que achei que ia me manter intacta.

– Não sinto falta nenhuma dela.

– Não precisa bancar a forte comigo.

– Eu sei que ela está só se escondendo – eu disse. – Até achar que é seguro sair do esconderijo.

– Só um palpite, é isso que é. Você é melhor detetive do que isso, tenho certeza. Então, vamos adiante. Onde acha que ela pode estar escondida? O Bolek aqui vai nos levar até lá.

E assim passamos pelo barracão dos homens e pelo das mulheres. Esprememo-nos ao longo do perímetro dos portões. Colei o rosto no vidro da janela e Mengele olhava reto, para frente. Eu via Pearl por toda parte. Eu a vi tantas vezes que o verdadeiro objetivo daquela viagem ficou conspurcado. Enquanto rodávamos, eu me convenci de que minha irmã estava apenas disfarçada, que era uma das muitas figuras que passavam. Sua experiência teatral e natureza sensível, observadora, conspiraram para criar a fantasia perfeita.

– Aquela – eu disse, apontando para uma figura ao longe.

– É um menino. Aliás, um criminoso.

– Lá está Pearl – insisti, apontando para outra figura. – Eu nasci com ela. Eu a reconheceria em qualquer lugar.

– Mas eu conheço aquela mulher – disse Mengele. – É uma ótima guarda, mas não é Pearl.

Tive esperança de que alguma informação reveladora pudesse escapar enquanto viajávamos. Esperava que ele confessasse seus crimes, pelo menos as coisas que tinha experimentado comigo. Zayde não estava comendo, nem nadando, nem vivendo. Mamãe passava fome. Ela só pintava retratos das experiências para os arquivos de Mengele. Mas continuamos a circular pelo campo e eu sabia que não havia sanidade naquele carro. Não nele. E em mim também não, porque toda vez que eu apontava para uma pessoa, eu realmente acreditava na possibilidade dele, ou dela, ser minha irmã.

– É ela – eu disse.

Apontei para um *kapo* fumando um cigarro, para um menino segurando uma pá, para uma cozinheira com uma concha de sopa.

– Quem? – ele sempre questionava.

– Pearl! – eu gritava para a janela. – É a Pearl agindo como se não fosse a Pearl.

E Mengele ordenava que essa pessoa se aproximasse da janela, e então se tornava óbvio – por algum sotaque, um rosnado, uma cicatriz – que a pessoa não era a amada que eu procurava. Eram apenas um *kapo*, um menino, uma cozinheira.

Parecia que ele não tinha prazer com a minha decepção, mas acredito que gostava de observar quando eu inspecionava as pessoas. Eu fazia essa verificação como ele sempre fez, usando gestos parecidos com os dele, fazendo perguntas sobre as origens das pessoas.

– Você devia ter trabalhado para nós – ele disse com uma meia risada depois que eu despachei a cozinheira.

Eu já ia pedir para Bolek me levar de volta para o zoológico quando vi uma mulher. Estava coberta de fuligem, mas, mesmo com tudo escuro, o rosto dela brilhava com inocência. Um cesto pendia dos braços dela com elegância. Seguindo o meu olhar, Mengele fez sinal para a mulher chegar à nossa janela e o interesse dele fez com que ela deixasse o cesto cair.

– Examine essa, Stasha.

Abri a porta, fiquei de frente para ela e fiz como Mengele tinha feito conosco, levantei o queixo da mulher com a ponta do dedo. No pescoço havia uma parte branca, salva da fuligem.

– Tem de ser ela – eu disse.

Seria típico de Pearl se disfarçar com tanta humildade. Para mim, isso era uma ideia inteligente.

– Você chama isso de olhos? – debochou ele. – São apenas pedaços de lata ou passas. Nem parecem humanos.

Mengele fez sinal para a mulher dar uma volta, se exibir para nós. Ela obedeceu e girou lentamente, arrastando os pés em cada volta.

– É a Pearl – insisti.

– E ela fala? – ele perguntou para mim. – Será que ela pode responder às suas perguntas, compartilhar alguma lembrança de infância?

A mulher piscou sem entender, com os olhos muito brancos em contraste com o preto da fuligem. Então eu vi o halo leitoso que cobria as íris.

– Glaucoma – anunciou ele. – Essa é uma mulher grega, de cinquenta e poucos anos. Deve ter tido três filhos, pelo menos. Viúva mais de uma vez, sempre viveu na miséria. É ela que limpa os crematórios aqui. Parece que tem febre e está ficando cega. Não sobrou muito dela, eu acho. Olhe essas feridas na mão dela. Deve ter o corpo todo cheio delas. Infecção generalizada.

Olhei para os dedos da mulher, cheios de machucados.

– Você é inútil, não é? – disse Mengele para a mulher com voz animada, exibindo uma expressão bondosa. – Você é um animal, certo? Um bicho insignificante e fedorento, não é?

A mulher simplesmente abaixou a cabeça e fez que sim, expondo o couro cabeludo cheio de manchas roxas.

– Você vai pegar essa infecção, Stasha. Volte para o carro.

Mas eu não estava convencida. Então eu disse para essa mulher misteriosa que não me importava se ela queria tentar viver sem mim, deixando comigo apenas uma tecla de piano de consolo. Se ela estava mais feliz assim, tudo bem, era isso que eu queria. Falei com ela em polonês, em ídiche e em alemão, depois usei o código secreto que era especial para nós duas e exclusivo dos nossos cérebros, e decorei minha fala afetuosa com imagens de todas as coisas que nos uniam no amor. Para a escuridão da mente dela lancei a maciez de uma ninhada de gatinhos, a manga do vestido da mamãe com flores de cerejeira, os livros na mesa de Zayde. Quando isso não funcionou, redobrei os esforços e fiquei magoada, lancei diante da mente dela a esterilidade do meu zoológico, a curva das minhas vértebras contra a cama no nosso barracão. Certamente essas imagens deviam movê-la, iam fazer com que ela se desfizesse daquele disfarce transparente e pulasse de volta para sua posição de minha melhor metade.

Mas não aconteceu.

Em vez disso, a monstruosa versão da minha irmã arregalou os olhos de medo, enfiou o dedão nas rugas contraídas da boca e sugou feito uma criança amedrontada.

Mandei essa semi-Pearl parar. Chupar o dedo não era maneira de lidar com o sofrimento. Mas a chupação de dedo continuou.

Por isso parei e comecei a procurar pedras no chão. Até hoje sou grata pela ausência delas, porque sei que teria atirado na mulher se pudesse. Eu quis forçá-la a sair daquela casca por meio da violência. Mengele notou que minhas mãos tremiam e me puxou de volta para o recesso de couro do carro, mas consegui espiar atrás dele a mulher fugir correndo com uma disposição criada pelo medo. Ela se escondeu atrás da carroceria de um caminhão.

Mengele suspirou e deu uma risadinha para demonstrar simpatia. Então tirou uma lata de balas do bolso. Notei que não eram os caramelos de hábito, era uma espécie mais elaborada de bala. Depois de oferecer essa bala, ele segurou minha mão e deu uns tapinhas de consolo nela.

– Então ela não é a sua Pearl. Mas a boa notícia é que você pode continuar procurando a verdadeira Pearl. E tem notícia melhor ainda: você pode procurar por ela toda a eternidade. Sua vida não vai acabar antes de encontrá-la. Quantos podem dizer isso?

Eu disse para ele que já tinha pensado nisso. Ele deu ordem para Bolek nos levar de volta.

Quando o carro acelerou, dei uma última espiada na Pearl impostora e foi então que vi o que não devia ver. Não devia ver porque já devia estar muito escuro, ela devia ter mudado e ficado irreconhecível – de inanição, de angústia, de solidão – ela devia estar cercada por aqueles que estavam com ela, os que ela provavelmente considerava família, seus companheiros mortos cujos braços estendidos deviam ter escondido a imobilidade dos seus olhos.

Lá, numa pilha de gente na carroceria do caminhão, estava a nossa mãe, ou o corpo que pertencia à pessoa que nossa mãe tinha sido. A guardiã das tulipas que um dia teve dentro dela um mundo flutuante inteiro. Eu já tinha aceitado há muito tempo que era impossível voltar para o mundo flutuante, mas nunca imaginei que a mulher que o tinha criado terminaria de forma tão brutal. A forma na pilha estava mudada. Eu não tinha ideia se ela ainda devia ser nossa mãe, ou se a morte que deram a ela a tinha transformado em uma coisa inatingível – uma estrela, uma flor, uma onda no mar – que os sobreviventes como eu não tinham o direito de amar.

*Não chore*, disseram os olhos lacrimosos e arregalados da minha mãe, olhando fixo para mim.

E eu sabia que não devia discutir com os olhos da minha mãe, mas bem lá no fundo, escondido da visão dela que tudo sabe, meu juramento de vingança se renovou e comecei a tremer, senti os beijos gelados das facas na minha meia, apertadas contra a minha pele.

– Não está se sentindo bem? – ele quis saber. – Ficou tão quieta de repente... Não se preocupe. Você estará com a sua família um dia. Nós todos jantaremos juntos. Pearl dançará. O que acha disso?

Agradeci a ele e quando fiz isso meneei a cabeça para minha mãe, indicando a vingança que eu ia perpetrar.

Mengele continuou falando, mas eu não queria conversa. Era mais seguro não falar, porque, se eu falasse, teria de dizer para ele:

*Como não podia matar minha mãe duas vezes, você me mantém nesse lugar para sentir falta e sofrer cem vezes mais.*

*Como não podia transformar meu Zayde em menos do que cinzas, você me deixa cinzenta e pequena, uma coisa retorcida para ser carregada por qualquer vento que me queira.*

*Como não teve poder sobre o fato de eu ter nascido, tirou de mim o que nasceu comigo, a pessoa que era o meu amor, a metade que me fazia inteira, e agora estou reduzida a essa coisa amorfa, uma pessoa dividida que viverá para sempre, vagando em busca de algum nada, de lugar nenhum, de não sentimento, para consertar meu sofrimento.*

O sangue que ele havia me dado fugiu do cérebro e formou um punho. Ele podia ter me tornado imortal, pensei, ele podia ter me condenado a sobreviver a todo mundo, mas ainda assim eu encontraria um fim, uma morte, o extermínio, nele. As facas na meia fizeram que sim, concordaram. Ele se inclinou para longe de mim para gritar pela janela alguma coisa para uma enfermeira que passava e deixou as costas vulneráveis. Estava com o pescoço virado, com a atenção em outro lugar. Agora seria um bom momento como qualquer outro, observaram as facas. Mas antes de eu ter chance de reagir a esse conselho, ele girou no banco e olhou para mim muito sério.

– O futuro – ele disse. – Precisamos pensar nele com otimismo. Entende?

Fiz que sim com a cabeça. Segurei a tecla de Pearl no bolso. Estava luminosa, toda brilhante. As pontas dos meus dedos sentiram a luz quando encostaram nela.

– Quero mostrar uma coisa para você – ele disse de repente quando o carro estava na frente do zoológico.

Mengele pegou uma caixa no chão do carro. Era uma das caixas que eu tinha visto no laboratório, uma caixa de que ele devia gostar mais do que das outras, porque as outras tinham inscrições comuns como *Material de Guerra* e *Urgente*, essa foi considerada merecedora de ter o nome dele. *Dr. Josef Mengele*, ela declarava numa caligrafia tão bonita e firme que deu para imaginá-lo ensaiando a curva de cada letra. Ele se agarrou com a caixa que nem um menino com seu urso de pelúcia, um menino com uma pipa, e quando abriu a tampa foi com muito cuidado e carinho, como se não confiasse nem nele mesmo com as maravilhas que a caixa continha.

– Tudo isso aqui – disse ele –, é material genético. Você nem imagina o que podemos conseguir com essas amostras minúsculas. Um ser humano diferente, uma pessoa perfeita.

As lâminas de microscópio tilintaram feito música se batendo dentro da caixa. Passei o dedo nas bordas.

– Uma pessoa perfeita – repeti. – Como Pearl.

Ele afastou a caixa de mim, fechou a tampa sobre todas aquelas vidinhas e eu não tive chance de decorar. Agarrou meu pescoço, apertou os dedos, inclinou minha cabeça para trás e com um movimento tão destro que parecia mágica num palco, tirou um conta-gotas do bolso e espremeu uma gotinha de líquido no meu olho esquerdo.

Nossa, aquilo me cegou e ardeu muito! Aquela gotinha de líquido... enfeitou minhas lágrimas.

– Para que serve isso? – perguntei sufocada e levantei a mão para cobrir o olho que doía, talvez para protegê-lo de um novo choque.

– É para lembrar de mim – disse ele.

Através das lágrimas falei que não queria lembrar dele, que não lembraria dele. Que me recusava. Por ele ser tão memorável, temia que expulsasse todas as outras lembranças. Eu disse isso enquanto pegava minha faca de pão. Tateei às cegas. Tudo na minha frente ficou preto, depois branco.

– Você me lisonjeia, Stasha. É uma pena. – Eu não podia vê-lo, mas tenho certeza de que ele piscou. – Agora diga, antes de eu ir, o que você vê?

Eu não via nada. Oh, nada!

– Não se preocupe, Stasha... amanhã estará azul, eu prometo.

Então ele abriu a porta do carro, me empurrou do banco e eu caí lá fora como um objeto descartado.

Logo depois, numa noite que desconhecemos, ele deixou seu zoológico para trás. Não sei a hora em que ele partiu, o que levou com ele, nem se olhou para trás alguma vez.

Só sabia que a próxima vez que o visse seria tudo diferente. Estaríamos em um lugar que provaria uma de duas coisas: que o mundo inteiro tinha virado um Auschwitz, ou que o mundo não era mais uma coisa só, que ele também tinha se partido, que estava desfeito e que não existia mais. Naquele dia, em meados de janeiro, eu não podia prever esse evento, não fazia ideia nenhuma, só podia me recolher ao zoológico como qualquer animal espancado, meio cego, com a mão no olho que chorava enquanto o outro procurava a abertura do meu barril. Não estava pensando na morte da minha mãe. Também não conseguia pensar na morte de Zayde. Jurei que nunca pensaria neles até poder vingar os dois, e Pearl.

---

A escuridão permaneceu naquele olho. Só preto sobre preto muitos dias, ou semanas. Procurei ver o lado bom disso. O lado bom era que se fechasse meu olho saudável ficava cega e, estando cega, todos os seres humanos que restavam tinham potencial para serem a minha Pearl. Essa ilusão só se desfazia quando alguém falava comigo.

Depois que meu olhou foi inutilizado, a dra. Miri me tirou do barril e me instalou na enfermaria. Ela achou que o susto me faria lutar para viver e me deixou num quarto particular nos fundos, com outras três crianças.

– Você sabe que não é bom – ela disse – ficar na enfermaria. Eles pegam pessoas da enfermaria e levam para os caminhões.

Fiz que sim com a cabeça.

– E os caminhões... você sabe para onde eles vão...

Não deixei que ela completasse a frase. Sinalizei que entendia. Eu sabia que os caminhões levavam as pessoas para as câmaras de gás. A dra. Miri não tinha como saber por que essa ameaça não significava nada para mim. Mas acho que ela entendeu que eu iria em qualquer veículo que pudesse me levar até minha irmã e por isso ela se preocupava tanto e até passou a ficar comigo sempre que podia.

À noite eu acordava e vagava entre os beliches da enfermaria maior, à procura da minha irmã. Esse lugar completamente lotado e povoado de uivos e gemidos superava o nosso barracão do zoológico na capacidade de empilhar seres humanos.

Filas após filas de corpos em beliches, em buracos tão pequenos que o efeito era de insetos numa colmeia. Cobriam os corpos com lençóis brancos que pareciam nuvens com cabeças encaixadas nelas. A maior parte das cabeças virada para longe de mim, ou enfiada no colchão, mas todos os corpos estendiam as mãos, montes de ossos e gravetos, implorando comida e água.

– Não tenho nada – eu gritava.

As nuvens não acreditavam em mim, mas também não se zangavam. Estavam doentes demais para se enfurecer. Tinham disenteria, febre e germes capazes de matar. Perdiam sangue, perdiam suas famílias e seus corações estavam indo embora do espaço padrão do coração no peito, cada dia mais. Essas nuvens humanas iam viver para quê? Simplesmente rolavam nas camas e voltavam a dormir, ou a tossir, ou a sonhar, ou qualquer coisa que nuvens humanas façam de melhor.

Quando voltei me arrastando para o meu quarto, uma explosão de luz se refletiu nas janelas.

Eu sabia que era uma crítica. Onde quer que estivessem, mamãe e Zayde diziam para eu não fraquejar. Estavam envergonhados porque eu não tinha cumprido minha promessa e enfatizaram isso com uma série de explosões repetidas, como tiros de metralhadora. Não os culpei por aquela medida tão extrema.

– Espero que vocês entendam – falei voltando-me para a janela –, que não sou mais eu sem a Pearl.

O barulho cresceu e aumentou. Meu olho ruim só via um borrão, mas o olho intocado me ajudava a ver a fumaça que se aproximava do prédio.

Torci para aquela fumaça me levar até não restar mais nada.

Essa ideia deve ter perturbado Zayde e mamãe, mais do que qualquer outra coisa. Os vidros da janela começaram a chacoalhar. Mais uma crítica. Uma faísca, um clarão de fumaça. Eu sabia o significado de tudo aquilo. Mas não sabia que estava chorando até sentir uma mão secando meu rosto.

– Desculpe – eu disse para a dra. Miri quando ela me ofereceu um lenço.

O rosto dela estava estranhamente imóvel, então começou a desmoronar e risos misturados com soluços jorraram dela.

– Desculpar o quê? – ela disse entre essa exibição de riso e pranto.

– Tudo isso – indiquei o clarão de fumaça que passava pelas janelas.

– Não é você que está provocando isso – ela disse.

Garanti que era eu sim, e na hora que estava prestes a confessar...

– Eu sei que é difícil acreditar – ela disse, com a mão trêmula no meu ombro –, mas o campo pode estar acabando. Disseram que os russos estavam se aproximando nessas últimas semanas. Parece impossível, mas tudo isso – ela apontou para as batidas nos vidros das janelas e grossas nuvens de fumaça, os estrondos, os zumbidos – pode nos dar esperança, se quisermos.

Mesmo se esforçando para ser positiva pelo meu bem, o tom de voz dela indicava que aquela não era uma esperança muito grande ou significativa, e sim uma esperança um tanto gasta, que introduzia um novo conjunto de incógnitas e de problemas nas nossas vidas.

Três das nuvens-pessoas levantaram de suas camas e manquitolaram até as janelas para espiar. Foram avisadas para abaixar, para descansar. Pude ver que a equipe estava preocupada. Ninguém sabia ao certo se os aviões acima de nós eram aliados. Mesmo as pessoas-nuvens manifestaram uma divisão nessa linha de pensamento. Algumas diziam que aquilo ia acabar logo, que tudo ia acabar. Isso não vai acabar nunca, diziam outras. Eu não sabia em quem acreditar, mas olhei para o rosto da dra. Miri para me orientar. Os olhos dela brilhavam, estavam agitados e otimistas, mas a boca continuava uma linha fina e triste.

Esperamos três dias, com os dedos enfiados nas orelhas, de olhos bem abertos e os sapatos à mão, caso tivéssemos de correr. Esperamos enquanto as bombas assobiavam uma bela melodia, esperamos sem saber onde iam cair. Esperamos enquanto a neve se misturava com a fumaça e o campo ficou todo cinza com a incerteza.

Esperei sabendo que, se a liberdade realmente chegasse, outra espera ia começar para mim. Deitei no meu beliche e comecei a escrever outra carta para a minha irmã. Arranhei a parede ao lado, mas só consegui rabiscar a saudação. *Querida Pearl*, escrevi, achando que algum dia, nem que fosse apenas por um segundo, ela ia poder sair do lugar onde a prendiam – seja a morte, seja Mengele – para ver essa saudação e saber que nós ainda éramos gente, apesar do que nos tinham dito.

---

Auschwitz, seu trabalho estava terminado, diziam os rostos tristes dos guardas na correria dos destroços. O lugar que um dia recebeu tão bem todos os seus impulsos perversos agora ameaçava se tornar a destruição deles. Estávamos acostumados com aquele cheiro de penas de galinha queimando, com aquele céu vermelho, com a cinza que sempre nos perseguia, mas isso... agora as chamas subiam com línguas cujo vocabulário se dedicava à destruição de Auschwitz. A SS tinha incendiado a pequena casa de fazenda onde nos matavam com gás. Fizeram piras de documentos, destruíram tudo que tinham construído, mas não era uma destruição sistemática, como faziam conosco. Não, aquilo era um ataque relâmpago ao reino onde haviam reinado e a natureza aleatória dessa destruição representava um risco ainda maior para nós. Os prisioneiros andavam de cabeça baixa. Olhar nos olhos de algum guarda só ia estimular sua crueldade. Antes esses guardas respondiam aos seus superiores, mas agora só atendiam ao próprio desespero. Havia rumores sobre o que eles seriam capazes de fazer, e nenhum desses rumores era igual ao outro. Diziam que iam nos levar para outro campo de prisioneiros, que poriam fogo em todo Auschwitz para destruir as provas de seus crimes, que isso era o início da rendição.

Esse último boato era o que me parecia mais inverossímil. Não podia imaginar que alguém embarcasse numa rendição provocando esse tipo de violência, jogando crianças para cima para serem desafios maiores como alvos, encurralando mulheres para cortar suas gargantas, esmagando homens com seus veículos. Vendo aquele caos da janela da enfermaria, imaginei se uma bala ou um grito seria capaz de furar o céu.

---

No dia 20 de janeiro de 1945, o movimento da SS descambou para fugas. Vimos quando subiram nos mesmos caminhões em que tinham empilhados nossos entes queridos e fugiram. Entraram apressados nos carros e avançaram sobre as cercas, deixando um rastro de arame retorcido. Os que não fugiram estavam vagando por lá, exercendo qualquer poder que ainda tivessem. Ao longo das filas de doentes, a dra. Miri dava instruções rígidas. "Fiquem aqui dentro", ela disse, "esperem, esperem, os soviéticos ainda não chegaram, mas estão vindo, e só quando chegarem, e talvez nem assim, é que será seguro nos aventurarmos lá fora."

Já que era imortal, ignorei essa ordem. Ninguém ia me prender dentro daquelas paredes. Não quando avistei Bruna acenando para mim pela janela, carregada de mantimentos, com o cabelo pintado de preto jogado para trás e o rosto tenso prevendo a despedida. Desci correndo os degraus e lá estava ela, virando uma esquina, esperando, com Feliks. Ela botou um casaco de pele nas minhas costas.

– Chacal – disse ela, alisando a pele como se invocasse uma bênção divina.

Eu nunca incluí um chacal na Classificação das Coisas Vivas, mas combinou comigo. O casaco brilhava com a determinação de um animal inteligente, cuja reputação tinha sido deturpada, mas mesmo assim resistia.

Feliks usava a pele de um urso. Era luxuosa, cheia de luz e ameaçadora. Com essas adições às costas, passamos correndo pela ameaça dos uniformes, com as coisas que Bruna tinha nos dado balançando em sacos. Passamos correndo pelo prédio em que a orquestra tinha tocado e as chamas estavam devorando todos os instrumentos, abocanhavam tudo com o faiscar violento que lhes era peculiar. Ouvimos o couro dos tambores explodir, os oboés gemendo quando suas madeiras morriam. Trovoadas soaram dos restos do piano. Mas a tecla de Pearl continuou comigo.

– Não é lindo? – perguntou Bruna, vendo a fuga estabanada dos SS.

Concordamos com ela e manifestamos nosso prazer de poder assistir àquele espetáculo. Juramos que ficaríamos com Bruna e que íamos ajudá-la em sua contribuição naquela destruição. Ela não gostou desse plano e nos empurrou para longe.

– Vocês precisam voltar para os barracões sem mim! – insistiu ela. – Tenho promessas a cumprir aqui.

Mais tarde ficamos sabendo que as promessas de Bruna eram com a dra. Miri. As duas tinham elaborado um plano de evacuação para os mais fracos da enfermaria se ocorresse um evento como aquele, e a SS já tinha começado a separar os doentes em suas camas. Bruna tinha coisa melhor para fazer do que ficar conosco. Claro que ela jamais falaria desse jeito. A nossa Bruna só cometia insultos benévolos.

– Vão embora, crianças, escondam-se em seus beliches – ela sibilou. – Porque lá vocês terão uma chance. As suas chances aqui... pfff... nesse lugar só vão sobreviver se se fingirem de mortos.

– Então faremos isso – argumentei, arrumando as lapelas do meu casaco de pele de chacal.

Já estava sentindo que o chacal afiava meus instintos. Mas Bruna não compartilhava da minha crença.

– Duvido que você consiga se fingir de morta direito. Você é animada demais, Stasha. Não, é melhor irem para os dormitórios e esperarem lá. Esperem que irei pegar vocês. Se não voltarem para se salvar – Bruna fez uma pausa –, farei coisas horríveis com vocês.

– Fará o quê? – desafiou Feliks. – O seu pior é o melhor do mundo. Não aceito nada além do pior. Todas as outras meninas...

Ela deu um tapa no rosto dele, com força. Pareceu que ele ia flutuar com o prazer daquela proximidade, mas as palavras dela o trouxeram de volta para o chão.

– Eu mato vocês, Feliks. Seu urso burro. Talvez não mate vocês agora. Nem essa noite. E espero que não seja necessário nunca. Mas se um desses nazistas tentar matar vocês, podem ter certeza de que eu chegarei primeiro. Não deixarei que meus amados morram nas mãos deles. Só nas minhas.

Entendemos a lógica disso. E também vimos a pistola na cintura da saia dela. Parecia que Bruna e seus companheiros rebeldes já tinham se preparado para aquele distúrbio, mesmo que não soubessem, nas semanas de pilhagem e de planejamento, das missões secretas no quartel-general dos nazistas em busca de mantimentos e das reuniões intermináveis, o alcance da destruição que a nossa libertação poderia provocar.

– Então nós vamos – concluiu Feliks, com uma animação forçada na voz. – Voltar para os blocos. Mas só por enquanto. Vamos sair daqui juntos, está bem?

Bruna rolou os olhos para o céu bruxuleante, como se esperasse que as chamas falassem por ela, as palavras que ela hesitava em dizer.

– Nunca esperem por mim – instruiu ela.

Tudo isso não significava nada para Feliks. O futuro não existia para ele se não fosse para reencontrar Bruna.

– Não vamos esperar agora. Mas talvez... caso nos separemos... talvez seja melhor marcar um local de encontro primeiro? – sugeriu ele. – É isso que os amigos fazem. Você é nossa amiga, não é, Bruna? Só uma amiga se ofereceria para nos matar antes que outros fizessem isso.

Vi o esforço de Bruna para manter seu verniz pétreo no rosto. Ela se emocionou. Era possível que a palavra *amiga* jamais tivesse sido pronunciada com tanta sinceridade acompanhando o nome dela antes.

– Claro – disse ela. – Mas pode demorar um pouco. Quem sabe o que nos espera? Podemos passar meses fugindo, anos escondidos.

Feliks não se deixou desanimar.

– Stasha e eu vamos esperar você – disse ele. – É só marcar um lugar.

Vi que Bruna entendeu a seriedade da determinação dele, notei quando iluminou um olho rosa e depois o outro. Sempre achei que as lágrimas de Bruna deviam ser rosadas como seus olhos, mas lá estavam elas, cristalinas e trêmulas como todas que eu tinha visto. Ela não se importou que eu as visse e até aceitou a manga do meu suéter para usar como lenço.

– Eu sempre quis ir a um museu de verdade – disse ela secando os olhos –, para ser uma dama por um dia e ver a arte.

– Um museu de verdade então – disse Feliks. – Nos encontraremos na frente de uma estátua. E tomaremos chá depois, talvez um bom café. Eu compro a sua entrada.

– Isso seria muito bom – ela disse e beijou Feliks. – Você é muito gentil, Feliks.

Eu nunca soube ao certo o que motivou Bruna a aceitar esse convite, a dar aquele beijo. Talvez ela visse uma possibilidade concreta nisso. Talvez estivesse apenas agradando ao Feliks. Talvez ela percebesse – como qualquer pessoa que tivesse olhos e ouvidos perceberia – que uma conversa prolongada em meio ao tiroteio e à seleção em grande escala era insensatez para quem queria sair vivo daquele lugar. Mas acho que ela gostava dele, de verdade.

– É uma promessa – ela jurou para nós, então apertou minha mão e sorriu.

Senti um resto de lágrimas naquele aperto de mão.

Podíamos falar qualquer coisa sobre a nossa amada criminosa, mas todos sabíamos que ela cumpria a palavra dada. Furto não era seu talento verdadeiro. A promessa era seu dom real. Ela não conseguia evitar o sonho de realização e de criação, mesmo dedicada no presente à rebeldia. Era bem--intencionada, a nossa Bruna. Mas é claro que fazia de tudo para disfarçar sua virtude. Por isso sua bondade e generosidade eram do contra, dúbias. Elas se escondiam, disfarçavam-se de defeitos e então, de repente, quando não estávamos olhando, as farsas dela nos invadiam e se abriam dentro de nós para poderem roubar tudo, até ficarmos com um vazio em que nossa verdadeira bondade pudesse desabrochar. E assim ela nos salvava. Bruna era nosso anjo organizador.

Só quando ela largou a minha mão eu percebi que o nosso pacto era estúpido. Quantos museus existiam por aí? Estávamos falando da Polônia, ou da Europa, ou do mundo inteiro? Era um plano idiota.

Quando percebi esse erro, olhei para o rosto de Bruna, meio de lado, com a bondade ainda aparente e, antes de ter uma fração de minuto para esclarecer nossos planos futuros, Taube apareceu atrás dela e a agarrou pelo pescoço. Deu a famosa torcida que tínhamos visto ele usar tantas vezes antes, só que agora atacando um dos nossos. Quando os ossos estalaram, uma cor rara cobriu o rosto dela. A palidez se encheu de sangue. Depois de quebrar o pescoço de Bruna, Taube estalou os dedos na nossa direção.

Naquele momento estávamos ajoelhados, vendo Bruna desmoronar no chão feito um lenço. O cabelo recém-pintado de carvão esvoaçava com a ousadia de uma bandeira. Taube pegou algumas mechas e esfregou entre os dedos para revelar a brancura que ela tentava desesperadamente esconder.

– Ela realmente achava que podia ser outra pessoa, não é? – ele perguntou para ninguém.

Com medo de Feliks querer responder, tentei tapar a boca dele mas ele estava ocupado demais caindo na neve para falar. Olhamos juntos para Bruna. A saia de lã tinha dobrado para cima e exposto a confusão de pernas brancas.

Feliks avançou para endireitar a saia de Bruna e Taube interferiu, botou o pé no corpo dela para indicar que tinha sido uma conquista. Abaixou para pegar a pistola na cintura dela, avaliou na palma da mão e virou o cano para nós.

– Vocês dois. Estão pensando que vão ficar aí olhando? De pé, agora.

Feliks me ofereceu o ombro, mas o ombro dele não bastou e além disso seus ossos iam acabar me cortando. Mesmo assim me apoiei nele. Meus movimentos chamaram atenção para nossos casacos de pele.

– Os casacos. Onde conseguiram?

A boca de Feliks ainda estava escancarada num grito silencioso. Virei o rosto dele para longe de Bruna e disse para Taube que os casacos eram presente do médico.

– Então me diga – ele deu risada –, você mentia tão bem assim antes? Ou deve agradecer a Auschwitz por isso?

Falei que não sabia a resposta, mas que achei a pergunta justa.

– Que negócio é esse de obsessão com a justiça? Mas não importa – disse ele, subitamente animado. – Podem ficar com suas porcarias de casacos. Quem sabe o frio que faz no lugar para onde estão indo...

Taube apontou a pistola de Bruna para as nossas costas.

E era isso. Tínhamos perdido a nossa chance de escapar, a chance que nossa amada morta tinha dito para aproveitar.

A neve caía enquanto as chamas subiam. Ambas menos velozes do que Taube. Ele estava nos pastoreando, a todos – crianças, mulheres e feridos, todos. A costumeira eficiência tinha desabado. Tudo era feito de qualquer maneira, pisoteando e arrastando, pessoas agarrando outras pessoas, pessoas tropeçando, pessoas tentando levantar outras pessoas.

Sem escolha, nos juntamos ao rebanho, aquela multidão crescente salpicada de rostos, lenços, curativos. Nós nos perdemos dentro dela e a perda foi tão completa que a imagem de Bruna morrendo marcada a fogo atrás das minhas pálpebras começou a se apagar. Reapareceria para mim depois de anos – eu acordava e a via num lamento –, mas naquele momento eu tinha de andar.

Mas Feliks eu acho que caminhava com essa visão de Bruna. Mesmo me apoiando, ele tremia e balançava e falava comigo como se estivesse preso em um sonho.

– Quantos nós somos? – perguntei para ele.

– Não o bastante – era tudo o que ele dizia.

Mais tarde a história diria que mais de sete mil e seiscentas pessoas ficaram para trás em Auschwitz, emaciadas e imóveis, enquanto o resto de nós foi transformado em rebanhos, marchas densas de mortos e moribundos. Nessa nossa marcha da morte, especificamente, éramos vinte mil. Entre nós que marchávamos, os hesitantes eram alvejados. Os mancos também. Nosso número diminuiu rapidamente. Os soldados se entretinham com a brincadeira de atirar num corpo de modo que caísse em cima de outro corpo e esse corpo por sua vez em cima de outro e assim por diante, estalo do disparo, zunido da bala, estalo de fratura... Nossa gente caía e os da SS pisavam em cima, atirando em quem ousasse se mexer.

Eu devia ser uma das mancas combalidas, uma das hesitantes alvejadas, mas caí em outra categoria na marcha da morte.

Daquelas vinte mil havia um bom número de pessoas que conseguiram o impossível, com mantimentos nos ombros e andando num ritmo constante. Feliks foi uma dessas pessoas. Ele conseguiu andar tão bem que chegava até a assobiar. Ele assobiava para mim porque sabia que eu gostava de ver as miniaturas de nuvens formadas pela respiração dele. Eu tinha uma visão boa dessas nuvens de assobio porque eu não estava marchando. Eu não tropeçava, nem mancava. Só tinha conseguido dar três passos milagrosos depois do portão e caí na neve. Feliks reagiu à minha queda pegando o cobertor dentro da sua mochila e desdobrando a lã. O cobertor lambeu a neve como uma língua vermelha. Feliks apontou para eu subir nesse cobertor como se fosse um trenó. E assim nós logo ficamos no final da marcha.

As pessoas falam muito sobre o poder. Dizem que ele as deixou, ou então que o conquistaram. Falam sobre ele em termos de troca, de perda. Feliks tinha montes. Mas eu só fiquei sabendo disso porque ele estava me salvando. Se eu saberia caso ele estivesse salvando outra pessoa? Gosto de pensar que sim. Mas quando você foi cortada ao meio e dividida, quando te rasgaram, quando foi posta contra você mesma por alguém que afirmava que fazia isso pelo seu bem, fica difícil reconhecer a bondade dos outros, a não ser que a bondade deles esteja beneficiando você diretamente.

O poder de Feliks ficava ainda mais visível quando ele diminuía a marcha. Cada quatro passos era um tropeço, cada seis passos, uma dor. As nuvens de assobio acabaram. A noite caiu sobre nós com seu peso insuportável.

Mesmo assim, ele continuou a me arrastar para frente.

Do meu cobertor tive a visão de muitas mortes. Uma mulher se curvou para beber a neve e morreu. Um homem parou para fazer uma pergunta e morreu. Eles morriam rápido, com balas na cabeça.

Falávamos baixo, sobre o lugar para onde íamos. Será que iam nos fazer marchar até o mar, nos jogar de um precipício? Auschwitz tinha falhado para eles, apesar das muitas inovações, então era óbvio que tinham resolvido nos eliminar a todos, nos fazer caminhar para a morte, falando em termos mais simples. Eu imaginei como ia explicar a minha imortalidade quando um guarda pusesse uma bala na minha cabeça.

Uma tosse se apossou dos pulmões de Feliks e ele ficava sem ar. Ordenei que me abandonasse. Ele se arrastava em vez de andar. E não me largava. E eu não era sua única carga. Nas costas ele carregava um saco com nossas posses. Ele jogou fora o lenço cheio de farinha que tinha arrumado. A farinha caiu em mim e me pintou de branco. Ele jogou fora as cascas de pão que tinha colecionado semanas a fio. O vento levou as cascas. Ele jogou as batatas no gelo, mas estava tão fraco que sua mira falhou e as batatas caíram aos seus pés e ele tropeçou.

Pensei que fosse o fim – ele caiu de chofre e bateu a cabeça, com as mãos na cintura, no meu cobertor, e seus lábios abertos beijaram o gelo. A procissão passou por cima de nós. Saias e casacos adejaram sobre o meu rosto. Os caminhantes tiveram o cuidado de não nos pisotear e os que mancavam se aproximaram devagar, mas o passo deles todos acelerou com os tiros de aviso. Enquanto isso, ficamos lá deitados, imóveis.

Eu cochichei para ele, disse que não podia ser assim, ele morrer ali. Se você tiver de morrer, implorei, não morra quando eu estiver olhando, e se tiver de fazer isso quando eu estiver olhando, faça quando eu não estiver sentindo.

Ele tossiu e a neve ao lado da boca ficou vermelha. Suponho que eu devia beijá-lo naquela hora, por Bruna. Mas antes mesmo de ter essa ideia, uma bota pisou no pescoço dele. A sola abriu e expôs um sorriso largo de meia. Fiz meu coração parar. Gosto de pensar que o coração de Feliks também estava parado. Vi as pálpebras dele tremerem.

Em cima de nós, Taube suspirou. A bota saiu do pescoço de Feliks. Ele se abaixou e pegou uma batata perdida na neve. Mordeu com uma profusão de dentes e então xingou com nojo.

– Podre! – declarou ele, e cuspiu a batata na minha cabeça.

Mas a batata não devia estar muito podre porque ele deu outra mordida. E essa ele também cuspiu. Caiu na testa de Feliks. Taube repetiu tudo de novo e mais uma vez. O calor da batata caía no nosso rosto e nas costas, na neve ao nosso lado. Parecia que a batata não acabava mais.

Então alguém gritou o nome de Taube. Estavam precisando da perversidade dele em outro canto. Ele se abaixou e nos cheirou. Sabia que estávamos vivos, tenho certeza disso. E com um jato de cuspe de despedida, ele deu meia-volta.

Vou ser bem clara: Taube não nos poupou por nenhuma crise de consciência. Ele não nos poupou para desafiar nenhum superior. Ele nos poupou pelo mesmo motivo que se dava ao trabalho de fazer qualquer coisa. Porque podia.

Só depois que ele foi embora, eu percebi que os estalos dos disparos não eram tão imensos como pareciam. Tínhamos andado cercados e contidos pela explosão barulhenta de muitas armas. Mas enquanto eu fingia que estava morta, abriram a cortina desse estratagema, da pequenez dos disparos. Havia duas armas, talvez três, no máximo. Uma trindade ineficiente, com pouca munição. Elas pipocavam ao longe enquanto Feliks e eu nos fazíamos de mortos.

– É seguro estar vivo agora? – ele sussurrou.

Eu o xinguei por levantar a cabeça da neve. E se alguém olhasse para trás e o visse?

– Ninguém está olhando para trás. – Ele riu com amargura. – O mundo inteiro nunca olhará para trás. E, se olharem, provavelmente vão dizer que isso nunca aconteceu realmente.

Eu ouvia só partes do que ele dizia. Pegava o que eu queria ouvir e descartava o resto. O que eu queria ouvir era a parte sobre nunca olhar para trás. Eu ouvia e via a escuridão aveludada das minhas pálpebras fechadas. Se fechasse os olhos de repente e bem apertados, via pequenas faíscas acesas naquele veludo, como as lâmpadas no perímetro do palco. Eu queria botar minha irmã para dançar naquele palco, queria vê-la tentar alguma coisa nova. Algum salto do qual nunca ouvi falar, algum rodopio que inverteria tudo. Mas por mais que me esforçasse para formar essa visão, as únicas coisas que permaneciam eram a escuridão e as luzes espalhadas.

– Stasha? Por que está tão quieta? Você não está realmente morta, está?

– Acho que não.

Jamais poderia contar para ele o que Mengele tinha feito comigo.

– Porque eu me sinto meio morto. E se estivermos mortos? Meu pai, o rabino, não acreditava no paraíso. Mas ele também não acreditava que um dia as pessoas viriam para nos matar. E então, e se isso for o céu?

Eu disse para ele que aquilo não era o céu. Aquele deserto feio, horroroso... podia ser um paraíso? Aquela tundra gelada e trovejante... um céu?

– Podia ser – ele argumentou. – Podia ser um tipo especial de céu-inferno para pessoas como nós.

– Não é um céu-inferno. Não é nem um inferno-céu.

– Como pode ter tanta certeza?

Pensei que havia duas maneiras de convencê-lo. A primeira era apresentando o fato de que o irmão dele não estava lá para recebê-lo. Era incerto se o céu existia mesmo, mas se existisse não teria escolha além de nos reunir com nossas famílias, simplesmente porque tais sistemas dependem de simetria. E estava bem claro que não havia nenhuma pegada de irmão por ali. Mas vendo o rosto desolado de Feliks, as mãos rachadas de frio, eu não podia mencionar o irmão para ele. Ele estava muito fraco e fragilizado, tinha me arrastado naquela vastidão de tundra gelada, um chamado branco de névoa e incerteza, num lugar que ainda queria nos tornar mais insignificantes ainda. Éramos nada além de dois botões soltos do jaleco do médico. Dois pontinhos no microscópio dele. Duas amostras de ossos e tecido. Por menores que fôssemos, Feliks continuava o mais forte e eu não podia arriscar enfraquecer a determinação dele mencionando seu gêmeo morto.

Por isso escolhi a segunda maneira de convencê-lo de que não estávamos mortos. Abri o cobertor no chão, pesado de gelo.

– Arraste-me de novo – eu disse. – Você vai ver que o meu peso é o peso dos vivos.

Feliks secou os olhos e reagiu estendendo a mão para segurar a minha. Ele procurou o sol e juro que ouvi o coração dele se curvando dentro do peito, como se reconhecesse o grande feito que ele ia conquistar.

Feliks teria ficado lá caído para sempre. Por causa dele, não ficamos. Como íamos sobreviver naquele deserto, nós não sabíamos. Não sabíamos nem quais eram as tarefas que teríamos de repartir naquela viagem. Alguém ia ter de procurar abrigo, alguém ia ter de encontrar comida, mapas, sapatos, esperança. O que precisávamos para sobreviver. E até isso só aumentava e, enquanto aumentava, diminuía a nós dois.

*Pearl*, pensei, *eu nunca devia ter encarregado você do passado. Eu não vou suportar esse futuro.*

# PARTE DOIS

PEARL

# CAPÍTULO DEZ

## Guardiã do Tempo e da Memória

Eu ainda tinha um rosto. Não sabia meu nome, mas tinha consciência dos outros, eu sabia o nome de Auschwitz. Ouvi esse nome gritado no mundo que havia além dessas caixas em que eu vivia. Havia três caixas, até onde eu sabia. Uma era um prédio, a segunda uma sala e a terceira... essa era a gaiola de arame com tranca que me prendia. Foi o homem de jaleco branco que me botou lá. Depois que terminou de me examinar em sua mesa, ele me largou no fundo da gaiola e tirou meu cobertor, de modo que vivenciei minha nudez de tal forma que os arames cortavam minha carne. Ele ia e vinha. Botava fachos de luz nas minhas partes escuras e fazia anotações quando eu espremia os olhos, sobre minhas reações. Ele fazia mais do que isso, mas resolvi não me lembrar disso na hora. Eu sabia o nome dele quando isso aconteceu. Mas resolvi esquecer isso também.

Desse tempo... não há muita coisa que eu queira lembrar. O que eu quero pensar é diferente e é meu.

Isso podia não ser verdade para o mundo, mas era para mim, na minha gaiola. Houve um breve momento, um lapso do tempo que era raro, bem diferente de qualquer tempo antes disso. Porque quando Auschwitz caiu, as vidas que levou foram recuperadas, num brevíssimo momento, para que os nossos mortos pudessem ver o campo soçobrar.

Nossos mortos nesse momento não eram espíritos comuns. Não havia nada de espectral neles, nem um pouco de fantasmas. Eram apenas gente que tinha sido torturada, mas que agora podia ver uma justiça. Eu ouvia seus murmúrios, suas alegrias. Era deles a vida depois da morte, feita de meros momentos, uma permissão para testemunhar a ruína do que tinha lhes dado fim.

Entre os gritos e prantos de milhões quando Auschwitz ruiu, duas vozes se fizeram presentes para mim.

Ouvi um velho tentar brindar, mas ele não encontrou palavras. Ele simplesmente pronunciava o início delas e sua voz falhava. Ouvi uma mulher consolá-lo, ouvi quando ela garantiu que as meninas não iam morrer e foi então que soube que era minha mãe. Ela e o meu Zayde cuidaram de mim enquanto o campo ardia e os guardas fugiam e os prisioneiros descobriram que não sabiam o que fazer com sua liberdade.

Ouvi mamãe sugerir um nome para me manter nesse tempo. Eu conhecia os jogos. Eles eram familiares para mim, o conceito vinha de qualquer extensão de vida que eu tive fora daquela gaiola. Eu disse para essa mulher que sabia que era minha mãe que não tinha certeza se algum jogo me aceitaria mais. Apesar de poder me mover um pouco, devia estar aleijada e, mesmo podendo pensar, minha mente havia sido quebrada. Mas mamãe insistiu que eu tentasse.

Meu avô também.

*Seja uma formiga*, sugeriu ele. *As formigas carregam cinquenta vezes o próprio peso. Você precisa dessa força.*

*Seja um chimpanzé*, mamãe sugeriu. *Não há dignidade nele, eu sei, mas a inteligência é uma compensação justa. Você precisa ser inteligente.*

Naquele momento um pombo pousou no parapeito da janela do outro lado da sala, a uns três metros de mim, e começou a rezar. Uma fita prateada brilhou aos pés dele, anunciando seu status de experiência, mensageiro ou propriedade. Eu me identifiquei com os três papéis.

– Vou ser um pombo – eu disse.

*O pombo tem uma excelente memória*, Zayde murmurou e aprovou. *O pombo navega, resgata e entrega. Isso é bom,* ele disse. *Tudo ficará bem.*

*Ótima escolha*, concordou mamãe. *Tudo ficará bem*, ecoou ela.

Mas eu não conseguia nem levantar o braço para imitar uma asa. Só dobrar um dedo já provocava uma dor que me dominava. Perguntei para eles como eu podia tratar a sobrevivência como um jogo se o jogo não me aceitava, mas as vozes deles tinham silenciado. Eles tinham visto a queda e então desempenharam a queda deles mesmos no nada, no que eu esperava que fosse paz.

Foi assim que eu soube que ainda estava viva, porque não tinha paz nenhuma.

Mas continuei a jogar muito tempo depois das vozes desaparecerem. *Seja um camundongo*, disse para mim mesma. *Seja uma raposa, uma corça, um elefante.* Recitei a ordem das coisas vivas e terminei como se termina uma oração. Meus recitais eram assim: espécie, gênero, família, ordem, classe, ramo e tudo ficará bem.

STASHA

# CAPÍTULO ONZE

## Urso e Chacal

Quando levantei a cabeça do meu cobertor, as partes do mundo estavam na minha frente e atrás de mim, as planícies de neve se estendiam dos dois lados como as asas de um pombo. A marcha da morte tinha seguido, os guardas continuaram a torturar nossos companheiros prisioneiros ao longe e nos deixaram lá com o som do desespero nas nossas cabeças. O deserto nos escolheu, mas não queríamos ser escolhidos por ele. Lá estávamos nós, nos movendo com muita lentidão naquela terra eterna, mais preparados do que nunca para o fim. Nós nos agarrávamos ao inverno embaixo de nós, procurando lembrar que, por baixo dele, havia corações batendo e murmúrios de uma estação florida. Eu sabia que precisava descobrir um jeito de fazer Feliks continuar vivo, para que ele resistisse até aquela primavera. Eu não tinha nem senso de direção sem ele.

Estava privada de localização. Feliks podia lembrar o quanto quisesse que estávamos nas florestas de Stare Stawy, uma aldeia fora de Auschwitz. Mas onde estávamos não significava nada para mim. A Classificação de Seres Vivos, isso sim, significava alguma coisa.

Porque estávamos seguindo o rio, como fazem os animais. Longe da marcha da morte, tínhamos renascido. Nossos instintos estavam revigorados e mais adequados às andanças dos animais. Feliks era urso, o caçador de tesouros protetor, ameaçador e carismático, resistente aos inúmeros esforços dos humanos para domesticá-lo. Eu era chacal, aquela criatura triste, inteligente, sorrateira, acostumada com a ruína e o abandono. Tínhamos fome e não sabíamos para onde ir. Fazia pouco mais de uma hora que tínhamos escapado da marcha da morte. Ou devo dizer que eu achava que era uma hora. Eu realmente não sabia mais se as horas ainda existiam.

Sabia que eu não era um fardo fácil, mas mesmo com as mãos feridas e cheias de bolhas, Feliks falava com facilidade enquanto me arrastava para a frente, conversando sobre sua amada cidade.

Nunca perguntei o nome da cidade. Como podia me importar com isso? Só sabia que tinha caído. Suas máquinas abandonadas, seus livros queimados, suas sinagogas transformadas em fábricas de munição, o povo sufocado que tinha desaparecido. Mesmo assim, disse Feliks, ele tinha certeza de que o sol ainda brilhava lá, e insistiu em descrever o lugar para mim enquanto avançávamos devagar. Ele contou histórias de bondades do dia a dia, histórias que valorizavam a beleza. Eu sabia que ele estava tentando me convencer de que devíamos viver lá como irmãos, com nossos irmão-fantasma e irmã-fantasma, e aquelas histórias me faziam imaginar que eu era uma pessoa diferente, alguém capaz de parar de sentir que sua língua era feita de pedra. Esse alguém não seria alguém imediatamente, só depois de um tempo e fiquei animada pensando nela.

– E um dia – concluiu Feliks, sacudindo o punho fechado azul de frio –, sairemos daquela cidade, por mais bela que seja, e caçaremos todos os nazistas, faremos com que todos paguem. E depois de cada captura emocionante, sempre voltaremos para a cidade, porque será um bom lar para heróis como nós.

– O seu plano para essa cidade não está me convencendo – eu disse para ele.

Agora estávamos bem dentro da floresta, com a imobilidade do rio em nossos ouvidos.

– Quem disse que é a você que estou tentando convencer? – ele retrucou.

Feliks deixou cair a ponta do meu cobertor e secou as mãos com um gesto de nojo. Do pacote que Bruna tinha feito para nós, ele tirou duas garrafas de água e uma batata e botou tudo no chão, ao meu lado. Vi quando ele se afastou, observei seu casaco de urso balançar e perder o foco antes de se misturar com as árvores. Pus o dedo no pontinho que ele era, lá longe. Desde o vagão de gado me negavam despedidas. Essa seria a primeira despedida de verdade que eu poderia ter, no entanto recusei. Não gritei o nome dele, nem choraminguei. Tudo que podia fazer era olhar para o sol insensível, bem lá no alto, mas ainda penitente.

Ele pairava como um falsário culpado, com as mãos nos bolsos. Um sol com essa consciência – dava para pensar que seria facilmente manipulado. Pensei que se olhasse fixo para ele bastante tempo talvez ele corrigisse a minha visão.

Com aquilo que Mengele tinha feito no meu olho ele ficava cada dia pior. Uma consequência do estrago na minha visão: sombras dançavam nas bordas de tudo que eu via. Meus sapatos. Minha caneca, meu chapéu. Nossos sacos. Eu não entendia a intenção dessa sombra. Por que ela insistia em cercar tudo que eu precisava? Eu não sabia. Será que um dia iria embora?

– Não, Stasha... eu nunca deixarei você.

Porque ele tinha voltado e me ouvido falando sozinha, como sempre. Ele estendeu o braço para mim e vi que a mão dele tinha o contorno daquele preto sempre presente.

– Eu desperdicei esse tempo me afastando de você – disse ele. – E mais ainda me arrastando de volta. Agora é a sua vez de me carregar, mas você não pode. O que propõe que façamos numa situação como essa?

Prometi que ia fazê-lo rir em algum momento.

– Sei que vai – ele me repreendeu –, mas será pelos motivos certos?

Estendi a mão e ele me ajudou a levantar. Feliks não devia ter força nem para aquele movimento simples. Ele estava curvado e torcido e suas mãos em carne viva. Ele fraquejou um pouco quando o segurei e, quando sorriu, a força daquela expressão fez o gelo descolar de suas sobrancelhas.

– Por Pearl – ele disse, e sinalizou impaciente para eu andar.

Pensei na minha irmã dançando. As batidas dos pés de Pearl, as batidas das minhas mãos quando eu assistia. Tudo em pares, repetido.

*É assim que eu ando,* pensei. *Um passo, depois outro. É assim que eu ando com sol, é assim que eu ando na neve. É assim que eu ando na memória de Pearl, a menina cujos passos podiam ser musicados e para sempre, se Mengele tivesse cumprido sua promessa e dado a imortalidade para ela também.* Esse último pensamento fez com que eu parasse de andar de novo. Mas não podia ficar sem andar. Examinei meus pés e recomecei.

*É assim que eu ando, ao lado de alguém que amo e que ainda vive,* pensei, alguém que devia me abandonar e com quem, juntos, caminhamos até encontrar abrigo – no meio da floresta, um muro de troncos caídos e com as patas de urso e chacal cavamos uma vala rasa ao lado dessa parede, deitamos e nos cobrimos com galhos cheios de folhas, e resolvemos que nos revezaríamos para dormir e vigiar, de modo que ninguém chegasse sorrateiro a esse abrigo precário e jogasse um fósforo aceso no nosso ninho.

Feliks se encolhia ao meu lado com sua pele de urso e toda a proximidade de um irmão. Mesmo dormindo, ele fazia promessas. Mas não eram as promessas de vingança que eu esperava ouvir. Em vez disso, ele jurava para ele mesmo que jamais ficaria sozinho de novo, que jamais se separaria de mim, que não permitiria aquela separação entre nós. Quando ele começou a entrar em pânico fazendo essas promessas, cerrando os maxilares em seus lamentos, resolvi que devia fazê-lo acordar.

– É a sua vez – ele disse, esfregando os olhos e olhando em volta, na escuridão, à procura de intrusos.

Eu tentei dormir. Implorei para minha cabeça me dar um sonho com Pearl. Não foi o melhor sonho, aquele em que o mundo nunca teve guerras, nem foi o segundo melhor sonho, em que Mengele dava para Pearl e para mim essa imortalidade ao mesmo tempo, de uma vez só; ele enfiava a agulha, virávamos uma para a outra e sabíamos que apesar de viver para sempre ser um fardo terrível, podíamos fazer isso juntas, com o nosso estilo.

Teríamos o melhor, o mais bonito e o mais divertido.

Eu ficaria com a culpa, a responsabilidade, o peso. E se algum dia ela não pudesse andar, eu andaria por ela. Porque agora que eu podia andar novamente, não queria mais parar. Parecia uma vitória para mim, mas meus dois tornozelos tinham tornozeleiras de dor e eu sabia que não era congelamento. Era uma sensação estranha e não totalmente desagradável, porque com ela eu sabia que ainda podia sentir e sabia também que um dia meu passo ia ser mais rápido, que em breve eu talvez até pudesse saltar.

Papai, o bom médico, me disse que as pessoas que perdiam membros, dedos das mãos e dos pés, continuavam a ter sensações dessas partes por muito tempo, na forma de pontadas e cócegas, e chegavam ao ponto de pensar que não tinham perdido nada.

Mas ele nunca me preveniu quanto a isso.

Na manhã seguinte, ouvimos o rio Vístula estalar, ouvimos o embaralhar das placas de gelo como se fossem cartas de jogo. A manhã estava azul sobre azul. As árvores erguiam seus braços no meio das nuvens. O céu se movia como a fita azul de cabelo de Pearl quando ela virava a cabeça. Espanamos o cobertor de neve e nos maravilhamos com o fato de ainda estarmos vivos.

O rio, fissurado, era uma coisa enorme e branca e as rachaduras nos espiaram quando nos ajoelhamos perto do gelo. A superfície era muito leitosa e me senti acolhida no frio – parecia a superfície mais pura e inocente do mundo. Apesar da escuridão de tocaia nas copas das árvores, encontramos um coelho se debatendo em um oco.

– Aleijado – disse Feliks, ao ver a pata ferida.

Eu olhei para o outro lado quando ele enfiou a faca de pão, mas me forcei a assistir quando pendurou o coelho em um galho e arrancou a pele. Estalou os olhos na boca e dissecou os ossos.

– Coma!

– Por que não podemos fazer uma fogueira? Só um minuto.

– Você sabe por quê. Tem gente por aí que adoraria nos pegar nessa floresta. Nem precisa ser um nazista para gostar de capturar um judeu.

Esse Feliks... ele estava parecendo um pai. Ficava impaciente comigo. O tom da voz dele muitas vezes descia para escalas graves demais. Eu não duvidava de que ia encher minha boca de coelho cru se eu continuasse a negar. Era melhor concordar.

Vi Feliks fazendo força para mastigar a carne ensanguentada. Era difícil com os dentes que tinha perdido. Por isso mastiguei para ele e cuspi na mão. Gratidão constrangida. Foi assim que ele olhou para mim, mas aceitou a carne mastigada da minha mão e botou na boca, engolindo como se fosse remédio. Insistiu que eu comesse para o meu bem, e isso era mais difícil para mim, só que estava cansada de discutir e experimentei.

– Precisamos manter nossa força – Feliks disse meneando a cabeça. – Não podemos realizar a vingança que juramos se estivermos só pele e osso.

Concordei. Vingança era o que eu mais desejava, mas estava começando a duvidar de que pudesse ser executada por cobaias como nós. Eu já tinha tentado antes. Mengele era escorregadio, impossível encurralá-lo. Nele, eu via um menino sempre mimado pela vida. Mas a vida não mimava ninguém o tempo todo, não é? Será que havia uma chance de que nós, no nosso estado de abatimento, pudéssemos realmente acabar com ele? Nem tínhamos a menor pista de onde ele estava...

Meu companheiro esfaqueou um tronco de árvore com sua faca de pão. Fazia pares de cortes – um, dois; um, dois – e parecia meditar. Então se inspirou, deu meia-volta e lançou um olhar curioso para mim.

– Tem uma coisa que preciso contar para você – ele disse, cauteloso. – Essa cidade, da qual sempre falo, não é a minha cidade. Andei mentindo, mas por um bom motivo, para convencê-la. Era Varsóvia, e estou tentando, desde o início, levar você para lá.

Eu não podia imaginar que motivo ele teria para me levar para tanta destruição. O isolamento em Auschwitz não tinha me salvado da informação de que o lugar de que ele falava logo entraria para a história como a cidade mais devastada de todos os tempos.

– Não existe ruína maior do que Varsóvia – eu disse.

Ele ficou de cócoras e começou a enfiar a faca de pão na neve. Um, dois. Um, dois. O movimento era decidido, uma forma de firmar seu argumento.

– Mas o homem que queremos morto está vivo lá – disse ele. – Eu ouvi ele dizer, estava se abrindo com muita facilidade nos últimos dias. Enquanto eu esperava no meu banco da enfermaria, ele estava ao telefone, discutindo seus planos futuros. Ele ia fugir para Varsóvia. Ia encontrar alguém lá. Acho que estava contando isso para Verschuer. Eles têm documentos sobre nós, peças valiosas. Pesquisa. Informação, eu acho. Ou talvez ossos, todo aquele material de guerra, aqueles slides dos quais você sempre falava.

Eu não entendi por que ele só estava me contando isso agora. Por que não tinha sido direto antes? Comecei a esfaquear a neve junto com ele. Você alguma vez já esfaqueou a neve para entender o sentido das coisas? É algo que recomendo.

– Digamos que eu acredite em você – arrisquei. – O que mais você ouviu?

– Ah, eu não sei – ele disse como se estivéssemos sentados numa sala de estar, pondo açúcar no chá. – Alguma coisa sobre o zoológico de Varsóvia.

– Combina bem com ele querer ir para lá – concordei.

Pensei em todas as jaulas de um zoológico, interligadas, separadas, combinadas em todos os tipos de variação que hipnotizavam tanto Mengele.

– Combina, não é? – Feliks parecia estranhamente satisfeito, como se tivesse contribuído para dar sentido a tudo.

Vou ser sincera – nada nessa história louca soaria correto para mim, mas não queria duvidar. Era uma sensação boa acreditar em alguma coisa para variar. Fazia com que eu me sentisse real. Acreditando, eu era menos cobaia e mais menina.

E assim ficou decidido ali, na margem do Vístula, com seus galhos de árvore e a neve formando catedrais: nós íamos tirar a vida de Mengele em Varsóvia. Íamos recuperar seus slides, seus ossos, seus números, suas amostras. Íamos tirar e tirar dele até sobrar apenas um único fio do bigode como prova de sua vilania.

Ele tinha tentado nos transformar em monstros. Mas no fim tinha desfigurado a ele mesmo. Inocentes do futuro, juramos, tinham de ser protegidos e havia também a questão de pagar pelos seus malfeitos. Em nome da Pearl, ele seria nossa presa. Pensei nos olhos dele, pensei no terror que ia colorir aqueles olhos quando ele me visse chegando. Pensei na rendição dele, abanando os braços naquele jaleco branco blasfemo. Ele ia gritar. Ele ia implorar. Nós o deixaríamos implorar porque íamos curtir esse espetáculo, mas quando os lamentos dele deixassem de nos entreter, nós o abateríamos e como nossa humanidade não tinha nos abandonado por completo, seríamos rápidos. A expressão de Mengele, o choque no rosto dele ao descobrir que tínhamos sobrevivido e a nossa busca da justiça – isso seria prêmio bastante para nossas almas violentas.

E eu sabia que os animais no zoológico de Varsóvia, testemunhando a vitória de Urso e Chacal, ficariam felizes. Eu sabia que ergueriam suas vozes em gritos e crocitos e bufos tão altos que até Pearl, em sua morte, ouviria que a vingança era nossa.

PEARL

# CAPÍTULO DOZE

## Meu Outro Nascimento

Havia coisas que eu ainda conhecia: portas que se fechavam, gritos, arranhões no chão. Havia outra pessoa enjaulada na minha frente, que resmungava poesia dia e noite, a voz dele melodiosa e familiar. Não lembro exatamente quando a recitação dele parou, só sabia que tinha parado e então fiquei pensando se realmente tinha ouvido alguma voz. Talvez aquilo que imaginei ser uma voz, voz de um amante da poesia, tivesse sido simplesmente uma goteira no teto. Um mero pinga-pinga com qualidade musical. Só disso eu tinha certeza: eu tinha tentado conversar com a goteira, tinha implorado sua ajuda, mas ela não ajudou, só parou de pingar.

Os ratos se aproximavam de onde eu estava deitada, guinchavam e eu lembrei: espécie, gênero, família, ordem. No escuro eu via bigodes, focinhos, pés minúsculos. Eu sabia que não eram as mesmas partes que eu tinha, que eu era humana, mas mesmo assim imitei a cheirada deles e passei a confiar no meu olfato. Sentia o cheiro de ferrugem, de lixo, do sangue seco em volta dos meus tornozelos, dos pontos na barriga, de uma poça de água estagnada. Contei para os ratos os cheiros que sentia, mas eles não se impressionaram com isso. Tentei fuçar mais, tentei cheirar tudo que podia, mas o único outro cheiro que consegui detectar foi o da morte.

O cheiro da morte não é frenético. Quando se convive bastante com ele, passa a ser respeitoso. Ele mantém uma distância, tenta negociar com as suas narinas e valoriza o fato de que chega um ponto em que as pessoas se acostumam tanto, que nem notam mais.

Apesar da polidez dele, eu odiava aquele cheiro. Eu queria treinar para sentir outros cheiros. Essa era uma atividade disponível para mim, uma coisa que eu podia fazer para passar o tempo. Mas os ratos se recusavam a me orientar nessa arte. O pombo na minha janela tinha ido embora há muito tempo.

Achava que ia ter de ser autodidata. Se conseguisse manter esse sentido do olfato, pensei, o mundo talvez ainda me quisesse, se algum dia me libertassem daquela gaiola. Iniciei minhas lembranças com os donos das vozes. Mamãe cheirava a violetas. Zayde tinha cheiro de botas velhas. Meu pai... não conseguia me lembrar do cheiro dele, mas não me importei muito com isso, porque descobri um novo caminho da memória para atravessar. Ou foi a minha dor que descobriu. Porque quando me dei conta de que meus dois pés estavam mutilados e inchados, que tinham quebrado os ossos nos tornozelos e meus pés ficavam no fim das minhas pernas feito um par de botas azuis grandes demais, imaginei que ele consertaria tudo, que ele viria e ia me curar se eu chamasse.

Lembrei que papai era médico. Isso eu lembrei.

E essa descoberta foi tão imensa que atropelou a outra descoberta, bem diferente... a compreensão de que, mesmo se eu pudesse escapar da minha gaiola, não poderia andar.

---

Mais tarde eu soube que era 27 de janeiro de 1945, ouvi passos na porta. Palavras parecidas com a primeira língua que ouvi na minha cabeça, mas não eram as minhas palavras. As minhas palavras eram em polonês. Essas palavras eram vizinhas no som e no significado... *Eles estão falando russo*, pensei. A conversa em russo cresceu e também o barulho das botas em volta. Um par de manchas vermelhas flutuaram na minha direção e então as manchas viraram estrelas e vi que eram usadas no quepe dos soldados.

Alguém dirigiu um facho de luz para um canto e outro, então virou para o teto.

As botas e estrelas se moviam na penumbra. As luzes se multiplicaram. Ouvi um barulho, alguma coisa caiu no chão... arames batendo no piso de concreto, o ruído metálico de instrumentos e bandejas, e os soldados deram socos em caixas, e conversavam, como se estivessem num safári, depois de ver alguma coisa interessante e grotesca. O assunto da conversa deles, todos aqueles horrores, me fez agradecer por um instante que a minha escuridão tinha mantido inatingíveis aquelas visões. Pensei em colaborar com a minha história na conversa porque, afinal, eles pareciam interessados em tudo o que acontecia, mas, quando abri a boca para falar, descobri que só conseguia coaxar.

– Vocês escutaram alguma coisa? – perguntou um soldado com a voz rouca.

– Ratos – disse outro.

As lanternas deles iluminaram a parede na minha frente, passaram pela parede e acabaram na minha gaiola.

– Que horror – disse uma voz embargada, chocada.

Os outros concordaram que era realmente uma lástima, a criança parecia muito nova, era triste o que tinha acontecido com aquele pequeno corpo.

Ouvi isso e gritei. Eu queria falar com essa criança, com o foco da preocupação deles. Eu queria dizer para essa criança, *Eu queria ter sabido que você estava aqui! Espero que não tenha me achado mal-educada. Não pretendia excluir você das minhas conversas com a goteira no teto!*

Mas é claro que, quando gritei essas coisas, a única coisa que produzi foi o barulho de chocalho e um sopro de ar.

Minha voz era apenas fumaça.

Em cima de mim, o facho da lanterna tremeu.

– Está morto? – perguntou o soldado que segurava a lanterna.

– Como pode não estar? – outro respondeu.

– Juro que ouvi alguma coisa. Como se estivesse tentando falar.

– Há muita coisa para ouvir nesse lugar. Meus ouvidos não param de zunir.

E ele sugeriu que fossem para o outro bloco, disse que deviam deixar que outros recolhessem o meu corpo, e tive certeza de que haviam ido embora sem se importar mais comigo, mas então eles ouviram meus gemidos. O soldado de voz rouca achou o cadeado da minha gaiola, mexeu nele, depois pegou um machado, e mesmo sabendo que ele estava ali para me salvar, eu me encolhi toda quando ele bateu com a lâmina e um dos outros soldados ficava tentando me acalmar, dizendo, "*Na, na*", que é um jeito de dizer "Nada,

nada". Zayde falava isso o tempo todo para me acalmar, para eu dormir. E eu queria concordar com ele, queria dizer que eu era nada, ou pelo menos que aquele homem tinha me transformado em nada, me deixado tão pequena que eu nem tinha mais certeza se queria escapar daquela escuridão, porque parecia definido, quando eu estremecia, mordia minha língua e via aquele vazamento no teto, que eu não era mais digna de viver.

Mas o soldado rouco não se deixava convencer, ele estava decidido a arrebentar o cadeado e me soltar, por isso deixei que ele estendesse os braços e me tirasse lá do fundo, então lá estava eu, livre.

O nascimento era assim?

Tive de imaginar.

Lá estava eu, sufocando, tentando respirar e apertando os olhos por causa da luz. Estava pelada como um bebê, com as mãos impotentes ao lado do corpo. Tudo em mim era infantil. Mas que tipo de criança tinha aquelas cicatrizes no rosto? Qual bebê é esvaziado de seus órgãos internos, procedimento assinalado pela sutura grosseira na minha barriga? Um recém-nascido não pode andar porque é novo. Eu não podia andar por uma razão bem diferente.

O soldado rouco me ergueu diante dele.

– Nunca vi nada parecido – ele disse.

– Não chore! – disse o companheiro dele, olhando para mim.

Abri a boca de novo, para protestar. Eu podia ter acabado muito mal dentro daquela caixa, podia ter murchado e perdido o uso das pernas, e eu sabia que alguma coisa muito maior estava faltando em mim, uma coisa tão grande que se equiparava a uma outra pessoa, ou pelo menos a uma menina pequena. Mas eu nunca chorei. Então uma gota caiu no meu rosto e entendi que o soldado não tinha dito aquilo para mim, e sim para o homem rouco que me segurava, um homem que tremeu quando minha língua saiu da boca e encontrou a prova do choque e da alegria dele.

– Olhe só! – disse ele, chorando. – Está bebendo as minhas lágrimas!

STASHA

# CAPÍTULO TREZE

## O Templo de Palha

Ao deixar para trás a floresta no nosso terceiro dia de caminhada, estávamos perto da aldeia de Julianka, éramos animais curvados e ameaçados de congelamento com duas batatas como únicas posses. Abriu-se a visão de um vasto azul e as nuvens teimavam em não ter forma e em não serem legíveis. Flutuavam bem alto e faziam pose como se não temessem nada, nem fome, nem frio e nem o Anjo da Morte. Eu queria dizer para as nuvens que não eram tão poderosas assim, porque eu também não tinha mais medo dele. Não tinham ouvido falar dos planos de Feliks? Berrei isso para todo o céu ouvir.

Um estrondo distante respondeu. Foi fraco, mas explosivo e com reverberações.

Feliks se assustou e olhou em volta em pânico, cobriu minha boca com a mão e me dobrou para baixo como se eu fosse uma caixa vazia. Ele me segurou junto ao chão congelado e espiou em volta para saber se alguém tinha ouvido meus gritos idiotas. Felizmente, não apareceu ninguém.

– Loucura – foi tudo o que ele conseguiu dizer.

Mas empatia veio junto com essa afirmação. Ele se sentia louco também, eu tinha certeza disso, porque estávamos mais vazios do que nunca agora. A fome nos torturava nos raros momentos de descanso e o inverno ameaçava levar os dedos que despontavam nos furos dos nossos sapatos esburacados. Devíamos estar enlouquecendo com todas aquelas privações, mas aquelas explosões eram reais. No dia seguinte, ficamos sabendo que esses estrondos não eram tiros e sim obra dos rebeldes judeus explodindo os trilhos a alguns quilômetros de distância. Mas naquele início de noite não tínhamos ideia de que eram de amigos.

E então, saída do nada, vimos uma coluna dourada no ponto mais distante da periferia, e corremos na direção daquele brilho, encorajados pela mudança no cenário.

Como um sino de bronze salpicado de neve, aquele templo de palha surgia da terra com muita determinação. Quando nos aproximamos, vimos que não éramos os únicos atraídos por aquela coluna dourada. Parecia que tinham removido fardos de feno da base da pilha para abrir uma toca. Vimos os montes de feno descartados espalhados em volta, os fios dourados sobre o gelo e através de um fino painel de palha atrás vimos olhos espiando. Estavam espalhados como uma constelação, com brilho igual. Os olhos eram amigáveis, eu achei, mas já tinha me enganado antes em relação à simpatia de olhos.

Será que era uma armadilha? Um embuste?

Outra explosão na escuridão da noite.

Antes de podermos conversar, Feliks abriu a parede de palha e se enfiou lá dentro. Ele me arrastou junto, para o fundo do buraco que provocava coceira, e fomos engatinhando. De quatro ficamos lado a lado, nossas costelas encostando e tão próximos um do outro que eu não sabia direito onde eu terminava e ele começava. Você deve estar achando que essa sensação era boa, levando em conta minhas deficiências de audição e visão, mas eu só me senti amorfa e incompleta.

Para piorar esse desconforto, havia aquele monte de fardos de feno que tremiam com a passagem de seus fugitivos. Não éramos os únicos que estávamos de quatro. Estava tudo escuro, mas eu conseguia ver as formas de cinco indivíduos, todos sentados de costas para o perímetro do monte e todos tão pequenos que imaginei que fossem crianças, nenhuma delas com mais de sete anos de idade. Mas os xingamentos com que nos receberam eram bem adultos. Vieram em tcheco para cima de nós. Nós não falamos essa língua, avisamos. Então umas poucas vozes xingaram em polonês. Esse é o modo certo de nos xingar, dissemos. E pedimos desculpa por tirar o espaço deles.

– Vocês não podem ficar aqui – sibilou uma voz masculina.

Mas o polonês dele era muito bom, pensei.

– Por que não podemos ficar? – sussurramos de volta.

– Não há espaço! Nós não escapamos para sermos amassados por estranhos. Vocês têm de ir embora!

– Mas nós estamos trazendo mais calor para vocês aqui dentro – observei. A temperatura estava muito agradável com aqueles corpos todos, e o teto da toca era baixo, tão baixo que, quando mexi a cabeça, o feno pinicou meu couro cabeludo de um jeito gostoso. Eu não me importava muito se nossos anfitriões nos queriam ou não… eu não podia era ignorar o aconchego daquele palácio dourado.

– É verdade que você estão nos aquecendo – concordou a voz de homem. – Mas nós já temos calor suficiente, e vocês estão sufocando minha mãe. Esse monte de feno não é tão espaçoso como parece. E ele é nosso. Fomos nós que cavamos esse buraco com as mãos! Vocês sabem como é difícil fazer isso no inverno? Só os mais desesperados são capazes de tais milagres!

Eu respeitei o recado do que falava, mas não me movi. Estava bom demais ali no meio do feno, era como me aconchegar num verão que eu conheci um dia. O perfume da palha era muito doce e o perfume dos seus habitantes… não era terrível. Eu podia ficar vivendo ali, e minha relutância em sair deixou isso bem claro.

Ouvimos um grande suspiro. Pareceu que veio das profundezas de uma matriarca. O falante eloquente se dirigiu a nós outra vez.

– Vocês precisam sair, crianças! Eu sinto muito… não temos espaço!

Eu estava possuída pela exaustão e só podia chorar. E não me importei em quem minhas lágrimas caíram, naquele pequeno bando de gente.

– Stasha! – cochichou Feliks. – Controle-se!

Todos na pilha de feno se calaram depois dessa ordem.

– Stasha? – disse a voz masculina. – Irmã da Pearl?

No início, devo confessar que não o reconheci, mesmo exprimindo familiaridade.

– Vocês viram Pearl? – gaguejei, e o meu desespero quase derrubou os fardos de palha. – Ou viram o que aconteceu com ela?

– Não, eu não a vi – disse a voz masculina.

Mentira… foi isso que pareceu para mim.

– Quem é você? – perguntou Feliks.

Ele era um verdadeiro urso na tradição da Classificação das Coisas Vivas. Um tom defensivo, parte rosnado, tinha entrado na voz dele. Bruna e Zayde, ambos ficariam orgulhosos daquela performance. Mas o orador do grupo não se intimidou com o questionamento.

– Sou o que você chama de Sardinha – disse ele.

A voz dele era firme e corajosa. Não tinha nada do sabor oleoso e nem da natureza encolhida de um peixe enlatado. Eu não podia imaginar um termo menos apropriado para aquele cavalheiro anão e abaixei a cabeça como forma de reconhecimento dos insultos e provocações que ele enfrentava, com estoicismo.

– Desculpe-nos – disse Feliks. – Sinceramente. Nenhum pedido de desculpas será demais para nós!

Porque era Mirko que presidia aquele templo de palha, junto com sua família. Devíamos desculpas a todos eles, porque as crianças do zoológico se referiam a todos os anões como sardinhas, instruídas por Bruna. E agora parecia que os sardinhas iam ser a nossa preservação.

Quando compreendemos que tínhamos nos reunido com companheiros sobreviventes foi como se o mundo inteiro estivesse contido naquela pilha de feno. Era a única coisa que importava. E pensei, *nessa pilha de feno pode não existir felicidade, mas existe uma esperança que faz o papel de felicidade, mesmo que só por um breve tempo.* Nós tínhamos enfrentado a morte juntos... como podíamos não querer a intimidade daquele monte de feno?

– Essa menina é minha amiga – disse Mirko para os outros habitantes. – Posso não achar grande coisa do companheiro dela, mas a menina... é uma joia. E ela perdeu muita coisa.

Alguma coisa na voz dele me deu vontade de perguntar como ele sabia quanto eu havia perdido. Havia um lamento, um conhecimento que indicava que ele realmente estava familiarizado com o ritmo da minha dor.

– Você mal a conhece – disse outra voz. Reconheci a voz da mãe dele. – Hoje em dia é como se todos de Auschwitz fossem amigos, não importa se eles viveram ao nosso lado tanto tempo, sem se importar conosco. É assim que vamos viver... recolhendo todos os perdidos e fingindo amizade?

Os outros habitantes do feno pareciam concordar com isso. Eu senti a pilha de feno tremer com a força de suas cabeças indicando que sim.

– Ela era o animal de estimação de Mengele – disse Mirko com firmeza. – Ela sabe o que é ser nós.

Ele falou em minha defesa, mas mesmo assim não pude deixar de corrigir aquela descrição.

– Eu não era animal de estimação de Mengele – eu disse. – Nem Pearl. Nem eu.

– Eu não sei o que você era – suspirou Mirko. – Mas ele misturava seus terrores com favores. Que tal assim?

– Verdade – eu disse.

Mas eu continuei na defensiva. Eu podia ter repreendido Mirko falando do rádio que Mengele deu para ele. Podia ter lembrado à mãe dele da toalha de mesa de renda sobre a qual ela comia, e confrontado todos eles com o quarto que receberam, que era como um palácio, enquanto o resto de nós sofria com as farpas das nossas pequenas camas em caixas e tínhamos a companhia daqueles piolhos. Mas não falei essas coisas, e não só porque Pearl não teria aprovado esse tipo de desabafo. Eu tinha uma pergunta mais importante para fazer.

– Você viu Pearl alguma vez? – perguntei. – Você deve ter visto.

Mirko agiu como se não tivesse ouvido a pergunta e mudou de assunto.

– Meu avô... você sabia que ele recitava todas as passagens de *Metamorfoses* de Ovídio? Parecia um feito impossível para mim. Mas quando estive preso tentei fazer a mesma coisa. Já decorei a história da criação. O princípio do mundo, Stasha. O que acha disso?

– Acho que você está mentindo – sussurrei. – Acho que está mentindo quando diz que não viu Pearl e não gosto disso. Está tentando me poupar da dor dela. Mas a dor dela depois da morte... é minha!

Juro que ouvi algumas vozes ali murmurando de acordo. Mas Mirko permaneceu firme, como se conhecesse minha irmã melhor do que eu. Fiquei pensando que tempo tiveram para estarem juntos e para ele ter se convencido disso.

– Pearl ia querer que você tivesse uma nova vida – ele sussurrou com tristeza. – Ela aprovaria isso... ela ia querer que você precisasse do princípio do mundo de novo.

Eu disse para ele que estava gostando do fim.

Meu amigo respondeu recitando:

*Antes do oceano existir, ou a terra, ou o céu,*
*A natureza era toda igual, era amorfa,*
*Caos era seu nome, só matéria bruta e irregular,*
*Nada além de volume, inerte, e nessa confusão*
*Átomos discordantes guerreavam.*

Enquanto ele narrava nosso suposto princípio, eu abri um buraquinho no lado do meu fardo de feno e espiei lá fora com meu olho bom. O céu que eu vi nunca esteve preso, mas era assombrado como eu. Será que sabia dos detalhes da morte da minha irmã? Aquelas estrelas, elas sabiam o que significava sofrimento e renovação, elas eram forjadas de implosão, poeira e fogo. Acho que esse conhecimento teria bastado para justificar a existência delas.

Mas elas insistiam em ser belas também.

– Você vê o que eu vejo? – sussurrou Feliks.

Porque ele também tinha feito um buraco no feno.

– Vejo estrelas – eu só disse isso.

– Não vejo o crematório – ele só disse isso.

---

A alvorada brilhou através dos buracos do nosso fardo de feno. Tínhamos dormido feito uma ninhada de gatos, encolhidos, costas com costas, com a família que nos tinha adotado, disputando apenas com o brilho dourado do templo. Esfreguei os olhos e vi que era verdade – praticamente não havia mais espaço nenhum com a inclusão de nós dois. As áreas abertas entre os fardos davam espaço de um metro quadrado, mas quando sentei e endireitei as costas, minha cabeça bateu no teto de palha congelada.

Mesmo assim disse para Feliks que queria ficar. Falei sério, mas ele deu risada. Podia ter dito para ele que eu já tinha vivido em situações parecidas. O mundo flutuante, de frente para Pearl. Dentro das dobras do casaco de Zayde. No interior ácido do meu barril. E será que precisaria mencionar o zoológico? Mas resolvi guardar essa lógica para mim. Sabia que ele ia zombar e, além do mais, agora tínhamos companhia.

A irmã de Mirko, Paulina, estava sentada de frente para nós com os dois filhos, um menino e uma menina, carinhas de sono encantadoras, só que bem pequenas. Paulina estava fazendo uma trança no cabelo da menina e vi seus dedos tecendo pra lá e pra cá. Ela me viu olhando, sorriu para mim, eu já ia me desculpar por estar olhando, explicar a saudade que aquilo me deu, de toque, de família, mas fui salva de ter de fazer isso quando Mirko e a mãe dele entraram pela pequena escotilha, cada um com uma caneca de lata cheia de neve, que iam passando de mão em mão, para todos lamberem a água que pudessem. Então Mirko tirou do bolso um pedaço de carne.

– Dos soviéticos – Mirko explicou para Feliks e para mim, abriu sua faca de pão e cortou a carne em pedaços. – Nós os conquistamos quando eles chegaram. Cantamos um pouco. E eles nos levaram para um passeio no tanque, até passarmos por Stare Stawy e chegarmos a esse campo. Parecia um lugar como outro qualquer para nos esconder e fazer planos. A mãe estava muito fraca de cansaço, mas melhorou depois de uma semana de descanso. Se os trens deixarem, vamos para Praga. Vamos voltar para o teatro. Vocês dois gostariam de vir conosco?

Eu não pude responder porque estava com a boca cheia demais de comida. Tinha tentado recusar, mas a matriarca não deixou. Ela pegou um pedaço de carne e enfiou na minha boca. Depois, como se eu fosse um bebê dado a cuspir comida, tampou minha boca até eu engolir. Quando ela resolveu que eu tinha comido bastante, limpou meu rosto com a ponta do xale e tentou botar nele vida e cor com beliscões.

– Mamãe sempre quis um animal de estimação gigante – observou Paulina.

E todos começaram a rir, como se soubessem que teriam de rir de novo algum dia e que podia ser naquele momento. Mas a risada não funcionou direito. Era cedo demais e em vez disso eles se concentraram em beber a neve derretida das canecas de lata e deram para Feliks uma segunda e uma terceira porção de carne.

De barriga cheia, Mirko e Feliks começaram a discutir o problema da volta. Nosso amigo tinha muitos planos. Falou dos papéis que queria fazer quando se restabelecesse em Praga, do teatro que planejavam transformar em lar temporário. Ele estava muito esperançoso, eu jamais devia ter interrompido, mas precisei falar as palavras que estavam comigo desde a hora em que acordei. Elas fluíram de mim como explosão.

– Você nunca viu Pearl, foi isso que me disse. Acredito em você. Mas também acredito que, já que é Mirko, está sendo ator, está distorcendo as palavras, não está sendo sincero.

Mirko abaixou a cabeça de modo que só dava para eu ver o mar de cachos do cabelo dele.

– Acredito que você nunca viu Pearl, a verdadeira Pearl, porque ela já estava morta. Era apenas um corpo, vazio de quem ela era.

Mirko fez que sim com a cabeça e enfiou o rosto no cachecol. Eu não esperava uma confissão. Só que ele resolveu me dar uma.

– Acho que ouvi Pearl uma vez – murmurou ele. – Mas foi só uma alucinação.

– Onde?

– No laboratório. Um laboratório que você não conheceu.

Mirko fez sinal para Paulina tampar os ouvidos da menininha. Ela fez isso na mesma hora, mas seu olhar dizia que ela mesma não desejava ter de ouvir aquela história. Mirko cobriu as orelhas do menino, que olhou em volta curioso assim que ficou privado da audição. Só então meu amigo continuou a falar.

– Eu estava numa gaiola – disse Mirko. – É isso que você quer que eu admita? Que eu estava numa gaiola?

Eu disse para ele que não queria ouvir isso. Ele ficou menos tenso.

– Eu vou dizer que estava numa gaiola, numa jaula. Mas em vez das palavras gaiola e jaula, usaremos fardo de feno. Sei que é mais uma das minhas distorções de palavras. Mas é melhor para você?

Fiz sinal que sim.

– Então é isso, eu estava num fardo de feno. Já estava no fardo de feno há três, talvez quatro dias. O próprio fardo de feno era tão pequeno que eu nem podia me virar. Eu não comia, mas me davam água. Isso foi no fim. Antes eles tiveram a chance de iniciar uma marcha da morte de um só. O fardo de feno estava me enlouquecendo. Havia outros cinco fardos de feno naquela sala escura, uma sala sem iluminação nenhuma. Só havia a fresta embaixo da porta e uma janela minúscula bem lá no alto da parede, tão alta que só mostrava o céu. Pombos pousavam no parapeito. E ratos corriam no chão. Esses animais eram mais barulhentos do que os habitantes dos outros fardos de feno. Supus que estivessem mortos ou tão atordoados pelas injeções que mal conseguiam falar. Eu sabia que eram as injeções porque às vezes via lampejos de luz em volta de mim e uma mão grande abria o cadeado e passava na minha cabeça, fazia um pouco de barulho nas coisas. Você sabe de quem era essa mão. Todo dia era outra injeção. As injeções me deixavam doente, com febre, e ele ficava maravilhado ao ver que eu continuava vivo. É claro que eu desejava morrer, nem que fosse só para me livrar dele. O tempo foi passando e vi a mão dele tremer cada vez mais quando dava as injeções. Parecia que não era mais o mesmo, que tinha perdido a firmeza. Ele nem notou a ineficiência do meu cadeado, que estava fraco e enferrujado. Ou talvez tenha notado, mas subestimou a minha capacidade de escapar. Em todo caso, percebi que ele não tinha mais todos os seus poderes. O fim devia estar próximo e a crueldade dele comigo aumentou muito rápido, como se tivesse resolvido testar todas as torturas que tinha imaginado enquanto ainda podia. Um dia puseram outro pequeno corpo dentro do meu fardo de feno. Apalpei o rosto desse corpo. Estava morto. Era uma criança que devia ter uns quatro anos de idade, do meu tamanho. Não tive escolha, fiquei sentado ao lado dela. Juro que não havia opção. Parece que Mengele tinha conhecimento da proibição dos judeus de terem contato com os mortos. Ele disse que tiraria o corpo do fardo de feno se eu recitasse para ele. Eu recitei o dia inteiro e noite adentro, apesar de sobrar muito pouco da minha voz, e sabendo que não havia esperança. Numa ocasião, enquanto eu recitava, uma voz me interrompeu com um grito e uma súplica. Mengele silenciou aquela voz dando um chute no fardo de feno e nunca mais a ouvi.

– Era voz de criança?

– Era uma voz pequena.

– Era voz de menina?

– Era uma voz doce.

Eu nem precisei imaginar. Eu ouvi.

– Meu fardo de feno foi derrubado quando os brutamontes da SS chegaram destruindo tudo. Isso foi quando estavam saqueando e evacuando, tentando recuperar o que pudessem. Os aviões sobrevoavam o campo e eles vasculharam a sala, viraram tudo de cabeça para baixo, cada um dos fardos de feno, nos soltaram. Depois que eles foram embora eu estava de pé, em cima do corpo, no meu fardo de feno – pedindo desculpas – e tentando abrir o cadeado. Aquela invasão da SS tinha deixado o cadeado ainda mais fraco – o cabo enferrujado praticamente se desfez! Eu saí naquela escuridão. Passei as mãos nas barras dos outros fardos de feno. Não ouvi um pio, nem mesmo de quem eu pensava que era você. Se havia alguém vivo ali antes... não havia mais.

– Mas você achou que a voz era dela?

– Na hora achei que era a sua.

– Então era Pearl.

– Fazia muito frio, eu morria de fome, pior do que a inanição habitual, e Mengele estava me cutucando, e quando não era escuridão total, ele punha luzes nos meus olhos. É tudo muito difícil de lembrar.

– Talvez, se eu disser o que a voz falava – eu disse –, isso confirme as coisas para você. Você acha que consegue lembrar, se eu disser o que a voz estava falando?

– Pode ser.

Mas Mirko não queria reavivar a memória de jeito nenhum. Precisei encorajá-lo. Adotei meu jeito mais suave.

– Eu sei que você vai lembrar – eu disse. – Você é melhor do que todos nós, Mirko. O mais inteligente e o mais forte para sobreviver.

Meu companheiro mais próximo não gostou daquele elogio. Olhou para nós dois com a expressão triste de quem é deixado de fora.

– Se você elogiá-lo – disse Feliks –, poderá alterar a lembrança dele.

Mirko endireitou as costas de estalo, bateu com a cabeça no feno e seus punhos cerrados começaram a tremer, prontos para a briga.

– Eu vou sempre me lembrar disso com precisão. Até o dia em que resolver esquecer por completo, que é o que planejo fazer depois de chegar em Praga. Assim que passar pela última porta... puf! Vocês vão se espantar, todos vocês, com tudo que não vou lembrar!

Ele se levantou e esqueceu de repente da responsabilidade com as orelhas do sobrinho. Fechou as mãos pronto para a luta e a matriarca o repreendeu suavemente. Ela puxou a perna da calça dele e o fez se sentar no chão de novo.

– Esse é um bom motivo para você me contar – argumentei. – Diga o que a voz falou para que eu repita e você confirme, antes de esquecer.

– Pode ser por escrito? – perguntou Mirko.

– Claro que sim.

Seria melhor assim, pensei, porque eu poderia levar aquelas palavras comigo. Do embornal de Bruna tirei um dos meus últimos pedaços de papel e um cotoco de lápis. Com esses objetos preciosos na mão, Mirko hesitou. Virou de costas para mim para escrever e os Rabinowitz ficaram quietíssimos, como se estivéssemos na caverna de veludo de um teatro. Ele finalmente deu o pedaço de papel para mim e eu li:

*Diga para minha irmã que eu*

Muito tempo atrás eu teria pensado que essas palavras acabariam comigo. Mas naquele momento as seis pareciam amigas.

*Diga para minha irmã que eu*

Olhar para Mirko é que passou a ser doloroso naquela hora. O rosto dele podia ser um dos últimos que minha irmã viu. Para ela podia ter sido muito pior, pensei. Ele era bonito e refinado de um jeito que só imaginamos que os heróis dos filmes podem ser. A postura dele dentro da jaula deve ter dado esperança para ela. Nele havia uma valentia que eu sabia que ela lembraria. Pena que ele não era mais Mirko para mim e sim Mirko, a Última e Derradeira Visão.

Eu não suportava mais olhar para ele e disse para Feliks que precisávamos ir embora. Ele reagiu pegando uma das preciosas garrafas de água dentro dos nossos sacos e jogando para a matriarca. A esse sacrifício ele acrescentou metade da nossa batata, que cortou com a faca de pão.

– Vocês vão partir? – lamentou Paulina. – Mas é perigoso!

E ela incentivou o irmão a nos impedir, a pedir que ficássemos.

– Precisamos encontrar um homem – eu disse para ela. – Temos de achá-lo agora, mais do que nunca.

E eu ignorei os pedidos deles, os avisos deles. Para um chacal essas coisas eram inúteis. Mas eu era humana também. Eis a prova disso: botei a anotação de Mirko no bolso, junto com a tecla de piano da Pearl e a cada despedida dos Rabinowitz senti uma lágrima bater na porta do meu olho, uma lágrima que reconhecia a morte da minha irmã e a proximidade de Mirko em suas últimas horas. Ele puxou a manga do meu casaco, indicando que eu devia me abaixar para ele poder falar no meu ouvido. Mirko ficou na ponta dos pés, aflito para dar seu recado de despedida.

– Pearl está livre agora – ele sussurrou, e então a voz dele se partiu sob o peso do sofrimento. – Procure pensar nisso, Stasha, que ela está livre.

E então, contada a história dele, nós deixamos nosso herói benevolente e seu templo dourado e fomos para o que os Rabinowitz achavam que era o nosso fim.

PEARL

# CAPÍTULO QUATORZE

## Os Russos Fazem um Filme

Eu iria para dentro do meu corpo para tentar conhecê-lo, para me apossar dele por dentro. Era fraco, esse corpo. Eu tinha vergonha dele. Não tinha nenhuma das fortalezas que eu imaginava que pudesse ter quando ainda estava no túmulo da minha caixa. Eu não tinha a força de uma formiga. Eu não tinha a memória de um pombo. A única coisa que eu tinha era a respiração, realmente, e um pensamento único: que os números no meu braço representavam o número de vezes que eu teria de provar que era útil no mundo para poder permanecer nele. Mas até eu sabia que isso não era verdade, que era a lógica da minha gaiola e do meu carcereiro, e que precisava superar isso.

Precisei de pão para encontrar meus dedos e minhas mãos. Quando o pão rolou pela minha garganta, descobri que tinha uma barriga. Fui apresentada de novo às minhas costas quando o russo me botou deitada numa cama da enfermaria. Lá eu espiava pela janela, às vezes ficava olhando para a parede e outras vezes para o teto, e apesar de não haver goteira para conversar, eu era a menina mais feliz que alguém podia conhecer.

E embora estivesse vendo tudo aquilo assim que saí da escuridão da minha jaula, só soube realmente que tinha olhos quando dei de cara com a câmera mais tarde naquele dia. Isto é, eu sabia que tinha olhos, mas não sabia o que eles eram capazes de fazer, já que ainda estavam se adaptando a um mundo de luz.

O câmera encarregado do filme dos russos era um homem sério, de lábios finos. Enquanto muitos outros membros do Exército Vermelho se entregavam a alguma emoção, ele se mantinha estoico. Imaginei que a câmera visse demais para ele, ou talvez desse detalhes que ele preferia evitar. Por estranho que pareça, a primeira vez que o vi sorrir foi quando aquela câmera chamou a minha atenção.

Ele passava um pano branco nas lentes com muita ternura. Segurou a câmera contra a luz, examinou, limpou mais um pouco e eu estiquei a mão como se alisar o ar que continha aquele instrumento mágico fosse contato suficiente.

– Ela não estende a mão para nada – disse a mulher, surpresa.

A mulher – ela foi a primeira a me segurar depois que me resgataram e se recusou a sair do meu lado. Lembrava-me dos seus olhos de boneca e do toque dela, mas nada além disso. Mas me disseram que ela era médica, que eu podia confiar nela, que não precisava ter medo. Eu aceitei isso porque gostei do jeito que ela dizia meu nome, como se me conhecesse há anos.

O câmera e a mulher me ajudaram para eu poder espiar através das lentes da câmera. Passei dos braços dela para os dele e botei o olho na lente. Acho que eu esperava ver alguém que eu amava no olho daquela câmera. Alguém que eu amava e que ainda estava vivo. Mas não tinha ninguém lá.

Desapontamento, era isso que aquela câmera tinha. Não sei por que eu esperava que aquela pequena caixa preta contivesse algo melhor do que uma visão daquele lugar. Tudo que eu via eram prisioneiros, prisioneiros minúsculos que os russos tinham vestido com uniformes enormes de adulto, com listras cinza, para dar a atmosfera desejada ao filme. Eles estavam com frio e tristes e seus rostos não falavam nada de liberdade.

Mesmo assim, apesar de não estar familiarizada com a minha personalidade, tive a impressão de que eu devia ser do tipo aquiescente, alguém que desejava respeitar os sentimentos dos outros, por isso fiz questão de agir demonstrando admiração quando espiei pela câmera e, quando terminei, a mulher me pegou, comentou que eu era muito leve, e nos juntamos ao bando de crianças para fazer o filme dos russos. Andamos perto das cercas, trememos de frio na neve. Todos nós atores, tão jovens e despreparados, estávamos confusos. Por que precisamos usar essas roupas?

Não parávamos de perguntar. Nós nunca usamos essas roupas antes!, exclamávamos. Por que estamos marchando e não saindo daqui? Mas os cinegrafistas não queriam saber da nossa opinião – queriam apenas nos ver marchando numa procissão bem-arrumada, como prova de que tínhamos sido libertados.

Éramos iluminados com a brancura da neve. Nós nos movíamos como se tivéssemos despertado de um longo sono. O câmera gostava especialmente de dois rostos, duas menininhas de dez anos, romenas, que eram empurradas para frente. Essas duas meninas se abraçavam quando caminhavam diante das lentes, mas a postura delas era diferente. Uma era sóbria e discreta, mas a outra jogava o cabelo para o alto e de vez em quando punha a língua para fora, rapidamente. Não dava para saber se o gesto era proposital, se era uma reprovação impertinente ao câmera, ou se era sede, reflexo, ou simples brincadeira de criança. O que se sabia era que aquelas gêmeas um dia contariam para o mundo a história do homem que não era anjo, nem médico, nem tio, nem amigo, nem gênio. Elas falariam do homem que nós, cobaias, baniríamos dos nossos pensamentos, exceto quando tivéssemos de avisar aos outros que pessoas como ele existiam, que elas viviam entre nós, sem alma, querendo fazer mal aos outros como esporte, perfeição e a satisfação de alguma crueldade inata. Algum dia, Eva e Miriam Mozes não deixariam o mundo esquecer o que tinham feito conosco.

Mas então, quando a câmera filmava, elas se abraçavam, com muito medo de serem afastadas uma da outra, tendo como único consolo sua irmandade. Estavam tão atônitas quanto o resto de nós. Confusão era a expressão dominante das crianças fotografadas. Estávamos caminhando por uma trilha com cercas dos dois lados, como se estivéssemos livres. Esses portões não eram os famosos portões que o mundo hoje conhece tão bem, eram outra abertura, sem o enfeite das palavras. E depois nós recuamos, voltamos, como se não houvesse liberdade. Quando declararam que o filme estava perfeito, não sabíamos de que lado estava o nosso verdadeiro futuro, mas os russos garantiram que estaríamos em todos os jornais, em todas as salas de cinema. As pessoas iam nos ver, saberiam que nós existimos.

E eu notei uma coisa nessa marcha constante, pra lá e pra cá, de corte em corte: quase todas as crianças eram gêmeas. Todas iguais aos seus pares em aparência, gestos e voz, e elas marchavam juntas, passo a passo, em uníssono. Elas se moviam como se uma não pudesse se mexer sem a outra. Foi então que eu soube que não estava inteira.

---

O que eu sabia era pouco, mas aumentou rapidamente. Estávamos num lugar em que devíamos morrer, mas sobrevivemos. Disso eu não tinha certeza, mas não era só eu. Ninguém podia me dizer e também eram muitas as fontes de informação, todas elas boquirrotas. Tinham sido exploradas e encurraladas com tanta frequência que enlouqueciam na enfermaria. Passavam o tempo todo gritando e pulando de uma cama para outra.

Eu invejava aqueles pulos. Eu queria poder fazer aquilo um dia, pular e saltar e correr e dançar, mas, sempre que espiava embaixo dos curativos nos meus pés, a possibilidade de qualquer dessas coisas parecia duvidosa.

Mas a gritaria... eu não me interessava por isso. Essas crianças libertadas adoravam gritar. Sendo justa com elas, os gritos eram bem organizados. Seguiam um padrão rígido e significavam muita coisa.

– Basta de agulhas.

– Basta de Heil Hitler.

– Basta de medições.

E sempre que um desses versos terminava, o pequeno coro virava para mim.

– Nunca mais – eu disse. – Nunca mais.

Eles se apiedaram de mim e me davam ideias para terminar a frase. *Chamada. Sopa de legumes. Injeções. Raios* X. *Elmas. Mengeles.*

Essa última me fez estremecer. Eu sabia que o nome pertencia ao homem que tinha me posto na gaiola. Ouvir aquela menção a ele me fez não querer mais brincar disso. Mas me forcei a participar.

– Basta de jaulas – eu disse para toda a enfermaria.

Era tudo que eu podia oferecer, já que só me lembrava da jaula. Tinha certeza de um outro fato e era muito curioso: o meu nome. Estava arranhado na parede. Querida Pearl, diziam as letras. Eu gostava de seguir as letras com o dedo no escuro e depois ficar imaginando quem tinha me amado a ponto de escrever aquilo.

Aquela tarde, a mulher que tinha me carregado durante a filmagem dos russos me constrangeu de tão solícita. Eu queria perguntar se éramos da mesma família, porque ela agia como se devesse toda bondade que pudesse me dar. Ela me banhava, me alimentava e negligenciava seus outros pacientes na enfermaria para cuidar das minhas necessidades. Eu queria assinalar para ela que os outros também sofriam, mas tive a sensação de que ela não seria facilmente influenciada por outros quando o assunto era sofrimento.

Quando ela me botou na cama num quarto privado nos fundos da enfermaria, um homem entrou e ficou indeciso parado na porta, no escuro.

– Papai? – gritei.

– Ela sabe quem você é – disse a mulher.

O homem era muito sério. Vi sua sombra mudar de posição, como se ele pensasse em partir. Mas então ele tirou o chapéu da cabeça e ficou segurando na frente do peito.

– Diga que não sou o pai dela – disse ele.

– Faria mal dizer que é? – sussurrou a mulher.

– Mais do que você pensa – o homem sussurrou de volta.

E eu percebi que ele falou por nós dois. Ele estava tão desconfortável com aquela perspectiva de uma conexão humana necessária quanto eu, ao que parecia. Apesar de decepcionada com a reação, comecei a simpatizar com ele aos poucos. No curso do nosso êxodo, eu tinha entendido que a figura paterna também estava vivendo numa jaula, que ele tinha sido encurralado e preso pelo mesmo torturador, só que os ataques aos sentidos dele eram bem diferentes do meu isolamento.

Ele se afastou da porta e veio mais para perto, o bastante para eu poder ver seu rosto. Era um rosto que uma vez tinha me ensinado a importância de lembrar os nomes das outras crianças. Fiquei profundamente envergonhada porque já havia esquecido há muito tempo todos os nomes, mas felizmente ele não perguntou nada naquele momento. Outros esclarecimentos eram mais urgentes para ele.

– Não sou seu pai, Pearl – ele disse. – Entenda isso. E essa mulher, ela não é sua mãe. E o resto da sua família, sua irmã gêmea...

A mulher levantou de um pulo e o fez calar. Ele ficou confuso, depois fez que sim com a cabeça e foi embora, insatisfeito com a intervenção dela, mas sem desafiá-la.

Havia rendição por todo canto aqueles dias. Imagino que essa tenha sido a dele.

E quanto à minha? Torcia para ter deixado minha capacidade de me render lá naquela gaiola, mas não podia ter certeza.

Quando a mulher me pôs na cama aquela noite, ela deixou as identidades claras. O homem era Pai dos Gêmeos e ela era Miri. Eu jamais devia chamá-la de doutora. Eu entendi.

---

Pai dos Gêmeos mantinha uma lista. Todas as crianças estavam nela, seus nomes, idades, cidade natal, até os barracões em que viviam no campo.

Eu dei uma espiada na lista quando Miri a examinava no dia em que partimos, 31 de janeiro de 1945.

Eu sabia que eu era alguém chamada Pearl. Isso não era novidade. A parede tinha dito isso.

E parece que eu tinha treze anos de idade. Isso fazia sentido. Olhando para outras meninas de treze anos ou quase treze, via que éramos desconjuntadas do mesmo jeito, tínhamos a mesma altura. Esse fato combinava comigo.

Minha cidade natal era um branco. *Desconhecida*, dizia lá.

Vi Miri riscar *Desconhecida* e escrever *Miri* no lugar. Ela me viu espiando e batucou na lista com o lápis.

– Isso está bom para você? – ela perguntou.

Disse que estava e ela reagiu como se eu tivesse prestado o maior dos cumprimentos.

O Pai dos Gêmeos reagiu com curiosidade a essa informação quando ela devolveu para ele sem uma palavra. Ele estava ocupado demais para se importar, eu acho, com o fato de alguém mudar sua cidade natal por uma pessoa. Ele examinava cada criança, perguntava o que tinham em suas sacolas – garrafas de água, pão, sardinhas, doces dos soviéticos – verificando o estado dos sapatos e distribuindo casacos de pele pilhados de Canadá.

As crianças estavam redondas e gordas com essas aquisições. Seus corpos rodeados de suprimentos e peles e os rostinhos espiando de baixo dos capuzes. Eram como um exército de filhotes de urso minúsculos e perdidos, e Pai dos Gêmeos cuidava deles de acordo.

– Os grandes cuidam dos pequenos e os pequenos cuidam dos bebês, entenderam? Mantenham o passo. Não fiquem para trás. Se ficarem para trás... só posso lhes desejar sorte. Sejam soldados agora.

Vi muitos narizes empinados com orgulho depois desse pequeno discurso. Eu queria me sentir inspirada assim. Se ao menos tivesse a minha metade caminhando ao meu lado, para chegar bem perto e brincar comigo, ali deitada no meu carrinho de mão.

Éramos trinta e cinco crianças no total, mas minha Alguém não estava entre elas.

– Eu sei que tive uma irmã gêmea – eu disse para Miri –, só que não me lembro dela. Fico me convencendo de que ela deve ter sido igual a mim em muitas coisas, e diferente em outras. Mas também não sei o que eu sou.

Nós caminhamos e passamos pelos portões sem o olhar da câmera para registrar a grandiosidade do acontecimento. Sem figurino. Sem fotógrafos. Naquele momento eu não sabia, mas era aquilo que eu desejava que o mundo visse: bandos de crianças a pé na trilha gelada, os muito pequenos nem reparavam nas palavras sobre o portão principal, as palavras que formavam o arco no céu de Auschwitz, e os ainda-jovens-mas-agora-velhos-demais piscando incrédulos diante do significado delas. Vi um menino de quatorze anos com uma orelha arrancada e cabelo desgrenhado procurando uma pedra para atirar no letreiro do portão. Eu o vi passando os pés no gelo do caminho. Ele dizia para Pai dos Gêmeos que tinha de achar uma bem pesada para acertar aquelas palavras e provocar um clamor metálico. Achei que o conhecia quando o vi assim, procurando na neve. Havia alguma coisa de familiar na boca, no jeito de procurar sua pedra, como se estivesse acostumado a procurar coisas com objetivos bastante específicos. Procurei me lembrar do nome dele, mas não consegui. Se ele achasse uma boa pedra e acertasse aquelas palavras... bem, então acho que talvez lembrasse, talvez ouvisse o nome dele no eco de uma pedra batendo no metal. Mas a nossa marcha avançava rápido. Miri empurrava meu carrinho de mão, as crianças andavam ao lado de Pai dos Gêmeos, e comecei a achar que o menino não ia encontrar nunca uma pedra suficientemente grande para servir ao seu objetivo. O líder da nossa tropa disse para ele se apressar.

Já estávamos atrasados demais para a vida, disse Pai dos Gêmeos para ele. Era melhor não desperdiçar mais nenhum minuto olhando para trás.

STASHA

# CAPÍTULO QUINZE

## Na Marcha Nossos Passos Serão Trovoada

Por toda parte em Kolo havia um sinal, uma mensagem. Pedaços de papel cobrindo as paredes da estação de trem. As pessoas escreviam para onde estavam indo, onde tinham estado, quem estavam procurando. Escreviam quem tinham sido, mas tomavam o cuidado de não escrever quem tinham se tornado.

Jamais havia estado naquela cidade antes, mas já conhecia através de seus antigos habitantes. Kolo era um local de traslado dos judeus que eram reunidos ali e levados para o gueto de Lodz. Dois desses prisioneiros fizeram amizade com papai. Eles se encontravam com ele secretamente no porão do nosso gueto. Esses amigos do papai falavam com tristeza da história da cidade, de sua antiga hospitalidade com os artesãos judeus. A Kolo deles não era a que eu vi pelas janelas do nosso trem. Essa cidade, um dia tão bucólica, com seus moinhos de vento e rios, tinha se transformado em outro lugar, que Himmler elogiava por suas erradicações.

Mal suportei olhar para ela. Então me concentrei nos avisos e nos nomes.

Vi uma vez Feliks rabiscar o nome dele no assento na nossa frente quando ele pensou que eu não estava olhando. Ele fez isso com pressa e vergonha, constrangido com a futilidade daquele gesto e com sua compulsão de executá-lo. Porque ninguém procurava por nós. Ninguém escrevia nossos nomes em lugar nenhum. Ninguém escrevia, *Se você estiver lendo isso, minhas orações foram atendidas, porque significa que você não está morto, está só longe de mim, que é a mesma coisa, mas remediável de alguma forma.*

Eu sempre quis escrever isso para Pearl. Mas não havia espaço para uma mensagem tão comprida entre todos aqueles nomes e rabiscos. Eram tantos nomes... eles se espalhavam por todas as superfícies disponíveis com uma urgência violenta.

Eu estaria mentindo se dissesse que não procurei meu nome entre eles, escrito com a letra de Mengele. Porque tinha certeza de que ele ainda estava me procurando. Em qualquer um daqueles depósitos de mensagens, nas estações, no encosto dos assentos, eu pensava, ele devia estar à nossa procura. Eu estava feliz por ele ter ido embora, sim, feliz que era eu que ia caçá-lo agora, porque isso seria uma demonstração maior do meu amor por Pearl. Mas não podia imaginar como ele podia estar tão disposto a me abandonar assim, sua cobaia especial. Estava começando a achar que eu nunca tive importância nenhuma.

Eu era uma metade partida flutuando num imenso nada e os trens tinham resolvido me manter assim. Devo dizer isso sobre aqueles dias, quando a guerra ainda era guerra, mas que logo acabaria, quando os refugiados vagavam e havia tanques de cabeça para baixo como enormes tartarugas, e era mais sensato evitar os rios de marchas de quaisquer soldados, fossem eles soviéticos ou alemães: nós não deveríamos confiar naqueles trens nunca mais e parecia que eram a única maneira de voltarmos para casa. Por isso as pessoas se amontoavam nos vagões espontaneamente e olhavam para o outro lado quando não conseguiam chegar ao destino que escolhiam. Eu me maravilhava com a nossa crença coletiva numa segurança eventual.

Os trens não nos levavam de volta para Auschwitz, mas pareciam decididos a nos perder e nos confundir. Seu único benefício era nos abrigar da neve e o fato de não pagarmos nada por eles. Feliks e eu sentávamos os dois no mesmo banco e, quando aparecia um condutor olhando de lado para nós, só precisávamos arregaçar as mangas dos nossos casacos de pele e mostrar nossos números nos braços. Aquele azulado comprava todas as rotas por onde o trem nos levasse.

Depois que deixamos o templo de palha, tivemos dias de paradas e retrocessos. Fomos para o leste, depois para o oeste, nossas cabeças balançando desanimadas sobre os pescoços, nossos corpos jogados pra lá e pra cá nos assentos. E quando a manhã virou entardecer e entramos em Kolo, avistamos mais um fim: da linha. Um condutor ordenou que saíssemos. Aqui não é hotel, explicou ele. Nós nos encolhemos um contra o outro, procuramos fingir que não entendíamos o polonês dele, tentamos negociar aquele vagão parado para virar um lugar para dormir. Mas apesar dos condutores não se importarem de deixar os refugiados viajarem nos vagões de graça, nosso conforto real era outra conversa. Fomos içados pelas orelhas, levados até a porta do vagão e empurrados para o gelo lá de fora, onde rapidamente rolamos uma ribanceira. Pela primeira vez, até Feliks demorou para se levantar. O conteúdo do precioso saco de Bruna se espalhou na neve e nós catamos tudo, uma batata e meia, a garrafa de água, o resto do nosso sustento.

Derrotados, nos arrastamos para a floresta e encontramos um celeiro. Parecia inocente. Um porco morava lá, mais gordo do que mesmo um porco tinha direito de ser, e uma vaca Blenheim de olhos tristes, que mugia de dor, com o úbere inchado demais de tanto leite. Feliks me mostrou como se ordenha e fiquei impressionada com a habilidade dele. Ficamos animados com a amplidão das nossas acomodações. A vaca e o porco ocupavam duas das quatro baias e ocupamos a mais distante, deixando uma baia vazia entre nós e os bichos. Assim abrigados, enrolamos bem as peles em volta e sonhamos com uma manhã em que não tivéssemos mais de ser Urso e Chacal.

O sono vem fácil quando sabemos que vamos acordar com leite.

Mas quando acordamos não foi para o alimento, e sim para o pânico, para o relincho de um cavalo e a visão de um par de botas com os saltos enlameados visíveis através da rachadura entre a parede e o chão. Enquanto o dono das botas prendia o cavalo, Feliks e eu procuramos ficar imóveis. Nós nos achatamos no chão, fingindo de mortos, e teríamos nos safado, tenho certeza disso, se não fosse o espirro de Feliks. O barulho fez o dono das botas sair rapidamente da baia do cavalo e entrar na nossa. Era uma mulher mais velha, de roupas limpas e um casaco bom. As bochechas redondas se destacavam como sóis no rosto dela e os olhos acima delas eram azuis e nublados, sugerindo quase cegueira. Não gostei deles, mas quando ela se aproximou de nós me convenci de que eram bondosos, porque estávamos perdidos e morrendo de fome, vivendo o tempo de mendigos, e só dava para viver tanto o tempo de mendigos até todos começarem a parecer nossa salvação. Ela nos examinou pensativa, como se calculasse uma reação e então, depois de chegar a uma decisão, nos acolheu de braços abertos.

– Meus filhos! – gritou a mulher. – Estive à sua procura! Pensei que nunca mais ia vê-los!

Ela nos abraçou. Era uma mulher grande, mas tinha diminuído... dava para saber pela pegada; asas soltas, de carne, pendiam dentro das mangas do casaco.

– Não fujam nunca mais!

Eu me libertei dos braços dela e me encolhi toda contra a parede do celeiro.

– Nós não somos seus – eu disse, com calma. – Eu sou Stasha Zamorski. Irmã gêmea de Pearl.

– Ah? Perdoe-me. E está dizendo que essa é a Pearl? – Ela deu um soco no braço de Feliks.

– Dificilmente. Ele é menino. Mas tem razão ao reconhecê-lo como irmão gêmeo.

– Eu podia ter jurado que eram meus filhos perdidos – ela lamentou. – Pensei que tinham voltado. Mas quem sabe vocês podem me ajudar a encontrá-los? Darei comida e abrigo em troca.

Feliks olhou para mim, aquele olhar que dizia que a decisão era minha. Mesmo com toda a suspeita em relação à mulher, ele estava desarmado com a possibilidade de conforto. Se não tivéssemos sido jogados de lá pra cá pelos trens e pelo clima, se estivéssemos de barriga cheia e bem calçados, e se o mundo não estivesse dominado por aquela brancura, tenho certeza de que nem teríamos pensado naquela hipótese. Ele me puxou de lado para uma consulta.

– Se for preciso – disse ele –, acha que poderíamos dominá-la?

Eu jurei que jamais deixaria que algo de mau acontecesse com qualquer um de nós. Ele ouviu isso com expressão cética, mas virou para a mulher e apresentou seu plano.

– Ficaremos uma noite aqui – ele disse para ela. – Só o tempo necessário... a menina está fraca, sabe? Uma refeição também? Estamos com fome. E talvez algum pão quando partirmos?

– Minha casa e meu pão são seus – disse a mulher, cordata.

– Combinado, então – declarou Feliks. – Madame, vamos ajudá-la a procurar seus filhos.

Feliks fez uma pequena mesura, espantosamente graciosa. Nós seguimos a mulher quando ela seguiu pelo lado do celeiro na neve e chegou a uma pequena trilha onde havia uma cabana muito humilde e muito branca, que parecia o pião de uma criança virado de cabeça para baixo e não imaginei que qualquer coisa de ruim pudesse acontecer conosco ali dentro. Mesmo assim, eu sabia que confiar naquela desconhecida era uma aposta arriscada. Os olhos leitosos dela não eram amorosos para nós e, enquanto caminhávamos com ela e seu olhar fixo e frio, comecei a imaginar que o verdadeiro problema não era a visão, mas o temperamento dela.

Minha imortalidade era útil em situações como aquela. Mas e Feliks? Eu precisava me certificar de que nada de mau acontecesse com ele.

A casa da mulher era simples. Tinha uma cama coberta de trapos, sapatos próprios para neve perto da porta. Um tapete trançado muito gasto, a habitual grinalda de inverno. Um balde no chão para pegar os pingos de uma goteira. O teto baixo nos tornava gigantes e a mulher andava curvada para não bater a cabeça. Como devia ser aquilo, de viver naquele ângulo? Ela era torta, pensei, mas devia ter sido boa mãe, porque a cabana não tinha um grão de poeira e nem uma mancha de sujeira. O banco era de cerejeira e brilhava, os armários simples e limpos. Uma cintilante machadinha pendia sobre a parede ao lado da mesa, num prego.

– Seus filhos... quanto tempo faz que desapareceram? – perguntei.

A mulher não tinha a resposta pronta. Perguntei de novo. Mas ela pareceu ser um pouco surda além de ser quase cega. Não pude deixar de me penalizar com o estado dela, por isso não insisti no assunto, só fiquei observando enquanto ela se ocupava de cortar uma côdea de pão. Foi então que reparei na nudez da casa. Achei estranho não haver retratos dos filhos perdidos. O fato era que não havia sinal nenhum de que eles – ou qualquer pessoa – tivessem morado ali. Não vi nenhum livro nas prateleiras. Não havia piano, nem um gato dormindo num cesto. Antes da minha família ir morar no gueto, vivíamos num mundo de objetos, e às vezes quando Feliks e eu encontrávamos abrigo, eu ficava acordada na cama à noite e treinava a lembrança daquelas coisas. Recitava os detalhes da louça da minha mãe, a cor do telescópio de Zayde. Senti muita pena dos filhos perdidos porque onde quer que estivessem, tinham pouco em que se agarrar no sentido de lembranças. Aquele era um lugar em que a vela não tinha nada para iluminar. Então eu vi o osso da sorte sobre a lareira e uma fileira de anjos minúsculos de cerâmica. A visão daqueles objetos me consolou. Se eu fosse uma filha desaparecida com aquela origem, certamente levaria aqueles símbolos no coração.

Perguntei os nomes dos filhos para a mulher, como eram seus rostos. Em vez de responder aquelas perguntas simples, ela cutucou minhas costelas, com jeito de quem aponta um subnutrido, e insistiu para eu comer.

Feliks comeu com satisfação, mas eu não consegui consumir nada. Comer pão exigia um talento que eu não possuía mais. Coelho cru – isso sim combinava comigo, feito um chacal. Mas a côdea civilizada do meu passado? Cada pedaço de mim tinha algo a dizer sobre o fato de que eu não merecia aquele pão se a minha irmã não estivesse mais viva. O que estou dizendo é o seguinte: não pude evitar e vomitei na mesa.

– O que há de errado com você? – reclamou a mulher num tom de voz que indicava um temperamento bem diferente daquele ao qual tínhamos sido apresentados. Ela levantou o braço no ar. Não entendi se estava querendo pegar a machadinha na parede, ou se ia me dar uma surra mais tradicional, mas me enfiei embaixo da mesa e puxei Feliks lá para baixo comigo.

– Praga – resmungou ela e pegou uma vassoura que estava num canto.

De posse da vassoura, ela chegou com passos firmes e se abaixou diante do nosso esconderijo. Com o cabo da arma ela batia e batia, atingindo nossos ombros e nossas costas. Fugimos e viramos a mesa na corrida, escapando para cantos diferentes da cabana. A mulher foi para o canto de Feliks. O cabo da vassoura, voou em fúria caótica, provocando dor em cada parte do corpo dele que conseguia atingir, de forma muito desorganizada. Feliks tremeu, tomado pelo medo racional dos mortais. Mas não gritou, nem mesmo quando o cabo da vassoura golpeou sua coluna com um estalo audível. Esse estalo deixou muito claro que tinha chegado a hora de eu cumprir meu juramento de proteção. Peguei minha faca de pão que estava escondida e fui pé ante pé para trás da mulher. Ela estava tão concentrada na violência que praticava que não ouviu meus passos.

Mas minha missão foi interrompida por uma batida alegre e seca na porta.

A mulher parou de bater e os olhos brancos viraram para a porta. Ela atravessou a sala e espiou pelo visor. Ficou alegre com o que viu e nós entendemos por que quando vimos o visitante: um casal de jovens de uniformes cinza, com raios no peito. O homem apresentou-se e à mulher como chefes de operações no campo de extermínio de Chelmno. Ele era Heinrich e ela Fritzi.

– Sejam abençoados! – declarou a mulher, com certo nervosismo na voz.

O homem explicou que Chelmno tinha sido tomado pelos russos. Os oficiais do campo fizeram um esforço enorme para acabar com os prisioneiros. Até o final eles se arriscaram, mesmo quando já estavam fugindo, para tentar não deixar nenhum judeu vivo. Infelizmente, os judeus já estavam espalhados pelos campos. Mas Heinrich e Fritzi e os que defendiam a causa desde o início não iam deixar que eles se escondessem.

– Descobri dois que vocês vão adorar, com certeza – disse a mulher, convidando o casal para entrar. Ela lançou para nós um olhar malvado e nós nos abraçamos, Feliks e eu, espremidos num canto, tremendo dentro dos casacos. Ela andou de um lado para outro servindo chá e exibindo nós dois para as visitas com orgulho.

– Esses dois não sairão daqui com vida. Meu marido e eu matamos judeus juntos anos a fio. Era uma obrigação sagrada. Estão vendo aquela machadinha na parede? Uma boa arma para abrir a cabeça deles. Eu costumava só trazer as crianças para cá e ele executava o trabalho, mas agora... ele não está mais aqui.

Os chefes de Chelmno manifestaram pesar pela perda dela.

– Sim, ele era um bom homem, muito dedicado à causa. Claro que encontrar judeus ficou mais difícil com o passar dos anos, graças à eficiência do *führer*! Uma vez descobrimos um esconderijo cheio deles na floresta e de tempos em tempos eles até vinham direto para as nossas mãos, pedindo comida à nossa porta. Pegá-los ficou muito mais difícil sem ele. Agora, quando tenho sorte de tropeçar em um, preciso fazer com que confie em mim. Por isso, encho-o de comida e depois mato enquanto dorme. Vocês precisam entender minha intenção... de que outra forma eu poderia deixar esses dois à vontade senão fosse lhes dando comida?

– Um bom plano – disse Heinrich. – Mas um terrível desperdício de pão!

– Eu sei – lamentou a mulher. – Mas não tenho outra forma de conquistar a confiança deles. Não posso ler e não temos brinquedos. Será que devia cantar para eles?

Essa última frase foi dita com sarcasmo. Eu percebi que ela não tinha gostado da reação do casal. Ela esperava elogios e agradecimentos, que dessem mais valor à sua crueldade. E estranhamente não tinham feito nada disso.

Heinrich veio para o nosso canto e apertou os olhos para nos espiar. Não sei bem quanto de mim dava para ver porque eu estava toda encolhida ao lado de Feliks. Éramos apenas pele de urso sobre pele de chacal, tremendo. A velha juntou-se a Heinrich, ficou olhando para nós.

– Quer fazer as honras da casa? – disse ela. – Ou então pode segurá-los para mim?

A mão dela, um mapa de veias verdes, se esgueirou na gola do meu casaco. Procurei entender por que eu não fugia. Feliks tentou escapar de um pulo, mas de tanto medo tropeçou nos próprios pés e caiu. Fritzi riu da tentativa desajeitada dele, mas por algum motivo a risada dela não me pareceu totalmente cruel. E então, estranhamente, as atenções dos chefes de Chelmno se voltaram para a nossa anfitriã.

– Você canta, foi isso que disse? – Heinrich perguntou para ela alegremente.

– Canto – disse a mulher, de testa franzida diante do desvio do assunto que a pergunta representava, então levantou e alisou o avental. – Aprendi quando era menina, em outra vida. O que vocês gostariam de ouvir?

– "Zog Nit Keyn Mol" – foi a resposta imediata.

– Essa é uma música ídiche? – quis saber a mulher.

– Não conhece? – perguntou Fritzi, que sacou uma pistola e apontou para a mulher. – Essa música se tornou muito popular nos campos e nos guetos.

Juntos, os dois soldados cantaram uma música que Feliks e eu conhecíamos bem, a música da guerrilha, a música da resistência judaica:

*Jamais diga que chegou ao fim*
*Quando céus de chumbo anunciam um futuro amargo;*
*Pois certamente a hora que desejamos ainda vai chegar*
*E na marcha nossos passos serão trovoada: sobreviveremos.*

E quando chegaram ao último verso, a velha abriu a boca e começou a guinchar. Podia ser um esforço para agradá-los cantando junto. Nós não tínhamos como saber. Não ouvimos nem um pouco da voz dela cantando.

A mulher podia ter uma boa voz, memorável até. Uma voz que agradaria Hitler e Mengele. Talvez ela merecesse uma vida bem diferente, graças à sua musicalidade. Eu nunca saberia. Não tivemos nenhuma chance de ouvi-la, porque, assim que ela abriu a boca, uma bala entrou, como abelha voltando para a colmeia, e saiu na parte de trás da cabeça grisalha. Ao sair, a bala se ajeitou na parede e ficou lá, bem imóvel e silenciosa, como se soubesse que tinha feito seu trabalho. Os vingadores passaram por cima da velha mulher com frieza e rodearam a cena que tinham criado, avaliando o osso da sorte e os anjos, seus rostos brilhando de juventude e excitação.

– Vocês devem acabar de comer – disse Fritzi.

Feliks se levantou, bateu de novo a cabeça na mesa em seu nervosismo e sentou no seu lugar. Atacou o pão com zelo. Eu fiz o mesmo.

– Esses nomes são os seus verdadeiros? – Feliks perguntou.

Não houve resposta. Eles continuaram a andar pela sala. Fritzi com pose de quem estava no intervalo de um espetáculo que lhe dava muito prazer. Heinrich também estava calmo. Sentou na terceira cadeira ao nosso lado à mesa.

– Posso? – perguntou Heinrich.

Ele avançou dois dedos na mesa até meu prato, andando, como se sua mão fosse uma pessoa.

Empurrei o prato para ele. Ele nem notou que tinha minha bílis, do meu encontro com o pão. Estava ocupado demais admirando sua parceira. Ela tirou o quepe da cabeça e foi então que vi que seu cabelo louro tinha raízes pretas como carvão. Ela estalou os dedos como quem se prepara para uma luta, cuspiu na mulher, nos olhos enevoados, no avental. Nenhuma parte dela ficou imune a esse ataque. Fritzi fez até questão de cuspir na poça de sangue no chão. Ela cuspiu e cuspiu até a garganta ficar seca, então olhou para o meu leite, cheirou a brancura desconfiada e bebeu até a última gota. Seus olhos negros faiscaram sobre a borda da xícara feito dois navios singrando o horizonte.

Grande parte da dificuldade com a imortalidade vem do fato de você ter uma eternidade para pensar em quem você se tornou. A morte de uma irmã gêmea duplica esse dilema. Eu jamais deixaria de ser a metade de Pearl, mas naquele momento entendi que não me importaria de me transformar em alguém como aquela vingadora de olhos negros. Meu olhar para ela deve ter sido claramente de admiração, porque ela fez uma careta, como se quisesse afastar meu respeito e declarou.

– Você não deve sua vida a ninguém.

Eu ia argumentar com ela sobre isso, porque ela não conhecia Pearl, de modo que não tinha noção de que eu devia minha vida à minha irmã, mas percebi que a mulher vingadora não queria debate, estava ocupada demais vasculhando gavetas e armários, jogando objetos em sua mochila. Toda a carne, todo o queijo, todo o pão. Ela pegou uma caixa de cigarros, deu um para o jovem e acendeu para ele, com o cadáver aos pés dos dois. Passou um sentimento entre eles, algo doce e estranhamente inocente, e pareciam nem lembrar que estavam sobre um corpo, até a mulher vingadora notar um espirro de sangue que tinha aterrissado no bolso da camisa de Heinrich, brilhante feito uma flor de lapela. Ela ficou com o dedo parado na mancha, só um instante, então Heinrich voltou para a mesa onde estávamos, com cara de satisfação e piscou para nós.

Ele comeu mais um pouco, mastigou calmamente como um cavalheiro, depois olhou para Feliks e para mim. Não precisamos mostrar nossos números para ele. Ele sabia quem éramos.

– E agora, o que vão fazer com a liberdade de vocês? Já têm planos para sua jovem vida?

Ele deu o cigarro que estava fumando para Feliks e indicou com um movimento de cabeça para ele dar uma tragada.

– Meu pai, o rabino, costumava dizer... – Feliks começou a falar, experimentou uma tragada e teve um acesso de tosse. – Ele costumava dizer que os mortos morrem para que os vivos possam viver. Eu não entendia isso até agora. No caso dos nossos torturadores, acho que se aplica muito bem.

Heinrich gostou e levantou o copo para brindar à ideia. Feliks parecia alguém que tinha encontrado seu herói. E não posso dizer que não me sentia assim também. Eu queria contar meu segredo para o vingador – queria que ele soubesse que, mesmo grata pelo fato de ter me salvado, eu não precisava ser salva. Que só Feliks corria perigo. Mas todos na sala estávamos muito concentrados em fazer planos.

– Mas imagino que vocês tiveram muitos torturadores – disse Heinrich. – É bastante ambicioso querer acabar com eles todos.

– Nós só queremos um – disse Feliks. – Josef Mengele.

– Vocês são jovens demais para matar. – Foi a opinião da mulher.

– Eu assisti quando eles abriram meu irmão – protestou Feliks.

– Matar ia destruir vocês. Olhem para nós. Nós estamos destruídos – disse a moça.

Eu quis retrucar que eles não pareciam nada destruídos. Ao contrário, tinham um viço que eu não via desde o início da guerra. Feliks insistiu, resolvido a garantir a aprovação deles para a nossa missão.

– Meu irmão e eu éramos gêmeos – disse ele. – Quando a faca entrou nele, entrou em mim também.

– Você não tem força suficiente – disse Fritzi com uma risadinha.

– Aquela faca me trespassa todos os dias – disse Feliks –, e mesmo assim continuo vivo.

Heinrich e Fritzi se entreolharam. Você acharia estranho se eu dissesse que o amor pulsava entre eles, intermitentemente?

– Muito bem – disse Heinrich. – Quem vai contestar a determinação dos libertados?

E assim começou nosso treinamento. Heinrich passou a hora seguinte explicando para nós o uso correto de um revólver. Para o meu primeiro tiro, mirei nas cinco figuras de cerâmica sobre a lareira da mulher. Mesmo sendo anjos, não escaparam da minha fúria, já que pareciam bem satisfeitos ali assistindo ao nosso sofrimento sem interferir. O primeiro anjo se espatifou no ar, obediente. Ele sabia o que tinha feito. Depois foi a vez de Feliks. Fomos apontando para aqueles anjos todos, um a um, e condenamos suas almas frágeis ao nada. Depois de cada um de nós matar dois anjos, olhamos um para o outro, esperando uma briga pelo último assassinato. Mas aquele tiroteio todo produziu um efeito estranhamente civilizatório.

– É todo seu – dissemos em uníssono.

Os vingadores ficaram frustrados com nossos bons modos.

– Andem logo! – gritaram os dois.

Assim Feliks apontou para a última figura. Mirou com muito esmero e quando a bala acertou o anjo derradeiro, os vingadores penduraram as mochilas nos ombros.

É claro que isso fez com que desejássemos ter mais anjos de cerâmica, o bastante para continuar matando por toda a eternidade, de modo que nossos novos companheiros ficassem ali conosco, intrigados demais com as nossas execuções para irem embora.

Mas tinham resolvido nos deixar. Para aliviar nossa tristeza, cuidaram da nossa carência de armamento melhor e nos trataram como companheiros de missão. Fritzi falou para ficarmos com a arma, como se não fosse nada de mais. Então Heinrich tirou a machadinha da parede e deu para mim.

– É meio pesada – disse ele.

– Daremos um jeito – disse Feliks.

Ele veio para o meu lado e experimentou o gume com a ponta do dedo e tirou a machadinha rapidamente das minhas mãos.

– Essa machadinha não sabia o que estava fazendo. Agora vou fazer com que conheça o seu lugar, que é no coração de Mengele. Se não for no coração, na barriga. E se não for na barriga, nas costas.

Vi os dois tentando disfarçar o riso. Não conseguiram. Mas se achavam que éramos uma piada, estavam completamente envolvidos na nossa comédia, porque Fritzi se curvou diante de mim com uma coisa pequena e delicada na mão. Primeiro, achei que era uma pérola. Mas o erro se deveu ao meu olho ruim. Cheguei mais perto e vi que era uma drágea. Uma drágea, explicou Fritzi, capaz de matar uma pessoa instantaneamente, no momento em que for consumida. Era uma cápsula do tamanho de uma ervilha, feita de borracha marrom, cujo conteúdo era fatal: uma solução concentrada de cianeto de potássio. Ela botou a drágea na minha mão, fechou meus dedos em torno dela e recomendou que eu pusesse na bebida de Mengele antes de algum brinde, mas antes devia amassá-la para liberar seus poderes de morte cerebral e parada cardíaca.

Fiquei assombrada com aquilo. Ter a morte concentrada numa drágea na minha mão! Para a vingança descer pela garganta de Mengele sem que ele notasse! Aquela cápsula tinha um poder que eu não tinha. Superava minhas facas de pão, talvez até a nova arma e a machadinha de Feliks. Na minha avaliação, seus poderes se igualavam à mágica cor de âmbar da agulha de Mengele. Eu só podia torcer para que seu manuseio não me corrompesse, como aquela agulha certamente fez com ele.

Empurrei a pequena drágea de veneno numa das linhas da minha palma da mão, esperando que se abrisse como um besouro. Parecia um ser vivo. Obedecendo a um impulso, encostei no ouvido. Precisava decodificar seus sussurros. *Eu sempre terei força suficiente*, ela cochichou. *Em mim habita um século de justiça.*

Tinha a voz de Pearl, pensei. Ou será que era a minha? Será que ainda tínhamos o mesmo timbre, agora que ela assumira a situação de morta e eu o papel de carente?

Já ia perguntar para a drágea de veneno o que queria dizer com isso, mas então vi que todos olhavam para mim. Feliks corou quando olhei para ele e desviou o olhar, como se aquela associação comigo o constrangesse. Os vingadores riram abertamente do meu olhar morno.

Mas e o cadáver? Feliks perguntou o que devíamos fazer com ele. Isso vocês é que decidem, os dois disseram impacientes. Estavam aflitos para voltar a matar. Da porta vimos os dois entrarem num carro, uma coisa lustrosa feito uma bota envernizada, com uma bandeira nazista balançando triste em seu mastro. Em vez de adeus, eles gritaram vingança. "*Zemsta!*", bradaram, a palavra cercada de nuvens azuladas de frio que explodiam no ar, e então partiram acelerados. Já não pertenciam mais a nós, e sim ao reino dos impostores nazistas que buscavam justiça em qualquer oportunidade.

Ficamos ainda um tempo na porta e aí nos lembramos do corpo no chão. Olhamos para a lareira e sua ausência de anjos.

– E agora? – Feliks pensou em voz alta, jogando uma asa de cerâmica quebrada no fogo.

A mesma ideia se agitou entre nós. Faiscou nele e acendeu em mim. Com o cabo da vassoura da velha pusemos fogo nas cortinas. A casa inteira estava faminta daquele fogo. As chamas se moveram como línguas e as faíscas feito passarinhos fluorescentes na noite. Vimos o fogaréu consumir o tapete, a mesa, a grinalda, o ossinho da sorte. Mas logo que começou a lamber o corpo da mulher, com as chamas subindo pelas têmporas, saímos correndo, sem olhar para trás. Tive medo de em que eu podia me transformar com aquela visão na cabeça. Por isso segui em frente com Feliks e nossas novas armas. Cambaleamos pela neve e voltamos para o celeiro que tinha prometido conforto no início. O cavalo nos recebeu. Sabia que precisávamos muito dele. Ele viu o peso da nossa machadinha, do nosso revólver, da nossa comida. O olhar dele dizia que não podíamos continuar sem ele. Depois de todas as viagens malignas da sua dona, nos devia isso, insistiu ele.

– Ele é velho – disse Feliks com pena, alisando o flanco de Cavalo. – Seria melhor comê-lo.

Quem cuidaria da carnificina?, pensei. Talvez Fritzi tivesse razão. Talvez não estivéssemos mesmo preparados para matar. Eu não era capaz de encarar a questão na sua totalidade, porque o que ia pensar de mim mesma se não pudesse executar a vingança pela minha irmã?

Montados no cavalo nós partimos, passando por cima de todas as coisas caídas da floresta, na direção de um futuro que não sabíamos se nos queria.

PEARL

# CAPÍTULO DEZESSEIS

## Nossa Migração

*Dia um*

Voltei a me familiarizar com o que era um dia na viagem para leste, indo para Cracóvia. Durante essa jornada, vi o sol e a lua em turnos, se revezando em suas funções.

O sol se encarregava da fome, dos quilômetros e mais quilômetros, dos pés cansados e inchados. A lua cuidava dos pesadelos, da estrada perigosa, dos trilhos de trem que terminavam de repente, de tudo que não existia mais. Eu não sabia bem quem ficava com a pior parte nessa divisão. Só tinha certeza de que ambos brilhavam.

– Olhem para frente – instruiu Pai dos Gêmeos. – Eu olharei todo o resto para vocês.

Então olhávamos para frente, só para frente. Mas tudo que eu via era o que tinha em cima de mim. Primeiro estava enrolada em um casaco de lã, mais um tapete de pele de carneiro, e mais outro tapete, e essas proteções me cobriam até os olhos. Por cima dessas camadas havia um manto de ar gelado, o gelo ardido e aquele céu de inverno interrompido pelas nuvens de vapor da minha respiração. Observava as pequenas nuvens de respiração se formando e flutuando para Miri. Empurrando meu carrinho de mão, ela era a maior parte do céu que eu via.

Quem precisa de um sol ou de uma lua quando se tem Miri?

Embaixo dela, um planeta opaco e ferido, Miri tinha assumido as responsabilidades por nós duas.

---

Nesse nosso êxodo, queríamos deixar nosso líder orgulhoso, ser os soldados que ele considerava que éramos. Algumas tropas cantam enquanto marcham, mas nós não. No início não falávamos nada, nem um sussurro. Pensávamos que bastava atrair o interesse de um homem mau, ou mesmo um homem que não fosse mau, mas vitimado pelo tempo de desespero. Lembrando-nos disso, percorríamos as estradas destruídas.

– Como ela está? – um menino perguntou para Miri.

Ela meneou a cabeça olhando para mim.

– Pearl, esse é o Peter. Ele é seu amigo. Ele tem muitos amigos. Isso é verdade, não é, Peter?

Peter afirmou que era. Pelo menos a parte que nós éramos amigos, ele e eu. Ele não sabia da outra parte. A maioria dos outros amigos dele estavam…

Miri não deixou Peter terminar a frase.

– Diga como você é, Peter – pediu ela. – Não deixe de descrever nada.

Peter disse que os pais dele estavam mortos. Que ele tinha quatorze anos. Em Auschwitz…

– Não fale disso – ordenou Miri. – Diga quem você é, o que você faz.

Peter engoliu em seco e deu para ouvir. Ele contou que uma vez ele roubou um piano…

– Esse é o Peter – interrompeu Miri, com a voz firme. – Ele é uma dessas pessoas que é tão inteligente que não sei o que vai fazer da vida dele. E está sempre ajudando os outros também – Miri acrescentou. – Tenho certeza de que você tem defeitos, não é, Peter? Mas não consigo me lembrar de nenhum agora.

Peguei Peter olhando fixo para mim, com expressão de pena. Olhar fixo… talvez esse seja um dos defeitos dele, pensei.

– Ela está melhor do que devia – Miri disse para ele. – Mas ainda não se lembra de quase nada.

– Ela deve lembrar – ele disse baixinho, sem acreditar.

– Imagine que você está numa jaula – Miri tentou cochichar, mas eu ouvi tudo. – Agora ponha essa jaula numa sala escura. De vez em quando, aparece uma mão no topo da jaula. Às vezes a mão lhe dá comida. Apenas migalhas. Outras vezes a mão acende uma luz, ou toca um sino, ou derrama água em você...

Miri não conseguia descrever todos os detalhes daquele cenário. Vi quando ela apertou as mãos no carrinho. Peter perguntou qual seria o objetivo de uma experiência dessas.

Miri deu uma explicação: Mengele queria saber o que aconteceria se gêmeos idênticos, os que têm laços mais fortes, fossem separados.

Simplificando, era verdade. Mas eu poderia dar outra explicação para Peter: fui posta naquela jaula porque eu amava demais. Eu tinha um forte laço com Alguém, uma ligação invejada demais por aquele homem. Ele era frio e vazio e não era capaz de formar elos com ninguém, nem com sua família, nem mulher, nem filhos. Tudo que havia nele era ambição e esse homem vazio, como tantos homens vazios, estava determinado a fazer história. Um dia ele resolveu que a melhor maneira de fazer isso era descobrir como duas meninas que se amavam tanto iam reagir ao serem separadas. Ele nos afastou, eu fui para a minha jaula, ele imobilizou meus tornozelos, como um animal que se quer manter sem o trabalho de andar atrás.

Mas foi só eu começar a pensar nessa história e o rosto do homem passou a me seguir. Eu não podia falar nada. Para me livrar daquele rosto, perguntei por Alguém. Se pudesse ver o rosto dela, pensei, o dele me deixaria em paz.

– Nós éramos idênticas? – pensei em voz alta.

– Iguais – confessou Miri.

– Onde ela está agora? – perguntei.

Eu sabia das marchas da morte. Tinha ouvido falar do tumulto quando os russos entraram lá, das muitas vidas que se perderam. E havia o indizível – Mengele. Minha Alguém era extraordinária. Certamente ele sabia disso. Talvez a tenha levado. Eram tantas as coisas terríveis que podiam ter acontecido que parecia tolo esperar que surgisse alguma coisa boa, mas, mesmo assim, achava que Miri podia me apresentar uma.

Miri não falou de nenhuma dessas possibilidades. Mas seu olhar foi tomado por uma tristeza, um tremor perceptível de lamento, que dizia que eu era a única sobrevivente da minha família. E então, como se estivesse desesperada para mudar de assunto, ela convocou Peter para juntar-se a ela na tarefa de me contar coisas que existiam no mundo para o qual estávamos voltando.

Miri fez lista de lugares. Parques, dizia ela. Espaços abertos onde podemos fazer piquenique, que é uma refeição ao ar livre. Museus, que eram lugares com quadros e estátuas. Sinagogas, lugares onde podemos nos reunir para estudar e rezar. Peter se concentrou em objetos. Telescópios que mostram as estrelas. Relógios que marcam o tempo. Barcos, que eram muito parecidos com o meu carrinho de mão, só que se moviam sobre a água. Instrumentos, disse ele, e acrescentou, como se aquilo pudesse ter algum significado para mim, pianos.

Era a segunda vez que mencionavam esse objeto. Não tinha sentido para mim. Mas ele podia repetir quanto quisesse... eu adorava ouvir Peter e Miri exagerando a explicação do mundo para mim.

Eu podia ter corrigido essas explicações exageradas se quisesse. Mas não fiz isso, por um bom motivo.

Para começar, porque explicar o mundo lhes dava prazer. Em segundo lugar, me fazia inteira.

Mas notei que nenhum dos dois tentou explicar uma estação de trem para mim quando paramos numa plataforma vazia aquela noite. Pai dos Gêmeos tinha decidido que sua pequena tropa não aguentava avançar mais. As outras crianças dormiram, enfiadas em trapos, lado a lado, mas eu continuei no meu carrinho de mão, como um bebê grande demais num berço imundo. Miri deitou no chão ao meu lado, com o braço levantado para se apoiar na borda do carrinho, mesmo dormindo. Os roncos dos meus companheiros infantis aumentavam e diminuíam e procurei destacar o ronco de Peter no meio do resto, mas um outro ruído sobressaiu.

Os pesadelos do Pai dos Gêmeos passaram pelos meus ouvidos quando ele se defendeu dormindo. Quem seria tão tolo, disse ele, de criar gêmeos onde não existem? Ouvindo esse protesto dele fiquei pensando se era seguro sonhar, se havia algum jeito de evitar aquele homem de jaleco branco quando dormisse. Para me sentir melhor, dei outro nome para ele. Chamei de Ninguém.

– Adeus, Ninguém – sussurrei.

Mas a dor nos meus pés aleijados insistia que ele estaria sempre comigo, mesmo se um dia eu conseguisse dar um passo.

---

*Dia dois*

Amanheceu, mas o novo dia não trouxe nenhum trem. Mais uma vez, o sol tinha falhado conosco. Continuamos, a pé e no carrinho de mão. E nesse dia começamos a cantar um pouco, mas inseguros, discutindo muito sobre a canção que devíamos cantar.

Nenhuma das músicas do Pai dos Gêmeos era apropriada, já que ele era militar. As de Miri eram sérias demais, românticas e tristes. A única música que foi consenso foi *Raisins and Almonds**, porque todos gostaram de pensar em comida. A canção de ninar nos fez mergulhar em nossas lembranças enquanto caminhávamos com dificuldade e tive a sensação de não estar no carrinho de mão, e sim no colo da minha mãe. Nós cantamos:

*À noite, embaixo do berço do Bebê*
*Há um bode macio, branco como a neve*
*O bode irá ao mercado*
*Para trazer petiscos maravilhosos para você*
*Ele trará passas e amêndoas*
*Durma, meu pequeno, durma.*

Na terceira vez em que cantamos essa canção fomos rodeados por uma dúzia de mulheres. Todas estavam sentadas encostadas nas árvores da floresta.

* "Passas e amêndoas". (N. da T.)

– Vocês são os últimos de Auschwitz? – perguntou uma delas. – Nós estamos esperando os nossos filhos. – Ela ficou abatida. – Devemos esperar? Ainda existe motivo para esperarmos mais?

– Ainda há outros – disse o Pai dos Gêmeos, com hesitação na voz.

A mulher meneou a cabeça diante dessa informação, recebida com uma animação contida.

– Há crianças entre eles?

– Ainda deve haver algumas crianças no campo. O Exército Vermelho está no controle. Tenho aqui comigo trinta e cinco.

A mulher ficou esperançosa com aquele pequeno número, o rosto dela – jamais me esquecerei aquela expressão de esperança.

– Vocês têm algum Hiram entre as crianças? Um menininho russo.

– Tenho sim! – Pai deu meia-volta e falou com o grupo: – Hiram! Venha para a frente!

Um fiapo de menino foi empurrado para frente pelas outras crianças. E outro pequeno Hiram o seguiu. A mulher examinou os dois Hiram e caiu de joelhos.

– Não são o meu – ela murmurou. – Não são o meu.

Todos ficamos imóveis demais, um longo tempo. Foi como se todos da nossa caravana fôssemos abatidos pela dor e pelo silêncio daquela mulher, e só conseguimos nos mover quando ela se levantou e limpou a terra da saia. Ela deu meia-volta para assumir novamente seu posto encostada ao tronco de uma árvore.

– Crianças atraem outras crianças, você sabe – disse Pai dos Gêmeos para a mulher. – Elas veem outras iguais a elas e se sentem mais seguras. Você deve se juntar a nós. Talvez nos vejam e encontrem você.

– Eu deixo uma mensagem, um aviso, em todos os lugares por onde passo – disse a mulher.

Ela apontou para a árvore na qual se apoiava. Imaginei que tivesse marcado o nome do filho no tronco. Não dava para eu ler porque os desenhos eram indecifráveis. A faca que ela usou devia estar cega, a mão trêmula demais.

– Mas isso não basta. Quem pode dizer que eles vão tentar ler?

Tive vontade de tranquilizá-la dizendo que crianças prisioneiras leem tudo que aparece. Eu quis dizer que viajando no meu carrinho de mão estava desesperada para ver quaisquer palavras no horizonte, palavras capazes de apagar aquelas do portão que tinha deixado para trás dois dias antes. Desejei que os nomes gravados pudessem competir com o poder do portão. Desejava que se destacassem eretas e claras. Porque os únicos defeitos da mensagem da mulher na árvore eram o cansaço e a fraqueza. Cada letra anunciava resignação.

Pai dos Gêmeos era bondoso demais para criticar as marcas que ela havia deixado, de ineficientes que eram, mas pegou a própria faca e reescreveu com capricho a mensagem dela. Quando terminou, ele pegou a trouxa dela e fez sinal para que se juntasse à nossa procissão.

– Minhas amigas – ela quis saber –, o que será delas?

Ele olhou para as mulheres que tinham voltado para suas árvores, um grupo de idades e sofrimento variados, e sinalizou que elas também deviam vir conosco. E disse que a única coisa que pedia era que elas registrassem seus dados na lista dele, para facilitar a comunicação com quaisquer autoridades que interpelassem a nossa passagem.

As mulheres se afastaram das árvores e foi então que vimos que cada tronco no qual se apoiavam tinha uma mensagem, um nome, uma súplica. Se pudessem, elas teriam coberto toda a floresta com palavras. O rosto do Pai dos Gêmeos – essa devia de ser uma das poucas vezes que o vi ficar arrasado de tristeza assim, acordado, livre do grilhão de um dos seus pesadelos. Mas vi quando ele se empertigou e passou adiante sua lista, e em pouco tempo as mulheres entraram na retaguarda da nossa marcha. Elas tentaram ser maternais conosco, mas nós fizemos o possível para resistir àquelas atenções com bons modos.

Tivemos vontade de dizer que já tínhamos mães.

Eu pensava na minha todos os segundos. Pensava nela, implorava para que ela e Zayde me mostrassem o rosto de Alguém. Mas nenhum dos dois respondia. Será que a morte os tinha forçado a me abandonar? Ou será que estavam agora muito preocupados comigo, com o meu futuro, e por isso não conseguiam se alegrar com a minha sobrevivência? Passei os dedos no meu rosto. Eles procuravam conhecê-lo para poderem reconhecer o de Alguém também, mas tudo que encontraram foram ferimentos, e dois olhos que tinham visto coisas demais.

Caminhamos lado a lado com enxames de refugiados. Rosto após rosto, corpo após corpo, todos eles vivos e procurando, e nenhum deles meu. Será que quem eu buscava já estava morto? Perguntei para o sol, e o sol me disse para perguntar para a lua. Afirmou que a lua tinha assumido a responsabilidade de responder perguntas que tinham potencial medonho. O sol ficou muito escorregadio quanto a essa questão, pensei. Deu as costas para mim. Então uma escuridão baixou em meus olhos. A escuridão era a mão de Peter, querendo me proteger.

– Não olhe! – disse Peter.

Ele estava empurrando meu carrinho de mão naquela hora. Eu me revirei para escapar do escudo da mão dele. Queria ver o que ele estava vendo. Parecia ser um horror. E lá estava...

O corpo caído na estrada, numa vala. Não era um corpo inteiro.

– Eu disse para você não olhar – protestou Peter.

– É ela – murmurei.

– Nunca será ela – disse Peter.

E, para provar isso, ele desafiou as instruções de Miri e chegou com o carrinho para perto da vala, para eu poder espiar melhor aquele corpo.

Eu não sabia se era homem ou mulher. Não tinha noção da idade dele. Não tinha rosto, estava escalpelado e alguém tinha cortado suas pernas para se apoderar das botas. Foi isso que Peter me disse quando percebeu que eu me recusava a desviar os olhos. Ele disse que os soviéticos tinham botas melhores e que sempre que a Wehrmacht os encontrava, pegavam as botas para eles da forma mais violenta possível.

– Então você pode ver – ele quis me acalmar –, que não é o seu Alguém. Seu Alguém jamais teria esse tipo de botas.

Procurei me consolar com isso. Não pude. Então ele queria dizer que Alguém estava por aí nesse inverno com sapatos de sola fina?

– Olhem para frente, só para frente! – Pai dos Gêmeos avisou.

– Como é ela? – perguntei para Peter quando deixamos aquele corpo para trás.

– Ela era igual a você.

– Eu não sei como eu sou.

– Aposto que vocês se parecem com a sua mãe – disse Peter. – Você lembra como era sua mãe?

Eu não conseguia lembrar, não muito bem. Resolvi que aquela seria mais uma pergunta para fazer para a lua. Ela já ia nascer, eu faria as perguntas dali a pouco, mesmo desconfiada de que a resposta dela era a mesma para todos nós: que nós éramos parecidos com a morte, uma pessoa depois da outra; que estávamos podados e gastos, que nossos olhos tinham afundado nas órbitas e que as feições que um dia nos definiram haviam desaparecido. Se íamos viver o suficiente para recuperar o que realmente somos – essa parecia a pergunta maior, que me seguiu até encontrarmos nosso abrigo seguinte.

Naquela noite chegamos a uma estrutura dentro da floresta. Era pequena demais para ser uma casa e grande demais para ser um barracão. Lá dentro havia uma constelação de dentes no chão e quatro camas estreitas de mármore. Esses leitos de mármore tinham tampas também, mas só um estava fechado. Os outros três eram bocas abertas com escuridão vazia.

– Túmulos – disse o Pai dos Gêmeos antes de pensar em se conter.

Aquela construção servia para abrigar os mortos. Mas alguém tinha arrombado três túmulos. Não dava para saber se aquela invasão era obra de algum colega refugiado ou de um saqueador que roubava dos mortos o que tinham de mais valioso. O maxilar amarelo que estava jogado a um canto da construção não revelava nada da história dele. Estava ali abandonado, privado dos dentes, uma testemunha silenciosa, fossilizada.

Não éramos as visitas habituais, mas aquela casa dos mortos serviu muito bem para abrigar gente como nós. Pai dos Gêmeos tirou folhas e lixo de dentro dos túmulos. Cabiam duas crianças dentro de cada um. Peter se esticou na tampa do quarto túmulo e bocejou. Do berço do meu carrinho de mão, parada à porta, vi a lua nascer, sem respostas. Lá fora, caía uma neve fraquinha e trêmula, que parecia pequenos punhos brancos no céu.

*Dia três*

Um trem nos rebocou meros três quilômetros na direção da Cracóvia. Espiei pela janela e vi estradas lotadas de refugiados, fazendeiros voltando para casa, soldados do Exército Vermelho se esgueirando para o desconhecido. Os campos gelados tinham muitas cicatrizes do rastro de tanques e de repente nos vimos numa área intocada, uma fileira de casas de fazenda intactas, quadradas e brancas feito cubos de açúcar. Assim que aquelas casas apareceram, os trilhos sumiram. Fomos forçados a descer e, logo que Pai dos Gêmeos fez a contagem de cabeças, ficamos cara a cara com um soldado soviético muito alto e hostil, com o rosto suado de tão animado.

– Porcos! – gritava esse soldado. – Porcos!

Ele abanava os braços de forma assustadora. Um dos braços carregava um rifle comprido. O rosto dele era cinza e os olhos pareciam feridas vermelhas e roxas, ou botões soltos caídos de algum casaco. Ele ficava repetindo aquela palavra enquanto nossa tropa esfarrapada avançava.

– Porcos! – insistiu ele. – Parem, porcos!

Pai dos Gêmeos fez nossa procissão parar. Ele foi tomado por um temor raro. Parecia que ia desmoronar. *Será que chegamos tão longe para acabar desse jeito?* – a expressão dele parecia dizer. Foi se aproximando do homem com a mão estendida, oferecendo a lista que tremia mais em sua mão do que se fosse obra de qualquer vento. Mas o soldado nem parou para olhar para todos aqueles nomes. Ele apenas ergueu o rifle, botou no ombro e fez mira. As crianças se encolheram atrás das crianças menores. As mãos de Miri estremeceram nos cabos do carrinho de mão. A boca do rifle do soldado era nosso único foco. Olhamos fixo para ela até ouvir um disparo, um tiro que foi para a esquerda da estrada.

Uma dupla de porcos-do-mato enormes e malhados, redondos feito barris, com os focinhos brancos de espuma, vinham na nossa direção em disparada, grunhindo muito e nos ameaçando. O rifle do soldado os derrubou, acertando primeiro nas pernas dianteiras, depois nas têmporas e vimos aqueles corpos imensos afundando na neve, gemendo e chorando como bebês minúsculos.

Estávamos acostumados com sangue na neve. O sangue não devia ter chocado a nossa tropa. Mas aquele confronto deslocou alguma coisa lá dentro e muitos começaram a chorar, aquele choro silencioso que o cativeiro havia ensinado. As crianças tremiam e engasgavam, e então Sophia, uma menina miúda de quatro anos, conhecida por sua dignidade de rainha, desabou numa pose estranha e gemeu por todos nós. O soldado olhou confuso para ela. Uma menina faminta não devia ficar satisfeita diante daquela fartura? Ele largou a arma, apontou com a cabeça para os animais como se parabenizasse a ele mesmo pelo feito e apertou a mão de Pai dos Gêmeos, e sim, nós comemos bem aquela noite, as crianças e os adultos, sem pensar em nenhuma lei que estivesse acima dos roncos dos nossos estômagos, mas eu não conseguia esquecer o pânico nos olhos dos porcos, nem mesmo quando confrontei a minha fome com a carne deles.

Eu não queria ter memória nenhuma, não naquela hora.

Quando começou a escurecer naquela terceira noite, um fazendeiro nos chamou da beira da estrada. A primeira coisa que vimos foi a barba dele, que esvoaçava sua brancura de forma pacífica. Ele nos ofereceu abrigo em seu celeiro e por mais que Pai dos Gêmeos estivesse aflito para chegarmos logo à Cracóvia, que tínhamos ouvido dizer que estava relativamente inteira, ele não pôde recusar aquela oferta, já que sua tropa tinha começado a murchar. Os Klein gemiam a cada passo que davam e os Borowski reclamavam de frio. Os dedos dos pés de Peter já despontavam nos furos do sapato.

Mais urgente era que David Herschlag estava muito nauseado. A refeição abundante de porco tinha sobrecarregado o estômago reduzido do pobre menino. O corpo esquelético dele agora tinha uma perigosa protuberância na barriga, tão estufada que parecia cheia de veneno e, nos últimos dez minutos, Pai dos Gêmeos teve de carregar David no colo. Por isso nosso líder, sempre tão cuidadoso na relação com os camponeses, aceitou a oferta do fazendeiro de bom grado.

Entramos no santuário que era o celeiro, então ocupado apenas por um punhado de galinhas e seu cheiro de galinha e, aqui e ali, um ninho com ovos. Era acolhedor e animado. Um galo magrelo andava pomposamente de um lado para outro, perseguindo as galinhas peitudas. Nenhuma galinha teve medo de nós porque ainda tínhamos os restos dos porcos para comer e quando terminamos nossa segunda refeição apressada, da qual David não tomou parte, Pai dos Gêmeos foi para um canto do celeiro e procurou ter um sono tranquilo, enquanto Miri ia de uma criança para outra, fazendo curativos, massageando pés e segurando cantis junto às bocas.

Depois de cada ronda, ela voltava para David, deitado na palha, com cor de enjoo, a testa coberta de suor. Ela olhou para mim alarmada e pediu para Peter ajudá-la a arrumar uma cama para o menino. Peter montou um ninho bem firme, coberto com o meu cobertor de lã e botou David dentro como se fosse um ovo precioso. O rosto de David esboçou um sorriso. Ele olhou para os caibros lá em cima e viu alguma coisa que nós não víamos, e Miri cantou uma reprise de "Passas e amêndoas".

*Durma, meu pequeno, durma.*

Como um pássaro, ela se debruçou sobre aquele ninho e cantarolou para o menino, que pareceu ter paz.

---

*Dia quatro*

Acordamos de manhã e vimos Pai dos Gêmeos ajoelhado. Estava inclinado ao lado de um vulto na palha. Ele sacudiu aquele vulto como se tentasse acordar uma pessoa que se recusava a despertar. Pelo jeito com que Pai dos Gêmeos segurava o menino, deu para ver que David não era mais David, que era apenas um corpo.

– *Zvi* – disse Miri –, você vai assustá-los.

Mas até ela estava abalada com a perda. E Pai dos Gêmeos não largava o menino. David parecia mudado. Só o reconheci pelo que o tinha matado... a barriga que parecia um morro.

Miri pôs a mão no ombro do homem. Ela tentou acalmá-lo, mas ele não se conformava. Começou a tirar penas do cabelo do menino inerte e falava como se tivesse esquecido completamente da sua tropa, como se só o morto pudesse ouvi-lo.

– Eu devo ter feito pelo menos uma dúzia de gêmeos falsos – ele disse, olhando para Miri à espera da confirmação.

– Dezenove – ela disse baixinho. – Você formou dezenove pares.

– Dezenove – repetiu Pai dos Gêmeos. – Mas David e Aron... eles foram os primeiros.

Miri fez que sim com a cabeça enquanto tirava o casaco. Ela tentou cobrir o menino com ele, mas Pai dos Gêmeos não largava David.

– No início, eles se atrapalhavam com isso, com a mentira. Eram muito pequenos... tinham só quatro e cinco anos de idade. E o meu holandês não é nada bom. Eles não falavam outra língua, era difícil explicar para eles o que eu queria. Mas toda manhã, antes da chamada, lembrava para eles: vocês são gêmeos! E fazia com que repetissem, muitas vezes, a data de nascimento que eu tinha falsificado para eles, e o fato de que Aron chegou primeiro, David depois. A diferença entre eles... eu reduzi um ano para cinco minutos!

Ele passou o dedo no nariz sardento do menino, do jeito que Mengele fez em uma de suas contagens.

E foi aí que procurei não ouvir mais o que Pai dos Gêmeos dizia. Não ia suportar ouvi-lo falar do desejo que tinha de ser descoberto. Quantas vezes, chorou Pai dos Gêmeos, ele quis encurralar Mengele no laboratório e revelar, sibilando, que a pesquisa do doutor tinha sido manipulada, que os estudos dele eram uma piada, uma idiotice que era facilmente desfeita pelas mentiras dos jovens! Ele reconheceu que Mengele teria dado um tiro nele ali mesmo. Mas teria sido melhor, afirmou ele, morrer daquele jeito, do que estar fadado a salvar crianças só para vê-las morrendo assim.

Miri tentou nos afastar com uma expressão que não demonstrava o que estava sentindo. Sua voz assumiu um timbre estranho quando nos disse que ia ver se havia alguma coisa que pudéssemos fazer para ajudar o fazendeiro. Nenhum de nós deu um pio. Até as galinhas silenciaram. Eu procurei traçar uma linha entre os olhos ainda abertos do menino morto para os caibros do teto. O que ele tinha visto quando nos deixou? Eu jamais havia morrido, mas cheguei bastante perto disso para saber que ele devia ter se concentrado naquela rachadura minúscula do teto do celeiro, uma rachadura suficientemente larga para emoldurar o brilho remoto de uma estrela.

– Não precisa mentir para eles – disse Pai dos Gêmeos com uma firmeza repentina e forçada.

O soldado que havia nele tinha voltado. Ele secou os olhos na manga do casaco e endireitou a gola do suéter rasgado de David.

– Deixe que eles se despeçam.

Foi assim que nos reunimos em volta do menininho abatido pela comida da qual tinha sido privado por tanto tempo. O rosto dele não estava sereno. Pai dos Gêmeos pegou David nos braços e o carregou para o pasto, além de todos os nós enregelados das coisas negligenciadas, e apesar de frio e duro, o solo se abriu para recebê-lo. Passamos em fila pela cova rasa, cada um com uma pedra na mão.

Mas a mulher do fazendeiro interrompeu nossa procissão com um ritual próprio. Ela jogou sementes de papoula na cova. Para alimentar os mortos que voltam disfarçados de pássaros, disse ela. Vi as sementes de papoula rodopiando no ar e caindo no gelo. Não sei por que senti um carinho enorme por aquelas sementes, mas fiquei triste com a visão dos pontinhos negros espalhados. A pequenez da vida das sementes já estava gelada e interrompida, e mal tínhamos lhes dado as costas para ir embora, quando ouvi um bater de asas cortando o ar, com muita pressa de aproveitar a abundância trazida pela morte de David.

Na carroceria do caminhão do fazendeiro, a tropa se ajeitou encostada nas tábuas de madeira. Pai dos Gêmeos, de olhos vermelhos, examinou todos nós e consultou sua lista, correndo o dedo na folha amassada.

Acenamos para nos despedir da mulher do fazendeiro, que ficou lá parada com seu saco de sementes de papoula pendurado na cintura, e para as seis mães que tinham resolvido ficar mais tempo na fazenda, convencidas de que seus filhos estavam a poucos passos dali, mesmo separadas do resto do grupo, e cada uma delas partiu sozinha em sua busca desesperada. Mesmo assim, ainda vasculhavam os rostos na traseira do caminhão, como se ainda não tivessem aceitado que seus filhos não estavam entre nós.

Então ligaram o motor do caminhão, tocaram a buzina e quando, partimos para Cracóvia, ouvi Miri pronunciar o nome de David para o vento. Ela falou baixinho, como se ele pudesse ouvir de onde estava, tão surdo e gelado embaixo da terra.

*Perdoe-me!*, ouvi Miri sussurrar.

A súplica de Miri me deixou confusa. Ela não era responsável pela morte de David. Tinha cuidado dele até o fim. Mas, por mais misteriosa que fosse, me tocou fundo.

O mundo inteiro devia estar obcecado por vingança.

Mas, da minha parte, eu sabia que queria perdoar. Meu torturador jamais pediria o meu perdão – isso era uma certeza. Mas eu sabia que talvez fosse o único poder verdadeiro que me restava, uma forma de me poupar do poder dele, do que eu sentia próximo de mim toda manhã quando acordava. E se eu conseguisse fazer isso, se assumisse esse dever de perdoar... talvez minha Alguém voltasse para mim. Ou pelo menos deixaria de ver o rosto de Alguém em cada refugiado que passava, tanto dos mortos quanto dos vivos.

STASHA

# CAPÍTULO DEZESSETE

## As Ruínas Cuidam de Nós

Cavalo nos animava. Quilômetro após quilômetro, sobrecarregamos esse herói ossudo. Ao ver seu galope resistente, tão improvável para um animal tão faminto, só podíamos crer que ele também desejava o sagrado assassinato de Josef Mengele. Mas Varsóvia não seria alcançada com facilidade.

Depois de quatro dias de viagem, encontramos estradas coalhadas de tanques e tivemos de recuar, sem escolha. Fomos empurrados para Poznan. Aquela era a cidade de Zayde. Tinha lecionado na universidade de lá. Poznan, ele gostava de dizer, era uma joia de dedicação acadêmica, formadora de grandes mentes, dos que acreditavam na arte. Mas a violência parecia a única coisa que ensinavam ali nesse momento. A Wehrmacht vagava por toda a cidade e o silêncio das ruas só era interrompido pelos estampidos de seus tiros de aviso e pelos ecos de suas canções, fragmentos grosseiros de versos que despontavam enquanto se preparavam para o avanço dos russos.

Temendo que esses soldados pudessem cansar da música e inventar de se divertir torturando Cavalo e dois refugiados, tratamos de passar da forma mais discreta possível. Feliks se encarregou das nossas mochilas e eu segurei Cavalo pelo cabresto. Andando abaixados numa rua com os postes caídos feito ervas desenraizadas, tivemos nosso caminho interrompido, não por uma ameaça de uniformes cinza, mas por um pedinte que estendeu a mão aberta na nossa frente.

Incrível que alguém pudesse nos considerar suficientemente prósperos para pedir comida ou moedas. Mas resolvemos fazer um acordo. Um pouco de pão pela data, ofereceu Feliks.

– Fevereiro – disse o mendigo.

O homem falou que podia ser o terceiro dia, ou o quarto. Eu quis pedir nosso pedaço de pão de volta.

– Tudo que vocês realmente precisam saber é que os russos estão chegando. Saiam daqui agora. Esse é o meu conselho. E olhem – continuou ele, mordendo o pedaço de pão –, eu nem cobrei nada mais por esse aviso!

Depois de dar essa informação, ele se afastou mancando na noite e ficamos pensando na visão que se avolumava atrás de nós.

Lá estava o velho museu. Paredes em ruínas, montes de tijolos, restos de colunas. As janelas que sobravam tinham marcas de tiros e estavam soltas, como véus de vidro. A porta grandiosa tinha caído em rendição e através dos buracos irregulares na fachada pude ver o interior devastado do museu. Parecia que não havia nada para ver além de ruínas. Mas examinei melhor, na minha memória, e vi o museu restaurado, Zayde e Pearl atravessando os salões e eu ficando para trás. Pude ver minha irmã de sete anos parar na ponta dos pés diante de um quadro, enquanto Zayde ensinava o que queria dizer perspectiva.

A lembrança me levou para o museu.

Menti para mim mesma e para Feliks, disse que podíamos encontrar suprimentos naquele prédio. O fato era que isso pouco importava para mim. O que realmente importava era que eu achava que Zayde podia surgir ao meu lado quando eu entrasse. Eu poderia ouvir seu assobio. Sentir o cheiro de naftalina do casaco dele.

Então montamos em Cavalo, de cabeça erguida, para entrar naquele deserto. Cavalo escolheu o caminho com cuidado e subiu a escada dilapidada, seu flanco branco com um brilho prateado à luz da noite. No mármore fragmentado da entrada, os cascos dianteiros escorregaram, Cavalo ameaçou afundar, seu relincho cobriu o hall de entrada com ecos e então, como sempre fazia, ele seguiu em frente.

Devia haver pinturas para ver. Imagens de coisas reais e irreais, de paisagens e de gente. Mas naquele museu só encontramos o retrato da ruína. Vimos um rodamoinho de pombos pretos esvoaçar por um buraco no telhado. O chão se abriu e ameaçou nos engolir. Onde não tinha despencado, abrigava poças de água preta. A luz piscava nas paredes desmoronadas, ratos filosofavam em seus buracos.

– Abençoados são os ratos, pois eles pelo menos acreditam em sangue – entoou Feliks. – Era isso que meu pai, o rabino, teria dito.

Como se ficassem enfurecidas com aquela bênção, as teorias dos ratos aumentaram o volume.

– Volte – estremeceu Feliks. – Era isso que minha mãe diria. Volte!

Mas eu não podia voltar porque, mesmo naquela destruição, eu tinha aquele tesouro: estava cercada pelo que Zayde amava. Mesmo devastado, o museu ainda falava da lógica piedosa de Zayde, da sua força de vontade, da sua ciência, de tudo que ele amava. E o que Zayde tinha amado, ninguém podia esmagar, nem queimar, nem saquear. O que ele amava era a minha tradição.

E quando passamos pela desordem selvagem, ficamos alertas. Os olhos de Cavalo cintilavam no escuro. Deixamos nosso caminho ser orientado por peças de estanho, moedas que os saqueadores deixaram para trás, pedaços de fios. Cacos de antiguidades polvilhavam o cascalho que cobria o chão e vimos que estávamos num salão que tinha um candelabro pendurado. Cavalo nos assustou quebrando uma xícara de chá com a pata e aí percebemos que estávamos num grandioso salão de chá, do tipo que ouvimos nossa amiga pálida dizer que desejava visitar como verdadeira dama, antes de Taube quebrar seu pescoço.

Essa ruína nos fez lembrar, como nenhuma outra tinha feito, que nós ainda estávamos vivos e a nossa amiga não. Em respeito à perda, descemos de Cavalo para prestar homenagem.

– Eu gostaria de comprar mais um dia para a nossa adorável Bruna – Feliks murmurou para o céu.

O vento não trouxe resposta alguma.

– Não aceito sua resposta – disse Feliks num tom que se afastava perigosamente do sussurro. – Ela era a alma mais corajosa de toda a Polônia e você deixou o mundo destruí-la.

Ele subiu num pedestal privado da estátua que apoiava e naquela superfície fez pose, curvou o corpo e ergueu o punho cerrado para o deus no qual acreditava.

Olhei para aquele monumento da nossa raiva que Feliks tinha criado e vi que ainda éramos crianças, mas crianças mercenárias, arruaceiros meio assassinados. Tive de imaginar como seria uma criança assim. Caminhei pelos veludos daquele salão de chá à procura de algum reflexo oportuno. Mas a escuridão não cedia. Os cacos de vidro não falavam nada de aparências. Comentei sobre o pretume daquela noite para Feliks, mas não obtive resposta. Percebi que tinha deixado seu pedestal e olhei em volta, em pânico. Sempre que perdia Feliks de vista, mesmo que apenas por um minuto, era tomada pela sensação de perda. Nervosa, procurei na penumbra um único pelo do seu casaco de pele de urso.

Foi quando senti uma batida nas costas. Um toque musical que tilintava.

Virei para trás e vi um punho prateado do braço erguido bem alto de um indivíduo de armadura. Ficou lá parado sobre a minha cabeça, seus dedos metálicos furando o céu. Na confusão daquela escuridão, tive certeza de que era um guerreiro que sabia da minha relação com Mengele. Concluí pela postura daquele guerreiro que ele ou ela tinha grande amor pela justiça e consciência dos meus crimes acidentais.

Aturdida daquele jeito, nem me ocorreu chamar Feliks. Não me ocorreu montar qualquer defesa em meu benefício. Eu podia falar do meu grande plano de enganar Mengele, da minha suposição de que Pearl também se beneficiaria com a agulha.

Em vez disso, caí de joelhos nos escombros e me abaixei. Deixei o pescoço vulnerável e pronto para o castigo. Abaixada assim, implorei para aquele guerreiro me punir, fazer o maior julgamento de todos, se fosse capaz. Estaria mais feliz morta, declarei, desde que pudesse ficar perto da minha irmã. Eu me mataria, eu juro, se pudesse!

– Mas eu não seria capaz de matar você nunca! – exclamou o guerreiro.

A voz dele era aguda demais para espetáculo tão assustador. Era o inconfundível guincho de Feliks. Como podia ser? Será que eu estava tão desesperada para perder a vida que confundi meu gentil amigo, vestido com a armadura surrupiada, com alguma mão divina de vingança?

– Por que você inventou essa história? – Feliks questionou. – Depois de tudo que nós suportamos! Eu entendo que precise desabafar. Mas assim? – Ele balançou a cabeça metálica com tristeza.

– Não sou engraçada – concordei.

Felizmente, ele estava entretido demais com sua última aquisição e nem quis insistir no assunto. Deu uma volta para eu poder apreciar sua aparência de um dos velhos hussardos alados poloneses, mas a armadura rangia e não servia nele direito. A parte do tronco balançava e se abria sobre o casaco de pele de urso e bastou Feliks dar um único passo para as peças prateadas presas às pernas soltarem e caírem com um tinido digno de pena. Mesmo assim, meu amigo desejava elogios à sua ferocidade.

Naturalmente, informei que ele parecia uma grandiosa figura. Se eu fosse um nazista, eu disse, olharia para ele e fugia. Feliks gostou disso. Eu gostaria de poder compartilhar o prazer dele, mas só sentia angústia. Feliks percebeu meu estado e fez todo o possível para me animar com outra descoberta das profundezas dos escombros. Ergueu um frasco minúsculo. Agarrei o frasco sedenta e bebi um gole. A sensação de quentura na garganta revelou: aquilo não era água.

– Vodca – declarou Feliks, e pegou o frasco de volta. – Boa para escambo, mas estamos precisando disso agora.

Ele tentou dar três goles, mas eu agarrei o recipiente. Assim que fiz isso, ouvi Zayde.

*A Pearl!*, brindou Zayde. *Guardiã do tempo e da memória!*

Tive de brindar com ele. Então deixei Feliks tomar um gole por mim, mas ele não entendia bem de tragadas. Só conhecia o prazer e a bebida cuidou rapidamente do vazio do seu estômago. Ele cambaleou como um boneco de lata e caiu num monte prateado. Por um segundo, achei que ia ter de puxá-lo para ficar de pé. Mas então ele tirou a armadura e pulou no dorso de Cavalo, que olhou de lado para aquela carga ébria.

– Você não está bem para cavalgar – protestei, mas ele nem quis saber.

E o que mais podíamos fazer senão cavalgar? Os soldados que patrulhavam as ruas lá fora não queriam saber da bebedeira de um garoto de treze anos.

– Está bem – concordei –, vamos embora agora.

Deixamos as ruínas para trás e aldeias distantes flutuaram à nossa frente. A cavalo íamos desviando das poças pretas na neve do caminho, Cavalo afundava na lama. O mesmo céu que tinha visto nossa prisão piscava inocente lá em cima. Esse céu tão ingênuo parecia correr o risco de esquecer o seu envolvimento com os nossos mortos. Será que usaria o álibi de uma nuvem para negar tudo que tinha visto? Esperava que não. Mas a dúvida estava começando a me dominar. Estávamos famintos, cansados, perdidos. Só nossas privações nos empurravam adiante e seguíamos nossa viagem. Fomos forçados pelos tanques russos que avançavam para Poznan a desviar para qualquer lado disponível para nós. Desviamos pra lá e pra cá naquela passagem indo para o zoológico de Varsóvia e no caminho imploramos às nossas respectivas autoridades, que eram Deus para Feliks e o destino para mim, para nos darem força para acabar com o homem que gerou aquele ódio terrível em nossos corações.

PEARL

# CAPÍTULO DEZOITO

## Despedidas

Chegamos à Cracóvia e andamos pela cidade, de casa em casa. Aqui e ali víamos o movimento de cortinas, dava para ver dedos aparecendo na borda de renda e era como se todos os adultos tivessem se transformado em crianças brincando de esconde-esconde. Muitos não queriam nem olhar para nós. Como a menina que eu vi, sentada diante de uma parede coberta com papel florido, lendo um livro. Eu queria ler um livro um dia. Queria ler um que me contasse quem eu era antes da minha jaula.

E nesse algum dia queria Miri ao meu lado enquanto eu lia. Mas já que Miri tinha passado a viagem inteira para Cracóvia implorando perdão bem baixinho, comecei a imaginar se a tristeza dela seria capaz de prejudicar o futuro que eu tinha previsto para nós.

– Não está tão ruim como podia estar – foi a avaliação que Pai dos Gêmeos fez da Cracóvia.

Ele olhou para Miri como se esperasse assentimento dela. Não aconteceu. Os lábios dela continuaram fechados, em silêncio de desânimo, quando passamos pela fila de casas e vimos uma série de portas fechadas. Nas ruas, vimos mulheres perseguidas por soldados russos, sendo levadas para becos, postas contra os muros. Não as vimos sair dos becos. Vimos mendigos que vinham nos pedir comida e que nos amaldiçoavam quando dizíamos que não tínhamos. O mais notável foi um homem que nos observava de um banco do lado de fora de uma relojoaria. Tinha um livrinho de notas e o jornal do dia, bebia café e ouvia a conversa de uma mulher cujos gestos aflitos davam a impressão de que ela pedia ajuda. E não era a única. Havia uma fila de viúvas e refugiados e habitantes da cidade, cerca de seis pessoas, todas esperando para falar com aquele homem. Mas ao ver o nosso grupo esfarrapado, ele pulou do assento, correu para o lado de Pai dos Gêmeos e perguntou de onde vínhamos.

Esse homem era jovem, mas o rosto era de velho, castigado pelo vento, gasto, como se tivesse passado a vida inteira ao ar livre, caçando e se escondendo. Nele havia a presença de um soldado, mas um soldado bem diferente de Pai dos Gêmeos. No olhar dele havia o instinto protetor – era como se nós já fôssemos sua família, pelo simples fato de termos entrado na cidade dele. Depois soubemos que ele estava profundamente envolvido com Bricha, o movimento clandestino que ajudava os judeus a fugirem para outras terras, mais seguras. Mas naquele momento só sabíamos que aquele homem, que se chamava Jakub, tinha providenciado para que nos abrigássemos numa casa abandonada ao lado da casa dele, uma construção com janelas fechadas com tábuas, cuja pintura cinzenta fazia lembrar um dente estragado.

– Eu sei que os proprietários não vão voltar – insistiu ele.

Pai dos Gêmeos hesitou à porta quando viu o espaço vazio onde devia haver um *mezuzah*, com a pintura naquela parte muito viva ainda, mas Jakub disse: Não seja bobo, abriu a porta e, por falta de opção, tivemos de entrar.

Assim tínhamos uma casa abandonada para dormir, com quatro paredes e um telhado com goteiras. Em todo canto vimos sinais da fuga dos antigos moradores. As estantes estavam destruídas e havia uma camisola de mulher numa poça azul-clara dentro da pia. Três tijolos tinham sido arrancados da parede, revelando um compartimento secreto. Havia uma folha de papel e uma caneta na mesa da cozinha, mas havia escrita nela apenas uma saudação.

Depois de examinarmos a casa por dentro, muito gratos, anunciaram o jantar e Pai dos Gêmeos distribuiu beterrabas tiradas de um vidro solitário e imenso que estava na dispensa. Passamos as beterrabas em volta da mesa, cada um dava uma mordida, nossas mãos ficaram vermelhas, as bocas rodeadas pelo rubor da conserva. Miri foi a única que não quis comer. Lá fora, a neve voltou a cair, mas pela primeira vez aquilo parecia uma comemoração. Enquanto comíamos e passávamos um único copo de água, as crianças notaram mais ausências.

– Não tem Bovina – brindaram. – Nem ratos, nem barracões, nem portões, nem agulhas!

Era minha vez. Depois do silêncio da minha jaula, eu nunca mais ficaria à vontade para fazer discursos, mas naquele momento as palavras vieram até mim. Não sei como me encontraram, mas eram do meu *zayde* e, quando pensei nelas, caíram luminosas e leves como a neve.

*Ao retorno de Alguém!*, eu brindei.

Miri levantou o copo para mim, mas o sorriso que acompanhou aquele gesto foi fraco e nada convincente. Fiquei pensando se ela temia o abandono. Será que estava preocupada achando que, quando eu encontrasse Alguém, não precisaria mais dela?

Tive um sono agitado, acordava assustada, sempre lembrando da tristeza de Miri. E sempre que acordava, via que ela não tinha ido dormir, que estava sentada numa cadeira, com as mãos juntas, completamente imóvel. Ao vê-la assim, compreendi que não era Miri que temia o abandono, era eu.

---

O amanhecer alterou a casa emprestada, e me chamou a atenção uma gaiola num canto da sala. A portinha de arame estava aberta, balançando e presa a um único ponto. O vazio daquela gaiola, a ideia do passarinho escapando, mesmo que tivesse escapado apenas para sucumbir – aquilo pôs um sonho em andamento. Eu queria um par de muletas. Para me movimentar sozinha, sem ser carregada, para o futuro que acreditava possível.

Contei essa fantasia para Miri quando ela vestia seu casaco e se preparava para andar pela cidade. Ela me avisou da escassez de muletas, mas disse que ia perguntar no hospital. Ela já tinha novos afazeres na Cracóvia, assim como Pai dos Gêmeos. Ele estava numa reunião secreta com Jakub à mesa da cozinha e eu me esforcei para ouvir enquanto as outras crianças subiam e desciam a escada correndo e pulavam nos quartos do andar de cima.

Às vezes é uma sorte ser aleijada. Como não podia brincar com os outros, fiquei a par do nosso destino. Fingi interesse na gaiola e espionei Pai dos Gêmeos explicando suas tristezas.

Pai dos Gêmeos estava preocupado com uma mulher. Ele disse que ela havia visto o inimaginável, que tinha salvado todos que podia e que agora não podia sair disso inalterada, perfeitamente viva. Ele sabia disso porque acontecia com ele também.

Jakub fez uma pausa antes de responder, ficou pensativo como se conhecesse muito bem aquela questão. E acabou dizendo, essa carga nos salvou, até termos um instante para examiná-la, para sentir, pela primeira vez, todo o seu peso.

Acho que Pai dos Gêmeos concordou. Mas a voz dele estava muito fraca e não dava para ouvir direito.

Jakub afirmou para Pai dos Gêmeos que a única coisa maior do que sua devoção eram as necessidades das crianças. Então ele fez uma recomendação que de repente botou em relevo a identidade de todos naquela conversa: os gêmeos, disse ele com certa hesitação, deviam ficar sob a custódia da Cruz Vermelha. Só assim poderiam se desenvolver e serem recuperados pelos adultos.

– Ela não vai deixá-los nunca – respondeu Pai dos Gêmeos, com a voz vazia de medo. Eu sabia que também falava por ele mesmo. Jakub insistiu para ele reconsiderar. Trinta e quatro crianças, disse ele, todas suportando um sofrimento ou outro. Jakub prometeu cuidar de nós na Cracóvia e enviar mensagem para os nossos guardiões. Não serão esquecidos, jurou ele.

Mas e Miri?, pensei. Ela é que estava sendo esquecida. Sem nós, ela não ia continuar. Será que ninguém tinha reparado a mudança nela desde que passamos de trinta e cinco para trinta e quatro?

Se essa separação realmente acontecesse, pensei, eu me lembraria de Miri. Primeiro, eu me salvaria com um par de muletas. Depois eu a salvaria de sua tristeza.

---

Não contei para os outros o que tinha ouvido. As crianças já tinham preocupações demais. Já tinham a obrigação de vivenciar a liberdade. Isso não era simples como algumas pessoas pensam. Recém-chegados da nossa viagem, ainda tínhamos pilhas de hesitação e estoques de pânico. Até mesmo uma risada agradável que entrasse pela janela podia nos assustar. Mas tínhamos decidido fazer alguma coisa dos nossos primeiros dias na Cracóvia, por isso passamos a tarde passeando de *trolley*, exibindo nossos números para o condutor para conseguir viajar de graça. Os cidadãos ficavam encantados conosco. Nunca tinham visto tantas crianças iguais juntas. Peter e Sophia e eu, nós éramos os únicos desgarrados solitários.

Peter subia e descia do *trolley* com meu carrinho de mão, me levava para esquinas e lojas, para procurarmos as muletas juntos. Ele prometeu que ia encontrar um par para mim e, enquanto procurávamos, tentei explicar para ele que era Miri que realmente precisava de ajuda, porque em breve íamos nos separar dela. Mas não encontrei palavras para dizer isso. E em pouco tempo descobri que não precisava.

Porque quando chegamos ao nosso lar adotado, vimos Miri de olhar parado sentada numa cadeira com uma xícara vazia nas mãos. Pai dos Gêmeos estava perto da lareira e nos chamou para perto. Ele contou todos, consultou a lista sempre presente, então disse que era hora de falar do futuro. Todo tipo de planos afloraram. As crianças falaram de reunião com suas famílias, seus colegas de escola, suas casas.

– Vocês podem voltar – avisou Pai dos Gêmeos –, mas suas casas podem não ser mais suas. Seu país pode não ser o seu país. Seus pertences... podem pertencer a outra pessoa.

Ele falava olhando para Miri, como se esperasse que ela refutasse o que ele estava dizendo. Mas ela só olhava fixamente para a xícara, talvez procurando lá no fundo alguma outra solução para os nossos problemas.

– A Cruz Vermelha tem mais condições de cuidar de vocês – disse Pai dos Gêmeos.

Ele começou a falar dos arranjos, mas os menores o cobriram de protestos, rodearam Miri com súplicas, um atropelando o outro, nervosos. Ela enfiou o rosto na manga do casaco como se quisesse abafar o barulho que faziam.

Os mais velhos começaram a reclamar também, mas pensaram melhor e trocaram os gritos de revolta por uma simples pergunta: Quando?, queriam saber.

A resposta: quatro dias.

Pai dos Gêmeos conversou com um de cada vez. Informou para Sophia que não ia deixá-la sem um casaco novo; garantiu para Blaus que não iam se separar. Tudo que ele afirmava parecia rotineiro, mas então, suavemente, ouvi Pai dos Gêmeos dizer para Peter que os planos para Krnov estavam acertados. Peter viu que fiquei confusa.

– Uma amiga da minha tia – ele explicou desanimado. – Ela diz que será minha mãe agora. Ela mora em Krnov. Pai dos Gêmeos vai me levar para lá, a caminho de Brno.

Não fui a única a me surpreender com essa notícia.

– Como você conseguiu? – os outros perguntaram. – Foi algum truque? Como enganou essa mulher para querer você?

Eu podia ter dito para eles que era muito fácil gostar de Peter. Era generoso, batalhador e esforçado. Quem não ia querer a companhia dele? Era isso que eu queria dizer para as outras crianças, que agora pareciam encará-lo como um mistério e, a julgar por suas expressões, que iam de leve desaprovação até desdém sem disfarce, alguém que deviam desprezar. Quando perguntei por que eles estavam tão zangados, Peter disse que eu também devia ficar zangada. Família era coisa rara hoje em dia, disse ele.

Eu sabia que Peter tinha me dado muita coisa. Agora que íamos nos separar, também queria dar-lhe alguma coisa. Mas a única coisa que eu tinha eram palavras. Por isso disse para ele que tinha dez lembranças. Dessas dez, seis eu queria realmente ter. Por isso, o que eu tinha mesmo eram seis lembranças. A primeira era o rosto da dra. Miri. A segunda era de Peter empurrando meu carrinho de mão. A terceira eram os portões, mas só os portões atrás de mim, quando saímos de lá. A quarta era Peter jogando uma pedra naqueles portões. A quinta era Peter percorrendo as ruas da Cracóvia à procura de muletas. A sexta não era bem uma lembrança, era mais o desejo de uma lembrança, e era minha Alguém.

– Você está em três delas – observei.

A reação dele foi se aplicar mais na procura das muletas. Nos dias que nos restavam, subíamos e descíamos as ruas em busca do par de muletas, batendo em portas, perguntando para os transeuntes, investigando no hospital. Também falamos com Jakub.

– Você tem muletas? – perguntei para ele no primeiro dia da nossa busca.

– Muletas não, mas tenho cebolas – ele disse, e deu para Peter dois globos amarelos.

Dava para perceber que ele sofria muito quando tinha de recusar qualquer coisa para nós.

Naquela noite, na nossa casa abandonada, botei as cebolas numa panela de sopa e vi suas caras amarelas subindo, descendo e rodando com otimismo infinito. Considerei seu brilho solar um sinal. Ao amanhecer, pensei, Jakub terá as muletas para mim.

Então, na manhã seguinte:

– Vieram pegar comida? – ele perguntou alegremente.

Não, respondemos. Agradecemos pela sopa. E perguntamos se tinha as muletas.

– Não – disse ele com tristeza. – Mas querem isso?

Ele botou um cobertor no meu carrinho de mão. Considerei o calor um sinal. Amanhã de manhã, pensei, terei as muletas.

Mas no terceiro dia Jakub abaixou a cabeça quando nos viu chegando. Não suportava ter de dizer não para mim, por isso não perguntei. Grato por não termos cobrado, Jakub pôs um canivete na minha mão.

– Isso é tudo que tenho para dar – ele disse com pena.

Nós agradecemos e fomos embora. Examinei o canivete. Peter viu que eu estava desapontada.

– Bom para troca – ele garantiu.

De volta à nossa casa abandonada, eu desenhei com o dedo imagens no vidro gelado da janela da entrada. Desenhei uma muleta, depois a outra e, assim que terminei a segunda, chegou uma tempestade que apagou tudo que eu havia imaginado.

Resolvi não pensar mais que qualquer coisa fosse um sinal.

A responsabilidade era minha, não do destino, de garantir que eu fosse bastante forte para cuidar de Miri, mesmo continuando no meu carrinho de mão todos os dias da minha vida.

---

Quando não estava com Peter, estava com Miri, que passava as manhãs fazendo suas rondas nas ruas da Cracóvia. Eu era sua enfermeira-assistente, pelo menos era isso que ela dizia. A realidade era que Miri não suportava me deixar sozinha. Íamos juntas para a Cruz Vermelha e andávamos no meio dos catres de lona. Ela sabia que eu estava sempre de olho à procura de muletas, mas pretendia me tornar útil também, por isso eu fazia curativos sob a supervisão dela. Esse trabalho era bom para mim. Mas a minha guardiã se beneficiava mais ainda, porque ela esquecia sua dor quando estava cercada pela dor dos outros. Ao cuidar deles, Miri se revigorava. Na maior parte do tempo, cuidávamos de mulheres, porque nem todos os soldados que trabalhavam com o bem-estar social tinham se qualificado para isso. Mulheres, jovens e meninas que a guerra tinha transformado em mulheres cedo demais. Eu olhava para elas e me perguntava, será que elas teriam gostado da proteção da minha jaula?

E toda tarde, quando outro médico substituía Miri em seu posto, ela me levava para a estação. E lá nós procurávamos um nome. O nome da irmã de Miri. Ou o nome de Miri, caso Ibi estivesse à procura dela. A parede da estação era coberta de nomes, mas o de Ibi não estava lá. Ela não estava procurando Miri. Nome após nome, carta após carta, súplica após súplica, e nenhum endereçado a nós. Até que uma tarde, na véspera da grande despedida, Miri avistou um pedaço de papel e disse que devia uma visita a quem o tinha escrito. A mão dela tremia segurando esse bilhete e seus olhos estavam tão cheios de lágrimas que a mim pareceu um milagre o fato de ela conseguir ler alguma coisa. Eu só consegui espiar um lampejo de um endereço. Eu queria perguntar sobre o conteúdo da nota, mas o comportamento de Miri já contava bastante coisa. Aquela não era uma descoberta feliz e sim uma obrigação, e ela me empurrou até o endereço com pesar.

Atendendo à nossa batida na porta, apareceu uma cabeça coberta com lenço, espiando. A boca da mulher era de um vermelho vivo e tinha cachos combinando. Uma pessoa bem colorida, certamente, e atrás dela podíamos vislumbrar uma sala que um dia foi muito boa, a sala de visitas com papel dourado e móveis cujo brilho tinha ficado opaco pelo tempo e pela falta de trato.

A mulher semicerrou os olhos para nós com curiosidade e, quando ia falar alguma coisa, um homem bêbado desceu a escada prometendo voltar para se divertir na tarde seguinte. Foi assim que ficamos sabendo que aquela não era uma casa comum. Miri virou de costas, mas a mulher desceu os degraus e segurou a médica pelos ombros. Ela examinou minha guardiã com carinho.

– Muito bonita – disse a mulher em tom de aprovação. – E estou vendo que você tem uma filha para alimentar. – Ela olhou para mim com cara de pena. – Mas sinto dizer que já tenho garotas demais…

– Peço desculpas – disse Miri para a mulher. – Estamos no endereço errado.

Ela olhou para o pedaço de papel e a mulher também viu. Ela arregalou os olhos reconhecendo.

– Se esses nomes significam alguma coisa para você – ela tirou o pedaço de papel das mãos de Miri –, então você é uma preciosidade. Precisamos conversar.

A mulher se apresentou como Gabriella e fez sinal para entrarmos.

– Não se preocupe – disse ela notando a expressão de dúvida de Miri –, não há nada de feio para sua filha ver. Só uma matrona, suas meninas e uma xícara de chá.

Seguimos a mulher escada acima, passamos pela sala e fomos para a cozinha, onde uma adolescente mal-humorada com manchas roxas nas pernas olhou feio para Miri como se pensasse que ela era uma antiga inimiga. Fez uma mesura debochada e puxou uma cadeira para a minha guardiã.

– Pode ir, Eugenia! – ordenou a nossa anfitriã, perplexa com aquele teatro, e a menina foi se juntar a um trio na escada, não sem antes lançar um último olhar de desprezo para Miri.

Na cozinha docemente perfumada, a suavidade de Gabriella aumentou. Ela me tirou do carrinho de mão e botou numa cadeira como se fizesse isso todos os dias. Então pôs a mensagem em cima da mesa e alisou o papel carinhosamente, talvez para se aproximar não só dos nomes, mas dos seus donos.

– Deixei o bilhete para as minhas sobrinhas – disse ela. – Não esperava que a mãe delas estivesse viva. Ela era sem graça como você, menina. Eu sei que as aleijadas não vingaram.

Miri perguntou para a mulher se havia estado em Auschwitz.

– Eu fiquei aqui escondida – disse Gabriella. – Esse lugar… não foi escolha minha. Eu era costureira. Mas quem precisa de belos vestidos na guerra?

O que sei de Auschwitz aprendi com as minhas meninas. Duas delas vieram do… Puff, acho que o nome era esse.

Miri olhou para as meninas na escada. Os babadinhos da lingerie cor pastel que usavam fazia com que parecessem periquitos meio vestidos. Eu sabia que ela estava procurando Ibi. Mas não a encontrou ali.

– Eu soube que gêmeos eram preciosidades em Auschwitz. Foi Eugenia que disse. – Ela indicou a adolescente cheia de marcas, que continuava de mau humor. – Ela insistiu que haveria esperança se fosse gêmea. Eu achei que minhas sobrinhas estivessem mortas quando escrevi o bilhete. Mas agora você está aqui, com os nomes delas na mão… e isso é uma má notícia?

Achei estranho o silêncio de Miri. Parecia simples revelar que era guardiã dos gêmeos de Auschwitz, uma cuidadora que estava perdendo pedaços dela mesma com o esforço de mantê-los vivos e inteiros. Mas ela não disse nada. Aproveitei a chance de falar por ela. Com um tom de voz adulto que peguei emprestado da minha cuidadora, perguntei os nomes das sobrinhas de Gabriella.

– Esfir e Nina – disse a mulher, com voz triste, e acariciou o bilhete mais uma vez.

Esfir e Nina… esses nomes trouxeram a lembrança da primeira noite no zoológico. Lembrei delas arrastando uma menina morta do nosso beliche e roubando as roupas dela.

– Meninas com muita iniciativa – disse Miri com cuidado. – Eu era a médica delas.

Gabriella ficou linda com aquela renovação de esperança. Seus olhos brilharam, as maçãs do rosto ficaram rosadas.

– Onde elas estão agora? Posso vê-las?

O olhar de Gabriella viajou pela casa, examinando tudo que teria de mudar para transformar o lugar em um ambiente adequado para as duas refugiadas.

Antes de Miri poder responder, Eugenia começou a falar.

– Um médico em Auschwitz não era médico nenhum – declarou ela com raiva. – Pergunte a quem ela obedecia. Pergunte o que ela fazia.

Atônita com aquele desabafo, Gabriella olhou para Miri, e o olhar dela era de vergonha. A mulher estendeu a mão e tentou pegar a da médica, como se o toque gerasse notícias melhores. Miri reagiu ao gesto com espanto. As lágrimas silenciosas escorriam dos olhos para os lábios sem expressão nenhuma. Mas em número, eu nunca tinha visto tantas. Uma depois da outra, elas se multiplicavam e eram inumeráveis. Fiquei imaginando como poderia defender Miri.

Então as palavras vieram. Na hora, pareciam surgir de um doce lugar nenhum, algum ponto dentro de mim que eu nem sabia que existia. Contei para Gabriella que tinha conhecido suas sobrinhas também. Elas eram boas meninas, meninas generosas e a última coisa que fizeram exigiu muita bravura, qualquer tia teria orgulho delas. Eu disse que assim que chegaram ao zoológico começaram a pensar como podiam prejudicar o médico da morte. Esses planos tomavam todo o tempo delas. Elas eram sempre dissimuladas, se aproximavam dele como raposas e aplicavam grossas camadas de lisonjas ao ego inchado dele. Fingiam gostar do que ele gostava, pensar o que ele pensava e quando ficaram sozinhas com ele, num momento vulnerável, isoladas dentro de um carro, pegaram suas facas de pão que tinham escondido nos bolsos, e apesar desse plano não ter funcionado, elas estavam mais vivas do que qualquer pessoa naquele momento, e seus planos de matar o médico, por mais ingênuos que fossem, por mais tolos que fossem, viraram lenda. Todos os dias, eu disse, pensava nelas. Lembrava-me delas com tanta intensidade que muitas vezes elas viraram uma única pessoa e eu imaginava essa pessoa como se fosse o meu coração.

Gabriella beijou o topo da minha cabeça e me abraçou com força. O abraço foi tão sentido que eu soube, naquele momento de intimidade, que ela imaginou em mim as meninas que havia perdido. O toque dela tinha pulsação, mas a voz tinha apenas determinação.

– Você tornou minha vida digna de ser vivida – sussurrou ela.

Pensei que ela não ia me soltar mais, mas de repente se afastou, atravessou a cozinha e voltou, talvez uma afirmação de que podia continuar, então deve ter tido uma ideia, porque correu para um armário na entrada. Dentro dele havia todo tipo de coisa: lenços, guarda-chuvas, chapéus, e até uma meia peruca. Ela vasculhou a pilha, enfiou a mão no fundo do armário e, triunfante, me deu o que ninguém mais tinha conseguido em toda a Cracóvia.

– Deixadas por um soldado – disse ela. – Um menino miúdo e tão doente que… não vai mais voltar. É melhor você ficar com isso do que qualquer idiota bêbado!

Eram velhas, mas aquelas muletas me deixaram nova em folha. Criaram uma versão de mim que podia andar. Ou pelo menos, alguém que podia fazer mais do que se arrastar. Eu podia botar as muletas para frente e balançar os pés diante de mim e mesmo com poucos passos vi o potencial de tudo que eu podia fazer. Eu continuava mutilada, mas podia ser rápida e mutilada, adaptada e mutilada, capaz e mutilada.

Com aquelas muletas, eu podia cuidar melhor de Miri.

Quando saímos de lá, Miri perguntou de onde eu tinha tirado aquela história, sobre planos de vingança e sonhos, aquele sonho impossível com a morte de Mengele, e eu disse para ela que era uma coisa que estava gravada dentro de mim. Mesmo sem conseguir localizar a origem, eu sabia que era real, ou meio real, ou pelo menos aquele calor que corria dentro de mim – tão intenso que formava uma sombra e eu podia fingir que era minha família – era uma sensação mais verdadeira do que qualquer outra coisa.

– Guarde essa lembrança – Miri aconselhou.

E assim tornou-se oficial: essa foi a minha primeira lembrança verdadeira da minha irmã, da gêmea que eu tive um dia.

---

Na nossa última manhã acordei com o sol espiando pelas frestas das tábuas nas janelas, jogando fitas de luz sobre as crianças que dormiam no chão, todos nós enrolados em cobertores e trapos. Sophia estava à minha esquerda, roncando muito, com os braços sobre o meu peito. Minhas muletas estavam à direita e quando as vi lembrei que podia ir sozinha para qualquer lugar, e levar Miri comigo.

Mas naquele dia iam tentar me entregar para a Cruz Vermelha.

Logo que abri os olhos, vi os preparativos para nossa saída. Miri e Pai dos Gêmeos tinham amontoado nossos sapatos no chão da cozinha. Miri enchia os furos com papel e Pai dos Gêmeos amarrava com barbante. Consertavam os sapatos em silêncio, com mãos trêmulas, ambos aflitos com a proximidade da despedida. Vi Miri olhar para as mochilas perto da porta, uma para Peter, outra para Pai dos Gêmeos. Ela examinou aquilo como se quisesse reunir coragem para falar, então dirigiu-se ao Pai dos Gêmeos de cabeça baixa, ainda olhando para o chão.

– Você nunca questionou meus atos, Zvi. Por quê? Os outros... eu ouvia histórias sobre mim, sobre o que eu tinha feito. E essas histórias me perseguem, até agora.

Ela cobriu o furo no sapato e deu um último nó no barbante.

– Você sempre foi boa – disse ele simplesmente.

Pai dos Gêmeos olhou para Miri quando falou, e devia esperar que ela recebesse bem essa verdade, mas não foi essa a reação de Miri, então ele se curvou para enfileirar os sapatos remendados, como se isso endireitasse tudo. Quando ele ficou de costas para ela, Miri aproveitou a oportunidade, passou por ele e foi para a porta. Viu que eu estava acordada e fez sinal para eu me juntar a ela, mas Pai dos Gêmeos não queria dispensar a formalidade de uma despedida. Ele levantou a cabeça da fileira de sapatos e deu para Miri a única coisa que a ex-médica talvez aceitasse.

– Suas crianças sentirão sua falta – ele disse.

O olhar de Miri indicou que acreditava nele.

Quando saí manquitolando com minhas muletas, vi Peter levantar a cabeça na frente da lareira, onde tinha dormido. Vi o cabelo embaraçado na parte de trás da cabeça dele. Com o olhar vidrado de quem ainda sonha um pouco, ele olhou para mim. Eu tinha tentado me preparar para aquele adeus. Quando nos virmos de novo, eu disse, mas não consegui terminar a frase do jeito que queria. Eu não podia falar, *será melhor, eu estarei andando, você estará bem, todos serão encontrados, não seremos aprisionados e nem ficaremos sem um país, não seremos perseguidos e nem morreremos de fome, não seremos testemunhas do sofrimento.*

Não consegui terminar essa frase, não naquele momento.

Vinte anos depois, eu teria a chance de fazer isso, mas não haveria necessidade. Seríamos adultos e nos encontraríamos num pátio em Frankfurt. Peter me mostraria fotos da mulher dele, a que entendia por que ele pulava da cama à noite com o toque de um telefone, por que ele guardava caixas embaixo da cama, cheias de especulações sobre o paradeiro de um criminoso mais escorregadio do que a maioria, um homem cuja fuga iniciada em Auschwitz o levara para Gross-Rosen, depois para um voo até Rosenheim, onde arrumou trabalho numa fazenda, separando as batatas boas das estragadas, botando em pilhas bem-arrumadas para a inspeção do fazendeiro, antes de se instalar no seu último esconderijo no Brasil, onde escreveu suas memórias, ouvia música e nadava no mar.

Mas isso não é sobre aquele homem, por mais que ele gostasse que fosse.

Isso é sobre Peter. Como Miri havia previsto, ele era bom em muitas coisas, tantas que se viu meio perdido depois da guerra. Ele fugiu da custódia da sua guardiã e viajou. Vagou de um país para outro como se nunca tivesse se livrado do papel de mensageiro, de um menino de recados, mas suas viagens pararam quando uma mulher o amou e casou com ele, apesar dos avisos da família dela, de que ele não prestava, que não tinha mais conserto, que ela não se surpreendesse se seus filhos nascessem mortos ou, pior ainda, se nascessem com mutações forjadas pelas mãos do médico. Mas eles tiveram filhos. Dois meninos. Saudáveis e lindos. Dava para ver o pai nos rostos deles. Eu podia ficar olhando para aquela fotografia o dia inteiro, mas estávamos naquele pátio com um objetivo maior.

O julgamento dela tinha terminado. Nós poderíamos ver Elma na prisão. Poderíamos confrontá-la com os fatos, com o que ela havia feito. A Alemanha tinha dado prisão perpétua e mais treze anos. Uma das sentenças mais severas na história dos processos contra os criminosos de Auschwitz-Birkenau no país, ela determinava que a morte de Elma se daria no chão frio da sua cela.

Peter entrou primeiro. Não sei o que ele disse. Quando saiu, simplesmente fez sinal com a cabeça para eu entrar, sem dizer palavra. De alguma forma, ele nunca deixou de saber do que eu precisava.

A cela de Elma era mais espaçosa do que aquela em que eu tinha vivido. E ninguém enfiava agulhas na sua coluna, ninguém esmagava seus tornozelos, ninguém invadia o corpo dela e remexia nas suas entranhas, avaliando sua capacidade de ter filhos enquanto ela mesma ainda era criança, para depois fechar com pontos grosseiros e abrutalhados. O cabelo dela estava cortado bem rente, mas não tinham raspado. As belas roupas tinham sumido, mas ela não estava nua. Tinha sido capturada, mas ninguém tinha tirado sua infância, da maneira que ela havia tirado a minha, e, mesmo atrás das grades, ela ainda tentou tirar mais de mim, deu uma risadinha ao ver minha bengala, louca para que eu visse seu desafio. Mas eu sabia que ela passaria todo o resto da vida ouvindo apenas o som dos próprios pensamentos. Ela não tinha nenhum Zayde, ou mamãe para consolá-la. Não tinha nem o pouso de um pombo no peitoril da janela. Isso parecia um sofrimento justo. Não senti pena de Elma, no entanto a visão dela me perturbou. Eu podia dar-lhe um jogo ou dois para ajudar a se preservar na sua jaula, mas duvidei que ela entenderia o valor dessas coisas. Em vez disso, eu dei para ela uma coisa que tinha valor para mim: meu perdão. Ela cuspiu com nojo. Eu perdoei isso também.

Perdoá-la não trazia de volta a minha família. Não acabava com a minha dor, nem apagava os meus pesadelos. Não era um recomeço. Não era, de jeito nenhum, um fim. Meu perdão era uma repetição constante, o reconhecimento do fato de que eu ainda estava viva. Era prova de que as experiências deles, seus números, suas amostras não tinham servido para nada – eu resisti, como um tributo ao erro de avaliação deles, do quanto uma menina é capaz de suportar. No meu perdão, o fracasso deles de me matar ficava patente.

E quando terminei de dizer para Elma que a perdoava, ainda a fiz lembrar daqueles que não tiveram a oportunidade de fazer isso. Eu citei os nomes deles.

Peter foi o único de todos os nomes na lista de Pai dos Gêmeos que eu encontrei de novo.

Todos aqueles inocentes – não pensei no futuro deles naquele dia em que saí da casa abandonada. Não pude saber de seus destinos, suas vitórias, seus problemas. Aqueles que se integraram em cidades novas e foram esquecidos, mesmos em novas profissões, formando impérios suficientemente grandes para apagar o passado, ou sem conseguir prosperar porque não eram capazes de tirar o barulho do próprio sangue da cabeça. Os que se casaram com outros sobreviventes e os que não quiseram casar porque não tinham nada a oferecer no leito nupcial a não ser terrores noturnos. Os que encontraram consolo e liberdade no solo dos *kibutz*, e os que se viram deitados em outro tipo de mesas, dando permissão para outros médicos cauterizarem as memórias marcadas a fogo em seus cérebros, para arrancar de uma vez por todas o sofrimento que ele havia imposto a nós.

Esses que foram crianças um dia.

Quando chegou o caminhão com a verdadeira cruz vermelha, eu me escondi.

Ouvi os atendentes recolhendo as crianças. Algumas berraram, espernearam, se agarraram às portas. Todas as trinta e duas foram forçadas a entregar suas facas de pão e as lâminas tilintavam ao se juntar às outras numa pilha no chão. Desejei ter podido escondê-las comigo, mas não podia arriscar ser descoberta. Eu estava no quintal, atrás de um monte de neve, com meu carrinho de mão por cima. Espiei pela borda dele e vi as crianças arrastando os pés e entrando no caminhão. Vi Sophia saltitando alegre, com uma boneca dada por uma atendente embaixo do braço. Vi Erik e Eli Fallinger olhando desconfiados para os atendentes, com os pés plantados no chão. Os trigêmeos Aaldenberg se esconderam atrás de Miri e ela os levou para os braços dos atendentes, com a expressão vazia mudando para dor. E então eu a vi contando as crianças, fazendo a chamada pelos nomes, registrando qualquer ausência. Ouvi quando ela me chamou. Os atendentes procuraram acalmá-la, mas Miri protestou que a Cracóvia não era um lugar seguro, que estava havendo ataques todos os dias, que ninguém podia dizer que a menina ficaria bem, especialmente depois do que a menina tinha passado, e a menina, continuou ela, além de tudo era aleijada, a presa mais fácil para qualquer um que quisesse persegui-la.

Fiquei ouvindo minha guardiã me chamando até ela ficar sem voz.

Era cruel fazer Miri esperar, especialmente com todos aqueles perigos na cabeça dela, mas eu sabia que só podia me mexer quando não houvesse mais risco da Cruz Vermelha voltar. Só sem a interferência da presença deles eu conseguiria convencer Miri de que precisávamos ficar juntas. Depois de uma boa hora de cautela, peguei minhas muletas e manquitolei até a casa abandonada. Estava escuro. Acendi uma vela. Mas não tinha uma das mãos livre para levá-la. Então fiquei no meio da sala e espiei em volta, para ver o que dava naquela luz fraca. Eu queria dizer para Miri que agora ela podia recomeçar. Mas Miri estava fora de si. Não era nem a versão que buscava perdão. Essa Miri estava encolhida num canto, perto da gaiola de passarinho. Estava acordada, mas ausente. Eu achava que o jogo que tinha me trazido de volta podia trazê-la de volta também, que faria com que ela se recuperasse daquele desejo de morte.

Pensei em peixes, primeiro na espécie, depois gênero, e então cheguei à terceira classificação, a que eu realmente queria.

*Família* foi a primeira coisa que pensei.

Mas a segunda foi que *até as famílias acabam*. Não era aquela ideia que eu queria. Tentei me convencer de que Miri ia continuar a viver simplesmente porque eu precisava dela – mas quando ela não desviou o olhar das trinta e duas lembranças dolorosas de tudo que havia perdido, compreendi que ela acabaria com seu mundo se eu não fizesse alguma coisa –, essa possibilidade fez com que eu esquecesse as minhas muletas e me arrastei para frente pedindo ajuda. O desespero me carregava, dois passos, depois três e então caí e gritei para a cidade, berrei para toda a Cracóvia ouvir.

STASHA

# CAPÍTULO DEZENOVE

## A Cortina Sagrada

Aqui e ali coisas perdidas, deslocadas: um ninho de passarinho numa poça de gelo, óculos quebrados num medalhão pendurado numa estaca de cerca. Eu abri o medalhão. Numa metade havia um cacho de cabelo, na outra, ferrugem. Eu sabia como essa metade se sentia. Eu me sentia assim sempre que olhava para troncos de árvores e via aqueles nomes todos, todos amados e sendo procurados, e o meu não estava entre eles.

Os mendigos aqui tinham certeza de que era dia 11 de fevereiro de 1945. Eles nem quiseram pagamento.

Estávamos em Wieliczka, vizinha da Cracóvia, segundo as placas nas quais eu não confiava mais. Como muitos lugares assim, não devíamos estar lá. Ao sair de Poznan, encontramos as estradas coalhadas de tanques que interrompiam nosso caminho para Varsóvia. Se eram russos ou alemães, nenhum de nós saberia dizer. A escuridão era arriscada demais. Convencemo-nos de que as estradas iam ser liberadas em pouco tempo, a qualquer momento, mas andávamos montados no Cavalo enquanto esperávamos e logo estávamos vagando em vez de esperar.

Cavalo se aborreceu. Ele não gostava de rodar daquele jeito. Feliks me acusou de perder tempo. Eu normalmente aceitava a culpa, mas não pude aceitar por isso. Eu sabia que nós três estávamos hesitando. Nosso frágil exército não estava à altura daquela tarefa. Derrotar Mengele! Mesmo a minha nova pistola tinha dado para zombar de mim e suas balas diziam isso em terrível concordância.

*Minha mira nunca será suficientemente boa*, disse a pistola. *Você não está sozinha. E tem a mim também. Nós somos uma família, todos nós. Está vendo quanta coisa Feliks e eu já conseguimos como irmãos?*

*O que importa?*, murmuraram as balas entre elas. *O olho ruim de Stasha tornou sua mira ruim também. Ela vai errar.* Eu queria dizer para as balas que não podiam pensar assim, que não podiam me questionar, que elas tinham de se imaginar no coração ou na cabeça do nosso inimigo.

Ouvindo isso, as balas bufaram de desprezo. A pistola observou a fumaça como um jeito de mudar o rumo da conversa.

A fumaça sobre a cidade tinha cheiro de fumaça mesmo. Um ardido de pinho, um toque de bálsamo. As nuvens que formava não desenhavam uma boa recepção, mas também não eram as fúrias vermelhas de Auschwitz. Mesmo assim, havia provas de que nossa gente tinha corrido perigo ali nos dias em que a Wehrmacht dominava. Tropeçamos nessas provas quando procurávamos lugar para dormir.

Por que ninguém defendeu a cidade? Ou será que a resistência foi derrotada? Aquela sinagoga de madeira... eu imaginei as chamas que tinha testemunhado. Não sei se saberíamos que nosso abrigo tinha sido uma sinagoga se não fosse pela *parochet* chamuscada – a cortina da arca: veludo azul, com seus leões sujos de fuligem, a coroa com a Torá ainda brilhante – que estava na neve a poucos metros de distância, como se tivesse conseguido escapar da pilhagem por conta própria. Ao ver a *parochet*, Feliks não disse uma palavra, ele nem disse o que o pai dele, o rabino, teria dito, mas parou e beijou a cortina e a botou dobrada sobre uma estaca queimada no meio das ruínas para protegê-la da terra. Mas a *parochet* caiu outra vez e não tivemos escolha: levamos o tecido sagrado conosco.

Caibros caídos, pretos feito piche, se cruzavam no chão que cintilava com estilhaços de vidro. Um canto da construção permanecia intacto e fomos para esse abrigo, amarrando Cavalo num vidoeiro chamuscado do lado de fora. Parecia que Cavalo seria capaz de recuperar a antiga glória da sinagoga só com sua beleza. Apesar das costelas dele ainda estarem proeminentes, o brilho negro dos olhos também sobressaía e ele olhava fixo para nós. Sempre que o vento trazia o menor ruído, ele mexia as orelhas, preocupado. Sob a doce proteção da vigilância de Cavalo, nós nos consolamos.

Feliks e eu nos encolhemos juntos sob o veludo azul. Se alguém olhasse de longe na nossa direção só veria um monte de madeira carbonizada, um cavalo brilhante trocando as patas de apoio e uma área pequena de azul que era nosso *parochet.* A sensação era de que nenhum mal podia nos acontecer. Eu já ia perguntar para Feliks o que o pai dele ia pensar de usarmos o *parochet* como cobertor, se ele elogiaria nossa resistência, ou se nos amaldiçoaria pela blasfêmia, mas Feliks já dormia profundamente.

E assim ficou decidido que Cavalo e eu seríamos vigias. Feliks roncava enquanto nós contávamos estrelas para nos mantermos acordados. Aquela noite havia poucas estrelas para superar meus pensamentos, por isso as expandi e dei nomes, depois futuros. Imaginei esses futuros em todos os tipos de lugares que nunca vi e, quando esses futuros estavam completos, eu os tirei, já que as estrelas não deviam ter futuro se Pearl não tinha.

Com o tempo, a vigília atenta dos olhos de Cavalo me convenceu de que era seguro dormir.

Uma simples crença, do tipo que eu precisava.

---

Eu gostaria de dizer que, mesmo vendo que Cavalo tinha sumido quando acordamos, não faltava mais nada. Mas alguma coisa além da ausência dele chamou nossa atenção naquela manhã. No lugar em que nosso pálido herói devia estar, balançando a cabeça apesar da sonolência, começava um fio vermelho. Esse rastro de sangue serpenteava pelas ruínas e saía para o campo como uma cobra, e nós seguimos essa trilha, todas as paradas e avanços, cerca de oitocentos metros, até terminar diante do arco de um monumento cavernoso de pedra. Espiamos aquela escuridão a partir dali.

– Continua – disse Feliks.

Eu não sabia se ele estava se referindo à tristeza ou à trilha vermelha. Ele me segurou pelo braço e tentou me impedir, mas não se empenhou muito. Queria respostas, tanto quanto eu. Não nos importamos de estarmos dentro de uma mina de sal, de seguirmos um rastro vermelho que não era estreito nem largo, para um subsolo salgado, um lugar embaixo da terra que parecia mais hospitaleiro para o mal.

Acho que estávamos ambos cegos com aquela fita vermelha que se estendia à nossa frente, ou então pelo que podia significar para nossas muitas perdas. Considerei aquilo um recado, mesmo que me levasse para um horror. Sabia que não ia encontrar minha irmã viva, sabia que Cavalo tinha sido capturado pela violência, mas achei que talvez estivesse sendo levada para a compreensão e a recuperação. Como podia não pensar dessa maneira cercada de tanta beleza?

Porque a entrada daquela mina de sal era... imagine-se pisando na entrada inclinada de um lírio, visualize-se deslizando em espirais de um branco luminoso, sem comparação possível. Seguindo a escada de madeira da mina, entramos em um corredor brilhante após o outro, ficávamos sem saída diante de celas minúsculas, salpicadas de ouropel, tropeçávamos em cavernas de sódio congelado que abrigavam a agitação de morcegos. Caminhamos por aqueles salões subterrâneos testemunhando deslumbrados o centro do nosso mundo.

Mas até o deslumbramento acaba. No final da escada de madeira, vimos que o lírio no qual viajávamos possuía um néctar que atraíra um exército de formigas. Os soldados eram praticamente idênticos em seus uniformes e sofrimento. Poderíamos pensar que, depois de todos os seus crimes, alguma mão divina e luminosa desceria do teto e os abateria, um por um, como pedras cinzentas de dominó. Mas não desceu mão alguma. E mesmo se tivesse descido, já seria tarde demais para Cavalo.

Porque nunca fui especialista em ossos, mas sabia, só de ver tudo espalhado, e os fios vermelhos que levavam a um caldeirão fervente posto sobre uma base precária de tijolos, que nós não íamos entrar em Varsóvia a cavalo, que Cavalo, aquele querido animal que havia nos servido, tinha encontrado a mesma brutalidade ineloquente que nós conhecíamos tão bem.

As profundezas da mina de sal repetiram meu horror até o centro da terra.

Algumas pessoas ouviram tantos suspiros, tantos gritos, tanto choro que ficaram surdas para isso, por mais que uma mina de sal amplie seu volume ou alcance. Parecia ser esse o caso com aqueles soldados da Wehrmacht. Os seis estavam ocupados, agachados aqui e ali, remexendo em seus pratos e bebendo. Não tinham medo e nem se interessavam por ursos e chacais.

Só um deles virou na nossa direção, o que cuidava do caldeirão. A postura dele era desgrenhada e tinha olhos metálicos que pareciam medalhas recebidas por feitos terríveis.

– Ele não era de vocês, não tinham direito de pegá-lo – sussurrei.

Eu tinha certeza de que Cavalo tinha alertado seus carrascos sobre isso. Afinal, é sabido que todos os animais falam nos estertores da des-criação. Cavalo deve ter relinchado bem alto que pertencia a nós, que nós três estávamos numa missão sagrada para a recuperação das nossas almas, para tirar a alma de outro e vingar Pearl.

Avancei aos tropeços, enfurecida. Feliks tentou me segurar.

O soldado que cuidava do caldeirão estava lerdo de carne de cavalo e bêbado de uísque. Ele cambaleou para frente, sacou sua pistola e deu mais um passo. Inclinou a cabeça para olhar para nós. Não conseguia entender por que nós não fugíamos. Parecia achar nosso comportamento inédito e nos tratava como curiosidades enviadas para interromper seu tédio e sua maldição. Eu sabia por que não fugia. Não tinha nada a temer. Mas e Feliks? Por que estava tão enraizado naquele chão? Era como se não tivesse escolha, se precisasse ficar ao meu lado. Nós dois tínhamos deixado cair nossas mochilas e devíamos estar com elas nos braços, correndo, devíamos subir aquela escada em disparada. O soldado avançou para examinar o que tinha dentro delas.

Tínhamos uma machadinha, três facas, duas pistolas, uma drágea de veneno destinada a Mengele. Tínhamos um pedaço de pão, um pouco de linguiça, um tanto de trapos para cobrir nossas feridas. Tínhamos a tecla de piano de Pearl num saco cheio de pedras. Não imaginei que podiam se interessar por aquelas coisas. Ele viu as armas e achou graça. Eu me preocupava com Feliks, não comigo. *Fuja!*, formei com os lábios. Ele não fugiu.

– Vocês dois estão bem armados – observou o homem. – Vieram aqui para me matar?

– É outro – declarei. – Um verdadeiro nazista. Vocês estão todos uns contra os outros agora, não estão? Nós podemos lhe dar informação sobre o paradeiro dele. Vocês podem fazer um acordo com os russos, com os americanos. Não podem? E talvez, em troca dessa informação, vocês possam nos deixar ir e devolver nossas armas? Essa pessoa... ele seria uma ótima captura para vocês. É melhor do que Himmler. Maior do que Goebbels. Maior do que o próprio Hitler…

– Josef Mengele – interrompeu Feliks sem ar. – Ela está falando de Josef Mengele.

Não houve nenhuma reverberação na voz dele. Parecia que até os ecos não estavam do nosso lado aquele dia, porque só atendiam livremente ao soldado que inspecionava nossas armas, virando e revirando tudo com tinidos metálicos que se repetiam nos corredores salgados.

– Nós podemos dizer onde ele está… apenas deixem-nos ir – implorei. – Quem o capturar… todos serão heróis. Ele é um troféu… depois do que ele fez, o mundo inteiro quer pegá-lo.

Mas o soldado não se impressionou com esse pequeno discurso. Estava mais interessado em apontar as nossas pistolas para nós. Vimos a mira da pistola oscilar e entrar em foco. Ele virava para um lado e para outro. Primeiro Feliks. Depois eu. Como se a pistola fosse resolver sozinha. E então ela escolheu Feliks… o soldado aprumou o cano para o meu amigo.

Meu amigo, com todas as suas muitas vulnerabilidades e demonstrações de bravura, aquele que agora era o tema de muitos dos meus sonhos, aquele que conseguia domesticar um inverno e reduzir centenas de quilômetros, e fazer a tristeza comer na palma da sua mão. Meu irmão. Meu irmão gêmeo. Eu sabia que ia precisar de Feliks a vida inteira. Queria vê-lo crescer sendo menino o tempo todo, mesmo mudando para um adulto. Queria ver seu cabelo caindo da cabeça enquanto o meu ficava branco, queria providenciar para ele dentes novos para poder mastigar um dia, e, se mesmo assim ele não conseguisse morder, então acho que eu continuaria a mastigar para ele. Quando eu olhava para Feliks, minha visão era toda boa.

Fiquei na frente de Feliks esperando absorver a bala destinada a ele. Uma bala não podia me fazer mal. Mas Feliks não sabia disso. Ele me empurrou para o lado. O soldado apontou o cano da nossa pistola para nós.

– Vocês dois: tirem a roupa.

Então tiramos as peles de Urso e Chacal, as camadas externas que nos protegiam da noite, do inverno e de qualquer desconfiança quanto à natureza das nossas verdadeiras forças. A bravata de aluguel daqueles predadores não estava mais lá. Chegava a doer ver o calor luxuoso das nossas peles emprestadas caindo nas mãos do inimigo! Meu vestido em seguida, depois dois suéteres. Fiquei ali de pé, mal me cobrindo com as mãos de novo, meu corpo que se lembrava de tudo para mim, assumindo de Pearl a guarda do passado, e destacava a série de picadas de agulha do formigamento nos meus braços. Olhei para cima, para o teto da mina de sal, porque não conseguia olhar para mim nem para Feliks. Sabia que ele devia estar todo arrepiado, que talvez tivesse se mijado de medo e ouvi quando fungou. Quando Feliks tirou a calça, o soldado riu do rabo dele e cutucou a ponta com o cabo do rifle.

Imaginei se aquele soldado conhecia Taube, se tinha ouvido falar do ato misericordioso do guarda e tinha resolvido consertar a situação. Porque ele não deu nenhum sinal de que ia nos poupar. Taube tinha feito aquilo num momento de insanidade e confusão; tinha tirado a bota das minhas costas. Mas esse soldado não estava confuso quanto ao que ia fazer conosco.

– Quem disse que podiam ficar calçados? – ele rosnou para mim. – As meias também – completou.

Minha drágea de veneno estava dentro da meia do pé esquerdo. Pensei no que os vingadores fariam, por isso, ao me abaixar para puxar a meia de lã, tirei a ampola e enfiei na boca. Acondicionei com todo cuidado entre o maxilar e a bochecha.

E ali parados, completamente despidos, vi ao longe pedaços do couro do Cavalo espalhados como um cobertor rasgado. Como tinha deixado Cavalo me carregar tanto tempo sem notar que ele era branco piano, como o piano no filme da Pearl? Meu olho bom registrou esse fato e, curiosamente, pela primeira vez desde que Mengele pingou aquela gota nele, meu olho ruim concordou. Seu tradicional véu de escuridão tinha dissipado. Os dois olhos podiam ver o mesmo branco. Não havia variação, nenhum tom de cinza, nenhuma sugestão de ambiguidade. Estava tudo muito claro.

Era isso que eu via: o soldado tocando em tudo que me restava da minha irmã. A tecla de Pearl. Ele pegou de dentro do saco, examinou sem interesse e deixou cair entre os dedos.

Eu não podia deixar aquela tecla de piano cair. Não podia deixar que encostasse naquela terra. Pearl estava morta e a culpa era minha. Mas isso... se não pegasse a tecla, pensei, ia merecer o que tinha pela frente. Então mergulhei para pegá-la, joguei-me aos pés do soldado e foi tanta a glória de tê-la nas mãos que chorei de felicidade bem na hora em que ele chutou minhas costelas. E chutou outra vez. E mais outra. Senti a pequena drágea de veneno batendo nos dentes, as metades da ampola ameaçando afundar na ponta do meu canino. Na minha mão estava a vida da minha irmã e na minha boca, a morte de Mengele.

Mesmo num momento como aquele, eu sabia qual tinha mais significado.

Ouvi um disparo e achei que estava ferida. Mas não era eu. O verdadeiro risco nunca seria eu. Vi Feliks cambalear para trás, eu o vi esquecer-se de cobrir a nudez por causa da dor. Vi quando pôs a mão no ombro, apertando um ferimento que transbordava.

Olhei para Feliks e olhei para o soldado, e vou confessar essa loucura... por um minuto, pensei que via não o desertor, mas o médico, o Anjo da Morte ali, e a perversidade de suas experiências era tão imensa que ele não podia mais viver na face da terra.

Gostaria de poder atribuir isso à profundidade da mina de sal, cujas dimensões diziam que faziam as pessoas verem fantasmas, espectros e ilusões de todos os tipos. Mas o problema era comigo. Eu gostaria também que só eu fosse atormentada por visões como essa, mas havia muitos que, ano após ano, década após década, eram perseguidos por esse mesmo rosto. Não eram mais crianças, nem prisioneiros, mas tinham sempre a sensação do olhar dele, da possibilidade daquelas inspeções dele. De quantas maneiras ele seria capaz de se disfarçar? – ficávamos nos perguntando. E o mundo olhava para nós como se fôssemos loucos.

Lá na mina de sal, eu tinha certeza de tê-lo visto.

E a ilusão só se despedaçou quando vi que o ferimento de Feliks era circular. Mengele não nos feria daquele jeito, tinha formas mais lucrativas e eficientes para nos danificar. A brutalidade dele era estudada e elegante demais para deixar Feliks sangrando no ombro, com um ferimento tão grosseiro e ineficiente que não contribuía em nada com a ciência dele.

O soldado apontou mais uma vez, mas nós já estávamos fugindo, subindo a escada e com a nossa rapidez aumentada pelo fato de o soldado que nos perseguia parecer quase cego de tanto desprezo que tropeçou nos degraus. Vi a bota dele escorregar e ele bater de cara nas tábuas. Parei tempo demais para analisar o transe dele e aquela queda, seu corpo batendo nos degraus feito um brinquedo enquanto desabava. Como se eu acreditasse que vendo a queda do inimigo tudo podia ser revertido. Os trens mudariam de direção nos trilhos, os números iam se apagar sozinhos, a ponta da agulha jamais chegaria à minha veia.

Mesmo ferido, meu amigo era mais rápido do que eu. Ele sabia que tinha de usar seu corpo para apoiar o meu quando subimos correndo a escada, sabia que eu precisava mais de um incentivo para me recuperar da morte de Cavalo. Mas eles tinham matado um ente querido, tinham roubado de nós, tinham nos deixado indefesos. Não achei que era vitória nenhuma escapar assim. Não via sentido em continuar. Se aquele veneno pudesse me matar, teria engolido com alegria.

– Olhe – disse Feliks assustado, levantando um dedo trêmulo para o céu.

Uma dúzia de pessoas caía de lá. Não sabíamos se eram amigos ou inimigos, mas tinham uma nuvem de inverno mais fraco às costas. Meu amigo tinha o brilho de um buraco de bala no ombro e mesmo assim foi isso que viu. Eu vi o rosto retorcido de dor se maravilhar com o voo deles – a liberdade flutuante daquilo – e querer a mesma coisa.

Mas o que nós tínhamos estava apenas naquele solo perturbado e amaldiçoado. Eu tinha a drágea de veneno entre os dentes e o maxilar, ainda intacta e cheia de promessas. O resto que tínhamos juntado em nossa missão... estava perdido.

Adeus, Cavalo. Nosso querido. Você foi mais inocente do que Pearl no dia em que nascemos. Você foi melhor do que as melhores partes de nós. Você foi quem eu desejei que o mundo fosse.

Adeus, machadinha e pistola e três facas preciosas. Vocês foram mais decididas e mortais e afiadas do que eu poderia ser.

Adeus, casacos de pele. Adeus, Urso. Adeus, Chacal. Vocês nos tornaram ameaçadores e possíveis, vocês nos puseram na Classificação das Coisas Vivas com um desempenho que eu não poderia executar sozinha. Em vocês eu virei predadora, do jeito que uma sobrevivente às vezes precisa ser.

Despida assim, avancei na neve, com meu amigo enrolado ao meu lado e eu o arrastei para a misericórdia de uma sequência de casas ao longe. Fomos aos tropeços, com a esperança do alívio, de que alguém vestisse a nossa nudez e cuidasse dos nossos ferimentos, enquanto os homens pulavam de paraquedas lá em cima, tão leves e tão livres. Estendi o punho cerrado para eles com inveja. Gritei para eles, sem me importar com quem poderia me ouvir e se apossar do meu corpo mais uma vez. Já tinha sido tirado de Pearl e de mim tantas vezes que eu não me importava mais.

– Stasha – implorou Feliks –, estou vendo que você vai morrer logo se continuar assim.

Era uma profecia, um aviso, amor.

Ah, quem dera eu fosse uma menina que precisasse seguir esse conselho!

PEARL

# CAPÍTULO VINTE

## As Fugas

Da nossa janela do hospital eu os via, flutuando no céu como as sementes voadoras dos dentes-de-leão. Paraquedistas – contei doze, boiando na nossa noite, na periferia de Cracóvia.

– Você sabe quem eles são? – perguntei para Miri.

Virei de costas para a janela e manobrei minhas muletas para poder ficar de frente para ela. Perguntei para que vinham aqueles paraquedistas, por que usavam aquele método. Miri disse que era difícil saber, mesmo de perto, se alguém tinha boas intenções, mas que tinham dito para ela que muitos da resistência judaica usavam esse método para viajar e transportar suprimentos, segredos e armas.

Eu não vi os paraquedistas pousando. Eles desciam em algum lugar fora do meu campo de visão, mas três dias depois eu veria uma reconfiguração das sedas brancas que inflavam acima deles, porque aquele tecido macio havia caído nas mãos de uma costureira. Agora uma noiva desfilava pelas ruas, deslizando nos paralelepípedos indo para o chupá nesse esplendor de babados dos tempos da guerra, com a seda dos paraquedas transformada em um vestido transparente, com a cauda esvoaçando atrás dela como uma névoa. As duas mães se juntaram a ela e passaram por baixo da renda. Pondo a cabeça para fora da janela, dava para ver a celebração. A noiva rodando em volta do noivo. As sete bênçãos. A música de vidro quebrando.

– Ainda há casamentos? – exclamei espantada.

Miri levantou da cama e veio para a janela aberta para assistir comigo, inclinando a cabeça para ouvir melhor. Ela passou o braço no meu ombro.

– Ainda há casamentos – ela disse com a voz embargada. – E eu não sei por que estou tão surpresa.

Uma cerimônia, depois outra.

---

Na casa abandonada, quando achei que Miri estava se despedindo do mundo, foi como se estivesse em um tipo diferente de jaula. Minhas mãos não funcionavam e minha visão ficou embaçada. Tudo era distante e impossível. Nem me lembrei das muletas quando corri trôpega para a rua à procura de ajuda. Minha voz chegava bem mais longe do que eu, e meus gritos atraíram os vizinhos de suas casas. Jakub, o que dava cebolas, nosso anfitrião na Cracóvia, estava entre eles. O rosto dele era o único que eu conhecia e em que confiava. Apontei para a porta aberta e ele entrou correndo.

Eu sabia que ele ia carregá-la para fora. Mas não queria vê-la naquele estado. Não olhei. Nem quando Jakub botou Miri numa ambulância e me sentou ao lado dela. Só abri os olhos quando chegamos ao hospital. Vi quando ela desviou o olhar das enfermeiras e pacientes. Apesar de ter visto muitos com o mesmo problema, ela ainda sentia vergonha e essa vergonha não passou quando foi atendida, mediram seus sinais vitais e puseram-na num leito. Ela se recusou a deitar naquela cama. Ficou sentada na beirada e olhou para a cortina que dividia o quarto, e assim se manteve até uma enfermeira entrar com Jakub.

A chegada dele foi estranhamente formal. Ele fez uma pequena mesura à porta. Foi como se achasse que o excesso de polidez ia esconder sua preocupação, só que, do meu ponto de vista, apenas anunciava uma relação próxima com a médica. Ele olhou em volta e pareceu que nunca havia entrado em um hospital antes, depois pediu que os deixasse sozinhos. Eu fiz isso, de certa maneira. Escondi-me atrás da cortina que servia de divisória e lá, atrás dela, pude ouvir tudo.

Jakub puxou uma cadeira para perto do leito do hospital e sentou ao lado da forma curvada de Miri. Ele não suspirou e nem falou nada, nem baixinho. No silêncio dele havia uma perda, uma coisa brilhante demais e sem limites, uma perda que compreendia: a hora do sobrevivente é diferente de qualquer outra, cada minuto corresponde a uma história que não será modificada e nem restaurada, nem tornada suportável. Reconhecendo a perda de Jakub, Miri falou.

– Meu marido – murmurou ela. – Ele não sobreviveu três dias no gueto. Foi fuzilado na rua.

Espiei pela fresta da cortina. O quarto estava escuro, mas o rosto de Miri iluminado.

– Minhas irmãs, perdi ambas. Orli morta, meses depois da nossa chegada. Ibi, despachada para o Puff. Mas, antes de perdê-las, ele me fez esvaziar os ventres delas.

Ela olhou para Jakub como se esperasse alguma reação. Ele não teve nenhuma. Só abaixou a cabeça.

– É claro que o meu também não foi poupado. Mas não podia lamentar. Eu estava ocupada demais lamentando os meus filhos. Minha Noemi, meu Daniel. Quantas vezes desejei que a diferença de idade deles fosse menor, para eu poder dizer para Mengele que eram gêmeos... Nos meus sonhos eu encurtava o tempo entre eles e fazia com que passassem por gêmeos. Mas então eu acordava, sabia que isso era impossível, e me consolava com isso: pelo menos meus filhos jamais saberão o que a mãe deles fez em Auschwitz.

Então a voz dela começou a escapar, parecia que se desligava dos pensamentos dela.

Jakub tentou dizer para ela que em um lugar onde não permitiam que o bem existisse, ela tornou possível. Num lugar em que exigiam que ela fosse brutal, ela só levava bondade, consolo para os que estavam morrendo, uma esperança desafiadora que se infiltrava...

Mas ela não queria ouvir. As mães, disse ela, tinha tentado manter as mães vivas, essa era a lógica de seus atos.

Tantos mais teriam morrido sem você, insistiu Jakub, mas minha guardiã só tirava amargura disso, uma amargura que a fazia mergulhar no indizível.

– Uma judia grávida – ela disse. – Pouca coisa o ofendia mais. Falei para as mães, se você e seu bebê forem descobertos, não serão alvejados. Não, não irão para a câmara de gás. Esses fins são considerados gentis demais para vocês. Se Mengele ficar sabendo da sua gravidez, vocês serão pesquisa e diversão ao mesmo tempo, ele as levará para a mesa dele, com seus instrumentos ele vai dissecar, pedacinho por pedacinho, vai levá-las à morte. E enquanto ele mata, vai forçá-las a ver seus bebês se transformarem em cobaias dele. Para Mengele tal selvageria é uma oportunidade valiosíssima. Sempre que fica sabendo de uma gravidez, ele faz apostas com os guardas sobre o gênero da criança e planejam sua morte de acordo com isso. Se for menina, dizem, jogaremos aos cães. Mas se for menino, esmagaremos seu crânio sob as rodas de um carro. Essas são apenas algumas das brutalidades que posso citar. São inúmeras e variadas, grotescas demais... que não tenho palavras para descrever. O que eu sei com certeza é que o único parto que ele realmente conhece é o do sofrimento. Para cada mãe e filho ele inventa um novo assassinato. Em Auschwitz, não é preciso ter nascido para sofrer tortura.

Ela fechou os olhos para cobrir a lembrança. Mas não ficava coberta. Abriu de novo e encarou Jakub com a expressão de alguém que não tem mais nada a fazer a não ser confessar.

– Muitas vezes, para salvar a vida da mãe, eu tive de agir rapidamente, no chão de casernas imundas, com instrumentos cegos e enferrujados, e sem nada para aliviar a dor. Sozinha, eu puxava aquela vida dela, com as mãos nuas, ensanguentadas... e dizia para mim mesma, permeando os gritos da mãe, e as minhas lágrimas contidas, *Você está poupando essa alma, esse bebê, das piores torturas.* E quando terminava, oh, não acabava nunca!, eu falava com a mãe, eu dizia, *Seu filho está morto, mas olha, você está forte, você vive e agora tem uma chance, um dia, quando o mundo nos receber de novo em suas maravilhas, você terá outro.* Toda vez que eu dizia isso, não era só para elas, era para mim também. O sofrimento não era meu, mas tudo que eu conhecia era sofrimento! Tantos pequenos futuros... eu dava fim a eles antes de serem torturados e assassinados, para permitir outros futuros. E, mesmo assim, não posso me perdoar.

As mãos de Miri adejaram para o rosto. Ela não deixou que víssemos sua expressão. Mas nós sabíamos que ela não queria o próprio futuro de jeito nenhum.

Jakub parecia que tinha testemunhado os acontecimentos que Miri descrevera. O rosto dele estava cinzento, como se estivesse doente, e ele se esforçava para se recompor. Tentou dizer para ela que sabia o que significava salvar uma vida. Que o preço era infinito, porque ao escolher quem seria salvo, ele também escolhia quem não seria salvo. Ao falhar com essas vidas, escolhia a cor dessas mortes, seus cheiros, suas violências. Todos os dias ele murmurava que tinha de salvar a própria vida, apesar de ter falhado com a mais vibrante e querida, aquela que mais desejava salvar.

Então ele deve ter percebido que não conseguia dizer mais nada, porque puxou a cortina e me levou para o lado da minha guardiã. Ela não olhava para mim, mas me puxou para mais perto, me segurou com força, e chorou. Fiquei pensando se haveria alguém em todo o mundo que pudesse se vangloriar de abraço mais forte.

Lá fora, no corredor, ouvi as enfermeiras falando com Jakub. O preço disso, ele repetia. Eu conheço bem. Tenho certeza de que vocês conhecem outros também, já que trabalham com isso. Tenho certeza de que nos veem desesperados para tirar essas coisas da cabeça, vocês nos veem tentar viver até tentarmos morrer, e quando não conseguimos nem uma coisa nem outra, tentamos nos matar procurando lembrar aqueles que não conseguimos salvar, e, quando nos lembramos deles bem demais, é terrível, e quando nos lembramos pouco, é pior...

Então uma enfermeira entrou no quarto, os passos decididos anunciando a intenção de me distrair da conversa no corredor.

Essa enfermeira viu o que eu precisava. Ela tirou meus sapatos e me botou deitada na cama de Miri, muito branca, com lençóis limpos, e eu encostei meu rosto no rosto da minha guardiã. Aquela cama servia muito bem para nós. Eu podia ficar ali para sempre, acariciando o cabelo de Miri e ouvindo as histórias da enfermeira, e contando algumas também. Mas a enfermeira disse que eu teria de ir embora um dia. Ela afirmou que não era bom para mim ficar assim cercada pela dor e que precisávamos encontrar um lugar sem isso para onde eu pudesse ir.

– Existe um lugar assim? – perguntei.

Eu perguntava não para mim, mas para Miri.

---

É sim uma loucura particular desejar uma jaula e os sons do isolamento – patas de rato arranhando, barulho de goteiras, meus dedos batucando na grade... Mas lá, pelo menos, eu tinha alguma expectativa de sofrimento. Eu podia especular racionalmente como eu sentia dor e como poderia sofrer, como eu morreria num instante, ou lentamente, pouco a pouco, com aumentos tão pequenos que não saberia dizer a diferença entre a minha vida acabando e minha morte começando. Naquele espaço manteria minha esperança contida. Mas em lugares como aquele hospital, com seus lençóis brancos e chão escovado, e quantidades modestas de comida, eu ficava suspensa numa espera eterna. Tudo que era bom, limpo e abundante me fazia lembrar, mais uma vez, com que rapidez eu podia ser reduzida e humilhada, e sem nenhum aviso. Eu podia ficar submissa e impotente em questão de segundos, e a previsão disso tornava a luta para permanecer assim completamente sem sentido. Que obra é essa, eu pensava, de ser uma pessoa de verdade depois da morte?

Imaginava como uma pessoa de verdade se sentiria depois de sair do hospital. Supus que uma de nós ia sair em breve, porque uma enfermeira tinha nos dado uma mala. Também supus que essa pessoa seria eu. Eu jamais estaria pronta, confessei para a enfermeira depois de receber esse presente. Sempre paciente, a enfermeira explicou que Miri estava doente, que não podia cuidar de mim. Educadamente, eu protestei. Era eu que ia cuidar de Miri agora.

A enfermeira não se convenceu. Ela simplesmente dobrou dois pares de meias e botou dentro da mala. Depois me deixou lá com aquele objeto temido.

Que estranho era possuir uma mala de verdade. Tínhamos nos tornado um povo de sacos inventados com macacões puídos ou sacos de batata. Esses eram facilmente jogados às costas e provavam bem sua utilidade. Mas uma mala de verdade? Quando a segurei pela alça a sensação foi de estar cercada, de gente e por muros. Senti que estava presa, coberta de poeira. O suor formava poças em meus tornozelos e meus ouvidos zuniam com gritos, um pânico forte demais no meu peito. Deixei a mala cair aos meus pés como um pedaço de carvão em brasa.

Miri viu o que eu tinha visto e me puxou para perto.

– Acredite que está em segurança – ela sussurrou e passou a noite raspando o monograma, JM era o que dizia, escrito em prata, com um alfinete, e não havia como negar que os esforços dela foram intensos, porque ela quase fez um buraco no couro.

Era melhor um buraco, disse ela, do que uma lembrança. Não discuti isso. Miri tinha mais a esquecer do que qualquer pessoa e seria bom para ela impor grandes espaços de ausência em sua mente. Mas eu esperava que, quando ela procurasse o esquecimento, uma pequena lembrança de mim sobrevivesse. Só um pouquinho, o bastante para que, se nós realmente nos separássemos, ela pudesse me procurar de novo, algum dia.

---

Espiei pela janela enquanto Jakub e Miri tinham uma de suas conversas. Não havia paraquedistas no céu, mas o céu assumia um azul diferente e parecia que o gelo ia acabar logo. Consultei uma folha de papel que uma das enfermeiras me dera. Nela havia uma série de quadrados, pequenas jaulas que representavam os dias. Estávamos na metade do mês de fevereiro. Alguém sabia disso?, pensei.

Miri e Jakub falavam baixinho, queriam esconder seus planos. Jakub disse que o momento de preocupação não estava acabando, que estava mudando um pouco. Os problemas eram diferentes agora, mas as soluções também e ele podia acompanhar pessoalmente as crianças para uma solução rara e brilhante. As autoridades na Cruz Vermelha confirmaram que esse era o melhor cenário. Já tinham selecionado onze das crianças de Miri para participar desse plano. E, é claro, havia Pearl. Ela certamente se juntaria a esse êxodo para a segurança, não é? A boa médica estava a favor desse caminho, não estava?

Miri não reagiu com a animação de Jakub. Ela resmungou alguma coisa baixinho, totalmente ininteligível para mim, fora a menção do meu nome. Esse ela falou com saudade, pelo menos foi o que eu achei. Talvez eu tenha imaginado isso. Mas quando me virei à janela, avistei um prolongamento do olhar dela... estava fixo em mim. Os olhos dela pareciam fixos nas minhas pernas mutiladas.

Palestina, Jakub continuou, insistente. Primeiro a viagem para a Itália, que podia ser perigosa, alguma clandestinidade seria necessária, e depois um navio que não tinha espaço para todos, mas que certamente poderia acomodar os gêmeos. Ao ouvir isso, Miri se distanciou ainda mais, a voz que eu não imaginava que pudesse ficar mais baixa veio enviesada e suave na pergunta.

– Essa fuga... é nossa única esperança? – ela perguntou. – Ainda?

Eu conhecia o tom de voz que ela estava usando. Era o que eu ouvia em todas as ruas quando as pessoas viravam e perguntavam umas para as outras se era seguro recomeçar a viver.

– Você assumiria esse risco? – cochichou Jakub. – Há algum instante em que você não fique olhando para trás? Sim, terminou, estamos livres. Até eles resolverem que não estamos mais livres... A guerra ainda não acabou, nada foi decidido...

Esse era um argumento dos membros do Bricha, os organizadores da fuga. Na hora nós não sabíamos, mas ainda faltavam três meses para a declaração oficial da paz. Mas quem poderia dizer que viria dia 8 de maio, não em julho, ou no ano que vem? Enquanto vivíamos o degelo de fevereiro, caminhando para a primavera, muitos acreditavam que a fuga para outra terra, mais hospitaleira, era um risco necessário.

– Ela estará mais segura lá do que aqui – garantiu Jakub para Miri. – Eu cuidarei disso.

Se houve um momento em que tudo ficou decidido, acho que foi esse.

Porque a minha guardiã não ampliou seu protesto e eu não disse nada, por isso ficou acertado, por nós três ali, que era isso que ia acontecer comigo. Eu seria levada para a Itália, onde embarcaria num navio, um navio que continha um mar próprio, o mar de pessoas numeradas como eu, jovens e velhos, sobreviventes e refugiados, e cada um deles querendo comprar um novo começo.

---

Jakub tinha prometido. Seria uma caixa bem diferente da caixa que eu conhecia. Eu ficaria nela ao lado de Sophia, nós duas e os suprimentos que nos fariam companhia: rolos de gaze, vidros de remédios, carne enlatada, sacos de chá. Mas quando chegou o dia da minha partida, levaram uma caixa de madeira para o hospital. Era bem-feita, no que dizia respeito a caixas. Tinha uma tampa laqueada em cereja, feita ao estilo *goy* para não chamar atenção nem atrair suspeitas, e foi feita para acomodar um adulto grande. Eu podia me enrolar como um cobertor e viver em um canto dela. Ao ver meu recipiente-esconderijo, Miri chorou. Lágrimas do tamanho de bolas de gude escorriam no seu rosto. Ela tentou escondê-las com o cabelo, como fazia habitualmente.

– É um caixão – disse ela.

– Um baú – corrigiu Jakub.

– Eu conheço caixões – disse Miri.

Eu só teria de me esconder para atravessar as fronteiras, Jakub garantiu para Miri. Havia buracos no fundo para eu poder respirar. E haveria outras crianças escondidas ao meu lado, as que eu conhecia muito bem de nossa viagem para a Cracóvia. Nós ficaríamos em silêncio, mas sabendo que não estávamos sozinhos, e isso, afirmou ele, era um consolo.

Na carroceria do caminhão empilharam onze dos meus trinta e dois companheiros. Só tinha passado uma semana desde que eu os tinha visto, mas pareciam diferentes das crianças que eu conhecia. Os rostos estavam mais redondos, os olhos não eram mais côncavos em volta. Sophia estava com uma fita nova no cabelo. Os Blaus tinham um novo corte de cabelo. Um dos Rosen usava óculos. Eles continuavam maltrapilhos, mas dava para ver que alguém tinha cuidado deles. Vi o rosto de Miri quando ela apreciou os detalhes da transformação das crianças e sei que ela desejou que tivessem sido cuidados seus, mas apenas sorriu para cada um deles e perguntou se estavam animados com essa última viagem. Ela me ajudou a sentar num canto da traseira do caminhão, onde eu podia me encostar na caixa-caixão para ficar mais confortável.

Miri tinha um presente para mim e me deu com as mãos que nunca paravam de tremer. Quando eu vi esse presente, a realidade me dominou com toda a sua inevitabilidade. Ela não ia comigo, nem naquela hora, talvez nunca.

Como nós, os sapatos de sapateado não eram um par. Um era maior e mais novo do que o outro.

Só sabia que um pé era rosa, o outro branco. Não sei bem como Miri deixou de ver essas diferenças. Talvez ela detestasse tudo que remetesse a simetria, depois de seguir as ordens de Mengele. Eu não podia saber. Ambos tinham o metal necessário no calcanhar e no bico. Miri tinha dado brilho neles para mim e acariciava os cordões com orgulho. Ela pôs os sapatos em minhas mãos. E disse que me veria de novo.

– Na Itália? – perguntei.

– Se eu estiver bem quando você estiver na Itália.

– E se não estiver bem?

– Ficarei boa algum dia – ela prometeu.

Nós jantaríamos juntas, disse ela, e eu podia usar meus sapatos novos. Eu quis observar que eram sapatos de dança, que eu não podia andar, que dirá dançar, mas ela parecia tão satisfeita com essa possibilidade de nos vermos novamente que eu não falei nada. Botei o sapato na caixa e não olhei para Miri enquanto ela jurava que aquilo não era o fim para nós.

A imagem dela, quando o caminhão partiu... primeiro a distância a fez diminuir, depois a névoa apagou seu rosto. Procurei memorizar Miri à medida que o espaço entre nós aumentava, olhos, nariz, boca, queixo. Sem falar nada, eu me despedi de cada um, até não restar mais nada dela para ver e disse para mim mesma que devia ficar feliz com isso, com essa chance de me despedir, de dizer o quanto eu gostava dela. Meus afetos tinham encontrado um lar nela. Não era minha mãe, meu pai, minha irmã, meu Alguém, mas ela era quem eu queria ser, tinha nascido bondosa, mas foi afiada pelas dificuldades e suas vulnerabilidades não existiriam sem a sua bravura. Miri sabia o que era sofrimento e mesmo assim também queria conhecer a recuperação.

Eu não sei se ela realmente acreditava que nosso reencontro ia acontecer. E mais, eu não sei se ela achava que viveria mais de uma hora depois que eu partisse. Mas acredito que ela sabia que precisava ficar boa para podermos nos ver de novo, vivas e recuperadas. Ela não faria isso comigo ao lado, tanto quanto adoraria me ter por perto. Isso não era abandono, disse para mim mesma, anos depois. Isso era amor, o sonho dela para o meu futuro.

Não sei se ela pensava grande coisa do próprio futuro. Não podia ter sonhado com o seu triunfo, disso tenho certeza. Que teriam dado a ela um porto seguro na América, que ela poderia retomar sua prática nos corredores de um hospital, que entraria em milhares de quartos com seu passo suave, olhos fixos no paciente aflito.

*Deus do céu*, ela rezaria enquanto lavava as mãos, calçava as luvas e virava para a futura mãe. *Você me deve isso – a chance de parir uma vida real e vital, um filho que jamais será conhecido como um sobrevivente.* E milhares iam respirar pela primeira vez nas mãos dela.

Não, ela não podia ter sonhado isso, não naquele tempo. Nem sempre nos conhecemos, ou sabemos em que vamos nos transformar, o que podemos fazer, depois que o mal fez o que quis conosco.

Uma década depois, nós nos encontraríamos numa sala de espera num hospital de Manhattan onde eu ia consultar um especialista. Eu a reconheci assim que a vi de costas, os cachos pretos batendo nos ombros e sua postura habitual, meio na ponta dos pés, pronta para atender a um novo desastre a qualquer momento. E apesar de estar bem preparada para o nosso encontro, ela me chamou de Stasha assim que me viu e passei praticamente um minuto implorando para ela não se desculpar por esse erro, que ficou na minha mente como uma doçura que eu não cansava de sentir.

*Stasha*, ela sussurrou, como se fosse um memorial.

E tal qual a mãe-irmã em que ela se transformara, permaneceu comigo enquanto eu ia para a sala de exames, quando me despiam e cutucavam. Ela foi um pouco mandona com as enfermeiras e orientou o médico para usar a maior gentileza possível, e quando esse exame das minhas entranhas foi concluído, depois de ter passado uma hora revivendo minhas identidades de menina, as duas, uma a escolhida para sofrer, a outra a metade intacta, eu me deitei num sofá em uma sala de espera particular e quando avisaram que os resultados tinham chegado, e o médico sentou para conversar comigo, eu pus minha mão na mão de Miri.

Miri ficou sentada ao meu lado enquanto ele falava dos detalhes do que tinham feito comigo, todos os problemas imperceptíveis que tinham começado a prejudicar minha saúde. Juntas, ficamos sabendo que partes de mim nunca chegaram a se desenvolver, meus rins continuavam do tamanho dos rins de uma criança pequena e subnutrida, uma criança que pegaram às portas da idade adulta e teve seu crescimento interrompido porque era uma vez um homem que não tinha alma, e ele juntava crianças, e com as que ele achava peculiares agia como se gostasse delas, ficava maravilhado com elas e as destruía. As entranhas que ele havia estragado não atendiam às exigências da minha vida adulta.

Miri chorou por mim naquela hora. Ela assumiu as lágrimas que não podiam passar pelos meus olhos. Fez isso como se houvesse um pacto tácito entre nós. Olhou para mim, tão imóvel, e imaginou em voz alta o que eu sentia e, quando eu não respondi, ela disse o meu nome e o de Stasha também. Não se importou com quem a via chorar, ela queria que todos soubessem o que ele tinha feito comigo – estava muito diferente da mulher que se forçou a ser estoica na nossa viagem quando saímos de Auschwitz.

Quando nos despedimos, pensei que aqueles sapatos de dança eram tudo que Miri havia deixado para mim. Mas, quando fui forçada a entrar no caixão para atravessar uma fronteira, descobri, na ponta de um dos sapatos de sapateado, um bilhete. Abri e esperava ver o adeus dela. Achei que talvez dissesse que sentia muito, que contasse em detalhes como aquela carga toda a impedia de se juntar a mim naquela fuga.

Mas essa carta de tanto tempo atrás chorava na escrita borrada.

Não era sobre a vida dela, sua perda, seu sofrimento. Era sobre a minha.

E quando nós, crianças, tivemos nosso caminho interrompido, quando as estradas cheias de tanques nos faziam viajar para a cidade errada, e depois para a aldeia errada, devo dizer que não foi a minha força de vontade que me manteve viva, não foi o cantil de água, as provisões de pão, a companhia de Sophia ao meu lado, nem dos outros gêmeos que chacoalhavam em suas caixas na carroceria do nosso caminhão. Não foi nem o nosso sistema de comunicação, quando batíamos nas caixas sempre que cruzávamos uma fronteira ou quando tínhamos de nos esconder – uma batida para dizer *estou aqui*, duas para dizer *estou aqui, mas tenho pouco ar*, três para dizer *estou aqui, mas não sei se quero estar.*

Foi só o que Miri me contou sobre o Alguém que me amou. Todos os detalhes que ela escreveu sobre essa pessoa… Todos os jogos, como gostava de facas, o jeito que me fazia dançar… Esses detalhes mantiveram minha respiração por três dias de viagem, até nosso caminhão ser detido por dois desertores da Wehrmacht, tão desesperados para se locomover que fariam qualquer coisa para tirar Jakub do volante. Ao ver que eles se aproximavam, Jakub avisou para que nos escondêssemos em nossas caixas. Se ele sabia que seria o fim da vida dele, eu não sei. Tudo que ouvi foi o barulho da pistola e depois o de um corpo batendo no chão ao lado do caminhão. Ouvi também os gemidos de Sophia ali deitada ao meu lado e, quando o caminhão partiu em disparada, eu disse para ela que só tínhamos de deixar o tempo passar até aqueles soldados pararem, e que, assim que o veículo parasse, sairíamos escondidos, todos nós, e iríamos para a aldeia mais próxima, para encontrar outra saída. Ela observou que eu usava muletas. Eu falei que éramos gêmeas, nós duas, apesar de termos nosso fardo de perdas. Garanti para ela que liberdade era algo que poderíamos conquistar juntas, que minha Alguém sempre dizia isso.

E naquele momento, sem ninguém com quem dividir minhas responsabilidades, assumi todas. Assumi a esperança e o risco, a determinação imprudente, a crença teimosa de que, mais uma vez, eu ia sobreviver.

Dentro da minha última caixa, calcei os sapatos de sapateado e esperei o momento em que o chute que daria no teto da minha prisão poderia se transformar em um salto.

STASHA

# CAPÍTULO VINTE E UM

## Não é o Fim

Que tipo de recepção eu esperava das ruínas de Varsóvia? No lugar em que a vida de Mengele chegaria ao fim e que daria um novo começo para as nossas, havia apenas o eco dos camponeses cuspindo nas ruas, esvaziando os pulmões de poeira. E olhem só para nós – não tínhamos mais armas, tinham tirado nossas peles. Quase nus, indefesos, usávamos sacos de aniagem que pedimos para um fazendeiro no caminho. Embrulhamos nossas pernas e braços com trapos de lã que achamos jogados na beira da estrada, andávamos mal com sapatos grandes demais e meu amigo fazia uma careta de dor com cada passo que dava, pondo sempre a mão na ferida do ombro, que tinha despejado a bala na minha mão. Com dois dedos, eu a tirei da carne dele e ele berrou muito, amaldiçoando o fato de que a minha dor não podia ser extraída daquele jeito sangrento. Aquele, pensei comigo mesma, era o último cuidado médico que eu ia dispensar. Agora só queria saber de destruição, e Feliks compartilhava isso comigo. Juntos, improvisamos métodos novos e atrapalhados de perseguição. Juntamos um novo saco cheio de pedras para tacar no crânio do nosso torturador, segurávamos pedaços de pau embaixo do braço fingindo que eram lanças, com as pontas bem finas para furar o peito dele e confiávamos que o simples poder daqueles humildes instrumentos seria transformado pela nossa fúria quando, finalmente, topássemos com Mengele e o encurralássemos nas jaulas do seu esconderijo no zoológico de Varsóvia.

Varsóvia não reconheceu nossa ambição destrutiva, pois estava possuída demais pela própria recuperação para nos conhecer. Mas, apesar de não notar nossa entrada, confiei em que a cidade abrigaria nossa missão. Tinha sido destruída como nós tínhamos sido destruídos. Estava eviscerada e emaciada; as desocupações foram desobstruídas até a cidade virar quase um porão, um túmulo, uma sala de espera com um telefone que só falava adeus, mas em todo lugar eu via pessoas se esforçando para revivê-la, vi soprarem todo o ar que tinham nos alicerces das sinagogas derrubadas. Tinham o poder específico dos nativos, ordenavam que as folhas permanecessem nas árvores, incentivavam as flores a florescer e os crânios a continuarem na terra, enterrados onde nenhum cão pudesse cavá-los... Mas nós tínhamos os dons dos vingadores vindos de fora. Enquanto eles davam vida à cidade, nós estávamos lá para efetuar uma morte. Só quando acabássemos com Mengele, as folhas iam permanecer, as flores iam florescer e os crânios iam voltar a dormir.

Caía uma noite violeta e ouvimos um relógio bater, falando conosco, dizendo que nosso tempo estava acabando. Dois passos adiante, percebi que esse som era só meu coração batendo, mas a mensagem continuava a mesma. As batidas aceleraram quando dobramos uma esquina e vimos um soldado do Exército Vermelho cortando uma maçã com uma lixa de unha, encostado num muro com uma vassoura ao lado. Imaginei se aquela vassoura era tão nova que só tinha a experiência de varrer cinza e entulho. O soldado estava tão calmo e distraído que concluí que tudo havia terminado.

– Vocês já o capturaram? – perguntei.

O soldado olhou para mim por cima da lixa de unha.

– Hitler? – quis saber.

– Não, ele não – eu disse. – O outro. O Anjo da Morte. Vocês o encontraram?

– Não entendi a pergunta – ele disse. – O seu russo... é muito ruim.

Eu sabia que ele tinha entendido muito bem. Mas usei mímica para ele não ter a desculpa de não responder, fingi que estávamos brincando de Classificação das Coisas Vivas.

Com as mãos, procurei descrever uma pessoa filha de industriais alemães e chamada afetuosamente de Beppo. Isso era fácil demonstrar. Fiquei na ponta dos pés e sinalizei que era muito grande. Cofiei um bigode, arranquei um fio dele e botei na boca para descrever o mau hábito de Mengele. Foi fácil também passar a formação em medicina. Abanei as asas brancas de um jaleco invisível, enfiei uma agulha, retirei um órgão, costurei crianças juntas e enjaulei um anão. Mas foi mais difícil a graduação das suas perversidades. Isso eu não consegui comunicar em toda a extensão de crueldade, o desrespeito bestial por todas as criaturas vivas em sua variedade.

Sim, eu fracassei muito nisso, como fracassei no retrato que fiz de uma ameba no meu vagão de gado.

Por isso não me surpreendi quando o soldado balançou a cabeça, confuso. Implorei para que perdoasse aquela mensagem complicada. Tentei de novo. Não omiti nada. As experiências, a dor compartilhada, o zoológico, os dias, as noites, o cheiro. Todos os mortos jogados nos barrancos de lama das latrinas. Fiz o melhor que pude, mas compreendi que os que não tinham visto o que nós vimos jamais entenderiam para valer.

O soldado não entendeu. Então tentei outra abordagem. Percebi que Mengele era um homem que só seria reconhecido através de suas vítimas, por isso comecei a citá-las todas na terra. Escrevi todos os nomes que eu sabia. Escrevi o nome de Pearl. Escrevi o meu também e depois risquei. O soldado se abaixou para examinar os nomes, deu de ombros, deu a maçã meio mordida para Feliks e se afastou com passos largos pelos escombros, perseguindo uma visão de uma mulher bonita que estava pendurando a roupa lavada nas ruínas de um açougue.

– Você nem tentou ajudar – eu disse.

– Não é verdade – disse Feliks, mastigando a maçã. – Fiquei ao seu lado o tempo todo.

Eu disse que estava achando que ele não queria nenhuma ajuda de terceiros.

– Você está certa – confessou ele. – Eu quero que sejamos você e eu, ninguém mais. Nós somos os únicos que temos o direito de matá-lo.

Para variar, eu não podia discutir. E continuamos na nossa busca, abrindo caminho em meio às ruínas. Havia homens se arrastando de buracos, nuvens de poeira e fuligem formando halos em suas cabeças. Rostos cobertos de fuligem, cinza e pó, mas por baixo dessas camadas espiavam a determinação. Eles estavam cantando para a cidade, essa gente, empurrando seus carrinhos de mãos pra lá e pra cá. Crianças com baldes empoleiradas em varandas desabadas. Gatos supervisionavam o trabalho suspeitando de tudo e com movimentos súbitos para escapar de caçarolas. Artemísias pendiam nas casas que sobravam de pé, afastando os males tradicionais.

Feliks tinha estranha familiaridade com aquele lugar, ou tanta familiaridade quanto se pode ter com uma cidade caída. Ele teve uma tia que morava ali, contou, por isso conhecia as ruas e me guiou pelo que restava delas. Achamos roupas usadas para substituir nossos sacos, meias puídas e sapatos que não formavam pares. Perguntávamos onde era o zoológico para qualquer pessoa que parasse para responder. A pergunta sempre fazia com que as pessoas balançassem a cabeça repetidamente. Nós gostávamos dos gritos dos biguás, diziam. Sempre admirávamos o trote das zebras. E nossos olhos baixos diziam que íamos reconhecer esse zoológico por sua destruição.

---

Chegamos a umas placas. As placas falavam de vidas que deviam existir, vidas que tinham explodido ou sido reduzidas, vidas que vagavam pela floresta. Aqui um aviário sem penas. Ali uma casa de elefantes com suas piscinas vazias. Lá, no meio da vegetação, tigres deviam ter procriado toda a sua magnificência. Pavões deviam cintilar, gansos deviam grasnar, símios zombar de macacos. O lince devia caçar.

Mas onde a grandiosidade do reino animal devia se fazer conhecer, era apenas espalhamento – salto sobre um fosso, tufos de pelo presos a grades entortadas. A casa dos faisões estava cheia de páginas arrancadas de um livro, mapas de turistas presos na lama. A piscina do urso-polar se escondia embaixo de uma manta de resíduos e musgo. Na casa do leão só havia um monte de cápsulas. No habitat dos macacos, balanços de cordas pendiam vazios, sem o toque das mãos dos primatas, a única lembrança que traziam era a de uma forca.

Passei o dedo numa pegada de casco que havia ao meu lado, na lama. Será que alguém realmente conseguiu escapar? A pegada feita por aquele casco parecia não pensar assim.

Eu estava lá para pegar Mengele, sim. Mas esperava encontrar vida também. Mas eu não sabia disso até não ver nenhuma.

À esquerda da pegada, vi um pequeno monte de terra, um torrão novo do solo na forma de uma tampa. Revirei a terra e enfiei a mão. O que eu esperava encontrar no fundo daquele túnel? Minha mão sonhava descobrir outra mão. Queria achar minha irmã sentada em paciente vigília sob a lama de Varsóvia. Mas, em vez disso, meus dedos tocaram uma lata e tirei de lá um vaso cheio de nomes.

Derramei o que tinha dentro no chão como sementes, pequenos pedaços de papel amarelado. Havia Alexander e Nora. Havia Moishe e Samuel e Beryl. Agathe, Jan, Rina, Seidel, Bartholomew, Elisha, Chaya, Israel. Pearl não estava entre eles. Feliks viu os nomes e lamentou. Achei bom ele fazer isso porque eu não tinha mais lamento para dar. Na hora, não podíamos saber que os nomes pertenciam às crianças contrabandeadas pela resistência judaica, crianças que receberam novas identidades e lares e rostos, crianças que se misturavam aos objetos, um corte de tecido, uma pilha de remédios, um conjunto de garrafas, crianças que viviam sob as saias das mães, embaixo de assoalhos, embaixo das camas, atrás de paredes falsas, para poderem um dia voltar à vida. Mas, instintivamente, Feliks juntou todos os nomes e enterrou o vaso de novo, reclamando que eu tinha perturbado a hibernação deles.

Andamos pelos habitats nos perguntando onde um Mengele podia se esconder.

Imaginei se ele tinha aprendido a arte da camuflagem, seguindo a sugestão de algum animal do zoológico, um inocente que acreditava, como eu tinha acreditado, que era possível encontrar alguma bondade dentro dele. Camaleões podiam ser otimistas assim. Mas Mengele… ele se supervalorizava e não ia se misturar com pedras, poeira, terra. Mas, mesmo assim, a cada passo eu achava que ele surgiria aos nossos pés, saltando de algum esconderijo subterrâneo. Todo cuidado era pouco. Mantive uma das mãos dentro do saco com pedras, a outra pronta para golpes sujos.

– Procure nas árvores – sussurrei.

Mas Feliks não estava interessado nas minhas instruções. Ele jogou sua lança improvisada num bosque de vidoeiros e deu de ombros. Pegou seu saco de pedras e tirou uma por uma, com o cuidado que teria se fossem ovos de passarinho. Então deitou na terra e deixou o vento brincar no seu rosto enquanto espiava o céu noturno com todos os movimentos das nuvens e, com um ar estranho de resignação, ele fez a brincadeira que tínhamos feito muito tempo atrás, no campo de futebol.

– Não vejo um único nazista entre vocês – disse ele para as nuvens que se formavam.

Eu disse que não tínhamos tempo para aquela brincadeira. Prometi que, assim que encontrássemos Mengele poderíamos descansar e ler as nuvens. Não precisávamos nem matá-lo imediatamente, falei. Poderíamos prendê-lo na jaula do tigre e cuidar dele depois, para maximizar nossa maldade.

– Estou cansado – disse ele, sem se mexer.

Em todas as nossas viagens, aquela era a primeira afirmação de exaustão que eu tinha ouvido. Eu vi Feliks fazer força para andar, para erguer a cabeça, para abrir os olhos, para engolir a comida, mas nunca ouvi falar de fadiga. Por isso me preocupei. Pus a mão na testa dele, mas ele me empurrou.

– Podemos dormir e procurá-lo de manhã – eu disse animada. – Seria burrice enfrentá-lo sem disposição. Como seu pai, o rabino, diria...

– Meu pai nunca foi rabino – ele disse secamente. – Eu menti.

Ele confessou isso para mim, mas falando para as nuvens no céu.

– Eu te perdoo. Eu também minto. Tenho mentido o tempo todo desde que Pearl partiu. Aliás, isso também é mentira. Eu já mentia antes de Pearl ir embora. Sempre menti.

Essa revelação não foi o consolo que pensei que seria para ele. Vi uma lágrima escorrer do olho dele e cair pelo lado do rosto. Ele não se deu ao trabalho de secar.

– Eu sou o maior mentiroso de todos – disse ele. – Meu pai era um bêbado, um criminoso, um indigente. Vivíamos com ele em cemitérios, becos, em qualquer canto que encontrássemos. Ele nem sobreviveu à invasão. Minha mãe morreu há muito tempo. Não sei como. Meu irmão... depois que nosso pai morreu, fomos morar com uma mulher, uma boa mulher, ela nos acolheu...

Eu disse para Feliks que ele podia parar. Aquilo não era uma disputa para ver quem era o maior mentiroso. Era um concurso para saber quem era o melhor assassino de Josef Mengele, Anjo da...

Feliks sentou de um pulo, de cara fechada.

– Deixe-me terminar! Nós vivemos aqui em Varsóvia. Atrás desse zoológico, aliás. Está vendo aquela casa ali, pertinho? Foi nossa, um tempo.

Olhei para o que restava da casa que tinha as entranhas expostas feito ninho de vespa. A visão daquele esqueleto despia tudo. Pensei na estranha familiaridade que ele tinha com a cidade, o jeito que as pessoas meneavam a cabeça quando ele passava, como conhecia o nome de cada rua. Disse para Feliks que eu o perdoava, que nenhuma dessas falsificações tinha importância. A única coisa que eu não entendia era por que ele tinha agido como se fosse um lugar novo, como se nunca tivesse estado ali antes...

Ele não olhou para mim quando explicou:

– Achei que você ia adorar o zoológico. Pensei que quando visse os animais, ia querer viver novamente e talvez quisesse viver comigo. Eu pensei... que se você tivesse essa chance, essa esperança, talvez até fosse possível deixar de lado essa imortalidade. Essa história ridícula que ele contava para todo mundo! Ele contou para todos nós essa bobagem, sabia? Mais mentiroso do que eu!

Não sei como estava meu rosto, mas tenho certeza de que devia mostrar minha estupidez. Passei muito tempo esperando que os outros perdoassem minha sobrevivência. Há apenas um segundo, eu acreditava que os anos de filhos e mães estavam em mim, os minutos de violinistas e fazendeiros e professores, cada refugiado que nunca conseguiu retornar da agitação violenta criada pela guerra. E tínhamos chegado a isso: não era ciência, nem Deus, nem arte, nem razão. Apenas um menino – um traidor, amigo, irmão – que queria me mostrar um tigre.

– Você sabe que não é verdade? Como pôde acreditar nisso? Mengele dizia para todos nós, você sabe, até o último... você não foi a única em quem ele introduziu o mal.

Ouvindo isso, eu também larguei a minha lança. Deixei cair meu saco de pedras, que bateu no chão com um barulho surdo de fim. As pedras ficaram do meu lado nessa questão. As pedras gritaram, elas concordavam comigo que sim, eu tinha sido uma tola, mas Mengele achava que eu era especial, Mengele me escolheu, ele disse que eu era uma menina rara, a única que valia alguma coisa.

Meu amigo torceu a boca com expressão de pena.

– Se eu tivesse imaginado que você acreditava nisso, Stasha...

Ao ver minha aflição, Feliks correu para o meu lado e disse que eu só precisava de uma boa noite de sonhos e depois de uma nova família, talvez uma família adotada, e um novo país, completo, com um futuro. O tom carinhoso da voz dele só serviu para me irritar. Cobri as orelhas para proteger meus ouvidos da força daqueles desejos positivos e só tirei as mãos para enfiar no saco e pegar uma pedra. Ela passou raspando na orelha de Feliks, na direção das ruínas da casa dele.

O rosto de Feliks? A tristeza nele dizia que nós tínhamos sido uma família.

Peguei mais pedras e atirei, muitas. Jogava não para acertar e sim porque não precisava mais carregar esses fardos. Jogava nos cacos de vidro das janelas que restavam na casa dele. As pedras me davam prazer quando espatifavam os vidros. A última pareceu especialmente distinta, quase musical em sua destruição. Eu só entendi o motivo daquilo quando meu alvo gritou, abalado.

– Sua tecla! – berrou Feliks.

Espiei dentro do saco. Era verdade, eu tinha pegado com a mão descuidada e raivosa a tecla de piano da Pearl e atirado por engano. Feliks já estava se virando para correr até a casa para recuperá-la, e eu atrás dele.

Se Feliks sentiu alguma coisa ao reconhecer sua antiga casa quando entrou nela, ele não disse, mas examinou tudo desconfiado, ainda perto da porta. Vi quando pisou de propósito num porta-retratos com uma foto que estava logo na entrada. Olhei para a fotografia e um Feliks mais novo olhou de volta para mim. O gêmeo dele também olhava para mim. Não sei de quanto tempo antes dos meninos serem levados para o zoológico de Mengele era aquela foto. Embora aqueles jovens nunca tivessem uma vida fácil, parecia que um dia tinha sido imaculada, pois eles davam o mesmo sorriso largo, aqueles gêmeos, o cabelo era dividido do mesmo lado e os olhos estavam bem abertos, esperançosos.

Eu achava difícil deixar aquele passado de lado, mas precisávamos seguir em frente.

Entramos numa sala com poltronas e sofás desarrumados, tudo coberto por uma fina camada de pó de concreto e de cerâmica. Os saqueadores tinham arrancado as tábuas do assoalho e tirado a louça dos armários. A casa inteira estava revirada e quebrada, mas as ruínas não eram patéticas como ruínas costumam ser – esse lugar tinha resistido aos que chegaram para derrubá-lo.

Subimos para o segundo andar por uma escada com pegadas enlameadas e encontramos quartos com cortinados contra mosquitos suspensos sobre todas as camas, mas os invasores tinham rasgado tudo e jogado no chão. Esse tecido de filó, com dobras e babados, flutuava sobre o piso e a mobília, numa tempestade fantasmagórica. Procuramos a tecla branca naquela espuma de cortinado, batemos nos cantos, aqui e ali, e então Feliks parou de repente.

– Você ouviu isso?

Eu não tinha ouvido nada.

– Uma mulher... chorando – disse ele. – Preste atenção.

Então aquilo nos cercou como um convite e hesitamos diante de uma escada antes de subir correndo para a escuridão.

– Está vindo da sala – disse Feliks. – E parece que é alguém ferido.

Os gemidos aumentaram. Eu me senti distante do meu corpo ouvindo aquele choro. Podia jurar que era familiar. Parecia um choro que eu ouvi toda a minha vida, que um dia temi ouvir, mas que agora era bem-vindo.

– É Pearl – eu disse para Feliks.

Então ouvimos algo quebrando, parecia uma confirmação, um movimento brusco, o barulho de alguma coisa caindo sobre o teclado de um piano. Passei por Feliks e, sem a luz da vela, tateei pisando em vidro quebrado, e a mobília estendia os braços.

Na sala vi o piano. Estava intacto. Feliks correu para ele e bloqueou a minha visão.

– Quem está na minha casa? – ele perguntou.

Só recebemos mais gritos. Eu notei naquela hora que esses gritos pareciam de mulher e nasciam de uma experiência que eu não tinha. Quando nos aproximamos do piano, vi de onde vinham. Uma figura enrolada em lençóis. Feliks chegou mais perto.

– Você tem de ver isso, Stasha – ele sussurrou.

Era uma mulher cigana. Ela estava encostada na lateral do piano e levantou o rosto para nós. Olhei para ela e esqueci a tecla de Pearl. Não estava mais procurando. A mulher murchou diante de nós. Parecia uma pétala de flor se esforçando para se agarrar à haste.

– Ela está morrendo, não está? – perguntou Feliks. – Por isso está com essa respiração estranha.

Eu não tinha certeza se a respiração dela eram os estertores da morte. Soavam como um tipo diferente de sofrimento, só que tão determinante de mudança quanto a morte. Tinha certeza de que eu nunca emiti aqueles sons.

Tinha certeza de que Pearl também não. Esses gemidos carregavam um fiapo de futuro neles – eram sofridos, mas tinham esperança também, como se a mulher tivesse alguma previsão feliz em sua mente, até mesmo enquanto chorava. Mas não falei nada disso para Feliks. Porque estava ocupada demais olhando com ódio para aquela mulher que merecia pena. Em vez da minha irmã, ela era isso – uma mulher que foi caçada e largada no mundo.

Uma criatura sofredora, bem parecida comigo, sem muitos suspiros de sobra. Imaginei o que tinha sido prometido para ela na vida – um lar, um marido, um filho – e como diferia do que tinha sido prometido para mim, mas não pude ir longe nessa divagação porque não conseguia lembrar o que a vida me devia, para início de conversa.

Feliks tirou um dos cobertores, procurando algum ferimento, e a mulher bufou com força espantosa. Agitou as mãos para nós, implorando um tempo, então botou a mão para trás e produziu o arco de uma faca enorme. Aquela lâmina podia bem ser um milagre: esquecemo-nos de nós olhando para ela e ficamos impressionados com aquele poder dela, imprevisível. Certamente, alguém que possuísse aquela arma seria o verdadeiro vingador de Josef Mengele. Apesar de prostrada e transpirando por causa da doença, ela nos fez recuar com seu potencial de ataque.

Dissemos para ela que estávamos impressionados. E contamos que seria ótimo se tivéssemos uma faca como aquela à nossa disposição no zoológico.

Ela ficou confusa, caíram gotas de suor quando ela franziu a testa.

– Não nesse zoológico – disse Feliks. – Em outro zoológico, o que fazia...

A mulher respirou ruidosamente. Primeiro, achei que era frustração. Mas então aquela respiração forte se multiplicou e se transformou em uma série, então vi que era dor e, no meio desses espasmos, ela fez sinal para Feliks se abaixar perto dela. E, na palma da mão dele, ela pôs a longa lâmina com um floreio cerimonioso.

– Obrigado – ele finalmente conseguiu falar. – E eu juro que vou matar um nazista um dia, em seu nome.

A mulher inclinou a cabeça para ele, deu outro suspiro entrecortado e ruidoso e, por algum milagre, pontuou com uma risada de menina. Parecia que aquelas duas palavras ela reconhecia. Que eram *nazista* e *matar,* e embora nenhuma das duas parecesse relevante para seus desejos, ela gostou do uso delas. Bateu palmas como se nós tivéssemos apresentado um show e então ela entortou o dedo para nós se desculpando e apontando para a barriga.

– Nós não temos nada... – comecei a explicar, mas não importava o que eu dissesse porque ela estava levantando a barra do vestido rasgado para revelar a barriga que não era a de uma morta de fome como as que estávamos acostumados a ver, mas uma cheia que desconhecíamos. Um movimento trêmulo rodeou o umbigo. Um sinal de vida, era isso.

Fui sentar ao lado dela para segurar sua mão. Não fiz isso por conhecimento de nada, foi só porque não queria desmaiar. Então ela passou minha mão numa linha embaixo do seu ventre. Com jeito de ensinar, com movimentos precisos. Não havia como não entender o que ela pedia. Feliks agarrou o meu braço. Ele tentou me afastar.

– Você vai matá-la – ele sussurrou.

Eu disse para a mulher que não podia usar a faca da forma que ela pedia. Ela sorriu para mim e repetiu o movimento. Queria ser minha professora, minha razão para continuar. Ela queria me mostrar o nascimento.

Eu disse que não podia. Mas já estava imaginando se conseguiria... essa mulher estava morrendo, estava abandonando o mundo com uma vida dentro dela, uma vida que poderia continuar sem saber do sofrimento que tínhamos passado. Uma vida com uma infância de verdade. Eu não devia alguma coisa para uma vida assim?

– Você não vai se perdoar – avisou Feliks.

Lembrei-me dos gráficos de Mengele. Uma vez eu o vi abrindo uma mulher quando eu estava deitada na sala de exames. Ele tinha dito que era um procedimento incomum, um favor que fazia a um amigo. Não sei bem que tipo de favor existe em um recém-nascido sendo jogado em um balde às costas da mãe, mas ele insistiu em dizer que aquilo era um ato de caridade, e a cesárea logo se tornou uma vivissecção diante dos meus olhos. Antes de poder virar o rosto e olhar para outro canto, aprendi com aquela experiência. Tinha preferido esquecer a expressão desesperada da mãe, mas lembrava das cicatrizes daqueles partos, da posição delas, comprimento, arco. Eu sabia que tais incisões podiam matar os bebês, assim como trazê-los para a vida.

Então enfiei minha faca como a mulher queria, do jeito que minhas lembranças diziam que era para fazer, do jeito que Mengele nunca faria. Fiz isso com cuidado, carinho e o que restava do meu amor, e quando a mulher parou de chorar, um novo choro começou.

Com toda a minha ambição de vingança, aquela era a primeira vez que tinha sangue nas mãos. Vimos os olhos da mulher irem se apagando, o corpo amolecendo...

Acho que ela viu o filho antes de ir. A carinha dele era muito engraçada, rosa-camarão e enrugada. Senão, por que ela teria morrido sorrindo?

Dei a faca para Feliks e expliquei para ele como cortar o cordão. *Que ele seja responsável por esse corte final*, pensei.

– O que fazemos com ele? – Feliks perguntou.

Limpei a membrana do mundo flutuante da pele do bebê.

Esse bebê era muito diferente dos bebês do campo de concentração. O problema dele não era que alguém queria matá-lo, e sim que ninguém nessa casa sabia o que fazer para ele viver.

De manhã, Bebê chorava nos meus braços quando acordei. Eu estava a caminho do orfanato, atravessando ruas na minha missão de deixar Bebê no lugar dele. Bebê precisava estar nas mãos de quem poderia cuidar bem dele e fazê-lo crescer para se tornar uma criança que algum dia pudesse ser algo além de um órfão. Eu sabia que esse plano não seria aceito pelo meu companheiro, por isso saí pé ante pé, antes de Feliks acordar. A paixão que ele tem pelo impossível ia fazer com que quisesse manter o doce infeliz. E eu não queria ser convencida. Porque um novo plano para o meu futuro estava se formando dentro de mim quando passei a noite embalando Bebê e observando Feliks cavar uma cova para a mãe cigana.

Ele a enterrou perto do vidro com os nomes.

O recém-nascido não tinha noção do que era aquela cova, mas eu sabia que Bebê sentia meus pensamentos quando fiquei ao lado do monte de terra e botei uma pena de pavão onde ficaria a lápide. Quando o vento soprou a pena para longe, Bebê chorou. E não chorou só de tristeza, foi como uma tática de negociação. Queria se fazer conhecer a mim como um ser humano de verdade, e percebeu que eu respeitava a tristeza e a dor mais do que tudo. Esse era um plano muito esperto, avançado demais para um bebezinho, mas como eu era uma menina endurecida pela vida, exigia mais.

Olhei para o rostinho dele, sequei o sono dos seus olhos escuros com a manga da blusa e torci para que aquela atenção com a higiene servisse no lugar de amor, mas o pequeno confundiu com um gesto de afeto sincero e ruborizou. Ele já me queria como família. Senti pena dele porque escolhia me amar quando eu ia abandoná-lo, segurando-o longe do corpo enquanto desviava dos entulhos.

Nessa caminhada, notei o que estava deixando para trás. Um dia fui cobaia de Mengele. E agora parecia que ia ser uma cobaia dos países destruídos pela guerra, pelos desgarrados, os deslocados... como se recupera tudo aos seus lares por direito? Era o que todos perguntavam. Claro que eu não estava sozinha sendo uma cobaia desse modo. Havia muitos como eu, e ficava pensando quantos desses fariam a escolha que eu ia fazer.

Porque aquela drágea que os vingadores deixaram comigo, o veneno destinado a Mengele que eu tinha carregado na boca quando saí das profundezas da mina de sal, estava guardada na minha meia. Dava todos os passos junto comigo, sussurrando o tempo todo para o meu tornozelo, que tinha nervos e artérias que ficavam do lado do meu coração. Esse veneno não era perturbador como eu esperava, mas um estranho consolo, uma invenção moderna que conhecia meu sofrimento. Era mais sábio do que eu, aquela substância bem-viajada, com prática de dispensar seres humanos. De tempos em tempos, tentava escapar da minha meia furada, mas eu empurrava para dentro de novo e continuava caminhando. A distância entre mim e o orfanato estava ficando mais curta e eu queria apreciar a caminhada porque, apesar da cidade estar toda cinza e cheia de entulho, era a última cidade que eu ia ver, por isso via tudo que podia – a velha soprando poeira de suas fotografias, as crianças colecionando cápsulas de balas e fazendo um monte com elas, a vitrine cheia de relógios parados e o meu reflexo.

Fingi que os relógios tinham parado para Pearl e para mim. Eu tinha fracassado em protegê-la em vida, mas havia uma chance, e eu acreditava nisso, de encontrá-la na morte. Ela ia querer isso, eu me convenci, e não só por querer me ver. Pearl ia querer que eu morresse porque ela me conhecia, sabia como seria intolerável para o meu espírito Mengele escapar sem vingança, completamente fora do meu alcance desesperado, do meu desejo de justiça. Mesmo se nunca conseguisse me reunir com ela, eu não conseguiria viver com esse fracasso.

E se existia uma vida para nós além dessa morte, poderíamos embarcar numa nova série de tarefas e divisões.

Pearl podia ficar com a esperança de que o mundo jamais esquecesse o que tinha feito conosco.

Eu podia assumir a crença de que isso nunca mais aconteceria.

Ninguém nos chamaria de *mischlinge*. Nessa outra vida não haveria utilidade para essa palavra.

E então cheguei ao meu destino. Havia uma luva vermelha sem dedos empalada no portão de ferro, que parecia um coração trespassado. As pedras da calçada diante das paredes do orfanato que ainda se mantinham de pé estavam reviradas, saíam minhocas da terra exposta, as roseiras tinham suas raízes à mostra e os espinhos apontavam para o batedor de ferro na porta vermelha, um leão destemido mas manchado de azinhavre. Sequei o orvalho no tapete da porta e botei Bebê ali. Eu não sou nenhuma selvagem – tive o cuidado de deixá-lo bem enrolado no cobertor que tinha pertencido à mãe dele. Bebê parecia satisfeito. Fazia barulhinhos e movia os braços de punhos cerrados. Orientei seu polegar para a boca. Era o mínimo que podia fazer, pensei, só que ele começou a berrar um segundo depois. Eu já ia me afastar e ia me apressar, passar pelo portão, descer a rua e tomar o meu veneno numa esquina tranquila, mas não olhei para onde estava indo e colidi com um homem. Ele não usava casaco, tinha as roupas em trapos e o sapato em frangalhos. Ele não tinha rosto, pelo menos nenhum que eu pudesse ver, porque segurava um jornal soviético na frente da cabeça. O título berrava na primeira página. Pedi perdão para ele. Ele pediu para mim. Ou quase. Por algum motivo, ele interrompeu a frase no meio quando se desculpava. Então ele agarrou meu braço numerado e o jornal caiu aos meus pés.

Ali, na primeira página, havia um rosto que eu conhecia melhor do que qualquer outro. Flutuava num mar de outros rostos, atrás do arame farpado do cativeiro que eu conhecia bem demais.

Do alto, caiu uma gota sobre o jornal, ameaçando borrar o rosto. Achei que fosse chuva e peguei o jornal do chão. Foi então que ouvi o choro.

Você deve imaginar como fiz para reconhecer um homem pelo choro se jamais, em todos os anos que passamos juntos, eu o ouvira chorando. O riso era seu som preferido, e gritos de frustração também foram muitos naqueles últimos dias antes de ele desaparecer, quando tentava negociar com os outros homens do gueto, todos eles muito interessados em fazer o bem, e todos com ideias conflitantes sobre o caminho para conseguir isso. Mas lá nos degraus do orfanato, foi o choro dele que resolveu nossa longa separação.

– Você está vivo – foi tudo que pude falar.

Meu pai me abraçou com força. Ele soluçava. Seus soluços deviam tê-lo feito ainda mais estranho para mim, mas em vez disso, eles reapresentaram um homem que sabia o que significava procurar e prosseguir, ignorando todas as dúvidas que queriam tanto diminuí-lo. Eu não devia me surpreender com isso. Papai nunca foi bom de duvidar de nada, não em todo o tempo que Pearl e eu o conhecemos. E agora, no olhar do nosso pai estava a bondade que eu nunca conheci, e ainda tinha mais bondade para vir, havia dias para viver, histórias para ouvir e armas para abandonar. Do seu limiar, aninhado em seu cesto, Bebê ficou quieto, muito quieto observando nosso encontro. Dizem que os recém-nascidos não enxergam nada. Estão enganados. Posso atestar esse fato porque, do meu jeito, nos braços do meu pai, eu era também uma recém-nascida.

Quando vi papai, o mundo voltou a girar para mim. Ao ver o rosto dele, tão mudado, eu me senti encontrada por sorte, por milagres. Tudo se tornou deslumbrante e a chuva caiu para se juntar às nossas lágrimas. Que estranho, pensei, que a chuva continue sendo chuva depois do que nós passamos! Algumas coisas não tinham mudado e isso era prova. Outra coisa que não mudou: meu pai estava vivo e quando me apertou contra seu peito eu pude ouvir seu coração! Que não sabia bem o que dizer.

Papai também ficou sem fala. Acariciou meu rosto com a mão que tinha um curativo, mão que ainda conhecia, através de todas as tribulações, o rosto de Pearl tão bem quanto o meu. Quando ele apertou a ponta do meu nariz, não consegui me segurar e juntei-me a ele no choro.

Mesmo com todas aquelas lágrimas, tentei contar que Zayde estava morto, mas só consegui falar *Abaixe-se papai, por favor, para eu poder ver o seu rosto, tem uma folha presa na sua barba.*

Tentei dizer que mamãe estava morta, mas só falei *Mamãe, mamãe.*

Tentei contar para ele que Pearl, a nossa Pearl... ele me fez parar de falar e me apertou ainda mais. Senti seus lábios se movendo na minha cabeça quando ele falou.

– Estou muito feliz de encontrar você – disse ele. – O artigo dizia que as crianças estão espalhadas por toda parte. Muitas nos acampamentos de refugiados. Em alguns orfanatos. Gross-Rosen. Mauthausen. Estou viajando há semanas, um trem atrás do outro... achei que poderia localizar alguém que tivesse informações em Lodz, mas acabei em Varsóvia. Como é que pode eu descobrir você aqui?

Papai deu risada e acho que ouvi Bebê rir também, do seu jeito de recém-nascido. Eu não pude rir com eles. Estava ocupada demais vendo a fotografia no jornal que meu pai agora segurava.

– Essa não sou eu – eu disse.

Não falei só para meu pai, falei também para o rosto da minha irmã, que me espiava da fotografia, um olhar que capturava, mesmo flutuando sobre o lugar que a torturava, aninhada nos braços de uma das nossas poucas protetoras.

– Pensei que era você – disse papai. – A expressão é sua.

Meu pai não parava de tremer e, mesmo assim, não conseguia se mexer. Ficamos ali na frente da porta do orfanato, vivenciando uma alegria que muitos não tinham.

– Não ouvi o que você disse, papai – murmurei. – Estou meio surda agora.

Era mentira, de certa forma. Eu só queria que ele dissesse de novo aquelas palavras. Mas não havia necessidade de arrancar essa frase dele. Ele estava louco para repetir sua alegria, para me abraçar assim.

–- Pensei que era você – disse papai e me apertou tanto mais que deu para ouvir o coração dele reconhecendo a nossa perda, mesmo se sua voz se recusasse a pronunciar. – Olhe para essa expressão – ele sussurrou.

E foi então que ele me amassou com aquele abraço e eu não conseguia respirar. Apertou tanto que senti as costelas se juntando umas nas outras, mas curiosamente não havia dor nenhuma e eu não estava nem um pouco preocupada com a possibilidade de sufocação com aquele abraço. Meu pai era um bom médico e podia respirar por mim num estalo, talvez não tão bem quanto Pearl respirava por mim, mas eu estava começando a pensar que... quando a vi...

Não acreditei que pudesse pensar tal coisa.

*Diga para minha irmã que eu*, ela disse.

Pearl estava viva. Ou, pelo menos, tinha escapado da jaula da qual Mirko tinha falado. Ela foi carregada através dos portões pelos quais tínhamos entrado lá juntas. O que aconteceu depois, eu não sabia, mas tinha certeza de que as pernas dela se moviam mais rápido do que as de qualquer pessoa, em seu esforço para me encontrar.

Eu devia ter gritado, eu devia ter dançado, mas essa descoberta era sagrada demais para ser comemorada com qualquer coisa humanamente possível. Peguei Bebê do chão e papai e eu fomos de volta para o zoológico. Chutamos pedrinhas e observamos o embate pétreo com a chuva. Passávamos Bebê dos braços de um para outro e conversamos como amigos concentrados no futuro conversam. Papai me falou de Dachau, o campo de concentração para onde a polícia secreta o tinha levado tanto tempo atrás. A história era mais complicada, tinha partes que mamãe nunca revelou. Porque a criança doente que ele foi atender aquela noite existia, sim, mas também havia a resistência judaica, e papai fazia parte desse movimento obscuro. Com a bênção de mamãe, ele se arriscava, contrabandeando armas dos limites da cidade para o gueto e naquela noite tinha se arriscado demais. Foi capturado, espancado e depois... ele não queria falar, mas eu podia imaginá-lo sendo jogado na carroceria de um caminhão, ou dentro do vagão de um trem, viajando para muito longe de nós, até chegar a um lugar onde afirmavam, como em tantos outros, que o trabalho o libertaria.

Contei para ele o que a Gestapo tinha dito, que ele havia mergulhado no Ner por conta própria.

– Eu jamais faria uma coisa dessas! – ele disse.

Então ele abaixou a cabeça e admitiu que antes do jornal russo lhe dar a companhia daquela bela imagem, tinha pensado exatamente naquilo todos os dias, assim que acordava, mas com uma corda e não em um rio. Foi a inclusão desse último detalhe, corda e não rio, que minha mente entendeu que esse que tinha retornado não era o papai antigo, mas um novo homem, um homem partido, que não insistia mais em revelar os horrores do mundo com relatos discretos para sua filha, porque esses horrores já tinham ficado tão claros quanto a nova cicatriz que riscava a testa dele.

Papai perguntou o que tinha acontecido comigo, conosco, com Pearl. Eu não podia falar dessas coisas. Disse apenas que eu não tinha condição de cuidar desse bebê, por mais que achássemos que devíamos um lar para ele. Eu tinha um olho e um ouvido ruins. Eu era inútil para ajudar qualquer um a sobreviver.

Papai desenrolou nosso amado jornal de modo que eu não pudesse escapar de ver o rosto da minha irmã. Ela era nossa, mesmo naquela fotografia.

– Vamos encontrá-la com vida – ele jurou. – Ela não partiria dessa terra sem você.

A antiga natureza do nosso relacionamento já estava voltando para nós, mas com alterações. Nossa caminhada, isso era novo. Pela primeira vez que podia lembrar, eu andava bem ao lado dele. Eu sabia que ele teria me posto sobre os ombros se eu deixasse. E teria me segurado bem alto para toda a cidade ver e saber que Janusz Zamorski ainda era um homem e, mais do que isso, um pai que não tinha perdido toda a família, um homem com duas filhas, duas meninas que ele amava em todas as suas diferenças.

Mas ele não tentou repetir os antigos passeios na garupa de quando éramos menores, porque se eu fosse carregada daquele jeito, quem cuidaria da segurança de Bebê?

Papai ficou imediatamente encantado com o menino. Avaliou como faz um bom médico, admirou a largura do tórax desse recém-nascido, a respiração forte dele. Mal dava para perceber, disse ele enquanto brincava com Bebê, que aquele era o rosto de um filho dos tempos de guerra.

Eu entendi que Bebê nunca poderia ser deixado num cesto em um orfanato, não enquanto papai pudesse resolver. Eu não o queria. Bem, eu não o queria até ter Pearl ao meu lado, porque só então saberia que minha vida ia realmente continuar. Bebê deve ter lido meus pensamentos, deve ter sabido como os bebês sabem, porque ele ficou mais lindo naquele minuto. Ele separou os lábios e demonstrou sua necessidade de alimento discretamente. Tive de admitir que o garoto era um conquistador, mas seus modos charmosos não bastavam para se sobrepor às minhas dúvidas e comentei esse assunto na nossa caminhada pelas ruas.

– Ele está com fome – disse papai apontando para a boca de Bebê, já aberta. – Precisamos encontrar alguma coisa para alimentá-lo.

Papai e eu sempre falamos de barganhas e apostas. Se eu fosse fazer isso, eu disse, cuidar desse bebê, você teria de fazer uma coisa por mim. O quê?, perguntou ele. Papai esperava alguma brincadeira. Ele esperava que eu fizesse alguma piada. Mas eu não tinha piada nenhuma em mente.

Por favor, tire essa drágea de mim, implorei, faça o favor de enterrá-la onde eu não possa achar.

---

Mantínhamos uma lista e riscávamos nomes. Os nomes eram de orfanatos, campos de refugiados, conventos e mosteiros, todos os lugares em que devíamos procurar naquele tempo. Um fazendeiro nos deu carona pelas cidades em volta de Varsóvia. Fomos a Zabki, Zielonka e Marki.

– Vocês viram uma menina – dizia papai, e me empurrava para frente –, parecida com essa?

– Vimos tantas meninas... – a freira ou o funcionário ou o monge ou o guarda diziam.

– Ela tem um número – eu balia e mostrava o meu.

– Isso não ajuda para nós – diziam eles, olhando para lugar nenhum.

Muitas vezes pareciam se perder olhando para o nada.

– Ela tem outras marcas que a identificam – eu dizia. – Se ainda tiver cabelo, usa um prendedor azul nele. Se ainda tiver pernas, são ossudas no joelho. Não dá para deixar de notá-la... se a viram alguma vez.

Eles sorriam e diziam que devíamos ir a esse ou àquele lugar. Ela vai aparecer, diziam também. Se estivesse viva, completavam.

– Claro que ela está viva – dizíamos, apontando para a fotografia. – Olhem para esse rosto!

Tudo que podíamos fazer quando essas visitas terminavam era olhar para o jornal. Lá estava Pearl, nos braços da dra. Miri, com cercas se elevando dos dois lados delas, pareciam presas num jardim com sebes de arame. Se olhássemos bastante tempo para a imagem, dava para ver a pegada das mãos da médica, sentir as pinicadas do frio. Sempre que voltávamos para a casa de Feliks, o jornal estava lá na gaveta da cômoda do papai, junto com as nossas armas. Ele guardava ali porque eu olhava demais para a fotografia, dizia ele. Havia regras, explicava papai, que eram impostas para o meu bem, para a minha saúde. E ele não estava errado. Se eu olhava para a foto de manhã, não conseguia mais comer. Se olhasse à noite, não conseguia dormir. Por isso minhas visitas à foto de Pearl eram limitadas às tardes. E olhando com os dois olhos marejados, fora de foco, era fácil imaginar que ela também olhava para mim.

E eu pensava que as lágrimas deviam ter sido inventadas para isso.

---

No primeiro dia de março, confessei minha estupidez sobre Mengele e minha imortalidade para papai. Foi culpa do tempo, ele que me animou com sua beleza. As flores do açafrão começavam a espichar seus brotos nos espaços dos animais. Os pássaros voltavam. As construções já se mantinham de pé. Bebê ficou redondo e durinho mamando ao seio de uma ama de leite. Humilde diante daquele esplendor, eu só podia mesmo abaixar a cabeça e contar meus segredos. Tinha certeza de que papai ia se envergonhar. Mas ele me assegurou de que fiz o que fiz para sobreviver. E então ele chamou Feliks para contar uma história.

– Foi só por causa de uma maldição, ou de muitas maldições, que eu sobrevivi – disse papai. – Quando me levaram de Lodz, eu marchei com outros prisioneiros, pelas estradas, pelos campos. Muitas vezes encontrávamos companheiros judeus disfarçados. E eu pensava que eles nos salvariam se pudessem. A mim não importava que não fizessem nada para apoiar essa crença que eu tinha. Tinha o cuidado de não olhar para eles. Temia que, se olhasse, eles fraquejariam e seriam forçados a se juntar a nós. Num dia em que tive certeza de que ia morrer de inanição, fomos guiados através das terras de um padre. Camponeses colhiam batatas e as empilhavam numa carroça. Em cima da pilha de batatas, estava sentado um velho judeu. Diferentemente dos outros disfarçados, ele nunca se dera ao trabalho de cortar seus cachos *payot*. Quando nos viu, ele fez rapidamente um sinal da cruz, como se estivesse horrorizado de estar próximo de tipos como nós. O gesto não foi nada natural. E era um mistério ele ter conseguido ficar tanto tempo sem ser capturado. Mas o que ele fez depois me fez entender que eu estava errado de questionar as habilidades dele, porque ele enfiou a mão embaixo do traseiro dele, vasculhou o leito da carroça, tirou uma batata e jogou em mim, rogando uma praga! E fez isso de novo. Muitas vezes. Para cada praga, ele jogava uma batata. As pragas dele nos seguiram até chegarmos ao fim do campo e darmos numa estrada, mas sabíamos o significado delas. Eram o tipo de pragas que nos manteriam vivos.

Eu queria perguntar para papai como é que ele tinha certeza disso, mas não queria admitir a minha dúvida. Por isso belisquei Feliks. Ele perguntou por mim. Papai ficou irritado com aquela ligação que nós dois tínhamos, mas respondeu mesmo assim.

– Eu vi no rosto dele – disse ele. – As pragas eram apenas bênçãos disfarçadas. Ele queria que eu pegasse aquelas batatas e vivesse.

Ele cofiou a ponta do nariz como costumava fazer quando ficava pensativo e depois afundou o rosto nas mãos, de modo que fui obrigada a estudar a nova prega que coleava pelo rosto e pelo couro cabeludo.

– Eu sei que a praga de Mengele... que não havia nenhuma boa intenção nela, nenhuma mesmo. Mas eu só quero dizer que você não errou ao pegar a maldição daquele idiota, com todas as suas mentiras e manipulações, e torcê-la de forma que pudesse sobreviver com ela. Entendeu?

Entendi. E eu menti e disse para meu pai que ia me consolar com sua história de batatas amaldiçoadas. Eu sei que ele se consolava com ela. Porque quando papai morreu, muitos anos depois, com os olhos turvados pela doença, esticado em sua cama, Feliks e eu vimos quando ele ergueu as mãos para o alto como se quisesse pegar alguma coisa. Os dedos subiram com uma estranha urgência, incomum para um moribundo, e vimos seus olhos cegos movendo de um lado para outro, seguindo o trajeto sagrado de uma batata no ar.

---

Papai fez o melhor que pôde para nos recuperar, mas logo descobrimos que ele também estava destruído. Ele ia para Lodz sozinho, preocupado com o que encontraria lá. Quando voltava, ficava dias balançando a cabeça. Nós procuramos a companhia de outros refugiados em Varsóvia, todos eles ultracarentes dessas reuniões.

– Vocês viram Pearl? – papai perguntava e me empurrava para frente.

Ninguém tinha visto.

Papai admirava a ressurreição de Varsóvia e dizia que ia ficar para reconstruir a casa de Feliks com ele. Mas, apesar de ser um homem habilidoso, as mãos dele não eram feitas para refazer cômodos e erigir paredes. Estavam acostumadas ao diagnóstico, a cuidar de ferimentos, à aplicação de curas. E enquanto Feliks trabalhava bem com um machado, uma faca, um revólver, e sabia inventar uma mentira para viver da melhor forma possível, reformar uma casa não era um de seus dons. Mas mesmo assim os dois tinham resolvido reconstruir, para seguir o exemplo da cidade.

Observei os dois ocupados pela casa com gritos de alegria, manuseando marretas e derrubando os restos de paredes. Ficava com Bebê enquanto eles trabalhavam com as pedras de pavimentação, consertavam maçanetas, e muitas vezes eu ficava pensando se insistiam naquela obra como uma distração para a indefinição do paradeiro de Pearl. Pegavam seus martelos e pregos e logo ficavam incomodados com o barulho e paravam. Reconstrução pode soar como a guerra, como uma prisão – todas aquelas pancadas e tijolos caindo, aquelas marretadas nas pedras.

Quanto a mim, eu me mantinha ocupada com as aulas que dava para Bebê com ensinamentos de Pai dos Gêmeos, de Zayde, com as lições do meu livro de anatomia. Resolvi que o mínimo que eu podia fazer era dar a ele certas vantagens, uma inteligência diferente, de modo que, se um dia ele também fosse transformado em uma cobaia de experiências, poderia se sair melhor do que alguns. Tínhamos de expressar aquelas palavras rapidamente, antes que elas fossem tiradas de nós. Precisávamos estabelecer as palavras, torná-las íntegras. Eu passava dias decorando tudo o que encontrava, porque se fôssemos aprisionados de novo, eu teria palavras para nos entreter, palavras para suportar. *Antes do oceano existir ou a terra ou o céu*, eu dizia, num tributo a Mirko, *a natureza era toda igual, era amorfa!* E para Bebê, com a esperança de formar sua primeira palavra, eu sussurrava: *Pearl, Pearl, Pearl.* Era como se eu acreditasse que só o sussurro mais inocente poderia trazê-la de volta. Que se ele gritasse o nome dela, ela estaria lá, dançando. Com uma guirlanda de urze na cabeça. E sapatos bons nos pés.

Eu não podia negar que em Varsóvia as coisas floresciam. Bebê chorava tanto que era capaz de regar uma tília, e eu fazia minha parte também, mas tinha o cuidado de só exprimir minhas lágrimas perto de um ninho de vespas, para poder culpar um ataque delas se acontecesse de alguém ver a minha dor. Mas as pessoas viam minha dor muitas vezes. Na sua maioria, eram pessoas que iam ao zoológico. A resistência judaica tinha operado dentro dele, em seus inúmeros túneis e cavernas. Agora, os refugiados vinham procurar seus filhos e filhas que se escondiam dentro dos buracos feitos para doninhas até verem que era seguro transportá-los para outro lugar. Muitas dessas pessoas que viviam procurando eram mulheres, e, quando passavam por ali, paravam só para segurar o Bebê, e quando viam seus olhos castanhos, não resistiam e me davam conselhos. Diziam para cobri-lo bem e me mostravam como dar o banho para ele parecer menos um animal selvagem.

Sempre que eu dava banho em Bebê no seu balde, a vida do menino ficava real demais para mim. Ele era muito vulnerável, um patinho moreno com pescoço pequeno. Enquanto eu o limpava, imaginava o que podia dizer um dia sobre a mãe dele, como tinha feito com que eu a matasse, como guiou a minha mão com a faca. Tentei inventar mortes mais bonitas, mais cênicas para ela. Alguma coisa com uma nevasca. Alguma coisa sem uma lâmina. Mas em Varsóvia minha imaginação tinha me abandonado. Não sabia para onde tinha ido, mas esperava que não ocupasse mais ninguém, do jeito que me ocupava. Eu desejava a morte da minha imaginação mais do que tudo. Ela não tinha lugar naquele mundo depois da guerra. Um dia eu fui feliz vivendo por outra, continuando por ela. Mas, sem ela, eu era apenas a cobaia de um louco, uma vingadora fracassada, uma menina que não teve o fim que devia ter tido.

Papai via minha tristeza. Ele dizia que ainda tínhamos esperança. Disse que o país estava tão arrebentado que era fácil para Pearl entrar e se esconder nos cantos mais imprevisíveis. Ele dizia isso nas nossas idas diárias ao orfanato para saber se tinham enviado Pearl para lá. Mas não havia ninguém parecida comigo espiando pela janela. Ninguém com voz igual à minha cantando no portão.

– Se nós não a encontrarmos... – comecei a dizer um dia no caminho de casa, mas não tive chance de terminar a frase.

Uma estranha correção ocorreu em meus pensamentos quando um cão perdido apareceu ao meu lado e logo caiu aos pés do meu pai. Esse cachorro era um fiapo coberto de lama, feio, vira-lata. O estado das patas deixava claro que tinha percorrido uma grande distância à procura de alguém. Em nós, ele farejou a mesma luta.

Papai achou que o cachorro ia me alegrar. E não estava errado. Eu adorei o espírito protetor daquele vira-lata, o jeito que ele latia como uma pistola e rosnava para qualquer um que levantasse a voz para mim. Esse cachorro, observei para Feliks, seria páreo para Mengele, e Feliks não discordou de mim.

– Mas fico contente porque ele só vai conhecer esse zoológico aqui – ele disse. – E não o outro.

Juntos, ficávamos vendo o cachorro cavando túneis nas jaulas dos animais. Ele tinha um prazer enorme de fazer isso e eu só podia torcer para que jamais cavasse a pílula com veneno que papai tinha enterrado no quintal enquanto se entretinha com aquilo. Eu sabia que se visse aquela drágea no momento certo, não ia resistir à finalidade que sua brancura prometia.

Feliks enxergou essa tentação em mim. Ele também garantiu que Pearl ia voltar. Talvez ela só estivesse esperando que os animais voltassem para o zoológico, disse ele. E explicou que a mulher do zelador do zoológico tinha planos de visitar o terreno e que já havia planos de reviver o zoológico. Em breve os animais marchariam, de dois em dois, para suas casas. Eu me esgueirava entre as jaulas à espera e procurava não me lembrar das jaulas que tinha conhecido.

Mas no dia do qual quero falar, não foi um animal que chegou a Varsóvia, e sim um caixão. Eu não estava lá para ver quando o puseram na rua. Não ouvi o grito da diretora do orfanato quando ela abriu o caixão.

Eu estava no campo com Bebê e meu cão. Treinando para ele ser um cachorro mais forte. Ele gostava de pedir e eu não conseguia fazê-lo parar com isso. Pedir não era bom nesses dias vulneráveis. Por isso, ensinei um truque novo para usar no lugar. Ensinei a dançar. Sempre que aquele cão dançava, eu ouvia a risada de Zayde. Pensei que nunca mais ouviria o riso de Zayde, mas lá estava ele, todo exagerado, batendo com as mãos nas coxas. Nada fantasmagórico ou lembrado. Tão claro quanto a primavera. E isso era uma ótima motivação para continuar o treino. Ver aquele cão vagabundo dançar me fazia sonhar outra vez.

Nesse dia estávamos treinando no campo e Bebê brincando na grama, plateia desinteressada. E tínhamos música também, um certo tipo. Ao longe dava para ouvir o barulho de pedras sendo usadas na pavimentação, uma ao lado da outra, e as pedras cantavam, suas batidas percorriam a cidade e subiam pelas macieiras silvestres. Aqui e ali um estorninho se fazia presente, gorjeando, seu grito tão forte que o corpo veloz chegava a tremer. Era com essa música de pedra e pássaro e com a risada de Zayde que o cão aprendia sua coreografia.

Eu disse para o meu cão que ele precisava praticar. Algum dia, eu disse, alguém podia descobrir seus talentos e pô-lo num filme. Esse podia ser o nosso futuro – ele concordava? Meu cão não concordava. Não gostava de treinar, assim como Pearl. Ele não se interessava por provar que sua arte tinha valor. Mas dançava para mim mesmo assim e eu aplaudia depois de uma pirueta completa.

Mas quando parei de bater palmas, continuei ouvindo aplausos. Havia alguém aplaudindo atrás de nós. Fiquei rubra. Porque cachorro dançante não é nada de que devamos nos orgulhar, é um esporte dos solitários, um rodopio triste.

Mas quando espiei por cima do ombro, eu me vi. Ou vi uma menina, uma menina forte, uma menina que não estava mais sozinha. A menina estava mais feliz do que eu tinha imaginado que pudesse ser de novo. Ela batia palmas e sorria, e o cachorro correu para ela balançando o rabo e se enroscou nos pés dela, abandonando a ideia de fazer um show. E a menina continuou aplaudindo. Batia palmas apesar das muletas presas embaixo dos braços.

Você já viu a melhor parte de você parada a uma curta distância? Uma distância que você jamais imaginaria possível depois de tanta separação? Se já, tenho certeza de que conhece a alegria dessa situação. Meu coração se emocionou com a reunião, minha língua ficou muda de felicidade. Meu baço informou aos meus pulmões que tinham perdido a grande aposta – *eu não disse?*, falou meu baço – e meus pensamentos, meus pensamentos cor-de-rosa, continuaram pensando num futuro que há muito tempo eu acreditava perdido.

Ela largou as muletas e sentamos, costas com costas, coluna com coluna, como fazíamos em nossa antiga brincadeira.

Vou admitir... eu espiei o que ela desenhou.

Não espiei para roubar no jogo, mas, oh... foi só porque ela era minha irmã. Eu tinha de vê-la. Tenho certeza de que você entende.

PEARL

# CAPÍTULO VINTE E DOIS

## Nunca é o Fim

E desenhamos papoulas. Desenhamos brotos fechados que talvez nunca se abrissem, desenhamos esses brotos para mamãe e Zayde, e acrescentamos um rio para papai. Desenhamos um trem, um piano, um cavalo. Desenhamos os filhos que Stasha teria, depois os filhos que eu nunca poderia ter. Desenhamos barcos que nos levavam para bem longe da Polônia, e aviões que nos traziam de volta. Não desenhamos uma agulha, não. Não desenhamos uma muleta, menos ainda o homem que nos torturou. Mas desenhamos céus que nos protegeriam a vida inteira, e árvores que abrigariam duas meninas que talvez nunca mais fossem inteiras, e só quando terminamos de desenhar minha irmã tentou falar.

– Vamos tentar de novo – disse Stasha.

Eu não precisei terminar a frase dela. Eu sabia o que queria dizer: que tínhamos de aprender a amar o mundo novamente.

# AGRADECIMENTOS

Agradeço a:

Jim Rutman, por seu galante investimento na minha escrita e nos anos de ideias brilhantes que iluminaram o caminho para este livro. Não seria real sem você.

Lee Boudreaux, editora-heroína sem comparação – fico sempre deslumbrada com o seu comprometimento com todos os sonhos, toda a tristeza e saudade contidos aqui dentro.

Reagan Arthur, Michael Pietsch, Judy Clain, Jayne Yaffe Kemp, Carina Guiterman, Tracy Roe, Kapo Ng, Sean Ford, Carrie Neill, Nicole Dewey e as equipes de Little, Brown and Company e Lee Boudreaux Books com as quais tive a felicidade de trabalhar. Szilvia Molnar, Danielle Bukowski, Brian Egan e as pessoas fantásticas da Sterling Lord Literistic. Todos os maravilhosos editores estrangeiros por receberem este livro.

À David Berg Foundation, pelo gentil apoio, e aos meus professores e colegas da Columbia.

Pranav Behari e Adam Kaplan, por terem sido sempre minha valiosa e sincera família-escritora.

Stephen O'Connor, Lydia Millet, Joyce Polansky, Karen Russell, George Sanchez, Rudy Browne – ter podido contar com sua influência e amizade é maravilhoso.

Os Konars, Cruzes, Kims e Sos. Vovó e vovô. Jonathan e Coco (por assumirem sempre a diversão e o futuro).

Meus pais, cujo otimismo e atenção com a beleza foram minha preservação. (Agradeço especialmente a papai por ter me dado um campo quando eu mais precisava.)

Philip Kim – pela genialidade, os animais e as piadas. Não entendo como alguém consegue escrever sem você.

E aqui as palavras só podem fracassar. Mas preciso tentar agradecer a Eva Mozes Ker e a Miriam Mozes Zeiger pela inspiração fraterna e pelo espírito jovial. E tenho de tentar, outra vez, agradecer a Zvi Spiegel, Gisella Perl, Alex Dekel e às testemunhas inumeráveis e anônimas cujas histórias moveram essas páginas. Este livro só tem vida na presença das suas lembranças.

# NOTA DA AUTORA

A inspiração inicial de *Resistência* está no extraordinário *Children of the Flames* de Lucette Matalon Lagnado e Sheila Cohn Dekel. Tenho também uma tremenda dívida com: Sara Nomberg-Przytyk por *Auschwitz: True Tales from a Grotesque Land*; Tadeusz Borowski por *This Way for the Gas, Ladies and Gentlemen*; Eva Mozes Kor e Mary Wright por *Echoes from Auschwitz: Dr. Mengele's Twins*; Arnost Lustig por *Children of the Holocaust*; Elie Wiesel por *Night*; Diane Ackerman por *The Zookeeper's Wife*; George Eisen por *Children and Play in the Holocaust: Games Among the Shadows*; Isaac Kowalski por *Anthology on Armed Jewish Resistance 1939 – 1945*; Rich Cohen por *The Avengers*; Mary Lowenthal Felstiner por *To Paint Her Life: Charlotte Salomon in the Nazi Era*; Dra. Gisella Perl por *I Was a Doctor in Auschwitz*; Anne Michaels por *Fugitive Pieces*; Robert Jay Lifton por *The Nazi Doctors: Medical Killing and the Psychology of Genocide*; Primo Levi por *The Truce*, *If This Is a Man*, *The Periodic Table*, e *The Drowned and the Saved*; e as obras de Paul Celan e Dan Pagis.

# SOBRE A AUTORA

Affinity Konar foi criada na Califórnia. É graduada no programa de mestrado em Belas Artes da Universidade de Columbia.

IMPRESSO EM PAPEL Pólen® mais prazer em ler

Impressão e Acabamento:
LIS GRÁFICA E EDITORA LTDA.